U0780545

大徽班

时代出版传媒股份有限公司
安徽文艺出版社

谢思球，安徽枞阳县人。中国作家协会会员，安徽文学院签约作家，铜陵市作协副主席，铜陵市文化名家文学工作室领衔人。主要作品有长篇小说《大明御史左光斗》《大泽乡》《抗倭名将阮鹗》等多部；中短篇小说散见于《青年文学》《广州文艺》等刊。曾获安徽省政府文学奖、中国曹植诗歌大赛一等奖等奖项。

大徽班

DA HUIBAN

谢思球 著

APGTIME 时代出版
时代出版传媒股份有限公司
安徽文艺出版社

图书在版编目（CIP）数据

大徽班/谢思球著.—合肥：安徽文艺出版社,2021.1
ISBN 978-7-5396-7060-7

Ⅰ.①大… Ⅱ.①谢… Ⅲ.①长篇小说—中国—当代
Ⅳ.①I247.5

中国版本图书馆CIP数据核字(2020)第197802号

出 版 人：段晓静　　　　策　　划：姚　巍
责任编辑：张妍妍　姚爱云　装帧设计：高　欣　徐　睿

出版发行：时代出版传媒股份有限公司　www.press-mart.com
　　　　　安徽文艺出版社　www.awpub.com
地　　址：合肥市翡翠路1118号　邮政编码：230071
营 销 部：(0551)63533889
印　　制：合肥创新印务有限公司　(0551)64456946

开本：700×1000　1/16　印张：21.5　字数：350千字
版次：2021年1月第1版
印次：2021年1月第1次印刷
定价：58.00元

（如发现印装质量问题，影响阅读，请与出版社联系调换）

序

用文学阐释艺术

与康、雍、乾盛世截然不同，嘉庆年间的京城平静得有些平庸，人们按部就班地行走在大清的天空下，生活中并没有什么值得期待的事，那时候三庆班班主高朗亭和宴乐居饭庄的老板没有意识到，他们的一次联手，给京城寂寞而无聊的生活打造了一方艺术狂欢的新天地，也改变了几千年民间戏剧一以贯之的演出模式，这就是“三庆园”的开张。从四处借台和搭台的“跑码头”演出到“戏园”固定舞台演出，徽剧不再被徽商“蓄养”，徽剧已经发展壮大到批量演出、规模经营。

这是“徽班进京”的一个极其重要事件，事件的策划人就是长篇小说《大徽班》的主人公高朗亭。

没有“三庆班”在京城杀出一片天地，四喜、春台、和春就不会接踵而至，就不会有历史上的“四大徽班”进京；没有“四大徽班”进京，就不会有京剧的诞生。这一逻辑关系对于理解和把握京剧艺术史和这部长篇小说都是至关重要的。

京城第一班“三庆班”从杭州赴京城的路上，高朗亭心里是紧张而忐忑的，此次进京是为乾隆爷八十大寿献演，带有鲜明的政治色彩，一个地方剧种能不能被京城戏迷接受，高朗亭没有足够的自信。没想到在西直门搭建彩台演出，竟然连演四十多天，狂热的舞台下人山人海，山呼海啸。“万寿节”演出结束，三庆班就留在北京不走了。北漂京城的地方剧团无以计数，像三庆班这样，一亮相就地动山摇的，仅此一家。后来的“四大徽班”齐聚北京，彻底改变了京城艺术审美的趣味，京城戏曲程式和套路得以重建并定型，从宫廷到街巷达成的共识是，“戏庄演出，必徽班”。

作为一部追求艺术品质的小说，这些只是小说的背景，《大徽班》的主要任务不是还原徽班进京的历史，而是发掘徽班进京的人物命运与精神历程，于是谢思球的笔触集中在《大徽班》中高朗亭对戏剧的虔诚，对艺术的钻研，对人格的捍卫，对精神的坚守上，其中浓墨重彩的是高朗亭对艺术的执着和创新意识。写活了高朗亭的艺术人生，就写活了高朗亭这一小说人物形象，高朗亭“以安庆花部，合京、秦二腔，名其班三庆”，《扬州画舫录》推理如果成立的话，后来的四庆班、五庆班则吸收了更多的地方戏曲艺术长处。自高朗亭率先，京剧综合和汇聚了多种中国地方戏精华，成为国粹，相当于举全国戏曲之力，打造出了京剧。这一传奇的创造者和演绎者就是高朗亭、余老四、郝天秀、程长庚等一代代的“徽班”领袖。

京剧是地方戏创新结出的硕果，“联络五方之音，合为一致”，京剧的根在“徽戏”，徽戏的代表是高朗亭的“三庆班”。徽班鼎盛时期有两三千人在京城演出，跟如今京城的影视明星数量不相上下，他们就是当时最红的明星。谢思球盯住了这一历史事实，于是为高朗亭和徽班捧出了洋洋洒洒二十多万字。

《大徽班》以高朗亭的一生为主线，写出徽班一群民间艺人的群像。史诗性的想象一度让谢思球激动不已，但小说最终还是要落实在人物形象和人性深度上，作为一个具有文学自觉能力的作家，谢思球在处理高朗亭人物性格与命运上，用尽了心思，高朗亭身上的艺术气质、情感世界、人格操守、道义良知在现实的无奈和挣扎中，构成多种矛盾和冲突，并形成复合式的戏剧关系。高朗亭的命运坎坷而传奇，精神世界丰富而深刻，情感向度热烈而真诚，谢思球以他的理想化设计，刻画塑造了高朗亭和一批徽班艺人丰满而扎实的艺术形象。谢思球不忍心将美好的想象打碎，所以，就对他笔下的人物采取了无限的同情、宽容、褒扬，而不愿意对梨园世界意乱情迷给予过多的关注。

因为，谢思球用小说的方式在体验和复活不在现场的徽戏春秋，当他用文学阐释艺术的时候，自然就会多一分自爱、自守和自我净化，对艺术的虔敬之心在小说结束的时候，仍然坚定不移。

是为序！

许春樵

2020 年 10 月 18 日

（作者系著名作家、安徽省作家协会主席）

大徽班

目　录

序　用文学阐释艺术 / 许春樵　001

楔子 / 001
第一章　水与戏 / 006
第二章　人面桃花 / 021
第三章　粉与泪 / 039
第四章　遇挫 / 051
第五章　三庆班成立 / 065
第六章　进皇城 / 080
第七章　扎根京城 / 094
第八章　檀板 / 110
第九章　枷号 / 124
第十章　沉沦的伶 / 138
第十一章　大戏 / 151
第十二章　冤狱 / 161
第十三章　惊变 / 176
第十四章　四喜和春台 / 188
第十五章　接任班主 / 205
第十六章　琴殇 / 220
第十七章　禁戏 / 234
第十八章　开箱戏 / 250

第十九章　戏神 / 265

第二十章　绝唱 / 280

第二十一章　沪上百灵 / 294

第二十二章　四大徽班 / 308

后记　从石牌到韩家潭 / 325

附录　徽班进京大事记 / 329

楔　子

十面埋伏，楚歌声声。胡琴的腔调幽咽滞涩，夹杂着欲说还休的忧伤。勾着钢叉无双脸的楚霸王，虎落平阳，帐外任何一点响动都会引得他莫名紧张。虞姬倒是一脸平静，她已抱定了必死之心，反而没什么可怕的了。她只想在告别霸王之前，陪他再喝一杯酒，替他再舞一段剑，尽量减少他的烦恼。尽管这些也是徒劳的。可喜欢不就是明知是徒劳却仍要去做吗？

到了分别的时候了。霸王感叹道："想俺项羽呵！"声震屋宇，慷慨悲凉，髯口上的每一根长须都在颤抖。又唱道，"力拔山兮气盖世，时不利兮骓不逝，骓不逝兮可奈何，虞兮虞兮奈若何？"唱到最后一句，他一把抓住虞姬的手，唯恐失落。虞姬亦无法自持，二人相拥而泣。伴奏的丝弦都停了，只有小锣和钹在有气无力地响着，像大限将至。虞姬唱道："汉兵已略地，四面楚歌声；君王意气尽，贱妾何聊生？"低回悱恻，如泣如诉，透着视死如归的决心。整出戏里，她做得最多的动作就是腕花小云手，右手腕压在左手腕上，右手向里，左手向外，不停地交错转动着，一遍又一遍。她像是要打开一个结。可今晚的局已是个死结，又怎能打得开呢？当虞姬倒在项羽怀中的那一刻，全场鸦雀无声，继而灯光亮起，全体起立，响起雷鸣般的掌声。

这是 2017 年秋季的一天，京剧《霸王别姬》在美国大都会博物馆演出，由京剧大师尚春华和梅派大青衣史依灵主演。本次京剧赴美交流展是由美国大都会博物馆表演艺术部和上海京剧院联合组织的，主打剧目是《霸王别姬》，演出十二场，另加演一场史依灵主演的京剧探索性剧目《巴黎圣母院》。与此同时，由尚春华和史依灵主演的3D全景京剧电影《霸王别姬》在纽约克罗斯比街影院连映三天。所有戏票和影票已售罄,京剧在美国受到了空前欢迎。

在观众热烈的掌声中,史依灵扶着尚春华,连续谢场三次,观众仍不肯离席。87年前,京剧大师梅兰芳第一次将京剧带到了美国,以出神入化的精湛演技征服了东西海岸观众。可岁月变迁,物是人非,现在的美国人还会喜欢京剧吗?在来纽约之前,尚春华心里是各种忐忑,除了华侨,那些听不懂中文的美国人会走进剧场吗?要知道,就算在国内,京剧爱好者群体也在急遽萎缩。尚春华担心会遇到冷场,他甚至都已经做好了心理准备,就算台下只有一个观众,也要坚持把戏唱完。可没想到会是这样的局面,太出人意料了。

在下场口,观众自觉地排起了长队,等着和两位主角合影,给他们签名。剧场工作人员正在驱散他们,他们担心尚春华的身体,怕他累着了,毕竟是一个年近八旬的老人了,接下来还有演出任务呢。尚春华在后台看见了这一幕,对工作人员说,凡是要求合影和签名的,一律满足。接着,他和史依灵又走了出来,拍照、签名,忙得不亦乐乎。老外冲着老先生不停地叫着OK,竖着大拇指。一位老华侨拉着尚春华的手说,他这辈子还是第一次听到这么纯正的京剧,是真正的中国味,他还买了第二场、第三场的票,要多听几遍。尚春华很高兴,他喜欢“纯正”这个词。作为传统文化,不纯正还能叫京剧吗?

唱完十二场《霸王别姬》,尚春华越唱越精神,一点也没感觉到疲累。团里的人都笑话他说,老爷子这是找到了青春呢。戏是尚春华的命,京剧在国外受到欢迎和热爱,这进一步说明了国粹的魅力,岂是找到了青春这么简单。

可接下来发生的事,让老爷子有点闷闷不乐了。本来,演完十二场《霸王别姬》,加演一场史依灵主演的《巴黎圣母院》,他们就可以回国了。《巴黎圣母院》是探索性剧目,用京剧演绎世界名著,这在京剧史上还是第一次。京剧是中国的、古典的,世界名著是外国的,表现的是异域风情。这两者先天就有着抵牾。国内首演时尚春华也参加了,当史依灵扮演的吉卜赛女郎艾斯梅拉达登场时,她那火辣怪异的扮相将他吓了一跳。一袭红裙,舞步狂野,据说是将斗牛舞、吉卜赛舞融入了京剧的程式。艾斯梅拉达头插数根雉翎，一束红缎子笼住青丝，穿着没有水袖的戏服，腰间彩带飘飘。这、这还是京剧中的花旦吗？关于这类探索，尚春华嘴上虽不说，但心里向来是抵触的，京剧能这么创新吗？由于是探索性作品，该剧在国内叫好却不叫座儿，演了两场后，草草收兵。可是，让人大跌眼镜的是，东方不亮西方亮，它在纽约取得了爆棚效应。首场演出结束后，那些老外纷纷跑到剧团下榻的酒店，强烈要求加演。组织者不忍拂了美国观众的好意和热情，连夜商讨如何加演。这一加就无法停下，也一直演了十二场。史依灵感觉尚老爷子有了异常情绪，演完十二场，就借口太累，再也不肯续演，大家这才结束演出，在美国戏迷的一片挽留声中回国。

回到国内，尚春华的心情并没有好起来。国内媒体连篇累牍地报道着他们在国外的演出。当然，媒体报道的重点，还是集中在他身上，对史依灵的《巴黎圣母院》也是赞赏有加。由于这台戏在国外上演成功，国内的戏迷们开始重新审视它了，有关方面正在组织巡演。看来，属于他尚春华的时代要过去了。不管他接受或不接受，观众的认可才是硬道理。史依灵才三十来岁，平时开直播，刷抖音，展示京剧绝活，像眼功、手功、水袖、步法，乃至化装的程序，什么都展示给观众看，在网上集聚了几百万粉丝，有着超高的人气。关于这点，尚春华平时没少委婉地批评过她，这不是向观众邀宠吗？清咸丰年间，程长庚在担任三庆班班主后，严禁伶人“站台”陋习。站台习俗在京城梨园沿袭已久，即在演出前，年轻男旦站在台前招呼客人，实质就是邀宠。在尚春华看来，史依灵的那些行为不是邀宠又是什么呢？不过是将地方搬到了网上而已。别人怎么看他不管，反正他是看不惯。面对尚春华的旁敲侧击，史依灵依然我行我素，不管不顾。

京剧艺术到底该如何创新，如何适应现代观众的需要，这些问题仁者见仁，智者见智，谁也说不出个准头，尚春华也不能。尚春华认为，不论怎么创新，不能失了京剧纯正的戏味。前几天，尚春华的老朋友，上海市某大型乐团的钟团长来电说要和他商量件事，鉴于京剧在美受到的欢迎程度，费城交响乐团要与他们团合作，邀请名家创作交响乐《京剧幻想》，并在世界巡演。钟团长进一步解释说，用交响乐的形式将京剧名段有机衔接起来，这是一个创举，希望得到他的支持。接到钟团长的电话，尚春华的头脑一下子转不过弯来，京剧、交响乐，这都哪跟哪啊，挨得着边吗？就算是幻想也想不到一块去。他当即就拒绝了。钟团长说给他一段时间，请他务必再考虑考虑。

一天，尚春华慵懒地靠在沙发上，在手机上翻看着史依灵的微博账号。几天没上，她的粉丝又涨了好几万。他一条条地翻看着粉丝们的评论，称赞声一片，说她的账号让他们零距离地了解了京剧，还说要到剧院里看她的演出。在史依灵的带动下，又有几个同行陆续开通了直播，这些年轻的演员就是会玩。有这么多人喜欢京剧艺术，尚春华感到欣慰，同时，他的心里也酸酸的。

这时，老伴进来说："史依灵看你来了。"

话音刚落，史依灵带着几个后生进来了。她放下大包小包的东西，说："尚老师好，我今天闲一点，特地过来看看您。"又指着几个后生说，"他们是台里新招的演员，非要缠着跟来，要跟您讨教几招。"

尚春华说："我那几招还有用吗？过时了吧？"

"老师，瞧您说的，"一个后生说，"京剧艺术永远不会过时。"

尚春华说："京剧也要与时俱进，京剧的将来，就靠你们这些年轻人了。"

史依灵说："传统艺术要创造性转化、创新性发展，让观众喜闻乐见。老师，我们在与影视、游戏等争抢受众呢，我们容易吗？不创新不行，京剧怎么来的，北京这地方，什么时候才有的京剧？"

真是一语惊醒梦中人。对啊，京剧艺术的产生，本就是声腔融合与创新的产物。吹拨腔融合形成了二黄腔。清乾隆五十五年（1790），余老四、高朗亭带着徽班进京替乾隆贺寿，将二黄等花部声腔带到北京，后来又吸纳了汉调，这才慢慢形成了京剧。要是没有几代伶人持续不断地创新，哪里会有京剧呢？

想到这里，尚春华拿起手机，拨通了钟团长的电话，说："钟团长吗？你上次说将京剧音乐改编成交响乐的事，我考虑过了，你们的想法很好，我全力支持。什么？还要到'一带一路'沿线国家巡演？好啊，京剧要走向国际，以各种方式……”

打完电话，尚春华松了一口气，像是办完了一件大事。他又对史依灵说：“小史，明天有空吗？陪我去韩家潭和三庆园走走。”

史依灵说：“行啊，即便再忙，我也要陪老师。”

次日，两人乘了一辆黄包车，首先来到了韩家潭胡同。当年，这里是三庆班进京后的第一站，是戏班下榻的地方。胡同很窄，乱糟糟的，史依灵扶着尚春华小心地避让着车辆。尚春华边看边说：“小史，知道吗？这条街和那边的百顺胡同，当年住的全是优伶，余老四、高朗亭和大家挤在一起，他们初来时，谁也没有私寓。”史依灵说：“老师，我知道，他们受了很多苦。”

两人又来到大栅栏街的三庆园。嘉庆元年（1796），三庆班与京师著名菜庄宴乐居合营，将宴乐居改造成三庆园。从此，京城梨园又增添了一家大戏园子。三庆园是京剧产生和兴盛的见证，数不清的名角曾在这里登台演出，留下了无数的故事和传奇。尚春华十一岁时在这里正式登台演出，从此开始了一生的演艺生涯。由于破败不堪，三庆园于 20 世纪六七十年代被撤除，前几年才于原址上重建。

史依灵扶着尚春华走入了三庆园。园子里光线阴暗，墙上展示着徽班的各种资料，老爷子认真地看着一幅幅老照片，眼睛从一张张熟悉的面孔上扫过：程长庚、余三胜、张二奎、杨月楼、梅巧玲、谭鑫培、杨小楼、梅兰芳……

看了半晌，尚春华的眼里有了泪花。他取下眼镜，说：“这上面少了一个人。”

史依灵说：“老师，少了谁？”

尚春华说：“徽班进京第一人高朗亭，怎能少了他呢？”

“可他没有留下任何影像啊！”

尚春华意味深长地说：“有，他在我的心里。”

第一章　水与戏

长这么大,高朗亭最佩服的人就是周瑜。不是吗?周瑜占了皖城,又娶了小乔,城池和美人都有了,可谓春风得意,怎能不让人高兴呢?皖城距石牌并不远,坐船不过半个时辰,这可是发生在家门口的事。此刻,周瑜正在戏台上呢,他身披铠甲,背后扎着四面靠旗,头上顶着两根长翎子。那两根翎子像是活的,绕翎,涮翎,抖翎,摆翎,在空中蹦来蹦去,把人的心都蹦成了鸟,戏厅里的人一个个都乐成了周瑜,大呼小叫,争着喊好。

猫着身子躲在阁楼里的高朗亭不由得也跟着叫了一声好。他正躲在这个旮旯里偷戏看,"偷戏"当然不光彩,可不偷行吗?在同声堂戏园看一场戏要十多个铜子呢。可高朗亭这一声叫倒是暴露了自己,话音未落,他突然感觉有一只大手抓着自己的后衣领,一把将他拎了起来。扭头一看,原来是戏园老板余老四。

余老四说:"兔崽子,躲在这里偷戏呢,看我不打断你的腿!"

高朗亭一边乖乖地求饶认㞞,一边躲闪着。余老四也不是真打,不过是想吓唬吓唬他。余老四说:"我这戏园子,蚊子都飞不进来,你小子是怎么进来的?"

高朗亭指了指墙上的通风口。余老四抬头一看,倒吸了一口凉气,一个小小的通风方孔,离地面有四五丈高呢,这家伙是怎么爬进来的?本事还不小。这要是摔下去,非死即伤,要是出了事,戏园也难逃干系。余老四说:"你一个小伢子,也懂看戏?你说,你一共来过多少次了?"

高朗亭嘀咕说："当然懂。至于多少次，记不清了。"余老四说："记不清？是不是经常来？"高朗亭只得点了点头。余老四又好气又好笑，说："你说你看得懂，你知道刚才演的是什么戏？你要是能说出个道道儿来，我今天就饶了你。"

高朗亭说："不就是《群英会》吗？说的是周瑜打黄盖，假投降，又故意让蒋干盗书，让曹操中了圈套。"说到兴起，高朗亭挺起了小胸脯，唱道，"老将军肯受刑威风凛凛，凌烟阁标美名必定功成。苦肉计献曹瞒全要你忍，怕的是年纪迈难受苦刑……"

余老四说："不错不错，有板有眼，你小子还真有一套。算了，你走吧，以后不要再来了啊，摔断了腿可不是小事。"

高朗亭一溜烟跑了。出了戏园子，才发现外面和戏台上一样绚美，夕阳映射在皖河河面上，像周瑜身上的那件彩色蟒袍，在空中抖开了，那驮着夕光飞来飞去的云朵，不就是扎在他身后的那些靠旗吗？本来，离开了戏园子，锣鼓声已听不见了，可高朗亭觉得它们仍在自己的耳畔咚咚锵锵地响着，他就是踩着那节拍声回家的。

高家位于下石牌老街，那是一幢有着马头墙和天井的老宅。远远地，高朗亭又听到了爹的咳嗽声。他感觉今天爹比往日咳得更厉害了，咳声杂乱，没有半个板眼，让他的心发慌。看样子，爹的病越来越重了。

高朗亭兴冲冲地走到爹的床前，叫了一声。病榻上的爹扫了儿子一眼，嘴角挤出一丝微笑，说："你小子，又去偷戏了。"高朗亭一愣，问道："爹，你是怎么知道的？"爹笑着说："嘿嘿，我怎么知道？这戏不都写在你的脸上吗？"

高朗亭摸了摸自己的脸，脸上凉凉的，明明是啥也没有啊。他又问道："爹，我脸上怎么会有戏？"

爹说："没有戏，你会这么高兴？"高朗亭明白了，姜还是老的辣，爹就是厉害，躺在床上都知道自己干什么去了。

爹又说："你这么喜欢戏，你会看戏吗？你知道什么叫戏？"

高朗亭说："不知道，我就是知道好看，看得过瘾。"

爹又笑了。爹说:“一个出色的角儿,遍身是戏。眼是戏,眉是戏;手指是戏,手掌是戏;肩是戏,腰是戏;背是戏,脚是戏;快步和慢步是戏,卧鱼和跌扑翻滚是戏;举手投足都是戏,喜怒哀乐更是戏。他身上带的东西,手帕是戏,扇子是戏,头发和胡子是戏;翎子是戏,帽翅是戏;袖子是戏,靴子是戏;十八般兵器是戏。总之,身上无一处不是戏,无一物不是戏。他动,有戏;他不动,也有戏。他就是戏,他带着戏走,带着戏迷走,他把戏迷们的心都带进了戏里,让他们一个个都成了戏中人,还出不来。戏里乾坤大。”

高朗亭愣了,爹的一番话,把他的头都说晕了。原来唱戏还有这么多学问。爹说完这番话,好像把力气都用尽了,又咳嗽了半天。高朗亭瞅了瞅地上的痰,鲜红鲜红,一块一块的,火炭一般烫眼。

高朗亭的父亲并不是石牌本地人,原籍扬州府宝应县,因长期在石牌镇搭班唱戏,后来就在这里安家落户,高朗亭就出生在这里。高朗亭来到天井边,娘靠在门框上,望着炉子上药罐里冒出的水汽出神。天天熬中药,熬了好几年,家里都熬空了,可爹的病还是越来越重。妹妹朗月蹲在炉子前打着扇子,见到朗亭来了,她叫了一声哥。朗月九岁,朗亭十岁,比她大一岁。

高朗亭感觉肚子饿得咕咕响,凑近朗月耳边问道:“晚饭吃什么?”朗月偷偷扫了一眼娘,撇着嘴角说:“娘说米缸里没米了,晚饭没的吃。”

高朗亭浑身的气力好像一下子被抽干了,瘫倒在地上。望着炉子上突突跳动的罐盖,他想,要是这里面是吃的该有多好啊。

朗月好像知道哥哥的心思,她在灶内拨了拨,从火堆里掏出一个黑乎乎的东西,原来是只喷香的山芋。高朗亭一把抓了过来,一掰,粉糯糯的山芋心子就露了出来。他也顾不得烫嘴,左一口右一口,连皮都吃得干干净净。吃完了,舔了舔手指,才发现妹妹没的吃,他愧疚地说:“朗月,我……”

“嘻嘻,”朗月笑道,“我们女伢子肚子小,不饿呢。”

高朗亭望着天井上方黑乎乎的天空说:“妹子,等我长大了,要挣大钱,给你做好多新衣服,买一大堆好吃的。”朗月说:“哥,你都说过好多遍了,问题是,你到哪里去挣钱呢?”高朗亭信誓旦旦地说:“我长大了自然就有办法。”又大人般叹了口气说,“唉,和你们女伢子说多了你们也不懂。”

这时,大门吱呀一声响,高朗亭看见一个人走进了自己的家。借助着昏暗的灯火,他仔细瞅了瞅,认识,一个老妇人,脸涂得白白的,一天到晚手里都离不开一块金丝手帕,妖里妖气,不是麻媒婆是谁?可她到自己家里来干什么?

见是麻媒婆来了,高朗亭的娘赶紧迎了上去。麻媒婆说:“嫂子,好消息,我和姜家好说歹说,才答应给这个数。”说着,伸出一只手,张开五根鬼爪般的手指晃了晃。

高朗亭的娘皱了皱眉说:“才答应给五两吗?”

“哟,嫂子,瞧你说的,已经不少啦。”说着,打量了一眼朗月说,“孩子才这么小,长得瘦不拉叽的,你真要嫌少,我现在就去把人家给回了。”说着,转过身子就要离开。

“别、别,麻媒婆,我不就是一说嘛。就依你说的,五两就五两,我明天就将人送过去。”

听到这里,高朗亭算是有点明白了,难道娘这是要卖了朗月?自麻媒婆一进门,高朗亭就感觉不对劲,街上的人都说这个老女人是个祸害精,她来了保准没有什么好事,原来是打上了自己妹子的主意。

高朗亭一把拉过了娘,气呼呼地问道:“娘,你这是什么意思?”娘哭丧着脸说:“是我托麻媒婆替朗月寻户人家,你爹眼看着就不行了,这叫我们娘仨怎么活……”

麻媒婆阴阳怪气地说:“小姑娘有好运呢,正好姜家前些日子托我替他家公子寻个童养媳。姜家可是实打实的大户人家,这半个石牌的商埠都是他家的,小姑娘过去吃穿不愁……”

“住嘴!”高朗亭打断麻媒婆的话,“你这个黑心的老怪,这是把我妹子往火坑里推呢,谁不知道姜家有个傻儿子?我妹子无论如何都不会去他家的!”

朗月听到这里,什么都明白了,哇的一声哭了起来。

娘问高朗亭："你说不同意，你明天不吃饭行吗？"高朗亭说："行。"娘又问："那后天呢？大后天呢？还有，你爹这样子，你说怎么办？让我一个女人怎么办？我也没法活了。"说着，蹲在地上呜呜地哭了起来。

娘的话把高朗亭难倒了，是啊，他可以歇个一天两天不吃饭，可能天天不吃饭吗？爹吐血吐得那么厉害，肯定撑不了多久，说不定就撑不过今晚。一副棺材总要的吧，棺材价格可不便宜，高朗亭在戏文中常看到卖身葬父的故事，当时他还以为是假的呢，没想到这种事竟发生在自己家里了。这戏和现实隔得可真近。唉，自己为什么不是个女娃呢？要是女娃的话，就可以代替妹妹去姜家了。

房里又响起一阵剧烈的咳嗽声，还有碗和杯盏掉落到地上的破碎声。麻媒婆一见气氛不对，说："嫂子，你们先商量下，明天再回我的话。"说着，一个转身溜了。

几个人赶紧来到卧室里。高朗亭见爹大张着嘴，明明是要喘一口气，可那口气就是出不来，显然是嗓子被痰卡住了。娘将爹扶了起来，爹的脸涨得通红，他用手指着床后的一只红漆箱子。

娘自然明白爹的意思，她打开箱子，拿出了一个四四方方的包裹，打开了，原来是一套红袍甲。高朗亭知道父亲以前也是个唱戏的，听说还是个名角儿，有"活关公"之称。不过，他可从没看过父亲的戏，在他的记忆中，父亲一直病在床上，不分白天黑夜地咳个不停。这肯定是父亲以前穿过的行头。

红袍甲静静地铺展在灯光下，散发出淡淡的樟脑丸的气味。袍是绛红色的，甲是银色的。高朗亭轻轻地摸了摸，袍软而厚，一看就是上等的丝绸；甲冷而硬，做工精致，一片一片的甲叶排列得整整齐齐，鱼鳞一般，发出温润的光泽。高朗亭看了看袍甲，又看了看爹，他想象着爹穿起这副袍甲时的样子。爹瘦得皮包骨头，身子弯成一只大虾，高朗亭怎么也不能把这副袍甲和爹联系起来，它好像是另一个人的东西。

爹指了指袍甲，又指了指高朗亭，但说不出话来。娘说："老高，我懂你的意思，是要传给儿子吧。唱了一辈子戏，就留下这么件东西，当初置办时，花了整整五两银子呢。朗亭现在还小，穿不了，我还是先收起来吧。”娘说着，就要将袍甲包起来。

爹不停地比画着，意思是叫娘不要收，又指了指儿子。娘明白了，就打开了甲，套在了高朗亭的身上。甲太大了，高朗亭的身子太瘦小，他明显能感觉到自己的肩胛在甲里面晃着。娘勉强给高朗亭穿上了，又在甲外面披上了红袍。袍子就更长了，在地上拖了一大截。穿好了，高朗亭扭了扭脖子，身子无法挪动一步。他尴尬地朝爹笑了笑。他突然发现，爹的脸上好像有了一丝笑意。爹笑着，笑着，那笑意竟然凝固在了脸上。

爹就这样走了。

朗月第二天还是被娘送到姜家去了，爹当然也顺利地睡到了一副上好的杉木棺材。自妹妹被送走后，高朗亭就像傻了一般，娘叫他磕头他就磕头，娘叫他睡觉他就睡觉，反正娘叫他干啥他就干啥。他感觉自己的心里空空荡荡的，像戏散场之后的舞台，上面一个角儿也没有，连跑龙套打帘子的也没有一个，所有的人都走光了，所有的声音也都死了。一个还算得上幸福的四口之家，转眼之间就剩下了孤儿寡母俩人，这变化比戏台上演的还快呢，他受不了。在台上，角儿唱了上句高朗亭就能知道下句，演了上出，他就能知道下出。可过日子不是这样，你根本不知道下一刻会发生什么，完全找不着板眼，蒙了。

安葬好父亲，一天上午，娘替高朗亭收拾了几件衣服，用一面方巾包了，带着他出了门。高朗亭不知娘要带他到哪儿去，木然地跟在娘后面，慢腾腾地挪着步子。

娘将高朗亭带到了石牌码头。岸上，有两间低矮的草寮，草寮前的凉亭里，两张八仙桌乌漆抹黑的。这里住着一个卖茶水的老人，人称顾老头。顾老头在这里卖茶水好多年了，南来北往的人都认识他，高朗亭当然也认识。高朗亭不知道娘将他带到这里来干什么，难道是要自己帮顾老头卖茶水不成？

顾老头正在烧水，朝老虎灶里喂柴，娘带着高朗亭走进凉亭的时候，顾老头没有抬头，但停止了动作，他显然是认识娘的。到了顾老头跟前，娘叫高朗亭给顾老头磕头。

“秀英,你这是做什么?”

这个顾老头,还知道娘的名字呢。高朗亭看见一粒火星子炸在了他的手上,他的手抖了一下,声音也有点抖。娘说:“老高走了,留下这根独苗,你们是师兄弟,你要给他一口饭吃。”

顾老头站了起来,几根带火的木柴从老虎灶里掉了下来,在地上兀自烧着。顾老头说:“你早该告诉我一声,我也去送他一下。”娘摆了摆手说:“送不送的都没什么意义了,你把这个孩子收下就行。”

“你知道我多年不带徒弟,老了。”

娘用不容置疑的口气说:“这个徒弟你要收。”顾老头看了娘一眼,眼里雨收云散,娘的气势显然将他压倒了。

顾老头围着高朗亭转了一圈,将他上上下下打量了一番,问道:“前些日子余老四来喝茶,说有个孩子经常到戏园子里偷戏,就是你吗?”高朗亭老老实实地说:“是。”

“会唱吗? 来两句。”

高朗亭张口就来:“观罢了阵势心暗想,军兵厌战思故乡。将士疲乏难敌挡,城中只有三日粮。倒不如乘夜北门闯,失荆州走麦城愧对兄王……”

唱的是《走麦城》,腔调是高拨子。顾老头不置可否,又问道:“你为什么要唱戏呢?”

爹没了,妹妹又送人了,高朗亭好像一夜之间长大了,还有什么比这些更让人害怕的事情呢? 高朗亭现在什么也不怕了。当顾老头问他的时候,他大声地说:“我要唱戏,要当名角儿,我要演给全天下的人看,演给皇上看!”

顾老头说:“嘁,小子,口气不小。皇上算什么呀? 戏比天大。”

高朗亭说了句大话,也是心里话。他本以为顾老头会吓一跳,或者责怪他一番,这都很正常。没想到,顾老头一点也不意外,他的话却将高朗亭吓了一跳。戏比天大? 天是没有边的,戏怎么会比天还要大呢? 高朗亭不懂,也不敢问。

娘说:“那好,孩子就交给你了,我走了。”顾老头说:“慢。”说着,走进了室内。出来的时候,高朗亭看见他手心里窝着件东西,应该是银锭子。顾老头正要将它塞进娘的手里,娘装作捋了捋头发,巧妙地避开了他的手。娘说:“你一个人卖茶水也不容易,现在又多了个孩子,负担不轻。”又对高朗亭说,“儿啊,好好听师傅的话啊。朗月的事,娘知道你恨娘,可娘也是没有办法,女人都是有命的,人哪拗得过命呢? 唉,和你说多了你也不懂,以后你会慢慢明白的。娘回去了啊。”

高朗亭发现,今天顾老头和娘的话都非常难懂。顾老头说戏比天大,娘说女人都是有命的,高朗亭怎么也想不明白这些话是什么意思。

关于爹、娘和顾老头的关系,高朗亭后来才断断续续地知道一点。爹和顾老头是师兄弟,长期在石牌演戏。娘是石牌姑娘,兄弟俩都喜欢娘,可是娘最终选择了爹。顾老头当年是名动一方的武生,在很多地方演过戏。山东曲阜的《孔府档案》里就记载过这样一件事,乾隆三十三年(1768),安庆班优人陈采臣曾奉差回皖,招募一大批各个行当的名优到孔府演唱徽戏。这批名优中,就有顾老头。顾老头终身未娶,后来年纪大了无法登台,又回到石牌,先是开了几届科班,培养小艺人,后来嫌麻烦,干脆关了艺馆,在码头附近开了间茶馆过日子,与贩夫走卒为伍,倒也逍遥自在。

高朗亭哪里想到,这个貌不惊人的卖茶水的顾老头,却有着非同一般的经历,是个不折不扣的老戏骨。从此,他就安安心心跟在顾老头后面学戏。

师傅给高朗亭选的行当是武旦。为什么是武旦而不是只唱文戏的花旦呢? 师傅说,要想成名角儿,身上没有点绝活儿不行,要能做到文武昆乱不挡,或者说,文武昆乱一脚踢。文武指文戏和武戏;昆,指昆曲;乱,指乱弹,指昆曲以外的各种地方戏。这是一句梨园行话,是当时衡量一个角儿是不是全才的最高标准。对一个伶人来说,要做到这点真的很难。

师傅说,花旦玩的毕竟是小儿科,什么眉眼、手法、身段之类,容易成为花瓶。要是有一身好武艺，也就是成了武旦，那才叫角儿，所谓技多不压身。高朗亭自然服从师傅的安排，多年后，他才体会到了师傅的良苦用心。

这样，高朗亭既要学习花旦的表演技巧，又要练习武功，那种辛苦和劳累可想而知。

第一步是踩跷。石牌街的行头店铺很多，师傅亲自到店中，给新收的弟子定制了一双小跷。师傅说，这玩意儿是秦腔班子中一个名叫魏长生的人发明的，他因排行第三，人称魏三。师傅还说，这个魏三不是一般的伶，是个戏精。乾隆四十四年（1779），他带着一个秦腔班子，在京城戏园子里一亮相，就掀起了轩然大波，京城百姓再也不看京腔了，都挤破了头来看他的秦腔。这个魏三，就这样一举把霸占京城戏园几十年的京腔班子全打败了。魏三的本事很多，踩跷是他的绝技之一。跷相当于一双绣花鞋，木质的底，约三寸长，尖而小。这玩意儿当然是穿不上脚的，只能将脚塞进去一半，成年人甚至一半还不到。将跷绑到脚上，模仿旧时女子的三寸金莲。旦角在戏台上从始至终都着跷，不光穿跷走路，还要完成一系列高难度动作，如踩跷走凳、踩跷过桌、踩跷蹦跳等。动作要行云流水，不能看出半点生硬和滞涩。

师傅让高朗亭穿上跷，在长板凳上练习站立，一站就是一炷香的工夫。还要做到三直——腰直、腿直、脚直。板凳上能站稳了，再在板凳上加块青砖，一站又是一炷香的时间。高朗亭经常站得汗如雨下，眼泪汪汪，可师傅就像是没看到一般。后来，师傅干脆让他绑着跷做事，什么端茶、送水、扫地，一律踩着跷完成。好在高朗亭很快过了这一关。

顾老头自己是武生出身，在教授武技时，格外用力。武技主要包括毯子功、腿功和把子功等。毯子功主要指各种筋斗及扑、跌、翻、滚、腾、越等动作技巧。为了练习的安全，这些动作多在柔软的毯子上进行，故称毯子功。腿功分为正腿、旁腿、斜腿、后腿、跨腿、骗腿、飞脚、旋子、探海、射雁、铁门槛等内容。把子是兵器的俗称，把子功就是手持兵器模拟武打动作，是武生必备的基本功。至于其他技巧，更是五花八门，什么水袖功、翎子功、眼功、髯口功、手帕功等，让高朗亭一时摸不着头脑。他以前在同声堂偷戏,不过是看个热闹,至多能学唱几句,模仿几个动作,没想到戏里还有这许多讲究。

高朗亭最喜欢的事就是跟着师傅到皖河边上去吊嗓子。起床后,在河堤上漫步一段时间,使全身的肌肉都动起来,做几次深呼吸,让肺像鱼鳃一般张开,甚至能感觉到新鲜的空气像皖河里的水一样,哗哗地流过肺叶,那时,整个人的精气神都不一样了,感觉嗓子里就痒痒了。到达了目的地,河面最开阔的地方,水汽氤氲,看不见一个人影。他面对着河,迈开两腿,双手叉腰,大张着嘴,那喊声就像是等不及了,自个儿从丹田里跑了出来,一长串儿,朝河面上滚去,像打水漂儿,把波浪都激起来了。

吊嗓子就是不断地喊"咿""啊"二字,轮换着喊。师傅让高朗亭佩服的地方太多了,比如这练声,师傅的声音高低长短,能收放自如,像面馆里师傅手中的拉面一般,高低起落,随心所欲。高朗亭呢,开始几声还行,接连喊上一阵,那声音就越来越不像样子,像老虎灶中着了火的巴柴,短了,焦了。师傅说,这是气息问题,不是一日之功,要慢慢来。

师傅的教法与别人颇有不同。他先教念白,后教唱腔。俗话说,"千斤白,四两唱"。戏曲起源于说唱,唱戏最注重咬字。念白甚至比唱还难,还要重要。顾老头先教高朗亭说些简单的两三个字的叫板和短句子,如"啊哈""走哇""来也""苦哇""马来"等,练习吐字与行腔。来石牌的人,多是南来北往的船夫伙计,熟悉的人居多,鲜有不懂戏的。他们到顾老头茶馆喝茶时,有时故意用念白的腔调说:"顾老头,上茶!"这不正是一个锻炼的好机会吗?每逢这时,高朗亭准会端着大碗茶叫道:"来也!"客人走时,他又会说道:"客官走好!"茶客们大多会对他的念白予以点评,"喷口"(嘴动)、"气口"(呼吸)运用如何,哪些地方不错,哪些地方还有问题,尚待改进,等等。

念白不仅要字字清晰,再长的念白,也要做到一句不乱,一字不含糊。那些大段的念白,记住都不容易,不要说用抑扬顿挫的腔调一口气说出来了。更重要的是,念白要通过字音、语气、节奏、腔调来表现人物感情,符合剧情要求。如

《夜审潘洪》中寇准在公堂上所念的一段:“潘洪,你这卖国的奸贼。想你身为当朝太师,一人之下,万万人之上,这是何等的荣耀哇……”侃侃千言,一气呵成。再如《玉堂春·会审》一出中苏三的一段经典念白,常被科班用作样板:“都天大人,犯妇之罪并非自己所为,乃皮氏用银钱将犯妇买成一行死罪。临行起解之前,监中有人不服,替犯妇写下申冤大状,又恐被皮氏搜去,因此藏在行枷之内。望大人开一线之恩,当堂劈桎开枷——哎呀,大人哪——犯妇纵死九泉,也是瞑目了哇——”再如表达愤怒感情的,《装疯骂殿》中赵艳容的一段念白:“列位大人,皇帝老哥,你等听了,我想这天下,乃人人之天下,非一人之江山,有德者君之,无德者让之……谁知出了你这无道昏君,我看这江山,你坐不长、坐不久、坐不稳也——”

一次,高朗亭从河边练声回来,路过码头边,看见一个小女孩挎着一大篮衣服从河边往镇里走。后面跟着好几个起哄的男娃子,嘴里叫着:“傻子傻,骑白马;娶媳妇,一枝花。”几个人一边喊,一边阴阳怪气地笑着。小女孩低着头,匆匆地走着。从身形上看,有点像自己的妹妹朗月。高朗亭快步走了过去,果然是朗月。高朗亭大叫一声:“妹子。”朗月叫了声哥,眼泪就涌了出来,一头扑进高朗亭的怀里。几个孩子一看这阵势,一哄而散。

朗月哭着说:“哥,我不想在姜家待了。”

“怎么,他们欺负你了吗?”

朗月摇了摇头说:“那倒没有,就是说话的人都没有一个,像坐牢。一天到晚没个消停的时候,有着做不完的家务活。”

高朗亭安慰道:“妹子,你暂时忍一忍,等我当了名角儿,挣了大钱,就把你从姜家赎出来,咱们还是一家人过日子。”朗月含泪点了点头。“走,我送你回去。”说着,高朗亭替朗月挎上篮子,将她送进了姜府。

朗月恋恋不舍地合上了大门,眼里泪水盈盈。此时,高朗亭才理解了《玉堂春》中苏三那一句叫头“苦也”。他深吸了一口气,眼望苍天,大叫一声:“苦也——”

从姜家出来，高朗亭没有直接回师傅的草寮，而是来到了石牌大桥上。大桥离河面有几丈高，时值初夏，正是山洪暴发的季节，水流湍急。高朗亭在石条铺砌的桥面上坐下了，默默地打量着眼前这座古镇。

石牌的地理位置很特别，从大别山流向皖西南方向的三条河流，东为皖水，中为潜水，西为长河，它们在石牌汇合，三水合一，成为一条新的河流，这就是皖河。皖河在流经石牌后，在省城安庆府西郊一个名叫纱帽洲的地方注入长江。石牌是长江重镇，千百年来就是繁荣之所，河面上樯帆林立，舟楫穿梭，码头上日夜忙碌；镇区内商铺林立，仅江西、福建、徽州、扬州等地客商设立的会馆就有六家。这么热闹的地方，自然少不了戏。

戏的起源，离不开水。来自大别山深处的水，在山崖上反复摔打，走过无数的沟沟壑壑，一路欢歌，每一滴水都有一副好嗓子。长途奔袭之后，它们在石牌相遇，汇成了一条戏河。石牌被称为戏窝子，是徽戏的发源地，更是各路戏班一显身手之地。

徽班是指演唱徽调的戏班，伶人主要来自安庆。徽调以二黄腔为主，产生于安徽，是由吹腔、拨子演变而成的。明末清初，西秦腔等乱弹声腔传入安徽，受当地土语音调影响，逐渐演变并形成了徽调的主要唱腔之一——拨子。拨子又与脱胎于南曲系统的吹腔，在安庆府枞阳镇、石牌镇一带融合，形成吹拨，亦称枞阳腔、石牌腔或安庆梆子，而后衍生出二黄腔。伴奏乐器也从唢呐改为胡琴。胡琴有内外弦，内弦叫老黄，外弦叫子黄，所以胡琴又叫二黄。二黄腔是一种抒情的腔调，比较平和、稳重和深沉，唱腔流畅而舒缓，适合表达沉思、忧伤、感叹和悲愤等情绪。除主唱二黄腔外，早期的徽班还兼唱弋阳腔、秦腔、梆子、吹腔、拨子、青阳腔、四平调、罗罗腔等各种流行的地方声腔，正统的昆腔更是不用说了。徽班善于吸收，灵活变通，以丰富的唱腔和精彩的剧情受到戏迷欢迎。

高朗亭听师傅说，别看这小小的石牌镇，多年来也不知锤炼出了多少个戏班子，不知出了多少名角儿。这些戏班子走南闯北，特别是杭州和扬州，更是名班必到之地，集聚了大量皖伶。望着滚滚流逝的河水，高朗亭希望自己有一天也像其中的一滴水一样，冲出狭窄的江口，汇入远方的洪流中。

很小的时候，高朗亭就听娘说起过石牌口鲶鱼精的故事。皖河在流入石牌镇口时，宽阔的河面忽然收紧，因为河的西南岸有座低缓的山崖伸进了河床中，人称筲箕山，又叫鲶鱼头。河的北岸有座百米高的山岭。一崖一岭夹岸对峙，下游几百米处的河中心还有一座由砂岩构成的岛，由此形成了一个水上口门，所以这个地方古称石牌口。三水归一，河道狭窄，激流奔涌，发洪灾是家常便饭。人们便认为此地有鲶鱼精在兴风作浪。为了镇住这只鲶鱼精，人们在周边地名上想尽了点子。鱼怕猫，便将鲶鱼头对岸的山命名为猫山。猫万一失手，在鲶鱼头下游，还有后招。石牌几大姓，如姜姓选择某地名为姜家网，潘姓名潘家塅，邵家叫邵家塅，杨家称杨家塅，等等。这些奇怪的地名，分布在鲶鱼头周围，似乎这样就能网住鱼、塅住水，使鲶鱼精乖乖地待在原地，无法兴风作浪，石牌自然就平安无事了。

第一次听娘说起这个故事时，高朗亭心里一痛。他痛什么呢？他太心疼那只传说中的鲶鱼精了。传说在每个月圆之夜，鲶鱼精都会从水中出来，她长得比戏台上最美的花旦还要美。石牌的戏唱了千百年，时间久了，这只鲶鱼精也学会了，有人信誓旦旦地说亲眼见过鲶鱼精坐在浪头上唱戏。鲶鱼精为什么要唱戏呢？是不是心里有着太多的苦？她被人们布下的天罗地网死死地箍在石牌口，寸步难行，除了唱戏，她还能干啥呢？月亮升起来了，圆圆的一轮，对了，今天正好是十五啊，鲶鱼精会出现吗？高朗亭愿意与她对唱一出。每唱完一出戏，人就会如释重负，每次唱完戏，高朗亭都有这种感觉。他将这种感觉说给师傅听，师傅还夸他，说那就对了，说明他入戏了。

高朗亭在大桥上坐了很久，月亮都偏西了，鲶鱼精也没有出现，他只好悻悻地回去了。

寒来暑往，一转眼的工夫，五年过去了。丑媳妇总要见公婆，到了高朗亭第一次登台的日子。可没想到第一次登台就出了岔子。

那天，师傅在后台亲自给高朗亭化装，娘也来了，跑前跑后地忙着。登台的地点在老戏园子同声堂，不过老板早已不是余老四。高朗亭听说余老四几年前就带着个戏班到外地闯荡去了。那天的戏是《姜子牙招亲》。这是个喜剧。剧情很简单，姜子牙奉师命下山兴周灭纣，路过宋家庄，遇到一故人，故人做媒，让姜子牙招亲。高朗亭扮的就是姜子牙要娶的女子马洪妹。戏中的马洪妹已六十八岁，是个老妇。洞房内，高朗亭扮演的新娘头上盖着红纱巾，坐在床上。姜子牙走进洞房时，戏园里的观众顿时尖叫起来，声浪像皖河里发了洪。高朗亭感觉全身发热，头脑里一片空白。他是一个十五岁的孩子，却要扮一个六十八岁的老妇，而且这个老妇还是个新娘。他无法入戏，急得汗都下来了。

当姜子牙唱“想起了下山事好不悲伤”一句时，高朗亭应该接上去。接下来，两人有一段对唱。可是，高朗亭竟然忘词了。姜子牙只好重复了一遍，而且加重了语气。高朗亭接不上，涨红了脸，下面的观众喝起了倒彩。高朗亭大窘，站起来直接跑向了后台。

师傅见高朗亭首次登台就狼狈而逃，顺手拿起架子上的道具刀，用刀把在他的头上狠狠地打了一下。高朗亭被打得眼冒金星，险些跌倒。这是他跟师傅学艺五年来第一次挨打，高朗亭感到无比委屈，他冲出戏园子，朝皖河边跑去。娘一边叫着他的名字，一边在后面撵着。

皖河堤上，高朗亭蹲在地上，放声大哭。娘静静地站在他身后，等儿子哭够了，她才轻轻地走上去，说：“儿子，事情过去了，今晚回去睡吧。”

高朗亭说：“娘，我唱不了戏，祖师爷没给我这碗饭吃。”娘说：“不就是忘词吗？学戏的哪个没有忘过词？你爹当年也忘过呢，没什么大不了的。”

高朗亭大喜，似乎还有点不信，说：“俺爹真的也忘过？”

“我还骗你不成？他唱了好几年戏还经常忘词。”高朗亭心想，原来是这样啊，我还以为自己是个窝囊废呢。娘说：“我儿子聪明着呢，下次记着了，在上场前要好好默戏，在心里多默几遍，就不会忘了。”

这时，顾老头也来了。他愧疚地对娘笑了笑说：“秀英，刚才在气头上，下手重了点,我……"

娘淡淡地说:"哪有师傅不教训徒弟的?打他也是为了他好。"高朗亭说:"师傅,刚才我太紧张了,我保证下次再不会犯那样的错误。"

师傅说:"演戏一定要入戏。在戏台上,你是个角儿呢,是替戏中人在活呢,替她说话,替她哭,替她乐。你是马洪妹,是赵艳容,是苏三,可以是戏里的任何一个人,唯独不是你自己。"

"师傅,我有点明白了。"高朗亭又对娘说,"娘,我就不回家了,还是随师傅住在茶棚里吧。"

师傅说:"秀英,今天你也在这儿,我正好有件事要告诉你。你看,朗亭跟我学了五年,我的三板斧也用完了,过几天,我准备安排他到扬州去,他现在完全可以搭班唱戏了。当然,要成名角儿,还要继续拜师学艺,边唱边学才行。总之,要到外面去闯一闯,石牌毕竟只是一个小镇。"

娘点了点头,望着个头已和她差不多高的儿子,说:"好男儿志在四方,我当然支持。"

听了师傅的话,高朗亭又惊又喜。喜的是,他学艺五年,终于出师,可以到外面的世界去闯荡一番了;惊的是,他不知道,等待他的,将是怎样的命运。他人生的戏,才刚刚开始。

乾隆五十四年(1789)早春,这一年,高朗亭十六岁。一天,师傅写了一封信,交给了他,说到扬州后,直接找一个名叫郝天秀的老乡。郝天秀是扬州有名的花旦,应该不难找。郝天秀的家位于石牌西一个叫雷埠的地方,师傅和郝天秀的父亲是故人。师傅让高朗亭去找郝天秀,一则可以继续跟他学习;二则让他帮忙引荐,设法为高朗亭在扬州的戏台上谋取一席之地。

高朗亭小心翼翼地收好师傅的书信,又将爹的遗物红袍甲收进了行囊。然后,他告别了师傅、娘和妹妹朗月,搭乘了一条客船,离开石牌,顺流而下,正式开始了他的演艺生涯。

第二章　人面桃花

早在出发之前，高朗亭就想好了，他要迟点去扬州找郝天秀，当务之急是要搭班唱戏，他迫切需要挣一笔银子，好把妹妹朗月从姜家赎出来。一想到妹妹在姜家受苦，他就日夜寝食难安。扬州是天下名伶聚集的地方，他心里没底，决定先到杭州去碰碰运气，看看能不能顺利搭班。

到了杭州，他首先来到西湖，打算好好欣赏一下这人间胜景。师傅曾教过他全本《白蛇传》，教得很仔细，他自然学得也很用心，这本戏成了他的绝活儿之一。西湖南岸的夕照山上，雷峰塔高高地矗立着。来到塔边，围着塔转了几圈。他在想，如果说这塔下面真的镇压着白素贞，恐怕没有几个人相信。可是，如果没有，为什么传说又是那样真实动人，完全不像是无中生有？

当天晚上，高朗亭住在西湖畔的一家小客栈里。他做了一个梦，在梦中，他变成了白素贞。

他在人群中惊恐不安地穿行着。他有一种预感，法海托着钵盂，就藏在他身后的人群中，无论他怎么奔跑，都无法甩脱。法海就像鬼魅一般，无处不在，他能感受到那种逼迫和杀气，让后脊梁骨一阵阵发冷。梦醒了，高朗亭再也睡不着了，他干脆坐了起来，坐在暗夜里，一直坐到东方泛白。

起床后，高朗亭绕着苏堤又转了一圈。晨光熹微，堤上，桃花盛开，粉红粉红的，如烟似霞，像花旦的脸。高朗亭一直认为，戏台上，花旦的脸，才是世上最美的脸。女人如花，在花旦的脸上终于恰到好处地得到展现——精致、浓丽、鲜艳。她在舞台上开放着，一颦一笑，喜怒哀乐，随风飘洒，牵动人心，倾国倾城。

可又有谁知道花旦内心里的苦呢？“她”只把最美的一面展示给你看。其他的，“她”全部隐藏了起来，留给卸装和散场后的自己。

堤上，红男绿女们来来往往。人们该干吗干吗，并没有法海的影子。高朗亭松了一口气。娘说，女人都是有命的，可白素贞就是敢于抗命，她不认命。高朗亭佩服这个女人。杭州是白蛇传故事的发生地，如果有一个机会，他会用心演好白素贞的。他懂她。

来到运河边的拱宸桥，这一带是杭州的繁华和热闹所在，京杭大运河杭州的终点就位于这里。康熙、乾隆皇帝南巡到杭州时都在这里歇驾。运河两岸，客栈酒楼、戏园茶馆、货庄商行，一家挨着一家，整日里人声鼎沸，人流像运河里的水一般，没有个消停的时候。

高朗亭连问了几家戏班子，一听说他是安庆石牌来的角儿，都很高兴。首次外出，让高朗亭感到自豪的是，没想到古镇石牌在外面有着很高的知名度，是一块招牌，很被看好。可对方一听说高朗亭是个新角儿，没有什么舞台经验，又都打起了退堂鼓。戏迷都有捧角儿的癖好，一个新人，谁也说不准会不会得到认可。高朗亭搭班还有一个特殊的要求，那就是时间只限一个月。这就让人家很为难了，戏班子花力气捧红了你，可一个月后你就要走了，哪个戏班愿做这样的傻事呢？高朗亭跑了一整天，直到黄昏时分，才有了结果，终于有一家叫作宜庆的戏班子同意他搭班。

搭班演出，伶人的报酬在行内叫公事，一般分戏份儿和包银两种。唱完戏当天结账叫开份儿；一月、半年或一年的价码，称包银。包银期满结清，平时每天只领几吊钱作为日常费用。

宜庆班班主名叫陆长松，太仓人，二十来岁，演的是生行。因班里有几个伶人来自安庆，宜庆班就打出了徽班旗号。和高朗亭同居一室的伶人名叫苏小三，也是个旦角，文武兼演。苏小三喜欢说话，他对高朗亭说：“戏班给你安排了三天炮戏，照例要出戏单，该给自己起个艺名了。”

所谓炮戏，是行话。伶人搭班或一个班社到外地演出的头三天，要演拿手好戏，以展示这个角儿或班社的实力，提高知名度，这叫作炮戏或打炮戏。炮戏要火，图的就是一个好彩头。要是炮戏哑了，这个角儿或班社在某地就失去了市场。

在杭州城内，排在前三位的戏园是天仙戏馆、阳春戏馆和荣华戏馆。这三家戏园里，唱红了数不清的角儿。外地名班名角儿登陆杭州，首选的地儿必是这三家。高朗亭演炮戏的地点就在天仙，能有幸在这样一家名园登台演戏，对一个伶人来说，是莫大的幸运。

苏小三的话倒是提醒了高朗亭。对了，伶人一般都有自己的艺名。他想了想，就叫“月官”吧，就是月下之官的意思。当时，不少徽班伶人的艺名中都含一个“官”字，如喜官、凤官、桂官等。他们扮的是戏台上的帝王将相，取一“官”字，沾点富贵气。还有，他的妹妹名叫朗月，艺名与妹妹的名字同一个“月”字，又有喜爱妹妹的意思在内。

高朗亭给自己选的打炮戏是《昭君出塞》《盗仙草》和《傻子成亲》。三出戏代表了三种不同的风格，前两出一文一武，最后一出是逗乐小戏，都是高朗亭的擅场。戏班子演老戏，从不排演，一律台上见。高朗亭这点常识还是懂的。不过，在杭州演出《白蛇传》，等于是班门弄斧，由于是新人，班里谁也不知道高朗亭的实力。这不，戏还没有演，后台闲话就出来了。有的说，在杭州炮戏选《盗仙草》，是不知天高地厚。有的说，又是文戏，又是武戏，行吗？乳臭未干，没吃过亏。面对闲言碎语，高朗亭一概装作没听见。新人搭班，鼓师和琴师都是不能得罪的，惹恼了他们会在台上给你使绊儿。后台里有些规矩还是要讲的。高朗亭主动找到鼓师和琴师，加强沟通，说腔调说动作。特别是《盗仙草》，和平常角儿们演的有哪些地方不一样，多讲几遍“师傅您多兜着点儿”之类的好话，至少说明你态度谦虚。班主陆长松也一再跟后台的人打招呼，对新来的角儿大家要尽量关照，在梨园里混一口饭吃，大家都不容易，不要欺生。

戏园的后台，都供奉有梨园祖师爷的画像或牌位。伶人将唐明皇李隆基奉为祖师爷，每次登台前都要焚香叩拜。史书中有载，唐明皇精通音律，曾选子弟三百名，教于梨园之中。所以，人们称戏班为梨园，伶人们自称梨园子弟。高朗亭在祖师爷的画像前上了三炷香，恭恭敬敬地磕了几个头，祈求好运。

天仙戏馆里，戏厅里挤满了戏迷，大家静等着好戏开场。到了正式登台的日子，高朗亭的心里反而特别平静。化好装，他就在后台的一个角落里静静地坐下了，不再说话，心里默默地过着将要演出的戏，动作、表情、唱词，不知不觉，他的心就沉静了下来，仿佛随王昭君走进了荒凉的漠北，随白素贞来到了险峻的昆仑山。前两出戏，一个是弱女子远度关山，一个是舍生忘死偷盗仙草。这都是怎样的命运呢？设身处地地替她们想一想，要说一点不怕，肯定是假的，但事情摊上了，就要咬着牙挺下去，做一个让男人们汗颜的女人。是的，她们是这一类女人。她们像皖河里的水，在岩石上摔成八瓣，完了还是自己。高朗亭是要扮她们的，或者说，替她们远走边塞，偷盗仙草，都是九死一生的活。他就是她们。他能怕吗？能紧张吗？那戏还怎么演？这么一想，高朗亭就入了戏，再没有了新手的怯场感。

高朗亭扮演的王昭君一出场，就赢得了一个碰头彩。他的扮相太美了！他才十六岁，身子难免瘦弱，但眉目清秀，五官精致，特别是一双凤眼，盈盈如水。他披着件卷毛的长袍，和头套相连，雪白的羊毛将他的脸衬得像漠北的雪莲。"手挽着金镶玉嵌琵琶儿面，奴这里思刘想汉，眼睁睁盼不到南来雁。哎呀，雁儿啦！你为我把书传，再与我多多拜上刘王天子，道昭君欲见无由见……"抱着琵琶的王昭君，边弹边唱，惊、怒、恨、怨、盼，唱腔优美，情感细腻，泪光闪闪，让人动容。当时正值夏天，可为了演出效果，高朗亭衣服穿得比较多，他能感觉到衬衣都湿透了。

《盗仙草》中，高朗亭的扮相又让戏迷眼前一亮。以往的《盗仙草》戏，白素贞都是一手持拂尘，一手持剑。高朗亭扮的白素贞弃用拂尘，改用双剑。他与守仙草的鹤、鹿二仙童的一场大战，设计了一场出手戏。所谓出手戏，也叫打出手，是指以一个人物为中心，与数人配合，做抛、掷、踢、接兵器的特技表演。这样非常容易出现失误。扮仙童的是陆长松和苏小三，两人喂招也很老练。高潮时,高朗亭的双剑全部脱手,戏台上剑光闪闪,扣人心弦。一场打斗结束,喝彩声此起彼伏。到后台时,高朗亭的眼泪涌了下来,他太激动了。此时,他才明白当初顾师傅为什么让他学武旦,而不是单纯的花旦,武旦让他的戏路更加宽广,成长的空间也更大。高朗亭佩服师傅就是见多识广。

《傻子成亲》的表演就轻松多了。陆长松扮演丑角傻子,高朗亭扮演新娘。这是一出笑中有泪的悲剧。新婚之夜的故事本来就够吸引人,况且新郎还是一个傻子呢。戏还未开演,就吊足了戏迷的胃口。新娘貌若天仙,傻子却糊里糊涂,不知道新婚之夜要干啥,引发了一连串的笑话。二人惟妙惟肖的表演,让戏迷乐爆了棚。在演出中,高朗亭想起了自己的妹子,她不就是给姜家的傻子做了童养媳吗?不知道现在情况怎么样了。想到这里,他不禁黯然神伤,怎么也乐不起来。

三天的炮戏,大获成功。高朗亭一夜之间成了杭州戏台上的热伶,戏迷们见面,说的都是一个名叫高朗亭的新人,自然少不了一番赞叹。大家都认为,这个新伶一定会成为名角儿,前途不可限量。

接下来的演出就顺利了,凡是有高朗亭的戏,上座率也越来越高。一天,高朗亭正在戏班大下处的院子里练着花枪,只见枪花点点,密不透风,将高朗亭包裹了起来,看不见他的身影。这时,陆长松从外面进来了,兴冲冲地对他说:"朗亭,告诉你一个好消息,我们要唱堂会了,客人还点了你的名呢。"

高朗亭正练得满头大汗,他一边揩着汗,一边问道:"真的吗?真有客人点了我的名?"

"那还有假?客人说,那个叫作高朗亭的新伶一定要参加。告诉你,这次邀堂会的可不是一般的客人。"

"什么人?难不成是杭州知府?这城里也就数他最大了。"

"比知府还要大。"

"那会是谁?"

陆长松轻轻对他耳语道:"闽浙总督伍拉纳来杭州了,浙江盐运使夏大人专门为他请的堂会。不说你，我唱戏好多年了，还没给二品大员唱过堂会呢。”

高朗亭尴尬地笑了，说：“真的啊？第一次唱这样的堂会，我还有点紧张呢。”

堂会的地点在浙江盐运司衙门后院。后院里有一座戏台，戏台正前方摆着一张八仙桌，上面摆着桐庐白梨、塘栖枇杷、萧山杨梅等几样水果。闽浙总督伍拉纳一个人在正面坐了，坐在他两侧的是盐运使夏大人、杭州知府等官员。伍拉纳是旗人，和朝中当权派和珅有亲戚关系，又新当了总督，因此满面红光、气宇轩昂。高朗亭等人出场的时候，看见戏台前只稀稀拉拉地坐着二三十个人，但大家一刻也不敢怠慢，格外卖力地唱着。

戏码是精心挑选的，一共六出戏，其中高朗亭主演的有《昭君出塞》和《盗仙草》，都是炮戏中唱过并受到杭州市民欢迎的。至于《傻子成亲》，供一般小民逗乐可以，在这种场合就有些不适宜了，所以并未安排。

高朗亭发现，戏台对面的楼上，有一间雅座，拉着一道帘子，隐隐约约可以看出是几位女眷。高朗亭总感觉有一双特别的眼睛注视着自己。那种眼神，温柔如水，就像初夏时分，他在皖河里游泳，清凉的水瞬间就将人轻轻包围了。可水在和你相遇之后，转瞬间就流走了。你想喊，想叫，想留住它，结果却是枉然。

堂会自然受到了欢迎。包括总督在内的官员们，都放下了矜持和架子，不断地叫好。高朗亭的心思全在楼上，等到谢场的时候，他看见一只雪白的手将门帘掀开了一道缝隙，只一瞬，马上就放下了。高朗亭是练过眼的，就在那一瞬，他看到了帘子后面的那张脸。四目相对，虽然隔得有点远，两人明显都有些心惊，好像是故人相逢。那是张粉面，桃花一般美丽。高朗亭想到了苏堤上正在绽放的桃花，那种娇艳和粉红，让人怦然心动。

回去的时候，陆长松等人十分高兴，堂会成功，总督高兴，夏大人破例又多给了赏银。可高朗亭没有心思关心这些，他在想着帘子后面的姑娘，她会是谁呢？为什么一个照面就让他记住了？想来想去他也想不明白，最终只有摇摇头苦笑。

陆长松在清河坊最好的一家酒楼里宴请戏班全体伶人,庆祝堂会成功。当然,最大的功臣应算高朗亭,大家频频向他敬酒。为了保护嗓子,高朗亭以茶代酒,可大家不同意,非要他喝一点。后来,还是陆长松给他解了围。

吃过饭后,陆长松陪着高朗亭沿运河散步。陆长松说:“兄弟,我看出来了,你有点闷闷不乐,是不是有什么心思?有什么事能不能和我说说?我会尽量帮你的。”

高朗亭装作若无其事地说:“没有啊!我哪会有什么心思?可能是刚刚离家,还有点不大适应吧。”

陆长松点了点头,说:“你就把戏班当成家吧,大家都是兄弟。我有个想法,等一个月期满后,想和你签个长期的合约,至于报酬,你尽管说。”

“谢谢班主的信任,一个月期满后,我想回家一趟,处理件家事。至于长期合约,等我回来再另行商议吧!”

“那好,就这么说定了。”陆长松拍了拍高朗亭的肩膀,认定他是一棵好苗子,决定好好培养。只是这个新来的小兄弟不爱说话,喜欢沉默寡言,这让他有点捉摸不透。

晚上,夜已很深了,同室的苏小三早已响起了鼾声,可高朗亭还是翻来覆去地睡不着。他的脑海里,一会儿是桃花,一会儿是粉面,两幅画面轮换着出现,最后又重叠到一起。可是,她是谁呢?自己一无所知。他自己也搞不懂,不过就是远远地看了一眼而已,怎么就会这样呢?难道自己喜欢上了那个姑娘不成?喜欢就是这样的吗?完全没头没脑。

第二天一早,高朗亭洗漱完毕,又来到了苏堤上,他想再去看看让他念念不忘的桃花。在一株古桃树前,他站住了。这棵桃树有好几丈高,枝丫交错,每一根树枝上都缀满了桃花,远远看去,像一树灿烂的烟霞。高朗亭围着树转了几圈,实在舍不得离开。

正在他望着一树桃花发愣的时候,忽然,一把绸面伞将他的视野遮了个严严实实。这把伞确实漂亮,两朵硕大的桃花开满了整个伞面。高朗亭只得向左移了一步,奇怪的是,伞也跟着向左移动。他只好又向右移了一步,那把伞像长了眼睛,也跟着他往右移。这不是明摆着要跟他过不去吗?他走上前去,正要发作,却见伞下是两个笑靥如花的姑娘,正看着他呢。其中一个,还俏皮地歪着脑袋。看打扮,一个是小姐,一个是婢女。

高朗亭哪里还有不快的情绪呢?不过,第一次和两个陌生的姑娘挨得这么近,他的心跳得很厉害。他说:"姑娘,你、你们怎么能这样呢?"

婢女样的姑娘辩道:"我、我们怎么了?你看你的桃花,我们看我们的桃花,碍你什么事了?"小姐样的姑娘阻止道:"绿荷,别这么冲。"

原来这个婢女叫绿荷,名字倒是很好听。高朗亭正要和她理论,不禁打量了下站在她身边的小姐,十三四岁的年纪,一张清秀粉嫩的脸,一袭粉色的长裙,腰带上吊着个香囊,一头青丝随意地拢着,上面横插着一支金钗。钗柄上的坠,是一朵红色的桃花。

四目相对时,高朗亭一愣,一种似曾相识的感觉涌上心头。

只见绿荷一步走到了小姐面前,将她遮在自己的身后,嘟着嘴对高朗亭说:"你这个男人,看花就看花,怎么看起我们家小姐来了?"

被绿荷说破了心思,高朗亭感觉脸上火辣辣的。幸好小姐善解人意,对绿荷说:"别这么没轻没重,这位客官也没有招惹我们。"又对高朗亭说,"对不起了,公子,我家丫头就是这脾气,刀子嘴豆腐心,请勿在意。"

绿荷又怨起小姐来了,说:"谁没轻没重了?哼,我可是在帮你!"

突然,高朗亭想起来了,难怪眼前这位小姐的面容和眼神如此熟悉。她就是昨天堂会上楼座里的女子,在他们谢幕时掀起门帘的就是她!

真是再巧不过了。自昨天堂会结束后,高朗亭就一直心事重重,他以为,和楼上的那位女子再也没有见面的机会了,他正为此失落呢。没想到,上苍这么快又给了他们一次绝佳的机缘。

高朗亭笑着说:"我就是昨天堂会上的伶人高朗亭啊,如果没有猜错,你们二人昨天也看了我们的戏吧,真是有缘,没想到我们在这苏堤上又相遇了。"

小姐和绿荷也同时啊地叫了一声。特别是绿荷,围着高朗亭转了几圈,不停地问道:“你真的就是昨天堂会上扮王昭君和白素贞的男人不成?”

高朗亭淡然地笑着说:“如假包换。”

绿荷说:“你到底是女人还是男人啊?真是奇了怪了,你比女人还像一个女人呢,我真服了你了。”

高朗亭说:“当然是男人,哪有女人上台唱戏的?”

只见小姐的脸飞上了两朵桃花,红了。她说:“你说得不错,奴家昨天和额娘,还有绿荷等几个女眷是在楼上,昨天的戏很好看。只是没想到,在这地方和公子又见面了。”

一问之下,原来这位小姐就是闽浙总督伍拉纳的女儿,她有一个汉名,叫梅灵。闽浙总督府驻地福州,这次伍拉纳到浙江巡察,将家人也一道带来了,他们将在杭州待一段时间,还会回到福州去。梅灵自昨天看了高朗亭的戏后,深深地被他所吸引,茶饭不思,早晨带着婢女到苏堤上来赏花解闷,没想到在这里他们意外相遇,当下也格外欣喜。

三个人边走边聊。梅灵又问了他们戏班子的住处,以及他们常在哪几个戏园子里唱戏。梅灵说,他父亲非常喜欢戏,常请戏班子到府中唱堂会,自己从小受父亲影响,也喜欢看戏。梅灵又问高朗亭:“你们戏班子会一直待在杭州吗,还是不久就要离开?”

高朗亭说:“我也是才搭班不久,具体情况不是太清楚,我和戏班只签了一个月的合约。”

梅灵说:“怎么,这么快就要离开吗?你还会回来吗?”

高朗亭看得出来,当自己说只签了一个月的合约时,梅灵露出了紧张的神情。难得她如此关心,他不过是一个戏子而已,而梅灵贵为总督的千金,对一个还算不上熟悉的伶人表现出关切,让他的心里感到温暖。

高朗亭和梅灵肩并肩地在苏堤上走着。高朗亭想,要是能一直这样走下去多好。此后,他一定会常常想起,曾和一个如此美妙的女子,在苏堤的桃林间漫步。绿荷装作看桃花,自觉或不自觉地与他们落下了一段路,这丫头比鬼还精,她早已看出了女主人的心思。

高朗亭说:“看得出,小姐很喜欢桃花。”

梅灵说:“桃花盛开的这些日子,我天天早上和绿荷来苏堤上看花呢。”

难怪会这么巧,这个梅灵,可以称得上是个桃花仙子了。只见她在桃林间走来走去,兴起时,还吟起了诗:“去年今日此门中,人面桃花相映红。人面不知何处去,桃花依旧笑春风。”高朗亭发现,梅灵在吟这首诗的时候,脸上的桃花谢了,有点灰。

时候已经不早,大家还是要分手了。梅灵取下了腰带上的香囊,说:“这是我亲手缝的,里面装的是晒干的桃花,送给你吧。我想,我们还会见面的。”

绿荷将香囊递给高朗亭说:“拿去吧,便宜你了。”

高朗亭说:“今天这趟花看得值,有幸结识了二位。谢谢你了,梅灵。”

直到梅灵和绿荷走远了,高朗亭仍怔怔地站在原地。这个早晨的偶遇,就像是梦一般,除了用缘分来解释,还怎么能说得清楚呢?

回到戏班里,苏小三说:“朗亭,你跑到哪里去了?班主找了你半天,下午有你的戏呢,我们得赶紧排一下。”一句话提醒了高朗亭,一个早上光顾着和梅灵赏花,差点耽误了正事。

高朗亭只好找了个借口说:“抱歉,早晨出门溜达时迷了路,这杭州城太大了,一不小心就找不着回来的地方了。”

苏小三扑哧一笑说:“也是,巷子像蛛网一般密集,看上去都差不多,进去后才发现不是。你又才来,不像我们,就是想迷路也迷不了呢。”

高朗亭想起顾师傅说过的话,戏比天大。虽然他现在还说不出比天大的缘由,但是,戏的重要性他还是知道的。戏是饭碗呢,戏迷们省吃俭用,花钱来买你的座,捧你的场,就凭这份人情,伶人们也没有任何懈怠的理。他提醒自己,下次绝不能再犯这样的错了。他喜欢梅灵不假,可喜欢归喜欢,戏归戏,两回事。

当天排的是一出小戏《思凡》。会唱《思凡》的伶人很多，它是花旦行的入门戏。剧情也很简单，说的是女子赵色空，自孩童时起，就被父母送进了尼庵，稍长后出家做了尼姑。成年后的赵色空，不满于佛门生活的清冷孤寂，情窦初开的她思慕起凡俗生活，于是扯破袈裟，私逃下山，去追求个人幸福。途中偶遇一位青年和尚，于是两人结伴而去。故又名《僧尼会》。

虽然剧情简单，但台上演起来并不是那么容易。梨园界向来有一句俗话，叫"男怕《夜奔》，女怕《思凡》"。二者分别是武生行和旦行最难演的戏。因为《思凡》基本就是一出独角戏，没有什么跌宕起伏的剧情，主要由小尼姑一个人来完成，还要表现出激烈的内心冲突，对伶人的要求很高。要点是细腻真切，以情动人，以情服人。

排演时，高朗亭叫来了几个伶友，让他们坐在一边观看。他一遍又一遍地演着，然后让他们提意见，不断修改完善。以前在石牌学戏时，顾师傅曾多次对他说过，戏必有技，要常演常新，要有自己的表演技巧。试想，同样一出戏，所有的伶人都按照固有的程式和套路来演，那多乏味啊。长此以往，戏迷们还肯走进戏园子吗？高朗亭虽然出道时间不长，但也想摸索自己的戏路。戏中，小尼姑手中有个拂尘道具，高朗亭就在拂尘上动足了点子。这柄拂尘，是可以大有用处的。要是将它与身段、唱腔、情绪等巧妙配合，就能起到画龙点睛的作用。

下午的戏是在荣华茶园演的。高朗亭的戏上座率很高，四五百人的戏池里，坐得满满当当的。

拂尘是佛门弟子身份的象征。戏中，一开始，它是放在桌上的。高朗亭扮演的小尼姑面对这柄拂尘犯了难。她想拿起来，又怕，又怯，仿佛这柄拂尘有千百斤重。她伸出手，小心翼翼地去拿，在快要碰到时却又缩回了，如此反复多次，才决心拿了起来。小尼姑唱道："冤家，怎能够成就了姻缘？死在阎王殿前由他。把那碾来舂，锯来解，把磨来挨，放在油锅里炸，啊呀，由他！"当唱到"碾来舂"时，她将拂尘横过来，两手握着两端，马尾下垂，模仿舂捣的动作；唱"锯来解"时，又来回做拉锯的动作；唱"磨来挨"时，做反复研磨的动作；唱"放在油锅里炸”时,拎着马尾慢慢移动,仿佛正将它伸进油锅里,然后突然朝东南西北四方甩开马尾,人也从上场门迅速走到下台角,模仿炸的动作和痛苦表情。果然,戏迷们觉得很新鲜,喝彩声不绝于耳。最后,小尼姑扯破了身上的袈裟,走出了庵门。站在门口,又将手中的拂尘毅然决然地扔回了庵内。扔掉拂尘,她又突然愣住了,望着空空的两手,足足怔了许久,有怀恋,有不舍,有担忧,迟疑一番后,方才转身下山。这一系列细微的动作,微妙地表现了小尼姑复杂的内心。

高朗亭下场时,在戏台左廊下场门口,有一个年轻后生走到他的身边,轻轻耳语说:“我家主人晚上请你在龙井茶楼喝茶,一定要来啊。”

高朗亭觉得这个后生有点眼熟。再仔细一看,这不是绿荷吗?怎么成了男人打扮?高朗亭马上就明白了,戏园里不准女客进来。因为唱戏是贱业,人们将伶人和娼妓相提并论。女人不仅不准演戏,也不准进戏园看戏。当时的女人要想看戏,只有请伶人唱堂会。高朗亭再看绿荷身后,戏厅左侧的廊影里,果然站着男装打扮的梅灵,她正看着自己呢。戏园里的光线较暗,台上的高朗亭看不清戏厅里的情况,加上她们都是男人打扮,所以一直没有认出来。

梅灵有请,高朗亭自然一口答应了下来。卸了装,他匆匆赶往龙井茶楼。茶楼位于运河边上。梅灵早已订好了包厢。当高朗亭到达时,一杯上好的西湖龙井刚刚冲沏完毕。坐于楼内,窗外的风光像一幅画,垂柳掩映,舟子往来,让高朗亭想起了和师傅在皖河畔开茶馆的时光。

高朗亭轻轻揭开碗盖,嗅了嗅,赞道:“真香。”

梅灵说:“知道你嗓子唱累了,特地找了这家茶楼,这家龙井地道。”

“谢谢小姐挂念,知道我们唱戏的人很苦。”

绿荷说:“你这可就误会了我家小姐的一番好心了,什么叫我们?我家小姐才不管你们唱戏的苦不苦呢,我家小姐只关心你。”

梅灵说:“绿荷。”

“他们这些男人啊,一个个都像许仙,呆头呆脑的,不把话给他们说明白了不成!我是个直性子的人,有啥说啥,别见外啊。”绿荷望着高朗亭,滔滔不绝地数落着。

高朗亭说:“没事没事,我也是个直性子的人呢。”

绿荷啪地一拍桌子说:“那就成了!”

高朗亭望着绿荷,不知她说的是什么事。绿荷说:“你看着我干什么?看我们家小姐啊。”

高朗亭只好又看着梅灵,梅灵低着头,脸通红通红的。高朗亭借机喝了几口茶,转移话题说:“你们刚才看了我的戏,感觉怎么样?还有没有什么要改进的地方?”

梅灵说:“唱得太好了。嗯,你能不能把‘他把眼儿瞧着咱’那几句还唱给我听听?”

高朗亭说:“可以啊。”他正了正神色,小声唱道:“他把眼儿瞧着咱,咱把眼儿觑着他。他与咱,咱共他。两下里多牵挂。冤家,怎能够成就了姻缘?死在阎王殿前由他。把那碾来舂,锯来解,把磨来挨,放在油锅里炸,啊呀,由他……”

唱着唱着,高朗亭发现,梅灵哭了,泪水涌出了她的眼眶。绿荷见状,朝高朗亭龇了一下嘴,埋怨道:“你看,你唱的都是什么戏啊?把我们家小姐都唱哭了。”又说,“你们聊吧,我到柜上去叫几样点心来。”说着,带上门出去了。

高朗亭见梅灵哭了,不知所措。他站了起来,本想劝梅灵几句,没想到,她一把从后面抱住了他,哽咽着说:“你娶我……”

高朗亭大为感动,转过了身说:“我倒是愿意娶你呢,要是能娶上你这样的姑娘,那是前世修来的福分。可是,我只是一个戏子,你贵为总督的千金,怎么可能嫁给一个戏子?就算你同意,你爹娘也不会同意的。”

梅灵说:“戏子怎么了?我不管!”梅灵是满人,在她的眼里,并没有汉人对伶人惯有的贱视。高朗亭拍了拍梅灵的手,说:“说真的,我不是没想过我们的事,可我越想越害怕,最终不敢想了。梅灵,别闹了,我送你回去吧。”

梅灵执拗地说:“不行,你今天一定要答应娶我!”

梅灵平时话不多，不像绿荷喜欢说个不停，没想到她比绿荷更为大胆和直接。高朗亭很为难，他俩的差距太大了，这种大事岂能随便答应，答应了就要算数的。见高朗亭半天没有反应，梅灵趴在桌上，呜呜地哭了起来，哭得梨花带雨。

绿荷进来时，见主人在哭，指着高朗亭说："好你个姓高的，敢欺负我们家小姐！"

高朗亭百口莫辩。绿荷说："小姐，我们先回去吧，回头慢慢再找他算账。"梅灵这才止住了哭声，揩了揩眼泪，调整了下情绪，淡淡地说："失礼了，告辞。"

离开茶楼时，外面的天已经黑了。高朗亭沿着运河走着，不知不觉走到了拱宸桥边。他在石条台阶上坐了下来。刚刚出道不久，没想到就遇上了梅灵这样一个美丽而率性的女子，不知不觉坠入了一场情缘里。可这段情缘注定是没有结果的。一想到这事，他就感觉自己像是戏台上的白素贞，被牢牢地罩在法海的金钵里，透不过气来。他喜欢唱戏，在戏台上，鼓弦响起来的时候，他可以是王昭君、白素贞，也可以是赵艳容、赵色空，或者某个别的女人，他喜欢沉浸在剧情里，活在她们的生活里，演绎着她们的喜怒哀乐。那时，唯独没有自己。卸了装，他又回到了现实里，人世间的种种烦恼重新又将他包围了。他无可奈何，不知道如何应对，远没有在戏里得心应手。

演自己比演别人难多了。

河流隐没在夜色里，只有隐隐约约的渔火，像一只只萤火虫，向北飞去。听说，沿着这条河乘船北上，就可以一直抵达京城。听戏班里的同行说，包括皇帝在内，京城里的人，不管是王公贵族，还是平民百姓，都喜欢看戏。要是自己有一天能乘船北上，到京城里去唱戏，那该多好啊。

让高朗亭没想到的是，此后，凡是有他的戏，梅灵和绿荷必定到场，而且每次散场后，都要约高朗亭玩。要么喝茶，要么吃饭，要么逛街。高朗亭自然也乐意与她们在一起。

一天晚上，高朗亭回来的时候，陆长松来到了他的房中。陆长松说："这些天每天散场后，我看你都被人邀走了。”高朗亭掩饰说：“是两个朋友，我陪着玩了会儿。”

陆长松说：“我出道比你早几年，经历的事情比你多一点，作为朋友，我想提醒你一句，在我们梨园，凡是有点名气的角儿，鲜有不被有钱人家的夫人小姐看中的，什么捧角的、追角的，但后来的结局都不大好，扯出来的麻烦和风波，不是我们伶人所能承受的。最后吃亏的还是我们自己。”

“你放心，我那两个朋友是男性。”

陆长松笑了：“我早看出来了，是女扮男装。真要是男性，我何必还要提醒你呢？我这也是为兄弟你着想。”

高朗亭说：“谢谢班主，我们真的是普通朋友。”

“那就好，没事就好，算我多虑了。”陆长松说道。

陆长松离开后，高朗亭摇摇头苦笑，不愧是班主，什么事都瞒不过他的眼睛。就算没有他的提醒，高朗亭也准备和梅灵来个快刀斩乱麻，不能再这样下去了，明明是不可能的事，越拖下去会缠得越紧，人也越痛苦。好在他与戏班签订的一个月搭班协议时间到了，高朗亭决定和梅灵来个不辞而别。到时，她找不到他，还不得乖乖回头。

陆长松再三挽留，并许诺提高包银，可高朗亭执意要离开。高朗亭决心把妹妹从姜家赎出来，这才是要紧的事。至于唱戏，来日方长，有的是时间。陆长松只好同意高朗亭离去，他不仅按协议支付了薪银，还另外多给了好几两银子。陆长松承诺说他的宜庆班欢迎他随时搭班。苏小三也说要拜高朗亭为师，学习武技。

高朗亭背着包裹，来到拱宸桥码头。他突然感觉，对眼前这座城市，他的心里已经有了几分牵挂。这当然和梅灵有关。就在船快要开的时候，他发现，梅灵和绿荷二人风风火火地突然出现在码头上。原来，梅灵发现没有高朗亭的戏码，就跑到戏班里来问，得知他正准备回乡，就迅速赶了过来。

梅灵的眼睛红红的，说：“高朗亭，你不辞而别，也不告诉我一声，好狠心！”

高朗亭说："家里有点急事，我得回去处理一下，就是怕惹你伤心，所以才没有告诉你。"

梅灵望着远处的运河，说："你走吧，我不久也要离开这里，这真叫萍水相逢。这人生，也像唱戏一样呢。你说《思凡》里的小尼姑，好好地干吗下山？这凡俗生活有什么好？我还想唱一出《思佛》呢。以后怕也难有再见面的日子了，罢了罢了，你走吧！"

高朗亭知道梅灵很伤感，劝道："梅灵，我知道你心情不好，可这不也是无奈吗？相信我们还会有见面的时候。"

梅灵摇了摇头说："不见了，不见了。"

船家已在催着开船了，高朗亭依依不舍地上了船。在船头上，高朗亭看见梅灵慢慢蹲了下去，旁若无人地放声大哭。

船走远了，离开了杭州。高朗亭在船舱里木然地坐着，一动不动。他感觉头顶上空，法海的金钵正放射出无数的芒刺，让他身心俱裂。梅灵坐在拱宸桥码头上放声大哭的情景占据着他的大脑。是的，他太让她失望了。高朗亭想告诉她，你怎么就忘了呢？我只是一个穿着戏衣四处乞食的伶。戏衣穿得久了，就没有了自己，而一个没有自己的人，如何去接受一份感情？

三天后，高朗亭回到了石牌。他没有回家，也没有去看顾师傅，而是直接来到了姜府。兄妹俩见了面，自然少不了一番嘘寒问暖。朗月的头发在脑后绾成了一个髻，手上脖子上还戴了几样首饰。高朗亭将自己在杭州一炮而红的经历简单地向朗月说了一遍，说得朗月又惊又喜。高朗亭说："妹子，我这次专程回来，是打算将你赎出姜府的，哥有钱了。"

没想到，朗月却应声哭了起来。高朗亭追问之下，朗月才说出了原委。原来，在高朗亭出门不久，姜老太爷就将朗月和他的傻儿子圆房成亲了。

朗月说："哥，现在都这样了，我还怎么回去呢？就算姜家同意，我回去也没法嫁人了。就在姜家慢慢熬吧，好歹还有一口饭吃。"

事情怎么会这样？他怎么就没想到还会有这道辙呢？高朗亭欲哭无泪。他真想同梅灵一样,旁若无人地放声大哭一场。

朗月安慰他说:“哥,你好好唱戏,当个名角。这就是命,我认命。”

高朗亭解开包袱,将专门给朗月买的玉镯、胭脂、香粉几样礼物拿了出来,递给了她,然后站起了身,说:“妹子,我回家了,你保重。”

离开姜府,回到位于下石牌老街的家。门上挂着一把铜锁,娘不在家。问邻居,说在街坊上替人家洗衣呢。有人捎信过去,娘很快就回来了。

见到高朗亭,娘急切地问道:“儿子,怎么这么快就回来了？戏演砸了吗？是不是在外面混不下去？”

高朗亭笑了笑说:“娘,你说什么呢？”他没说回来替朗月赎身,事情都到了这种程度,说也没有什么意义了。高朗亭将包袱里的十来两银子全拿了出来,递给娘说:“这些全是我挣的。”并将自己在杭州的唱戏情况择紧要处说了一遍。高朗亭看见,娘的眼里闪着泪花。娘不停地说:“我儿子有出息了,老高家有了接班的了……”

高朗亭还有一个想法,顾师傅以前不是也喜欢过娘吗？现在爹去世了,师傅要是和娘结合,彼此也能有个照应,不是两全其美吗？还能省却自己一番担心,好安心在外唱戏。高朗亭说出自己的意图后,娘说:“儿子,既然你有这个想法,只要老顾没意见,我也没啥说的。”高朗亭又去问了问顾师傅,他自然也乐意。

高朗亭劝娘不要再到街坊上洗衣了,和顾师傅一道开茶馆得了。娘不同意,说她还是住在这栋老房子里,开茶馆要到码头上抛头露脸,一大把年纪了,让人家说闲话不好。高朗亭打量了一眼老房子,灰黑的柱檩,交错的穿枋,屋顶上的隔板残缺不全。由于光线不足,家里一天到晚好像笼罩着层薄雾。在这层雾里,开得最艳的算是蛛网。大朵大朵的,像打碗碗花。天井上方的瓦楞上,长着几棵瓦松,几只画眉伸着脖子,朝室内费力地叫着。这离家不过才一月,这栋破旧的老房子突然让人生出无限疼痛,好像睡觉时被某只不知名的虫子咬了。

第三天，高朗亭告别了师傅、娘和朗月，带着师傅上次写的让他到扬州去找老乡郝天秀的信，在石牌码头上了船。皖河两岸，本来也有不少桃树的，可所有的桃花都谢了，唯有疯长的杂草挤满了堤岸。

而那张艳若桃花的脸，依旧春风般在记忆里绽放着。

第三章　粉与泪

几天后，高朗亭到了扬州。他在城南码头下了船，向城里的苏唱街走去。他打听过了，这条街是伶人的活动中心，梨园总会位于那里，最好的戏园子也在那条街上。到那去找郝天秀，应该比较容易。

到了苏唱街，高朗亭一打听，就有人告诉他，春台班今天在广陵戏园唱戏。不愧是角儿，一问就问到了。高朗亭来到广陵戏园，一看挂在外面的戏码，果然有郝天秀的名字。不过，他现在正在里面唱戏。高朗亭决定在门口等他。

外面停着一长溜的轿子，一个挨着一个。轿子边，无一例外地站着一个管家模样的人，身着各式长衫，手里都拿着一个大红的请柬，请柬里夹着一张银票。他们一个个伸着脖子，不时扫一眼戏园大门旁一扇紧闭的偏门。显然，他们是来接客的。高朗亭心想，这是接谁呢？怎么请柬里还要夹张银票？

天渐渐晚了。戏园的大门被打开，戏迷蜂拥而出，一个个是满足的神情，眉飞色舞地谈着刚才的戏，议论着声腔和身段什么的，有的还争执着。这时，只见那些穿长衫的管家，一个个紧张起来，高举着请柬，纷纷跑到了那扇偏门前，也顾不得体面了，争着往里挤。看这样子，偏门是戏班子的专用通道，他们可能是来接某个角儿的。

一场戏结束后，伶人们要在后台卸装，还要收拾东西，出来自然比观众要迟一些。等看戏的人走得差不多了，偏门才打开了。管家们一个个大声喊起来："郝郎，广和堂有请！""郝郎，富贵祥有请！""坑死人，宝兴隆有请！"

高朗亭算是明白了，他们这是在争着请郝天秀呢。说某某某有请，听名字应该是某个商号。郝天秀有个外号，就叫“坑死人”。乾隆五十一年（1786），诗人赵翼来到了扬州。他发现一个有趣的现象，坊间争传着一个名叫郝天秀的徽伶如何出色，并一个个地拿着白花花的银子争着到戏园看他的戏。看了一遍还不算，还要看两遍三遍。对此，赵翼不以为然，以为不过是人为地夸大其词而已。直到赵翼看了郝天秀的一场戏，才大为震惊。这个戏台上的男人，柔情似水，将花旦演得出神入化，令人销魂。当下作《坑死人歌为郝郎作》，诗云：

扬州曲部魁江南，郝郎更赛古何戡。
出水莲初杲日映，临风绪柳淡烟含。
广场一出光四射，歌喉未启人先憨。
铜山倾颓玉山倒，春魂销尽酒行三。
遂令天下父母心，不重生女重生男。

从此，郝天秀得了两个外号：坑死人和郝郎。他的名声更响了。

这么多商家争着请郝天秀去干什么呢？眼看着要到饭点了，请他无非是去陪酒、唱曲。可这么多人请，除非郝天秀是孙悟空，有七十二变的本事。否则，他也难以招架。戏班里的人一个个地走了出来，直到快走完了，也没有看见郝天秀。有人就悄悄向戏班子里的人打听，说是提前走了，回住处了。于是，那些人又招呼着抬起轿子，飞一般地赶去了。

高朗亭见状，沮丧到了极点，他在戏园门口的台阶上坐了下来。本来，他还指望着郝天秀能帮帮他的忙呢，没想到，连见他一面都这么困难。这些人拿着请柬和银票都见不着他，他一个素不相识的人能见着吗？虽说是老乡，可在扬州唱戏的安庆人多了去了，他帮得过来吗？

高朗亭拿出师傅的信，翻来覆去地抖了抖。师傅在信封上写着“郝天秀尊驾收”。可彼尊驾现在在哪里呢？自己这一趟扬州可能白跑了。算了，还是到杭州去搭陆长松的戏班吧，他说过欢迎他随时回来。但高朗亭又担心梅灵再次找上门来。不是他不愿娶她,而是两人的差距实在太大了。去,还是不去?高朗亭烦透了,他长叹一声说:“坑死人啊,你真是坑死人!”

这时,一个中年妇人模样的人走到了高朗亭的身边,问道:“这位兄弟,你找郝天秀吗?他又怎么坑你了?”

高朗亭抖搂着手中的信,说:“师傅叫我前来投靠他,可我连他的影子也见不着。”

“这位兄弟,我可以看看你的信吗?”

高朗亭心想,这里面也没有什么秘密,就将信递给她,说:“你看吧!”

此人拿出信笺,大致浏览了一下,惊喜道:“原来是顾师傅啊,他和家父是好友。记得在我小时候,他常和家父切磋技艺,还指教过我呢!”

高朗亭疑惑地打量着她,只见她拿下了发套,笑着说:“我就是郝天秀,我是被那些盐商逼得没办法,每次离开戏园子都要化装,不然根本走不了。”

高朗亭大喜,说:“哎呀,郝哥,终于找着你了,真是得来全不费工夫。”说着,他将师傅命他前来找他的意图说了一遍。

郝天秀又问他会哪些戏,高朗亭将自己在杭州搭班的经过简要说了。郝天秀拍着他的肩膀说:“搭班不急,今天正好是十五,你的运气很不错,我要引你见一个人。”

“见谁?”

郝天秀神秘莫测地笑了笑说:“到时你自然就知道了,我们先去吃点东西。”郝天秀带着高朗亭来到春台班的住处,从后门悄悄进了屋。郝天秀又朝大门前看了看,见那些请人的轿子都散了,他这才放心卸装。

卸装后的郝天秀让高朗亭眼前一亮,只见他身材高挑,标准的瓜子脸,面容清秀,樱桃小口,没有一根胡须,皮肤白皙,吹弹可破,男人怎么会长这样一张脸呢?高朗亭正在打量的时候,门外走进来一个人,对郝天秀说:“郝郎,今天外面那些人,我费了好大的力气才将他们轰走。”

郝天秀对高朗亭说:“来,我给你介绍下,这位是春台班的台柱子,苏州的杨八官，昆腔名伶，在淮扬地区可以说无人不知，无人不晓。”

“哟哟哟，坑死人，到底是谁无人不知，无人不晓？你就别坑我了。”杨八官反驳道。

郝天秀又指着高朗亭说：“这位是老家来的小兄弟，姓高名朗亭。杨大哥，今后多关照！”

杨八官仔细打量了下高朗亭，夸道：“好苗子，安庆那地方不简单，难怪人说‘安庆色艺最优’，怎么好的伶人都出自你们那里呢？”

高朗亭说：“所谓一方水土养一方人吧。小弟初到扬州，技疏艺浅，今后还仰仗两位兄长多多关照。”

杨八官说：“大家都是同行，一个锅里吃饭，以后就是一家人了，好说好说。”又说，“我们到对面的德和楼吃饭吧，今天高兄初到，这顿饭算我请了，吃完饭我们一道去瘦西湖见魏师。”郝天秀坚持他请，杨八官不让。杨八官拉着郝天秀和高朗亭向德和楼走去。

杨八官刚才在讲话中提到的魏师，高朗亭在杭州搭班时就有所耳闻，他此前也听顾师傅说起过。他名叫魏长生，是一位传奇式的秦腔名伶。长期以来，朝廷一直奉昆腔和弋阳腔为正统，弋阳腔在行腔吐字上被京化后称为京腔。京城的戏园里一直以演唱昆、弋二腔为主。这种状况一直持续到乾隆四十四年(1779)，魏长生率领一个秦腔班子杀入京师梨园，一切都变了。魏长生以《滚楼》《送枕头》《送饽饽》等秦腔戏亮相于京城戏台。这些戏，演绎的多是男女情事，卿卿我我。魏长生本人唱腔优美，演技精湛，武功扎实。他的绝活太多，特别是踩跷、梳水头和胡琴伴奏，别出心裁，让人耳目一新。一时间，魏长生轰动京师，王公贵族和凡夫俗子争相一睹为快。当时，昆腔已式微，京腔风头正劲，可魏长生的到来，直接导致了京城盛极一时的京腔六大名班偃旗息鼓，纷纷停班歇业，等于无形中砸了他们的饭碗。

可是，这六大名班的掌班们也不是吃素的，他们在京城梨园盘踞多年，根基扎实，其后台不乏皇室显贵。明的不行，就来暗的。这些人攻击魏长生的秦腔为歪门邪道，状子直接告到乾隆皇帝那里。结果可想而知，乾隆虽然爱戏，但犯不着为了一个地方戏得罪一班王公大臣。于是朝廷发布旨意，在京师五城禁止秦腔演出，令秦腔伶人改唱昆、弋二腔。

真是戏外比戏内复杂，戏外比戏内好玩。京师的水实在是太深了，正风风火火唱戏的魏长生哪里料到会有这一出，被兜头浇了一瓢冷水。戏班自然解散了，伶人们各谋生路，他自己不得已加入昆班，改唱歌忠烈斥奸顽的教化戏。

乾隆曾六次下江南，每次必到扬州，均由扬州盐商江春张罗接待，即所谓"江春大接驾"。江春，字颖长，号鹤亭，出任两淮盐务总商五十余年。他以布衣交天子，深得乾隆信任，享尽荣光。乾隆爱看戏，驻跸扬州期间，广征江南花、雅两部戏班子御前献艺。此举直接带动了江南戏曲的繁荣，盐商们纷纷蓄养家班。李斗在《扬州画舫录》中说："两淮盐务例蓄花、雅两部，以备大戏。雅部即昆山腔，花部为京腔、秦腔、弋阳腔、梆子腔、罗罗腔、二黄腔，统谓之乱弹。"所谓大戏，当然不是自己看的，更不是给一般百姓看的，而是给南下的皇帝准备的。皇帝隔几年就要来一次扬州，戏班子要常备，所谓养兵千日，用兵一时。为了取悦皇帝，扬州盐商们想足了点子。江春担任总商的两淮盐务衙门就蓄养了两个戏班，一个叫德音班，主唱昆曲；一个叫春台班，主唱乱弹，即地方戏。德音是内班，春台是外江班。外江班对外演出。两个戏班都不惜重金网罗名角，像魏长生，演剧一出，赠以千金。其他如昆腔名伶杨八官、徽班名伶郝天秀等，都是江春聘请的名角。李斗在《扬州画舫录》中说，"安庆色艺最优"，指出安庆伶人容貌和技艺最为优秀，表现了他对安庆伶人的高度赞许和肯定。

京师禁秦腔，地方上没说禁，好歹给魏长生留了一条生路。在昆班度日如年般地混了两年，他觉得不是滋味，于是来到了扬州，被独具慧眼的江春聘为春台班主角。但经过京师的风波，魏长生胆小多了，也谨慎多了。在扬州，虽然他演的仍是在京师演过的《滚楼》《送枕头》《送饽饽》之类的风月戏，但都做了一定的调整和精简。他怕了。掌权的人打一个喷嚏，伶人的饭碗说砸就砸。

魏长生的到来，在扬州梨园界又刮起了一股旋风，受到戏迷热捧，伶人们知道他在北京见过大世面，戏唱得好，绝活多，找他拜师学艺的人挤破了门槛，郝天秀、杨八官都投入了他的门下。

现在，郝天秀说要带高朗亭去见魏长生，这叫高朗亭如何不欣喜若狂呢？要知道，魏长生平时深居简出，没有熟悉的人引路，要见他一面非常困难。

月亮升起来了。到了瘦西湖边，几个人上了一条船，慢慢向湖心荡去。月亮像在湖水里洗过一般，又大又亮。岸边有许多琼花树，正是琼花开放的时节。花大如盘，在月光下影影绰绰，像挂在枝头上的无数颗月亮。“天下三分明月夜，二分无赖是扬州”，扬州的月夜，有一种销魂的美。

才行了一段水路，船就差不多无法前行了。湖道本来就不宽，湖里的船太多了，要不断避让。再行一段，就是避也没地方避了，湖面被船堵塞了。

郝天秀从船舱里走了出来，望着满湖的游船说：“怎么回事？今晚游船怎么这么多？”

船老大朝湖里吐了一口唾沫，粗鲁地说：“今晚全扬州的婊子都出动了，你难道没有听见她们嘴里一个个都在说着魏三吗？都争着去看他呢。这下好了，水道堵死了，大家都看不成了。”

高朗亭仔细一看，这才发现周边的船上，差不多全是年轻女性，一个个浓妆艳抹、风姿妖娆。她们全挤到了船头上，大呼小叫的，催着船夫快些划船。

杨八官扇了扇鼻子说：“好香啊，瘦西湖的风好像从来没有这么香过。”

郝天秀说：“魏师傅今晚到五亭桥赏月的消息肯定泄露了出去，不然，怎么会有这么多人？我看，这怕是全扬州青楼里的姑娘都来了吧。”

船老大说：“人家姑娘们是去捧角，我就搞不懂了，你们三个爷们怎么也去凑这个热闹？”

郝天秀想解释几句，杨八官做手势制止了他。杨八官说：“船老大，既然这水路走不通了，就将船靠岸吧，我们步行过去。”

上了岸，几个人向位于湖心的五亭桥走去。五亭桥建于乾隆二十二年（1757），亭桥结合，横跨瘦西湖，是扬州的标志性建筑。五亭桥上，有五座风格一致的风亭；桥身正侧面，一共有十五孔桥洞。乾隆下江南游瘦西湖时，也对五亭桥的巧妙结构赞叹不已。此处是瘦西湖风光绝佳处。尤其是月圆之夜，桥洞映月，静影沉璧，美得让人心醉。魏长生到此处来赏月，真是会挑地方。高朗亭早就听说他是个性格独特之人，虽说在京师唱戏赚了不少钱，但他仗义疏财，对贫弱者常慷慨解囊；对不喜欢的人，即使出高价让他唱戏，他也不为所动。

到了五亭桥前，果然看见中间的亭子里有个人影。此人一袭素白长衫，倒背着双手，举首伫立，正旁若无人地赏月呢。在五亭桥的四周，挤满了游船，女人们身着各色长裙，叽叽喳喳，像看着天外仙人一般，对着魏长生指指点点。

只听魏长生大声地说："既然大家都来捧我魏某人的场，我不唱几句也不够意思，唱完后大家就散了吧，别影响我赏月。"他站到高处，朗声唱道：

介子推坐草堂前思后想，想起了当年事好不凄凉。
恨献公听谗言龙心放荡，斩申生害重耳奔逃外乡。
我也曾保殿下四路游荡，日同行夜同宿受尽风霜。
奉君王十九载惊碎肝胆，某也曾割股肉救过君王。
行至在黄河口君心两样，因此上归家来侍奉高堂……

刚才出门前，当高朗亭听说他们去拜访正在瘦西湖赏月的魏长生时，就随手拿了根竹笛插在腰间，以备不时之需，没想到此时还真派上了用场。当魏长生开始演唱的时候，嘹亮的笛声就适时响了起来。大家都很意外，纷纷叫好。

魏长生唱的是徽戏《焚绵山》中介子推的一段唱。介子推维护晋文公有功，却未获封赠，他决意隐居绵山，奉母终老。晋文公派人到绵山三面放火，一面留路，逼他下山。彼时的介子推，心灰意冷，决意隐居，完全契合此时魏长生被迫逃离京师流落扬州的心境。

魏长生平时扮的是花旦，可是，他今晚唱起老生来一样别具特色。声音高亢，不是云遮月，而是云破月。可月下无人，凄清，只有形影相吊的自己，有一种彷徨于无地的落魄。而高朗亭的笛声，等于在凄清的月色里又洒了一层霜。青丝白了，天地也白了。

尽管有满湖的游船，有着数不清的红男绿女，可魏长生演唱的时候，乱糟糟的湖面上很快就安静了下来。大家一个个都屏住了呼吸，愣神听着，生恐遗漏了一个字。魏长生的声音太苍凉了，像一个人在暗夜里旁若无人地长哭，不过比普通的哭声多出了些节奏和旋律而已。高朗亭看见，月亮不是稳稳地挂在天上了，像喝醉了酒，开始摇摇晃晃。这是咋了呢？突然，那摇摇晃晃的月亮突然一头栽进了水里，天地间一片漆黑，只有魏长生的声音像个孤魂野鬼，冷风飕飕，在夜色里出没着。每个人的脖子后面都感觉凉冰冰的。那掉进了湖里的月亮，像一条受惊的鱼，在水里没有方向地乱窜，不是撞到岸边的石头上，就是撞到桥墩上。月亮撞得头破血流，湖水红了。终于，月亮从水里挣扎着爬了起来，湿淋淋的，在树头上大口大口地喘着气，一副惊魂未定的样子。

魏长生歌罢，也不见有人喝彩，瘦西湖上一片死寂。每个人的心里都装满了月色，落满了霜，一个个冷着脸兀自走了。满湖的船散了，湖面空了。

魏长生为什么会选介子推决心归隐的这一段唱呢？在《焚绵山》中，介子推母子最终都被大火烧死了。高朗亭隐隐有种不祥的预感。

三个人来到五亭桥中魏长生面前。魏长生身材颀长，面容清癯，月下看去，给人一种形销骨立之感。他见高朗亭手中拿着一支竹笛，问道："刚才是你吹的笛子吗？气足，流畅，吹得很好。"

得到魏长生的称赞，高朗亭心中窃喜，说："晚生高朗亭，拜见魏师傅，让魏师傅见笑了。"

魏长生快步走到高朗亭身边，将他上下打量一番，突然放声大哭起来。

郝天秀、杨八官和高朗亭三人大惊，一个个都着了慌，不知道魏长生为什么会突然如此失态。特别是高朗亭，他不知道哪里犯了错，惹魏长生如此伤心，本来还指望着拜他为师学几招呢。这倒好，一见面就把师傅不明不白地得罪了。

魏长生一边揩着眼泪，一边摆着手，示意大家不要介意。过了半晌，他才对高朗亭说："你和我的徒弟陈银官长得太像了，看到你，我就想起我那可怜的徒弟。如今，不知道怎么样了，还不知道他在哪里受苦呢……"说着，又放声哭了起来。

几个人将魏长生搀扶到了附近的一家酒楼里，点了烫干丝、煮河虾、盐水鸭爪、文思豆腐等几样小菜，要了一坛五琼浆。喝了一碗酒，魏长生的情绪才慢慢稳定下来。边吃边聊，几个人这才知道了事情的原委。原来，魏长生几年前横扫京城梨园的秦腔班子中，就有他的爱徒陈银官，人称陈银儿。当年，魏长生四十多岁了，再怎么化装也难掩苍老，但陈银官才二十出头，细皮嫩肉，妩媚动人。由于年龄优势，陈银官唱起戏来，其魅力比魏长生有过之无不及，是他的得力干将。魏长生的秦腔班子如秋风扫落叶般让京师的京腔班子溃不成军，陈银官也立下了汗马功劳。后来禁秦腔时，巡捕说陈银官唱粉戏，将他从戏台上直接抓了起来，当场打了三十大板，在戏园子门口枷号一月。魏长生百般托人说情，结果连说情的人都受了处罚。想那陈银官花朵般的人儿，哪里受得了此等皮肉之苦，一个月摧残下来，就没有了人形，气息奄奄，站都站不住了。陈银官是魏长生多年一手栽培的爱徒，突然遭此劫难，身为恩师的魏长生受到的打击可想而知。难怪他一见高朗亭就难掩悲痛，放声大哭。

魏长生说："可怜的银儿，吃了几年苦，在京师挣的钱也被那几个巡捕搜得干干净净，离京时身无分文，连路费也没有，还是我们原秦腔班子里的人凑了几十两银子，将他送出了城。陈银官的命运如此，其他人也好不到哪里去，散的散了，改戏的改戏。唉，不知道大家此时都在哪里受苦呢！"

几个人一边安慰着魏长生，一边唏嘘不已。没想到梨园里这碗饭此等难吃，弄不好不说会砸了饭碗，就是贴上小命也未可知。

初到扬州，和魏长生、郝天秀和杨八官这几位春台班里的名角相比，高朗亭觉得，与他们的差距还很大，需要学习的东西太多了。要想成为一个名角，戏路一定要宽，自己的优势是二黄腔，对其他声腔目前所涉不多，昆腔是不用说了，就是秦腔这种地方戏都同样博大精深，如果不潜心研习，取长补短，是难成气候的。高朗亭决定,当下不急于搭班登台,而是要做春台班里的学徒,从各方面丰富和提升自己,待时机成熟时再扬名立万不迟。好在魏长生对他印象很好,答应教他。从此,高朗亭就留在春台班,专心学戏。

高朗亭经常忆起那天晚上魏长生突然放声痛哭的情景。一个大男人,如果不是伤到极处,无论如何都不至于当着他们几个晚辈的面失态。高朗亭没有见过陈银官,更没有见他如何受刑,但是,通过魏长生那晚的伤感,大致可以猜想陈银官被巡捕折磨成什么样子了。在见魏长生之前,高朗亭认为,只要在戏台上演好自己的角色唱好自己的戏就行了,现在看来,事情远不是这么简单,梨园这碗饭并不好吃。但世间又有哪碗饭好吃呢?吃饭的差事,总是伴着吃苦的,不能因为难就轻言放弃。

在高朗亭的一再央求下,魏长生终于同意表演曾轰动京师的名剧《滚楼》。戏是在广陵戏园演的。清廷在京师五城禁演《滚楼》,但并没有说地方上不准演。

《滚楼》的主要情节就是一男娶二女的故事,魏长生和郝天秀配戏,各演其中一位女性。就凭《滚楼》的名声,凭魏、郝两个人的吸引力,想不火都不可能。那时的戏园还没有卖票的,看戏叫买座,排队入场,坐满为止。广陵戏园座位有限,撑死了也就五百个座儿,一个座儿售价高达五百文。扬州还从来没有过这样叫座的戏,更没有卖过这样高的价。在平时,看场戏百文就是高价了。扬州多巨商富贾,买座这点钱,他们根本都不眨眼皮,伴妻携子,呼朋引伴,一买就是五六个座儿。自广陵戏园挂出魏长生《滚楼》戏码,戏园子后台管事的人就一刻也没有消停过。出现了一座难求的局面,找熟人的,托关系的,争着要买。

开锣演戏那天,高朗亭走进戏园的时候,那场面才真叫火爆。戏厅里到处是黑压压的人头,也不知塞了多少夹座。高朗亭听说几年前魏长生初到扬州时,只演出过一场《滚楼》,当时也是人满为患。因为这部戏,魏长生师徒在京师遭祸,魏也不愿再想起那些伤心往事,后一直未再演。可在扬州的戏迷们看来,此举实在是吊足了他们的胃口。

剧情大致是这样的：黄葵花和两位哥哥占据飞天山落草，伍星领兵前去征剿，杀死了黄葵花的两个哥哥。葵花下山给两位兄长报仇，伍星不敌，败逃到兰家庄，被庄主金荣老汉所救。金荣得知他是名将伍员之后，即将独生女许配于他。黄葵花追杀伍星，亦来到兰家庄。金小姐与黄葵花本就是好友，就设宴款待。黄葵花醉酒后被金小姐扶至南楼歇息。金小姐安排伍星进入黄房中，与其成就好事。伍星在事后偷走绣鞋一只。黄葵花醒后，发现生米煮成熟饭，不再提报仇之事。在金小姐的撺掇下，三人一同拜堂成亲。新婚之夜，二女争风吃醋，闹得不可开交，伍星不得不从中劝解。所谓《滚楼》，意指男女相抱翻滚之意。

在剧中，魏长生扮黄葵花，郝天秀出演金小姐。扮伍星的生角轻佻放达，举止轻浮；魏长生的表演尤其出色，他扮的黄葵花是在醉酒状态下失身的，粉面酡红，醉眼迷离，尽显迷人醉态。虽然戏的主角只有三人，但剧情变化起伏，不时急转直下，始终牢牢地抓住了戏迷。魏长生表演细腻，一言一行，一颦一笑，都非常讲究，情态逼真，完全看不到一丝他本人的影子，他就是黄葵花，泼辣却又不失风情，将一个敢恨敢爱的女子演活了。

《滚楼》与以往戏台上常见的忠孝节烈戏不同，它演绎的是男女情感故事。但要是据此将它戴上粉戏的帽子，并禁止演出，多少有些冤。

演出结束后，魏长生走进后台，高朗亭扶着他在椅子上坐下了。高朗亭递给他一杯水，他一口喝干了。然后高朗亭帮助他更衣卸装，发现他绑头的纱布、戏服内的褶子，全被汗水湿透了。魏长生摇了摇头说："不行了，年岁不饶人，演不动了。"高朗亭说："你这完全是累的，你演得太投入了。"

魏长生说："不投入行吗？"

高朗亭还真被问住了。魏长生说："戏迷们省吃俭用花钱来买你的座，作为伶人，我们不能有一丝一毫偷奸耍滑。你是否在认真唱戏，是否在应付甚至糊弄，他们一眼就能看出来。你要用十二分的力气，再苦再累也要撑着。所以，每次唱完戏，我都有一种快要虚脱的感觉。"

魏长生脸色惨白，气喘吁吁，瘫倒在椅子上，闭目养神。高朗亭用油纸帮他擦拭着脸上的粉彩。粉与胭脂褪去的地方，衰老的肌肤就一点一点地露了出来。毕竟是四十多岁的人了，这个年龄，对一个旦行的伶人来说，已经有点勉为其难。衰老，不光在肌肤上，还会在唱腔、身段、动作等各种地方显现，怎么压都压不住。所以，旦行伶人的表演期是很短的，过了四十岁，要么改变行当，要么干脆告别戏台，就是这么残酷。魏长生之所以还在坚持着，一是因为热爱，二也是为生活所迫。

休息了一会儿，魏长生感觉好了一点。他问高朗亭："看了这台戏，感觉如何？你认为它像粉戏吗？"

高朗亭摇了摇头说："不像，说它是粉戏有点冤。我觉得特别好看，戏迷们一个个都看呆了。"

魏长生说："要说粉戏，《葡萄架》才是。《金瓶梅》里的戏，能不粉吗？那才叫污言秽语呢。京腔王府班里有个名旦叫白二，每次只要挂出《葡萄架》的戏码，戏迷必定提前几个时辰排队买座，非常火。自从我到京后，《滚楼》上演，《葡萄架》就冷清了，冷清到无法开锣演戏。可王府班后台硬啊，背后捅我们的刀子，非说秦腔是粉戏。唉，这不，只好亡命天涯了。"

高朗亭劝道："毕竟事情已过去多年，师傅也不要太在意，是非自有公论，看戏的人心里都有杆秤。我们伶人本就是吃百家饭的，到哪里不是唱戏？你在扬州不是挺好的嘛。"

话虽是这么说，但大家心头上未免都有些伤感。看了魏长生的《滚楼》，高朗亭眼界大开，对戏的认识又更深了一层。

第四章　遇挫

再说正在杭州例行巡查的闽浙总督伍拉纳，被新擢升为总督，成为权重一方的地方大员，可谓春风得意。他带着家眷，每日里不是游山玩水，就是看戏听曲。在这有人间天堂之称的杭州，越待越不想走了。一天，伍拉纳突然得到朝廷旨意，说明年即乾隆五十五年(1790)，乾隆八十大寿，要举行万寿节，敕命各地选派戏班进京，贺寿献艺。

接到圣旨，伍拉纳又喜又忧。喜的是，又有了个巴结皇帝的机会；忧的是，选派一个什么样的戏班子进京呢？而且还一定要让皇帝满意。乾隆爱戏、懂戏，他可不是好糊弄的。这派去的戏班子要是演砸了，到时倒霉的可是他这个总督大人。身为总督，虽说他也附庸风雅地喜欢看几出，但毕竟一知半解，远谈不上精通。除了正统的雅部昆腔外，花部，也就是地方戏，名目就太多了，什么秦腔、弋阳腔、梆子腔、青阳腔、罗罗腔、二黄腔、柳子腔等等，各唱各调，异彩纷呈。该派哪个腔调进京？谁知道皇上喜欢哪个，不喜欢哪个？这才是让他感到头疼的地方。所谓“楚王好细腰，宫中多饿死”，不了解皇上的口味，就是无的放矢，再忙也是白搭，弄不好还会引火烧身。

要说谁最会揣测圣意，在朝中，自然要算和珅，可这地方上选派戏班贺寿，本是自己分内之事，总不能还让和大人去拿主意吧，不合适。在地方上，谁是最了解皇上的人呢？伍拉纳左思右想，忽然眼前一亮，他想起一个人来。这个人就是两淮盐务总商江春。

江春先后六次接待乾隆南巡，皇上每次都是乘兴而来，满意而归。说他是皇上肚子里的蛔虫也不为过。重要的是，此人懂戏，他长期和伶人们打交道，两淮盐运司衙门蓄养着花、雅两部两个戏班，征聘四方名伶，搜罗天下名角，随时可以演唱大戏。要是江春能答应帮忙，这进京献艺的事，基本就有着落了。只要自己出面邀请，江春不会不答应的，浙江是淮盐的主要销地，谅他也不敢得罪堂堂的闽浙总督。况且徽商好儒而贾，向来豁达，广交朋友，又不要他们出资，不过是帮帮忙而已，何乐而不为呢？

想到这里，伍拉纳命浙江盐运司运使严运清立即安排得力人手，到扬州请江春来杭议事。

两天后，江春到达了杭州，伍拉纳亲自到拱宸桥码头迎接。以总督身份出门迎客，伍拉纳还是头一回。事关重大，不给足面子不行。只有十分的热情，才能换回十分的回报。人都不是傻子，况且江春还是一个精明十足的商人。

见堂堂总督亲自到码头迎接自己，江春完全没有料到。江春头上虽也顶着光禄大夫、内务府奉宸苑卿、布政使等官衔，正一品，品秩比伍拉纳还要高，可这些在商人圈里还值得说道说道，在伍拉纳面前就没有用了。明眼人都知道，这些官衔，要么是接驾有功，要么是给朝廷捐输了银子，皇上一时高兴赏的。伍拉纳是满人，在他面前，自己就是个商人而已。现在他肯纡尊降贵亲自到码头迎接，这是给足了十二分面子。

江春撩袍疾步上岸，一把握住了伍拉纳的手，激动地说："总督大人，江某不过是一介商人，怎么能劳驾大人亲自迎接呢？真是屈煞大人了，江某担当不起呀！"

伍拉纳心想，人说江春精明，果然不假。凭他的身份，在自己面前，说声本官完全是应该的，他却自降身份，左一声右一声地自称江某。伍拉纳说："鹤亭兄，这次有大事要麻烦你，你放着生意不做，大老远地从扬州赶来，我伍某跑点路也是应该的嘛。"

江春说："伍总督，事情我都知道了，江某一定尽力。你看，我还带个干将来了。"

这时，江春身后，走出一个五十上下的中年人，腰板笔直，浓眉大眼，他啪的一声两手抱拳，对伍拉纳朗声说道："在下余老四，安庆班主，见过总督大人！"

不愧是唱戏的，举手投足干脆利落，伍拉纳很满意，说："鹤亭兄，你的行动真快，这人才都带来了。就凭你这办事风格，难怪深得圣上信任。伍某很惭愧啊！"

几个人相互客套了一番后，都上了轿子，直奔盐运司衙门而去。

严运清早命人收拾好了客厅，桌上摆了几样精致的水果和点心。几个人坐下了。严运清指着各人面前的茶碗说："各位大人尝尝，这是今春刚上市的西湖龙井。"

江春端起茶碗，先是嗅了嗅碗口上的茶香，又浅浅地呷了一口，微微地咂咂嘴唇，说："好茶啊好茶，生活在杭州就是有福分，江某活了一大把年纪，还没喝过这么好的明前龙井呢。"

伍拉纳心想，这么说就有点夸张了，你们盐商一个个富可敌国，家里有的是大把的银子，天下什么样的美味不都让你们尝遍了？不过，江春的话听起来让人舒服，有点恭维的意思在内，这就是功夫。

严运清就势说道："杭州有的是好茶，既然江总商喜欢，下官一会叫人备下几罐，给你带回去慢慢品尝。"江春拱手谢道："那就恭敬不如从命了，江某感激不尽。不过，这么好的龙井，没有虎跑的泉水冲泡，就是带回去也是大打折扣，喝不出杭州的味来。"

伍拉纳大笑道："本官只听说江总商对戏是行家，没想到对品茗这一行也不陌生。"江春谢道："都是略知皮毛，哪里敢称行家。"

说到戏，伍拉纳的神情不禁严肃起来。他说："伍某劳师动众，将江总商从扬州请来，就是想商议下明年万寿节进京献艺的事。派哪个班子去，唱些什么戏，这些都是大事啊。皇上可是个大行家，别指望着在他那里打什么马虎眼，没有点绝活，这一关可不好过。"

江春说："江某在船上时，就一路在思考这个问题。愚以为，这不是哪一个戏班子,也不是哪一种声腔所能承担的。皇上万寿节,是普天同庆的大事,再怎么庆祝也不为过。进京献艺,肯定要有一批名伶,要诸腔俱备!”

伍拉纳点了点头说:“可是,这一时间到哪里去物色许多名伶?昆、弋腔都不行了吗?这诸腔俱备,那不成了大杂烩吗?”

江春说:“总督大人莫急,好在时间还早,我们从容谋划,完全来得及的。不是说昆、弋腔不行了,而是京师人久听生厌了,包括皇上在内,他们的趣味都在变。魏长生一个秦腔班子横扫京师戏台,万人空巷,争睹为快,这说明了什么?说明花部乱弹腔崛起的时机到了。”

“可是,朝廷不是禁了秦腔吗?”伍拉纳说。

“不错,我们当然不会派一个专门的秦腔班子去,但可以吸取秦腔之长,革除秦腔之弊,天子的万寿节,粉戏自然是不能沾的。总督大人刚才的大杂烩之问,也是问到点子上,杂烩当然不行,我的意思是说,以一种地方戏为主,合花部乱弹诸腔之长,成立一个大戏班!”

伍拉纳说:“江总商以为,哪个剧种能堪此大任?”

江春说:“徽班的二黄腔!”

余老四站起来补充说:“我们徽班虽说以唱二黄为主,但已初步融合了京、秦二腔,吸取了它们的长处;昆腔自然不用说了,是我们长期的学习对象。徽班最大的优势还在于求新,求变,行当齐全,文武兼演,昆乱不挡。近几年,我带着戏班子长期在江南演出,所到之处,一座难求,备受欢迎。”

江春说:“皇上为什么要下旨,命各地选派戏班进京贺寿?这不是明摆着嘛,是对京师的昆、弋班子不满意呢!皇上天天山珍海味吃厌了,要尝尝地方上的土菜呢。京腔六大班赶走了魏长生的秦腔班又能如何,他们火了吗?火了,但不长久。现在,京城的戏台冷清着呢,几台老掉牙的戏,几个半老不死的角儿。万寿节就是一个机会,地方上乱弹腔出头的日子来了,依我看,徽班完全可以挑头唱大戏!”

伍拉纳思忖了一会儿,说:“行,就按你的意思办,要重新组织一个大戏班,一定要把江南最叫座的角儿都聘到这个班子里来。聘角、排演，包括进京的一揽子费用，都由浙江盐运司衙门承担。万寿节大庆，花点银子不算什么。余老四，我给你三个月时间组班。”伍拉纳又走到江春身边，凑近他耳畔说：“鹤亭兄，当下，江南最叫座的角儿大多在你德音和春台班里，你可不能藏着掖着，舍不得放人啊！”

江春拍着胸脯说：“皇上万寿节，我江鹤亭要是有半点私心，就是欺君的大罪。请总督放心，我府上戏班里的伶人，余老四看中了哪个，随他挑，我绝对不会说半个不字。”

伍拉纳说：“好，你这么表态，我就放心了。我立马安排在拱宸桥的运河码头附近租几幢连体的房子，作为新戏班进京前在杭州的住地。班子组好后，所有服饰、头面、道具全部重新置办，拣最好的，不要怕花钱。人员到位后就抓紧排演新戏，我到时要亲自验收。我丑话说在前头，明年的进京献艺，只能成功，不能失败！”说到这里，伍拉纳的眼神突然变得严厉起来，一字一顿地说，“这戏要是演砸了，是要掉脑袋的，本官也脱不了干系。我伍某人拜托各位了！”

江春说：“总督大人言重了，皇上六次南巡，我江某也不知给他安排了多少场戏，哪次皇上不满意？还没有失败过。”

伍拉纳说：“好，那就这么定了。”又对严运清仰了仰下巴，严运清拿出一张银票，放到了余老四面前，说：“这是一万两，你们先花着。”

余老四本来还想客气几句，伍拉纳阻止了他说：“今后花钱的地方还多着呢，把角儿选好，班子组好，把戏唱好，献艺成功，本官还有重赏。”

余老四说：“那我就不客气了，余某向总督大人保证，三个月后，看我们徽班的！”

就这样，在浙江盐运司的后衙里，几个人商定了后来成为中国戏曲史上的一件大事，选派徽班进京，为乾隆万寿节贺寿献艺。

余老四接受了组班任务后，感到压力很大。进京演出，而且是给皇上演出，说是天大的事也不为过。俗话说，天意难测，谁知道皇上有什么喜好，会喜欢什么样的戏。演出会不会成功,余老四的心里是半点底也没有。俗话说,谋事在人,成事在天。他只不过是尽最大努力,把事情往最好的方面办而已。

余老四设想,以自己的安庆班为班底,再吸纳杭州的宜庆班和两淮盐务衙门的春台班部分名角,三班合一,组成一个新的徽班。这三个戏班,都是江南有影响的名班,强强联合,能演大戏,能出精品。这个新戏班的名字他都想好了,就叫三庆班。成立之后,戏班入驻杭州,并以杭州、扬州二地为主,开展演出,磨合伶人,排演新戏。

到了举起徽班大旗的时候了。作为伶人,一生最渴望的地方莫过于戏台。有台就能唱戏。万寿节就是一个大戏台,多少伶人一辈子都难有这样的机会。这样的机会不是你想要就要得到的,想等就等得来的,它要机缘。一想到这些,余老四就难抑内心的激动。

千军易得,一将难求。三庆班需要名角,没有名角的戏班只能说是一班乌合之众。在余老四的心目中,排在前三位的角是魏长生、郝天秀和杨八官。另外,像春台班有"戏妖"之称的樊大和名丑刘八,都在应邀之列。至于高朗亭,尚属新人,还未在扬州公开登台唱戏,余老四还并不认识他。

如果能请到魏长生、郝天秀和杨八官三人一同加入三庆班,那余老四的心里就有底了。特别是魏长生,听说他和乾隆宠臣和珅的私交很好。和珅爱看戏,经常召魏长生到府中唱堂会,外面甚至传闻和珅对他有断袖之癖。传闻虽不可信,但魏长生曾两进京城,毕竟是见过大世面的人。若他同意加盟,将成立的三庆班就有了主心骨。可这三人是否愿意去,现在还不得而知。余老四决定一个个地邀请。

他先是来到了扬州。魏长生在彩衣街租有私寓,余老四跑了几趟,都是大门紧闭。魏长生不好找在情理之中。戏班子里有人告诉余老四说,到扬州后的魏长生喜欢泡澡堂子,晚上到双桂泉浴肆去找他,兴许能找得到的。

吃过晚饭,余老四来到双桂泉。余老四和魏长生见过几次面,虽谈不上有多熟悉,但肯定是能认出来的。池子里,躺着一个个赤身裸体的浴客,死猪样的。水汽弥漫，看什么都模模糊糊。余老四暗暗叫苦，在这种地方找人，不是要人命吗？哪里能找得着？余老四在水汽里挨个凑近了看，差不多得贴近人家的脸。他在打量一个闭目养神的胖子时，胖子突然睁眼，突起的眼珠子像从肉里跳了出来，余老四吓得打了个寒战。胖子一口水喷在了余老四脸上，说："干啥？"余老四说："我、我找人。"说着，赶紧跑开了。

余老四琢磨着，这么大一片池子，魏长生可能会在哪里呢？他是个名角，最怕被人认出来，应该会找个僻静处。对，到角落里人少的地方去找。又一圈找下来，没有发现魏长生。不过，余老四在一个角落里倒是发现了一个有趣的浴客。此人半靠在池子边上，身子泡在热水里，一条湿浴巾将大半边脸围了起来，只留两个鼻孔在外面出气，死了般一动不动，看样子正享受着呢。

这人会不会是魏长生呢？如果不是，说明他今晚可能没来。余老四也不急，干脆就在他的身边躺了下来，一边泡澡，一边等着。

等了半天，池子里的人陆陆续续走得差不多了，才见此人慢慢扯下浴巾。余老四一看，乐了，不是魏长生是谁。

魏长生睁开眼睛时，见一个男人正对着自己笑，已认出了他就是安庆班主余老四。余老四为进京的戏班选角，在扬州闹出了很大动静，他或许知道此事。毕竟是同行，魏长生朝余老四点了点头，算是打了个招呼。

余老四说："长生兄，我找你找得好苦。"

魏长生并不接余老四的话茬，他一边擦着身子，一边自言自语道："这扬州就是好啊，早上皮包水，晚上水包皮。我这人啊，都快化成水了。"

余老四说："长生兄，我们找个地方聊聊，我有正事要和你说。"

"余班主，听说万岁爷到扬州时，有次微服私访，感觉累了，就随便钻进一家澡堂子里，泡了回澡，又是搓背又是修脚，他被弄舒坦了，一时兴起，临走时还题了两句诗：扬州搓背，天下一绝；修脚之功，肉上雕花。余班主，你觉得这事可信吗？"

余老四正色道："长生兄，这里不是说话的地方，我真的有正事要和你说。"

"哪里说不是说？有什么事长话短说。"

余老四说:"明年万寿节,我奉命组班,想请你出山。"

魏长生扇了一下池子里的水,说:"不去,他不让我在京城唱戏,我何必还要觍着脸送上门去?"说着,也不理余老四,在水中一个长跃,划走了。

余老四杵在水里,他完全没料到魏长生如此干脆果断地一口回绝了他。这事情才开始呢,就碰了个大钉子。他身子一软,感觉自己像一摊烂泥,瞬间被泡化了。他不知道自己是怎么走出澡堂的,也不知道是如何回家的。反正第二天醒来的时候,他发现自己躺在床上,妻子杨氏数落他说,你昨晚回来的样子真吓人,上戏台演个孤魂野鬼都不用化装。

接下来只能在郝天秀身上碰碰运气了。

郝天秀一点不比魏长生好找,这也在余老四的意料之中。郝天秀最近在城南买了幢新宅,余老四到他府上跑了几趟,他要么到戏园唱戏去了,要么唱堂会去了,总之不在家。余老四想了想,白天再忙,你晚上总要在家过夜吧,他决定天不亮就去堵门。

一天清晨,余老四来到郝府。由于来得太早,大门还没有开。余老四不急,他在四周转了几圈。好不容易等到郝府开了门。郝天秀果然才起床,听说余老四来了,毕竟是家乡人,又是同行,对他倒是很客气,亲自到门口来迎接。

余老四笑着说:"郝郎啊郝郎,你让我找得好苦,误了我多少吉日良辰!"

郝天秀自然知道余老四取笑他,赔着笑说:"对不住了,老班主,为了混一碗饭吃,身不由己啊,多有得罪,向您老赔不是了!"

余老四朗声大笑,说:"来找你有事呢,现在有一个名扬天下的机会,想请你郝郎出马……"

余老四话未落音,只见郝府管事的端过来一只大盘子,上面码着厚厚一沓请柬,千层饼一般。管事的将盘子放在郝天秀面前,赔着小心说:"主人,这都是昨天一天收的。"

郝天秀显出不耐烦的神色:"怎么这么多啊?"

管事的说:“还推掉了不少呢,这些都是推不掉的。”

郝天秀笑着对余老四说:“这些都是来请我唱堂会的,我唱得过来吗?我现在恨不得将自己分成三个身子,唉……”

对一个伶人来说,堂会是桩美差,一场堂会唱下来,收入可观,是戏园里的几倍。所以,伶人唱堂会都很卖力,堂会的多少也是伶人是否吃香的重要标志。一个出名的角儿,一个月能有个十次八次唱堂会的机会就很不错了。不过,像郝天秀这样,一天能收到这么多请柬,连见多识广的余老四也傻眼了。他说:“郝郎,一天就有这么多人请吗?”

郝天秀说:“扬州是天下富庶之地,那些盐商有的是钱,天天要看戏,出价一个比一个高,弄得我实在无法招架啊。”

余老四知道郝天秀很火,但是没想到会火到这种程度。

郝天秀好像很有经验,对管事的说:“你把这些请柬挨个看看,有没有官府来的,将那些盐商的往后压压。”

管事的说:“都看过了,明天,李知府的小妾过生日,这个面子务必是要给的;后天,江都县李县丞为老母举办八十寿宴,县丞虽然官不大,可是实权派,戏园子那块地盘都归他管,这趟差也是省不掉的;大后天这场堂会就更重要了,盐运司衙门请的,说是京城有个御史来了,来人一再叮嘱,御史是个戏行家,得好生准备着……”

管事的还要说,郝天秀不耐烦地挥了挥手说:“知道了知道了,都拿走吧!”

余老四的心里越发虚了,但人既然来了,只好硬着头皮说:“郝郎,我刚才说的事,你能否考虑下?”

郝天秀说:“我们唱戏的,到哪里不都是挣一口饭吃?这天下的银子都是一样的。刚才你也看到了,这扬州的差事还应付不过来呢,你说我跑到京城去干什么?再说,京城那地方,是人待的地方吗?要是哪个大老爷不高兴了,吐一口唾沫星子都能把我们这些唱戏的淹死,魏长生就是个明证,他是多大的角儿啊……”

郝天秀还要说下去，余老四对他摇了摇手，示意他别说了。

余老四病了。他躺在床上，身子发烫，嘴里说着谁也听不懂的胡话，什么“角儿”“进京”之类。妻子杨氏日夜守在他床前，服侍他喝了几剂汤药后，情况才好一点，能勉强喝几勺稀饭了。余老四的神志是清楚了，可人还是提不起精神，整日唉声叹气，好像刚搭好的戏台塌了。

江春看望余老四来了。余老四听说江春来了，挣扎着要爬起来，江春已走到了他的榻前，身后跟着春台班的名角杨八官。余老四说：“江总商，我余某人是什么身份，委屈您老人家光临寒舍，担当不起啊！”

江春捋着山羊须，拍着余老四的肩头说：“我听说了，你邀角儿碰了钉子。可人家不愿去，咱也没办法，毕竟人各有志嘛。不过，”江春指着杨八官说，“他已被我说服了，愿意加入三庆班。”

杨八官一拱手说：“杨某不才，愿助一臂之力！”

余老四激动地说：“谢谢杨兄，今后我们就是一家人了，有福同享，有难同当。”

江春说：“余班主，你养好身子，这组班邀角儿的事，千万急不得。好在时间还早，我们从长计议。”说着，示意跟班的递上了礼盒。江春说：“把这几根长白山老参吃了，补补身子。你放心，有我呢，误不了事的。”

江春的到来，像是给余老四吃了定心丸，他这场病本就是急的，休息两天后，基本上康复了。

身体上的病虽然好了，心病却还没有好。余老四很清楚，他的三庆班还缺一根台柱子，没有这根柱子，三庆班就撑不起来。杨八官不行，虽然他很优秀，但毕竟是唱昆腔的，徽班要有一个唱二黄腔的台柱子。本来，郝天秀是最佳人选，他说不去完全出乎余老四的意料，直接把他打蒙了。情急之下，到哪里去找人呢？名角是多少年才出一个，不是说有就有的。

余老四最近也爱上了水包皮，天天晚上往双桂泉澡堂子里钻。一泡就是一两个时辰，泡够了还不算完事，还要搓背修脚，和浴客们喝茶、闲扯，没话可说时就瘫在躺椅上闭目养神，每天直到澡堂子差不多要打烊了，他才懒洋洋地回家。余老四看似在做着与组班邀角儿无关的事，他的心可没有闲着，一直在思考着对策。

一天晚上，当余老四像往常一样来到双桂泉的时候，这家平时人满为患的澡堂，池子里只有为数不多的几个浴客。余老四心想，今天并不是什么特殊的日子啊，这人呢，都干什么去了？一问伙计，对方说："你还不知道吧？都到广陵园看戏去了，听说一个新角在唱炮戏。"余老四一听："嘁，我还以为是啥事呢，这偌大的扬州，这么多戏园子，隔三岔五就有新角上场，这有啥新鲜的？值得连澡堂子都不泡了？"

伙计说："这位客官，你还不知道吧？这位新人可不是一般的人，扬州的戏迷们都被他弄疯了，大清早地就到戏园排队买座，连'坑死人'郝天秀的戏都不看了。这不，最近两天我澡堂里的生意都差多了。"

余老四怕自己听错了，又问道："你说什么？连郝天秀的戏都不看了？"

"我一个跑腿的伙计，难道还会骗你不成？你要是不信的话，咱俩打个赌，我保管郝天秀这个时候正在家里睡大觉。"

余老四说："你知道那个新人叫什么名字吗？哪来的？"

伙计说："还能是哪来的，这些唱戏的凡叫得响的十有八九还不都是来自安庆？至于叫什么名字嘛，我还真不知道。"

既然是安庆来的，那唱的自然是二黄腔了。余老四心想，这不正合我意吗？他从水里一跃而起，一边揩着身上的水，一边往更衣室跑。伙计见状说："你跑什么跑啊？难道你现在去还会有座不成？说句不好听的话，那真才叫放屁的地方都没有。"

余老四来到广陵戏园，他常年在扬州演戏，这里的戏园子没有他不熟悉的。纵使如此，他还是费了好大周折说了无数好话才临时挤进了场。戏厅里黑压压的全是人头，人挨人，人挤人，人人都被挤得缩着身子。余老四走南闯北带班演戏二十余年，唱了无数场戏，还从没有看见过如此火爆的场面。可惜，他到达时,戏快结束了,一个花旦正在谢幕。观众朝戏台上打彩,碎银、整锭的银子、揉成团的银票,下雨一般朝台上的花旦身上砸去。花旦以水袖掩身,迅速向幕侧退去。戏迷们不依,一个个长嘶短吼,不肯散场。那个花旦无奈又小心翼翼地来到台口,弯腰鞠躬谢幕。银子雨再次下了起来,花旦只好用水袖遮着脸,不断避让着,由于紧张,他的身子瑟瑟发抖。一直到打彩的银子扔得差不多了,花旦方才转身,狼狈逃去,才走两步,脚上的跷鞋踩在一锭银子上,翻了,摔了个仰八叉,痛得龇牙咧嘴。戏台上都是银子,把他的身子硌痛了。喝倒彩声四起,恨不得要掀翻屋顶。戏迷们疯够了,过足了瘾,一个个才心满意足地散场离去。

余老四有点傻眼了,好在此人明天还有一场炮戏。座肯定是不好买的,余老四就是花高价,明天的戏无论如何都是要看的。对了,这个新人叫什么名字?他看了看挂在戏园外面粉板上的戏码,名叫月官。再一问,月官本名高朗亭。

魏长生为高朗亭的炮戏费尽了心思,他是个爱才的人,他看出来了,高朗亭是个唱戏的好苗子,好苗子就要让他早点出头,早日唱红。炮戏就是起点。魏长生亲手为高朗亭制作了假发贴片,手把手地教他,如何根据自己的脸形,贴出最佳效果。本来,伶人的头面服装道具等都是戏班子里统一备下的,可为了高朗亭的炮戏,魏长生特地给他在扬州的老字号定做了一套水钻头面,选的是最贵最好的那种,全套有五十多件,花了五百两银子。这笔钱自然是魏长生垫付的。魏长生就是这样的人,他不会放过任何一个细节,就连水粉和胭脂,也一律要用老字号谢馥春的。秦腔采用二胡和月琴伴奏是魏长生首创,二胡为主,月琴为辅。魏长生将专门为自己伴奏的琴师单琴言、单琴衣兄弟借给高朗亭使用。单琴言是一个二胡高手,单琴衣是月琴高手,兄弟二人平时老实木讷,不善言辞,可一到了戏台上,就像变了一个人。二胡和月琴的声音,咿咿呀呀的,或清越,或奔放,或呜咽,带着伶人的声腔飞奔,带着一台戏飞奔,带着全场戏迷飞奔,越飞越高。

今天是高朗亭在扬州三天炮戏的最后一场,戏码是《装疯骂殿》,是全本戏《宇宙锋》中的一出。剧情并不复杂,说的是秦二世偶遇赵高之女赵艳容,见其貌美，欲纳进宫中为妃，并封赵高为国丈，命他送女进宫。赵艳容坚贞不屈，在哑奴的指点下，装疯卖傻。她先是骂父攀附权势，接着在金殿上将秦二世痛骂一顿。秦二世误以为赵艳容真的疯了，只得放弃了花花心思。赵艳容这才躲过一劫，赵高的升官发财梦也就此破灭。

高朗亭的扮相太美了，本来就年轻，才十六岁的人儿，花骨朵一般。身段好，袅娜多姿；标准的鹅蛋形脸，略显清瘦，五枚贴片点缀着娇嫩的脸庞；眉目如画，顾盼生辉，自带风情。秦二世在赵高府中偶然看见赵艳容时，赵和婢女正在院中赏花，簇新的粉色湖绸长裙，满头的水钻微光荡漾。秦二世看得痴了，得知是赵高之女，命他立即将女儿送进宫中。

这出戏，高朗亭要表现的主要内容，无非是一个"疯"字。赵艳容一恨秦二世不辨忠奸，冤杀了自己的丈夫；二恨父亲贪恋权柄，卖女求荣。装疯阶段，她先要骗过自己的父亲，再骗过秦二世的眼睛，并借机痛骂。

"疯"相并不好演，借"疯"骂父、骂君就更有难度。剧情中的赵艳容，扯乱云鬟，甩脱绣鞋，撕破衣衫，疯得有度，不失分寸。"骂"才是出彩的地方，她将赵高错认作已死的丈夫匡郎，一番伤心动肺的哭诉，让赵高误以为女儿思夫心切而疯。来到金殿上，见到秦二世，赵艳容疯得更离谱，她装作丈夫匡郎鬼魂附体，指责他是无道昏君。她骂道："恨切骨咬牙关怒气满面，心腹内犹如那火油熬煎。如黄金火炉中哪怕火炼，杀老贼灭昏王消我仇冤……"

高朗亭的二黄腔，流畅、舒缓，其中的忧伤、感叹和悲愤，一句比一句铿锵，一句比一句浓烈，像枯草遭遇烈火，不可阻挡。秦二世和赵高在这样的指责声中狼狈而逃。

这出戏是徽班的常演剧目，余老四当然是熟悉本子的。高朗亭的演出，有些是遵循本子的，有些细节却是本子上没有的，给人耳目一新的感觉。如金殿上装疯，本子上赵艳容说自己是法力无边的玉皇之女，高朗亭却改成了丈夫鬼魂附体。这样一改，更切合剧情，更适合表达匡郎的冤屈和赵艳容的仇恨。就连作为老戏骨的余老四也不得不叹服，这改得实在太好了。

看了高朗亭的炮戏，余老四认为，他的三庆班里可以没有魏长生，可以没有郝天秀，但是，一定要有高朗亭。高朗亭才是他这些日子以来苦苦寻找的人。他是三庆班的眼睛，他要是来了，三庆班这条长龙就可以腾云驾雾，直飞九天。

余老四暗下决心，就是花再大的代价，也一定要将高朗亭引入三庆班。余老四相信，这个高朗亭，就是为徽腔而生，为他的三庆班而生的。

第五章　三庆班成立

为了确保能说服高朗亭加入三庆班,余老四特地拉上了总商江春,由他出面,把握性应该更大一些。余老四最怕的就是被高朗亭一口回绝,他现在承受不了那样的打击。

高朗亭唱炮戏搭的是春台班,在扬州,它也是伶人酬金最高的戏班子。高朗亭炮戏结束后的第二天上午,两顶小轿停在了春台班伶人的住处,江春和余老四从轿中走了出来。江春是被余老四硬拽来的,他上午有好几笔生意要谈,哪里有闲工来请一个角儿,而且还是个新人。但余老四说今天他是非来不可,这个叫高朗亭的新角儿,三庆班是志在必得。由于是勉强来的,所以,走出轿子的时候,江春的脸色就有些不好看。

来之前就派人通报过,春台班的几个台柱子魏长生、郝天秀、杨八官等几人已经在客厅等着了。双方见了面,余老四首先祝贺高朗亭炮戏成功。

高朗亭看了看魏长生等人,谦虚地说:"这都是几位师傅的功劳。"

在见到余老四之前,高朗亭在听到他的名字时,已经想起小时候在石牌同声堂戏园偷戏的趣事了。只不过余老四没有认出他,他那时不过是个十岁的孩子。现在,时间过去了六年,眼前的余老四,除了略显苍老,基本上看不出有多大变化。

余老四又问高朗亭是安庆哪个地方人,师傅是谁。

高朗亭笑了,说:"余班主,你真是贵人多忘事,我小时候在同声堂偷戏被你逮住的事,你都忘了吗?"

余老四先是一愣，接着放声大笑，他这才把眼前的高朗亭和记忆中那个偷戏的孩子联系了起来。笑过之后，余老四的心里才有了点底，他和高朗亭是有缘的。看来，上苍在冥冥中早给他俩安排在了一起。

余老四这才说出来意，邀请高朗亭加入三庆班，明年万寿节时进京献艺。余老四说："朗亭啊，你还年轻，刚出道，天地大着呢，跟着三庆班没错。我听你师傅说，你小时候就说过要演戏给皇上看。哎呀，这还真让你给说着了！现在你长大了，出息了，真是后生可畏啊，我余某人佩服你，真心替你高兴。"

余老四满以为高朗亭会一口答应，没想到，他说完之后，高朗亭并没有言语。余老四急了，问道："朗亭，你倒是表个态呀！难道我余老四还会害你不成？"

高朗亭完全没有料到余老四会邀他进京唱戏。他炮戏成功，正沉浸在喜悦之中，准备放手在扬州好好干一番呢。一时间，他难住了，不知说什么好。

江春一直在听着余老四和高朗亭说话。这时，他站了起来，走到高朗亭身边说："凭你的演技，要在扬州成一个名角，没问题。可扬州毕竟只是个巴掌大的地方，京城那才叫天下。京师献艺，多么光宗耀祖的事，要珍惜这个机会！"

余老四说："朗亭，你要看远一点，明年万寿节，天下名班云集，我们徽戏的机会来了。我余老四有一种预感，不要说扬州，十个扬州都兜不下，徽戏必将扬名天下！谁去扬名？你就是那个领军的人。"

高朗亭让他们说得热血沸腾，可是，他想起初到扬州时，瘦西湖的五亭桥上，魏长生为爱徒放声痛哭的情景。那晚的情景他怎么也无法忘却，他第一次意识到，唱戏还是一项危险的差事，稍有不慎，就会遭受无妄之灾。但江总商和余班主的邀请是不能拒绝的，凭他们的身份，如果不是看重自己，何必亲自找上门来？在这偌大的扬州，自己毕竟是个才登台的新人，要是一口回绝，明显就不识抬举了。

想到这里，高朗亭说："江总商、余班主，事关重大，这样吧，容我再考虑几天行吗？"

余老四看了看江春，江春说："行，就让他考虑几天吧！"

闽浙总督伍拉纳带着家眷来扬州了。显然，他是放心不下，前来看看江春和余老四的组班情况。他住在扬州官方安排的驿站里，驿站位于运河边上。

次日，江春在自己的康山草堂里为伍拉纳接风洗尘。说是草堂，实为一处精巧的园林，是江春的私产。草堂位于城南运河边，因坐落于康山街而得名。康山是一座小山，由疏浚运河时挖出的河泥堆积而成。康熙两次亲临康山草堂，并写下了《游康山即事两首》《游康山》等诗。草堂里亭台楼阁，小桥流水，奇花异草，四季如春。

酒过三巡，魏长生、郝天秀和高朗亭等先后登台演戏。当高朗亭登台的时候，伍拉纳站了起来，问道："此人是谁？怎么有点眼熟？"

余老四说："回大人，他叫高朗亭，艺名月官，是鄙人老乡，听说在杭州搭过班。"

"我说怎么这么眼熟，他今春在浙江盐运司唱过堂会，文武戏都很精，本官印象很深。"伍拉纳说。

台上的高朗亭，和在杭州时又大有不同。他头上的贴片、发髻及头面，都是魏长生一手指导的。他今天唱的是《昭君出塞》中的一段《牧羊关》，打扮也很有特点，用的是一组点翠头面，用翠鸟羽毛剪贴于金属底版上制成。翠羽有皎月、湖色、藏蓝等不同色彩，镶嵌着长短不等的贯珠。这还不算，魏长生还别出心裁地在他头上斜插了一支完整的翠羽。它让人联想到人市上卖身的草标，给人一种此身已售的飘零之感。高朗亭怀抱琵琶，唱道："缥缈一似云飞，又只见汉水连天野花满地。我自在雁门关上望长安，纵有巫山十二难寻觅……"

伍拉纳大叫一声："好！"见伍拉纳如此称赞高朗亭，余老四心里更有底了。他轻声对伍拉纳说："总督大人，我欲将高朗亭吸纳进三庆班，作为台柱子，你看……"

伍拉纳点了点头说："扮相好，唱腔好，又有武功，行。"

余老四说："不过……"

“不过什么?”伍拉纳愣道。余老四说:“他还没有答应。”

“怎么会这样?这是给皇上唱戏呢,他敢不答应,难道长了十个脑袋不成?”伍拉纳显然有些生气了,在他看来,作为一个伶人,拒绝进京献艺,不识抬举不说,还涉嫌抗旨。

余老四说:“总督大人息怒,高朗亭虽说十六岁了,但毕竟还是个大孩子,一时之间尚不知道事情轻重,不宜强逼,容我慢慢劝导。我敢打包票,他会答应的。”

“这还差不多,一定要让他进京。”伍拉纳叮嘱道。

伍拉纳所住官驿不远处,有座土地庙。到扬州的第二天,梅灵就拉着婢女绿荷,来到土地庙烧香。梅灵随父来到扬州,她知道父亲此行的目的是为进京的戏班选角。她拈起三炷香,点燃了,插在了香炉内。然后,跪在了蒲团上,双掌合十,闭上了眼,嘴里默默地念叨着。

绿荷调皮地凑近她跟前说:“小姐,许什么愿呢?”

梅灵脸红了,装作嗔怒说:“跪下!”

绿荷嘟着嘴说:“跪就跪呗,生什么气!”说着,也装模作样地在蒲团上跪下了,学着梅灵的样子双掌合十,大声地说,“我一祝朗亭哥哥来到了扬州,二祝朗亭哥哥被爹爹选中进京,菩萨保佑我心想事成。”

梅灵见绿荷说出了自己的心思,大窘,装着生气说:“死丫头,你乱说什么呢!”

绿荷倒背着双手,振振有词地说:“小姐,我说得不对吗?要是不对,咱们干吗到这来烧香?”

梅灵只好承认说:“你说得对,好吧!可你说对了又有什么用呢?又帮不上我的忙。”

绿荷说:“怎么帮不上?而且,你的忙除了本姑娘能帮,换成别人还帮不了。”梅灵说:“那你快说,有什么好办法可以帮帮我啊?”

“我倒是想帮你,可也要你配合啊,光在这里烧香有什么用呢?快到街上去打听打听啊。”

梅灵想，绿荷说得对，当务之急是要到街上去打听高朗亭的情况。伶人每到一个地方，都要登台唱戏，抛头露脸是必须的，高朗亭在不在扬州，自然是一问便知。

于是，梅灵和绿荷来到了苏唱街，在戏园子附近一打听，立马就有了高朗亭的消息。接着，两人又马不停蹄地来到了春台班驻地。戏班里的人告诉她们说，江总商在康山草堂为总督伍拉纳举办接风宴，班里的几个台柱子都过去唱堂会了，高朗亭也在内。

两人又鬼鬼祟祟地来到康山草堂，自然不敢进去，梅灵的爹在里面呢。只好远远地在门外等着，瞅着大门口的动静。

梅灵想，一会高朗亭要是出来，难道自己就直接跑过去和他见面不成？那多没面子，自己毕竟是个姑娘家。况且，一想起上次在杭州高朗亭不辞而别，梅灵的心里就来气，也忒不把她当回事了。得想一个法子，既能见到高朗亭，还不能让他看出是她刻意寻找来的。梅灵叫过绿荷，对她耳语几句，绿荷就明白怎么做了。

两人分好了工，梅灵到康山街上闲逛去了，留下绿荷继续观察。足足等了一个时辰，绿荷才发现一群人簇拥着总督伍拉纳出来了。她赶紧躲到一棵紫薇后，瞪大着眼睛，心差不多要跳到嗓子眼。伍拉纳走在前面，再看看他身后，果然有高朗亭。绿荷心头窃喜，这一大晌午的工夫总算没有白等。伍拉纳上了官轿走了，其余的人也三三两两散了。绿荷死死地盯着高朗亭，恨不得将目光变成绳子，把他绑了，送到小姐面前。

高朗亭和几个同伴出了草堂后，边走边说，直接上了康山街。绿荷赶紧跟了上去，和他们保持着七八步的距离。她巴不得高朗亭能回下头，正好看见她。可他和同伴说得起劲，根本就没有注意到她。绿荷故意咳嗽了好几声，示意他，可他就是听不见。绿荷叹道，小姐怎么就喜欢上了这个不开窍的呆子呢？送到手边的鲜花也不晓得采。

绿荷低着头，快步向前走了几步，在接近高朗亭时，故意狠狠地撞了他一下，一边撞一边惊叫了一声。同时，她手里拿着的几盒香粉也掉在了地上。高朗亭还试图伸手去接，哪里接得到，香粉落在地上，盒子开了，泼了一地。高朗亭连忙说对不起。绿荷说，你赔我的粉，回去小姐要骂我了。

直到这时，高朗亭才认出了绿荷。他对身边的魏长生和郝天秀几个说："不好意思，你们先走，我陪这位姑娘去买几盒粉来。"

待魏长生几个走远了，绿荷才扑哧一声笑了，故意眼睛瞅着别处，头高高地昂起，不理高朗亭。高朗亭说："对不起了绿荷，你什么时候来的？小姐呢？"

"你还知道小姐？你们这些臭男人，和许仙一样，就会装愣耍呆。法海真是瞎了狗眼，他应该教训教训你们这些男人才对，可他却愣是对白娘子这样善良的女子下手。老天真是太不公平了！"

高朗亭说："你骂得对。告诉我，小姐在哪？"

"小姐在哪，我干吗要告诉你？再说了，你对我们家小姐不咸不淡、不冷不热的，谁知道你安的是什么心，说不定心里有别人呢！"

高朗亭手捂在胸脯上，说："我心里只有你们家小姐，要是有别人，天打雷劈。"

绿荷说："好，这话可是你在扬州康山街上说的，天知地知，你知我知，别给我演戏！"

"谁给你演戏呢！一个丫头而已，要是在我们戏班里，连跑龙套的资格都没有，只有洗衣做饭的份儿，说话这么刻薄，动不动就刺人。"

"哼，姓高的，谁是丫头呢！我家小姐可从没有把我当丫头看，我们是好姐妹。你一个外人倒好，狗眼看人低。哼，你走吧，我不会给你带路的！"

高朗亭笑着说："你当我是傻子呢！你在这里，小姐还能跑到哪里去？肯定就在这康山街上，我自己找去。"

绿荷心想，这个姓高的倒是不笨，但她嘴上还是不饶，说："你找去吧，找到了算你的本事，我在这歇息一下。"说着，在街边的一个观景亭里坐了下来。

其实，梅灵哪有心思逛街呢？高朗亭和绿荷说话的时候，她正在不远处看着这边的动静。见高朗亭朝她这边走了过来，她走到一家摊位前，装着挑选丝巾，大半个身子朝着高朗亭走来的方向，好让他发现自己。余光里看见高朗亭走得近了，梅灵故意大声地和摊主说着价格。高朗亭果然听见了她的声音，停住了，默默地看着她和摊主讨价还价。梅灵也装作没有看见他。说好了价，梅灵正要掏钱，高朗亭抢先一步递过银子说："我付。"梅灵也没有推辞。买好丝巾，两人沿街走着。

高朗亭说："人生何处不相逢，真没想到，我们会在这地方偶遇。"

梅灵心想，真是笨到家了，还偶遇呢。她莞尔一笑说："爹来扬州看看余班主组班情况，本来他不打算带我来的，我吵着说要来扬州玩玩，爹这才把我和额娘带过来了。爹事务繁忙，我们估计也待不了几天。"

这么说，梅灵很快就要离开扬州。也说不清为什么，高朗亭的心头不禁有些黯然。高朗亭告诉梅灵说，她爹让他加入新组建的三庆班，准备于明年万寿节前进京。

梅灵欣喜地说："那你答应了没有？"高朗亭摇了摇头："我还要考虑考虑。"

"哎呀，"梅灵急得一跺脚，"这还有什么考虑的？你赶紧答应，这样以后我们还会有再见面的机会。"

高朗亭又告诉梅灵魏长生和他的爱徒陈银官在京师的唱戏遭遇，他忧心忡忡地说："我何尝不想到京城去呢？我有着太多的担心，我们毕竟是唱戏的伶人，地位低下，那些王公大臣，动动指头就能要我们的小命……"

"没有你说得那么严重，"梅灵说，"皇上、太后，还有宫里的妃子们，个个都是戏迷。宫里有个南府，听说养着上千伶人呢，大部分是从各地戏班子选去的，专门给宫里唱戏。照你这么说，他们还能活命吗？再说，完成献艺任务，你既可以留京发展，也可以回来嘛。作为一个伶人，进京给皇上贺寿，多大的面子啊，光宗耀祖呢，这辈子就够了。"

梅灵滔滔不绝，说得高朗亭都有些心动了。梅灵说："你有什么怕的？我爹可以保护你，我也可以保护你。"她的声音越说越小。

高朗亭说："那好，我今天就去答应余班主。"

梅灵说："我出来半天了，额娘会着急的，我先回去了啊。"高朗亭这才想起绿荷来，说："糟了，我们一路走了这么远，绿荷还在康山草堂那边等着呢。"

梅灵笑了，说："你以为她会那么傻吗？这丫头我太了解了，她肯定跟在我们身后。"话音刚落，绿荷果然就闪了出来，歪着脑袋说："小姐，又说我坏话了吧？"

高朗亭说："梅灵，明天我陪你逛瘦西湖。"

"好呀，一言为定。"

第二天上午，高朗亭没有像往日一样待在练功房里练功，而是履行诺言，陪梅灵在瘦西湖玩了整整一天。晚上，他来到余老四的住处，余老四正在灯下修改着剧本，见高朗亭来了，放下了手中的笔，说："朗亭，想好了吧？"

高朗亭点了点头说："嗯，想好了。"

"太好了，年轻人就应该这样，好男儿志在四方。树挪死，人挪活，我们唱戏的就应该行走天下，而不是待在小小的扬州。"

余老四的案头上，摆着一大摞剧本，桌上还摊着许多。高朗亭翻了翻，本子上，好多地方打了钩，有的一个地方打了好几个钩。他有些不解，问道："这些钩是什么意思？"

余老四说："朗亭，这些年我反复研究了花部各种流行声腔，凡是戏迷喜欢的、叫好的，都要充实到我们徽班中来。这些打钩的，都是观众叫好的地方。"余老四按着高朗亭的双肩，"请相信我余某人，我们携手，一定会将徽戏在京城唱响，二黄会成为天下新腔！"

高朗亭说："真巴望着有那么一天呢，那我们徽班就出大名了。"

余老四长叹一口气说："江总商病了，我们明天一道去看望他。"高朗亭惊道："昨天不是还好好的吗？还给总督举行了接风宴。"

"昨天是硬撑着的，听说是前些日子受了风寒，早就落下了病。你看他昨天吃东西了吗？基本就没动筷子，毕竟是六十九岁的老人了。”

这点高朗亭倒是没注意，他昨天光顾着唱戏了。江春是三庆班在扬州的靠山，戏班才有个雏形呢，他这一病，班里以后要是有什么事，找谁处理呢？更重要的是，他在朝中、宫中有许多熟人，三庆班进京后还要靠他照应呢。这一病，恐怕麻烦就多了。

高朗亭说：“余班主别急，江总商会很快好起来的。”

“但愿如此，三庆班仰仗他的地方还多着呢，千万不能有什么闪失。”

次日上午，余老四带着魏长生、郝天秀、高朗亭、杨八官、樊大几个台柱子，拎着礼品，去看望江春。路上，高朗亭将自己决定加入三庆班进京唱戏的打算告诉了魏长生。魏长生点了点头说：“你的想法是对的，你还年轻，多出去闯一闯，见见世面。唱完万寿节，最好能留下来，要说唱戏，再也找不着比北京更好的地方了。”得到师傅的肯定，高朗亭一直悬着的心才落了地。他问道：“师傅，您考虑过将来有一天重返京城戏台吗?”魏长生说：“看情况吧，你到京城后，把那边的情况及时告诉我。”

来到江春的私寓，走进大门，就闻到一股浓浓的药香。香气中有股鱼腥草的腥味，高朗亭对这种味道太熟悉了，一闻到它，他的心里就一疼。当年，他的父亲久病卧床，长期服药，幼年的他差不多天天泡在这种腥味里，连日子都是苦的。远远地，就能听见江总商的咳嗽声。江春之子见余老四一行来了，将他们引到内室。江春之子走到他父亲病榻前，轻轻地说：“爹，余班主看望您来了。”

江春挣扎着坐了起来。两日不见，他气色大变，脸就像块破抹布，大张着嘴，嗓眼里风箱一般响着。他抬起沉重的眼皮，勉强扫了一眼众人，然后指了指高朗亭。余老四懂得他的意思，凑近他说：“江总商，高朗亭答应进京了。”

江春一连说了几个好，又说：“年轻人，有志气，该出去闯一闯。”

余老四说：“江总商，您尽快养好身子，三庆班这一帮人，还仰仗着您呢。”

“余班主，你看我这样子，还能起得来吗？本来，明年我是打算和你们一道进京给皇上贺寿的。现在看来不行了，我这一躺下，恐怕再难爬起来了。余班主，你今后的担子更重了。”

余老四大惊，帮江春掖着被子，说：“江总商，您一定要好起来，我们徽班还指望着您保驾护航，到京城去火一把呢。”

江春笑了，说：“余老四，我没有看错人，记住，好好唱戏，任何时候，都不能给我们徽商丢脸，也不能给徽伶丢脸。”

余老四说：“我和高朗亭、杨八官、樊大几个明天就要去杭州了，一时间不能来看望您老人家了，要组班排演新戏呢，您一定要保重身体，早点痊愈！”

江春示意家人端出几锭银子，说：“这是我提前给三庆班的一点心意。”

余老四说：“这钱我们不能收。”

“怎么着，我就不能表示点意思？”江春变了脸色。又推辞了一番，余老四只好收下了。

出门的时候，大家的脸色都不好看，一个个都不说话，只顾闷着头走路。江春病情之重，出乎大家的意料。三庆班还没有正式成立呢，一个重要的组班人却倒了，这显然不是个好兆头。

余老四、高朗亭、杨八官等在扬州的一大批伶人来到了杭州。他们的到来，意味着三庆班呼之欲出了。经过一个多月的忙碌，余老四具体负责筹建的三庆班已是行当齐全，阵容强大，总人数达到百人，具备了演大戏的基础。特别是旦行，人数众多，实力超强。早期的徽班里，旦角是占绝对统治地位的，旦行也是最容易火的行当。声腔方面，除主打徽戏二黄腔以外，还网罗了多种地方流行声腔，可以说是诸腔俱备。筹建中的三庆班已是万事俱备，只欠东风，只差举行戏班成立仪式了。

身为闽浙总督，伍拉纳公务繁忙，他实在等不起。总督府驻地福州，他还要赶着回府衙呢。伍拉纳决定，三天后的九月九日重阳节，在三庆班驻地举行正式成立庆典。三庆班本来就是为万寿节贺寿成立的，重阳节又称老人节，于重阳节当天成立贺寿戏班，具有特殊的意义。一开始，伍拉纳本来打算在江春的康山草堂举行庆典仪式，现在江总商病重，只能因陋就简了。

梅灵心里很清楚，三庆班成立之日，就是父亲带她离开之时。也就是说，留给她的时间已经不多了。现在，她是一刻也不想离开高朗亭。

九月九日重阳节到了，运河边的三庆班临时驻地，人声鼎沸，笑语喧哗，洋溢着喜庆的气氛。正厅里的八仙桌上，一匹红绸盖着一块横匾。来祝贺的人络绎不绝，都知道三庆班是为万寿节进京献艺而专门组建的戏班，闽浙总督领办、浙江盐务承办、两淮盐务协办，有着不一般的官方背景。杭州府大大小小的衙门，苏杭各路戏班班主，哪有不前来祝贺的理。客厅里早已人满为患，院子里都站满了人。

只听礼宾大声喊道："吉时已到！"

伍拉纳身着崭新的官服出来了，他在客厅正中站定，朝着满院的客人拱了拱手，朗声道："本官宣布，三庆班正式成立！"说着，他和余老四各执红绸一端，掀开，一块崭新的金匾露了出来，上书"三庆班"三个大字。这是伍拉纳亲笔题写的。

班主余老四说："余某代表三庆班感谢各位大人和班主的祝贺！今后，我三庆班还有很多地方要仰仗各位，还望各位继续不遗余力地支持，我们一定不负厚望，明年在万寿节上为总督和浙江盐务争光，为徽班争光！"

香案摆了起来，艺人们祭拜祖师爷，院子里又跪倒一片。鞭炮声和烟花声震耳欲聋。大家都向伍拉纳和余老四祝贺着，变换花样地说着贺词。高朗亭被人流推来搡去，他多少有点失落，今天这热闹的场面，少了一个人，他就是重病在床的两淮盐务总商江春。

新成立的三庆徽班，阵容强大，诸腔俱备，除正统的昆腔外，还拥有二黄腔、秦腔、弋阳腔、梆子腔、罗罗腔、吹腔、拨子等诸腔，正统的和地方上流行的声腔都有。皇上要看什么戏，三庆班就给他唱什么戏。三庆班是一桌丰盛的满汉全席，不说在扬州，就是在整个江南，怕再也找不出第二个如此强大的戏班来。

徽班剧目丰富，题材广泛，形式多样，能演的戏码有四五十个，主要有二黄腔《八卦图》《出祁山》《群英会》《洪洋洞》等，吹腔、拨子《闯山》《戏凤》《卖饽饽》等，梆子腔《胭脂》《武松打店》《昭君出塞》等，京秦二腔《滚楼》《送枕头》《思凡》等，昆弋兼演的《天官赐福》《富贵双全》《猿猴献果》等，昆腔《琵琶记》中的《赏荷》、《连环记》记中的《议剑》等。除这些戏码外，还有一些新的剧目等着排演。

三庆班成立后，将在杭州本地演出一段时间，再到扬州演出，一直到明年七月进京。这段时间里，各种行当将进行磨合、调整，完善老剧目，编排新剧目，各种声腔进行有机融合。到明年七月，整个戏班将达到最佳状态，确保在万寿节献艺成功，一炮打响。要是能有幸得到皇上好评，那自然是全体伶人梦寐以求的好事。

当日，高朗亭忙碌了一天，身心疲惫，天黑时，方回到住处。他点亮蜡烛，吃惊地发现，床边坐着一个人，定睛一看，原来是梅灵。

见高朗亭回来了，梅灵小声地啜泣着。高朗亭惊道："梅灵，你怎么来了？"梅灵止住了哭泣，满面泪水，眼睑低垂，平静地说："我明天就要离开了。"

"到哪去？"

"福州。"高朗亭明白了，她的父亲身为闽浙总督，平时自然要待在福州的总督府里，回福州再正常不过。高朗亭坐下了，两个人都一动不动。房间里静得能听见火焰的吱吱声，火苗晃来晃去，好像马上就要将夜色点着了，一场无法扑灭的大火迫在眉睫。

梅灵说："听娘说，爹正在托人说媒，要将我嫁给和珅的小儿子丰绅殷德。"

虽然高朗亭知道自己和梅灵之间有着巨大的差距，可是，在听到梅灵说出这个消息时，还是大吃一惊。怎么会这样？他蒙了。梅灵大晚上跑来，就是要告诉他这个消息吗？和珅是谁？丰绅殷德又是谁？他不认识。不过，单听这两个人的名字，就能感觉到他们不是一般的人，遥远、神秘，让人不寒而栗。

砰的一声，梅灵打翻了蜡烛。月光透过窗纸，朦朦胧胧地照了进来。梅灵走到高朗亭身边，夜很静，他们彼此能听到对方急促的呼吸声。梅灵一把抱住了高朗亭，一字一顿地说："我不愿意嫁给丰绅殷德。"

梅灵用头狠狠地抵着高朗亭的胸脯，恨不得钻进他的心里去。

高朗亭半天不吱声，他的头脑里响着那个复杂的名字，丰绅殷德。这名字越想越神秘，像一个永远猜不透的符咒，像一块冰、一座山，像法海的钵盂。自和梅灵结识以来，高朗亭一直认为，他俩不可能有什么好结果的。他和她之间，隔着一条巨大的鸿沟。现在，这条鸿沟出来了，就是丰绅殷德。即使不是这个丰绅殷德，也会是一个什么别的殷德。

梅灵一件件地脱着自己的衣服，连最后一件也脱光了。她将月光披在了身上，她像是一个从月亮里走下来的人。

梅灵轻轻地在高朗亭的耳边说："抱起我。"

高朗亭抱起了她，慢慢走向床边，将她放在了床上。然后，坐在床边一动不动。月光长长的，从看不见的地方伸进了屋内，像一道一道绳子，将他绑得紧紧的，动弹不得。

梅灵见他没有动静，只知道愣神，说："你不是草原上的骏马，也不是蓝天上的雄鹰，你是一个窝囊废。"

高朗亭说："你说得对。"

梅灵的拳头雨点一般打在他的身上。高朗亭说："你打吧，打重点，我都恨不得将自己一拳砸晕了，我不想活了。"

高朗亭的心里，月光与月光纠缠在一起，像一团乱麻。这团乱麻拥塞在他的心头，他快喘不过气来了。明明自己也喜欢她，可为什么不敢像梅灵一样，率性地做一回自己呢？可真要是那样的话，是不是就害了她？

梅灵打累了，她的手慢慢软了下来。她太累了，太疲倦了，很快睡着了，眼泪挂在她的脸上，像月光结了冰。

高朗亭就这样静静地坐着，默默地看着睡熟了的梅灵。他要记住这张脸，记在心里。他知道，这个夜晚之后，她会像一朵漂在水面上的桃花，随流水走远了。今后他们还会不会有缘相见，只有天知道了。

第二天清晨，梅灵醒来的时候，发现高朗亭一直坐在她的身边，说："昨晚我有点失态,对不起,我错了。”

高朗亭说:“你没有错,错的是我。”

梅灵意味深长地说:“我们都没有错,错的是命。”

命会有错吗?很小的时候,高朗亭就听娘说过,一个人有一个人的命。每个人的命是固定的,命又怎么会错呢?

梅灵穿好衣服,在高朗亭的脸上轻轻地亲了一下说:“我走了。”

天亮了,月光像水,早已流得干干净净。外面已是一片喧闹。

此后,很长一段时间,梅灵从高朗亭的生活里凭空消失了,就像她从来没有来过一样。但关于她的点点滴滴的记忆是实实在在的,在他练功的间隙,演戏的时候,午夜时分,甚至任何时候,她都有可能从他的记忆里走出来,默默地看着他,哀怨不语。

三庆班开始对外演出,高朗亭更忙了。不唱戏时,他就泡在练功场上,来得比别人早,走得比别人迟。常常,偌大的场地上,就他一个人。压腿,踢腿,跑圆场,刀枪棍棒地舞一遍,一上午就过去了。戏园子里唱戏都是下午。别人唱戏,是唱戏时或唱戏前一刻进入状态,高朗亭呢,从上午就进入状态了,比别人提前了半天。在他人眼里,他总是爱发愣,其实脑子里是在默戏呢。把要唱的戏,唱过的戏,学过的戏路子,挨个走一遍。

没事的时候,高朗亭爱到运河边散步,走到拱宸桥边,站在长长的石阶上,望着远逝的河水,他的思绪就会不由自主地进入另一个世界。他觉得自己成了出塞的王昭君,抱着一面琵琶,过了雁门关,扑面而来的是满眼的戈壁和漫天的风沙。他的脸,比那面老琵琶还要憔悴。他有一种身似飘萍、首如飞蓬之感,便不自觉地小声唱道:

怀抱琵琶别汉君,西风飒飒走胡尘。
朝中甲士千千万,始信功劳在妇人。
愁黯黯,雾沉沉,咬牙切齿恨奸臣。

今日别了刘王去，若要相逢好似海样深……

快到年底的时候，从扬州传来了江春病逝的消息。那是一个极为寒冷的日子，整个西湖都冻住了，冰块像一块巨大的锅盖，压在湖面上。即使这样的天气，高朗亭也没有停止练功。余老四走进练功场的时候，五官就像被冻住了一般，像个死人，只有鼻孔里冲出的热气，证明他还是活的。

高朗亭知道肯定有事，主动停了下来，叫了声班主。

"江总商走了。"

高朗亭说："哦。"很多时候，他只能无奈地说一个"哦"字，表明知道了这件事，再也说不出更多的字眼。

高朗亭知道这一天迟早是要来临的，只是没想到来得这么快。江春从生病到去世，才两三个月时间，这也太快了，让人从心理上无法接受。

余老四说："今后的路，只有靠我们自己走了。"

高朗亭说："哦。"

第六章　进皇城

三庆班成立后，开始在杭州和扬州的各大戏园子里轮番演出。百姓都知道它是明年进京贺寿的戏班子，阵容强大，名角多，新戏码多，特别捧场。所到之处，座无虚席。特别是台柱子高朗亭，更是受到戏迷热捧，声名越来越响。

很快到了乾隆五十五年(1790)六月底，三庆班离杭赴京。全班百余号人马，以及新置办的行头，整整装了三条大船。正是炎夏酷暑，堤上的垂柳都被晒蔫了，三庆班人人兴高采烈，像是去赶集一般。毕竟，从组班到现在，已经两个年头，大家等得太久了。此行又是为皇上贺寿献艺，身为伶人，人人自觉脸上有光。还有，京师对他们来说，乃是陌生和神秘之地，难抑兴奋之情在所难免。众伶在与送行的人一一道别后，就催促着师傅开船。有人开玩笑地说，皇上和妃子们在等着看我们的戏呢，别让他们等太久；有人说，皇上已八十岁，妃子恐怕也不年轻了，没啥看头了；又有人反驳说，你晓得个啥子东西，皇帝的妃子都是一茬茬地换，像割韭菜一样，永远都是二八佳人……

在大家哄笑的时候，高朗亭来到了船头，他发现余老四也在。余老四吧嗒吧嗒地抽着旱烟，本来，为了保护嗓子，伶人大多是不抽烟的。可自组班以来，可能觉得压力太大，余老四就抽上了旱烟。见高朗亭走出了船舱，他用烟袋锅子在船板上敲了敲说：“朗亭，来，坐。”

他深深地吧嗒了一口，问道：“怎么样，有点紧张吗？”

“紧张肯定有点，这是去给皇上唱戏呢，心里没底。但既然出发了，也就不管那么多了，按本子演，有多大本事使多大本事。”高朗亭答道。

“这就对了，”余老四说，“我们伶人的职责就是唱好戏。”

高朗亭说：“班主，你说，皇上，还有京城的百姓，会喜欢我们徽戏吗？”

余老四说：“这一点你放心，我有绝对的把握。皇上六次到江南，哪次少得了地方戏班子献艺？江总商在世时，我和他多次沟通过，他也认为，皇上喜欢花部乱弹，甚至超过了雅部的昆戏。至于京城百姓，自然是宫里喜欢什么戏，宫外就流行什么戏了。”

高朗亭点了点头：“那我就有点放心了。”

余老四拍了拍他的肩头说：“学成文武艺，货于帝王家。朗亭，这是一个千载难逢的机会，你要把领头的责任担起来，我相信你，好好干。”

高朗亭说：“行，班主这么一说，我更有信心了。”

几天后，戏班的船抵达了通州码头。此前，余老四已经安排管事的提前进了京城，在正阳门前的韩家潭胡同租了几栋房子，作为戏班进京后的落脚处。管事的雇了十几辆马车，在码头上等候多时了。伶人们七手八脚，将装着各式行头的大大小小的箱子搬上了马车，浩浩荡荡地向京城进发。

远远地，看见北京永定门了。大家跳下马车，一个个地欢呼起来，到北京啰，到京城啰，马上能看到皇帝啰……

苏小三才十三岁，他已拜高朗亭为师。他好奇地问高朗亭：“师傅，你说皇上这时在宫里干吗呢？他知道我们三庆班来了吗？”

他的话被余老四听到了，余老四虎着脸说：“我们到了京城地界了，大家说话都要小心点。在船上说说笑笑倒也罢了，京城可不是一般的地方，话多惹是非，千万别皇上长皇上短的，皇上是我们这些唱戏的念叨的吗？”

大家都说是，说班主提醒得太及时了。

京城梨园界，戏班的住处称大下处，名角的住处称私寓。大下处和私寓都位于南城，也就是外城。北京城从外到内四块区域，大体可分为四层，分别是外城、内城、皇城和紫禁城。清军进驻北京以后，实行满汉分居政策，限定内城的汉人在三天之内全部迁往外城。皇帝住在紫禁城，俗称皇宫。皇城拱卫着紫禁城，它的一大作用是为皇室活动提供空间，因此有西苑、社稷坛和太庙。居住在皇城里的都是王公大臣，各大亲王、郡王、贝勒和公主等人。八旗官兵和家眷分别驻扎在内城的不同区域，拱卫皇城。内城是不允许开戏园的，防止八旗子弟沉溺于声色犬马。清代的北京外城，老百姓通常称南城，聚居着汉官、汉人士绅、文人、商户、工匠及三教九流人物。由于南城集聚着大量中下层百姓，这里远比内城热闹，市场繁荣，商贾云集，会馆林立，茶楼戏园之类的消遣场所就更多了。

三庆班的大下处位于韩家潭胡同。明代此处地势低洼，有一处大水潭，属于一户韩姓人家的私家园子，故名韩家潭。这是一条老胡同，是北京八大胡同之一。八大胡同是虚指，指正阳门外这一片区域的胡同，实际上有十五六条之多。老北京有句俗语，叫"人不辞路，虎不辞山，唱戏的不离百顺韩家潭"。意思是，京城的戏班子都集中住在百顺和韩家潭一带。

外地戏班进京，必须先到精忠庙登记。精忠庙位于崇文门外东珠市口南边，里面供奉的是抗金名将岳飞。精忠庙行会制度始设于明朝，当初修建精忠庙时，在大殿旁边，附带着建了一座喜神庙，里面供奉着梨园祖师爷的圣像。后来，京师梨园行会成立，地点就设在喜神庙里。所以，精忠庙就成了梨园行会的别称。精忠庙是京师伶人的群众性组织，同时也是半官方的行政管理机构，直接对内务府负责，管理京师梨园。其职能主要有传达朝廷法令、指示，协助朝廷管理戏班和戏园，组织艺人进宫演出，处理梨园纠纷，反映伶人合理诉求等。精忠庙设会首一人或数人，能担任会首者，必是梨园翘楚且德高望重之人。外地来的戏班，有哪些伶人，能演哪些戏目，都要到精忠庙登记清楚。再由精忠庙会首出具担保，转呈内务府管理精忠庙事务衙门堂郎中，堂郎中再呈内务府，得到批准后，才能开锣唱戏。

在登记候批后，余老四宣布，戏班全体人员放假三天，不练功，好好玩，把想玩的地方都玩了，把一应生活用品该买的都买了。三天后，再收心练功，专事排戏，无事再也不许出门，以防招惹是非，全心准备迎接即将到来的万寿节。

乾隆的生日是八月十三日。万寿节的演出从七月上旬开始，要一直持续到八月二十四日，连唱四十余日，换人不换台，好戏天天唱，京城里几百年来好像还没这般热闹过。

乾隆自己看戏的地方选在紫禁城宁寿宫畅音阁大戏楼。这座戏楼建于乾隆四十一年(1776)，分为三层。为了迎接万寿节，已装饰一新。内务府从外地进京的诸多戏班中，遴选最优秀的进宫唱戏。三庆班自然在受邀之列。

由于三庆班是闽浙总督伍拉纳推荐进京献艺的戏班，内务府很快就批复允许其在京开锣唱戏。余老四和管事洪朴精心拟定了一份戏码，列上去的都是三庆班最拿手，也是最受欢迎的戏。戏码按程序呈报内务府管理精忠庙事务衙门堂郎中范骏，再由范郎中递进宫里，层层递交，最后由乾隆御批。

每个戏班都有一个总管事，也叫文武总管、戏提调，俗称大拿，负责安排戏码，分配伶人。演出时在后台坐中，监督协调演出中的全盘事务。总管事一般还下设文管事、武管事和小管事数人，分别管理有关文戏和武戏业务及后台琐事。洪朴五十出头，是戏班里年龄最长的，人称老洪。他为人和善，办事公平，处理问题拿捏有度，很受人尊重。

一天，三庆班练功房里，练身段的、翻筋斗的、舞刀弄棒的，众伶都在热火朝天地练习着。门口，一个身着官服戴着红顶子的官员从轿里走了出来，他站定了，朝练功房里打量了一番，满意地点了点头说："嗯，不错，都挺卖力的。"

余老四认出他就是内务府管戏的范郎中范骏，赶紧赔着笑脸迎了上去，说："哟，范大人，有失远迎，恕罪恕罪。"

范郎中从袖子里抽出一张纸，扬了扬说："这是皇上批准后的戏码，好好唱。我可有话在先，要是唱砸了，皇上不高兴了，那可不是闹着玩的。"说着，他装模作样地摸了摸余老四的脖颈。

范郎中的手指又瘦又干，如同鬼爪子一般，余老四脖子一缩，急忙掏出一锭银子，塞进了范郎中的袖子里，说："请范郎中放心，我们伶人就是唱戏的命，哪里会不卖力呢？但我们三庆班毕竟是地方上来的，孤陋寡闻，不知道皇上看戏的口味,还请范郎中指点指点。”

范郎中拽了拽袖子,语气缓和了很多,他指着戏码说:“你们这上面的戏,都是地方上的花部乱弹,野戏,本官是一个也没有看过,不好评。不过,怎么说呢,家花没有野花香,皇上好的就是这口。”

余老四松了一口气,范郎中说得他一惊一乍的,心都吊到了嗓子眼。范郎中说皇上喜欢乱弹,和在扬州时江总商说的对上了号,他的心里就有了点底。

范郎中将戏码塞给了余老四说:“拿好了,就按这上面的练,到底哪天进宫,等本官通知。”

送走范郎中,余老四这才仔细看了看批准的戏码,因为他也不知道皇上会喜欢什么样的戏,报上去的时候列得比较多,选中的已用红圈圈了出来,主要有《昭君出塞》《装疯骂殿》《盗仙草》《武松打店》《双救举》《张三借靴》《傻子成亲》。

一个戏班里,生、旦、净、末、丑各种行当,丑角为大。这也和梨园祖师爷唐明皇有关。唐朝时的戏曲其实是参军戏,内容以滑稽逗乐为主,自然是滑稽角色挑大梁。据说唐明皇有次欣赏戏曲时兴起,自己下场演了起来,又不好以尊容示众,就在鼻梁上挂了一块白玉遮挡,后来就演化成丑角的丑脸。祖师爷是丑角出身,所以后来的戏班里都尊丑为大。刘八是三庆班里唯一的丑角。他本是广东人,到京师参加科考,没考中,又没脸回去。他本人素来爱好唱戏,为了生存,索性搭班唱戏,没想到这一唱就唱成了名角。刘八是丑角,又自恃是读书人,平时自觉不自觉地就有点拿大,有事没事喜欢摆谱。

在安排戏务时,管事洪朴说:“范郎中说了,宫里唱戏的规矩,正戏前是要跳灵官的。这次是皇上八十寿辰,灵官要三十二个,他让我们戏班出八人。”

宫里每次唱戏,正戏之前,都要跳灵官。灵官是道教的护法神,跳灵官是为了祛邪迎福。民间的戏班子,一般只有唱堂会、新戏台开台或岁末唱封箱戏才安排跳灵官,平时唱戏是没有这个仪式的。宫里唱戏,灵官一般是四个或八个,由宫里的戏班子负责,可这次要三十二个,可能是皇上大寿,特地增加了许多。

余老四说:“伶人都有戏份儿,哪里还有人手跳灵官呢?”

洪朴说:“跳灵官虽不是正戏,但比正戏还重要,轻视不得。范郎中还说了,要安排主角,跑龙套的不行。”

余老四点了点头,表示认可。洪朴说:“只要安排得当,不影响后面正戏的。”

可是,洪朴在安排刘八跳灵官时,刘八不愿干,说:“我动作慢,化装和换装来不及。”

一般情况下,管事的在安排戏码时,伶人没有特殊原因,是不能拒绝的。刘八欺负老洪好说话,不会为这点小事和他翻脸。上面那份进宫御演的戏码中,本来没有刘八的戏份儿,他的戏没选上。进宫献艺,多大的荣耀啊,哪个伶人不是抱着头往里面挤呢?可那也要看定下来的戏码中有没有你的戏。刘八不干了,硬是要扮《双救举》中冯素贞的未婚夫李兆廷。这个角色本来是小生陆长松的,好在他还有别的戏,也就没和他争了。

见刘八推辞,洪朴不高兴了,说:“不就是在脸上扑点粉,然后再换套衣服吗?有什么来不及的呢?人手实在不够,不然也不派你。”

刘八说:“跳灵官,要勾一脸的油彩,扎大靠,又蹦又跳的,我真不行,这不是我们丑行的事。”

洪朴还要说什么,高朗亭走到他身边,轻声说:“管事的,我来吧。”

扮灵官,要身体强壮矫健,一般由净角来演,和旦角是挨不上边的。旦角讲究身段,一个个都是瘦不拉叽的,跳灵官时就没有那个威猛的劲头。而且旦角不动朱笔,即不勾脸谱,这是从祖师爷时起就传下来的规矩。瞅着高朗亭弱不禁风的身子,老洪上上下下将他打量了好几遍,几次欲言又止。

高朗亭知道他心里想的是什么,说:“也没有谁见过灵官长什么样,我们旦角怎么就不能演?”

洪朴说:“你、你真打算演?”

高朗亭说:“真的,不就是跳灵官吗?我行的。在皇宫里给皇上跳灵官,多好的差事,我为什么不干?"

"可第一出戏就是你的,卸装化装,来得及吗?"

"我看了戏码,正戏前还有三出开场的吉祥戏,时间宽裕得很。"

洪朴高兴地拍了一下高朗亭的肩:"好小子,就这么说定了。"

三天后,范郎中来了通知,叫参加御演的伶人明天天亮前到精忠庙街戏衙门前集合,他要亲自率戏班子进宫唱戏。范郎中还说,宫里都传开了,都知道三庆班是以安庆人为主的徽戏大班,等着一睹为快呢。

晚上,高朗亭有些兴奋,也有些紧张,在床上翻来覆去睡不着。他想起自己小时候跟顾师傅学戏时说过的一句话,说要演戏给皇上看。当时不过是一句戏言,没想到这戏言马上就要成真了。师傅说,戏比天大。他现在才算是有点明白这话的意思了。这些历史戏、传奇戏、情感戏,甚至逗乐的小戏,那些真真假假、虚虚实实的人物身上,都有一种精气神的东西。戏台上,忠奸分明,各有所报;才子不遇,佳人思春;公子落难,小姐相助。戏里面,不外是这些故事,虽然有点俗套,但百姓就是爱看,其中自有深意。

梅灵呢,她现在会在哪里?他想起分别那一晚在杭州的情景,多皎洁的月光啊,清丝一般,他多想把它抓在手里,披在身上,塞进嘴中,留在心间。此时,外面也有一轮明月,可和杭州那夜的月亮相比,就晦暗多了,像一面很久未磨的镜子。梅灵现在应该待在福州总督署后衙里吧?她什么时候回京师的家中呢?高朗亭没有别的想法,就想见她一面,她就像天上的月亮,见一见就行了。

高朗亭在睡梦中被人喊了起来。三庆班参加当天演出的有四十余人。该带的东西,头天晚上就收拾好了,只要搬到马车上去就行。一般的服装道具,宫里一应俱全,戏班里特有而演出时又用得上的家什才带上,像胡琴、三弦、月琴之类的乐器,也不知道宫里有没有,还是带上稳妥些。

到了精忠庙街,范郎中和宫里派来的太监已等在那里了。天还没有亮,几辆马车悄无声息地在街道上穿行着。进了内城后,街道连着街道,转了几个弯后,大家就分不清哪对哪了,京城实在是太大了。到了皇城根下,马车停了,等待检查。这时，天已经亮了。高朗亭走下马车，打量一眼城门，只见上面写着“西安门”三个大字。他们这一行是要从皇城的西边进去。再看通向西安门的这一条大街，前后望不到头，隔一段路就分布着一座戏台。戏台与戏台之间，有彩廊相连，披红挂彩。高朗亭猜想，这里可能就是全国各地戏班进京献艺的地方。在宫里唱过后，三庆班可能也要到这里来演出。

经过检查，马车继续往里走，很快到了紫禁城下的神武门口。范郎中说：“到皇宫了，所有的人下车步行，不要说话。”在随行太监的引领下，戏班一行沿着大红墙根往里走，除了脚步声和衣服的窸窣声，没有人发出一点声响。

终于来到了一个大院子里，里面有几排厢房。看来，这里是戏台的后台。各种箱口摆得整整齐齐，兵器架上，刀枪剑戟，斧钺钩叉，什么样的兵器都有。大家从来没见过这么大的后台，一个个直咂舌。范郎中让大家到戏台上转转，适应一下场地。

走出院子，来到外面，眼前矗立着一座高大的三层戏台，层层都挂着许多红灯笼。唱戏的地方在一层，比一般的戏台要大得多，幕幔、围桌都布置好了，全是簇新的。再看远处，只见一座宫殿连着一座宫殿，密密麻麻的像鸽笼一般。

开始化装了。三庆班这次有戏份儿的主角除高朗亭外，还有杨八官、陆长松、金双凤、沈霞官、樊大、刘八等，可谓阵容强大。在扬州，这些个个都是名动一方的角儿。班主余老四和管事的洪朴自然也来了，高朗亭的徒弟苏小三吵着要来，机会难得，高朗亭夹了点私心，找了个借口，也将他带进了宫里。毕竟是孩子，对啥都好奇，苏小三压低着嗓音问洪朴：“洪叔，你说皇上一会儿真的来看咱们的戏吗？他老婆会来吗？”

老洪没有直接回答，鼻腔里重重地哼了一声，表示不满。苏小三又问道：“洪叔，这皇宫里怎么这么静啊？一点也不好耍，这么多房子，里面到底有没有人住？皇上晚上该睡哪一间啊？他晚上能找到自己的床吗？”

好几个人扑哧笑了一声。洪朴瞅瞅太监们都站在外面，说：“你哪来这么多的问题？”

苏小三说:“我有太多疑问,按都按不住,瞧你们一个个都不吱声,我着急啊。”

洪朴狠狠地剜了他一眼:“这里是说话的地方吗?给我闭嘴,好好化装,再乱说话我派人将你送出去。”苏小三知道老洪说到做到,吓得撇撇嘴,再也不敢随便说话了。

装化好后,大家都静静地坐在位置上,把一会儿要唱的戏,台词、身段、武功,一一在脑子里过一遍,有的还用手比画着。当时正是夏天,室内的铜缸里,放了降温的大冰块,但后台不通风,还是有点闷热,气氛有点紧张。

畅音阁大戏园也有后台管事,是一个年轻的太监,人称卢总管。只见他手里拿着一柄拂尘,在后台巡视着。洪管事虽然年龄比他大一大截,但在他面前,也只有低声下气的份儿。

后台有自鸣钟,钟刚响了七下,卢太监就站了起来,说:“辰时到,开始跳灵官!”

只见三十二个灵官依次上场,他们身着各色锃亮的铠甲,个个勾脸扎靠,手拿钢鞭,在戏台上挥来打去,一台的鞭影。也幸亏皇宫里才有这么大的戏台,不然,哪里一次容纳得了三十二个灵官?热闹一番后,只见一人从后台将一团燃着的松香火球朝戏台口扔去。火球从灵官们的头顶飞过,准准地落在台口的一个火盆里,将盆里的柏枝和纸元宝点着了。空气中弥漫着柏枝的清香,火盆里的一挂鞭炮也噼里啪啦地响了起来。这就意味着跳灵官结束了。

高朗亭朝台下看了看,场中除了几个太监,现在还没有什么人。戏台前摆了几排椅子,中间一张椅子,比其他椅子要高大,扶手和靠背上都雕着盘龙。这应该就是御座了。不过,这些椅子现在都还是空的。在进宫演出之前,高朗亭早就问过宫里唱戏的详细流程。这跳灵官,和接下来的吉祥戏,都是宫里唱戏的固定套路,连太监们都看厌了,皇上和妃子们更不会看。他们要到吉祥戏结束后,吹乐迎请。常用的吹台曲牌有《一枝花》《将军令》《哪吒令》《节节高》等,曲调雄浑高亢。

跳灵官结束后，开始演吉祥戏。照例是由南府太监演的，他们天天演这些戏，轻车熟路。当天的吉祥戏有三出，分别是《天官赐福》《富贵长春》和《迓福迎祥》，都是昆腔。这些戏都是歌颂太平盛世的，剧情简单，太监们演起来像背书似的，场面上看似热闹，可热闹一阵子后就过去了，并不好看。这样没戏味的戏还要天天演，也难为他们了，没人看还要演。

苏小三哪里懂得这些程序呢？他见戏演了半天，场中椅子上还是空的，忍不住又问道："皇上呢？皇上怎么还没来？是不是不来了？"

高朗亭朝他使了使眼色，轻声说："别吱声，马上要来了。"

果然，最后一出吉祥戏刚唱完，一太监一路小跑，到后台来传旨。坐在后台的卢太监像打了鸡血般突然站了起来，尖着嗓子拖着腔调，叫道："迎请！"早已待命的两排唢呐手吹起了唢呐，曲子是《一枝花》。高朗亭跳完灵官后，就坐到了化装台前，快速卸装再化装，正戏的第一出就是他的《昭君出塞》。这出戏，是徽戏二黄腔在紫禁城的第一次亮相，是否会受到皇上喜欢，高朗亭的心里还没底。越是没底，越是要一丝不苟地唱好。唱好这个开场戏，对接下来的演出也很重要，作为班里的台柱子，要有个良好的开头。好在都是熟戏，按部就班地演就行了。虽坐在后台化装，他却不忘留意着前台的动静。伴随着唢呐声，是一阵踢踏的脚步声，高朗亭知道，皇上来了。

今天，乾隆皇帝兴致高涨。几天前，他得知闽浙总督伍拉纳选派的庆贺戏班三庆班来京了，立即命内务府安排进宫唱戏。他这一生曾六次南巡，地方上知道他爱看戏，就投其所好，遴选戏班，连献大戏，每一次都让他过足了戏瘾。距最后一次南巡都已六年，现在，来自江南的三庆班进宫献艺，让他又想起了南巡的点点滴滴，这让他如何不高兴呢？不仅叫来了皇妃们，还派人请来了庄亲王绵课，内阁首席大学士、领班军机大臣和珅等一班宠臣陪他看戏。

戏台上的伴奏声响起，乾隆就感觉出了不一样，觉得新鲜。三庆班的伴奏乐器是胡琴、三弦和月琴，这是余老四从魏长生的秦腔班引进的，连琴师都是他们的。就是这三种乐器，后来成为京剧伴奏的三大件。

高朗亭扮演的王昭君一出场,就引起了一阵小小的骚动。他头戴着雪白的貂皮帽套,帽套像一只卧兔,伏在前额上。他抱着一面琵琶,款款而行,一步三回头,楚楚动人,边弹边唱。二黄腔清新雅丽,悠扬婉转,像山谷鸣泉。在乐声中,这声音散发开来,在每个人的心头上绽放着一朵又一朵水花。水花很快又谢了,留下了清冷和空旷。高朗亭的表情、身段,表现的就是"幽怨"二字。他纤弱的身子,仿佛一阵塞北的风就能吹倒。当他唱起思乡的句子时,笛声就适时地响起,现场的人,眼前好像打开了一幅优美的江南水乡图。整出戏中,高朗亭的眼睛,似乎就没有看过一眼场内,他总是望着远处,望着来路,泪水盈盈,惹人爱怜。

一出终了,高朗亭下场时,众人还没有回过神来。乾隆第一个叫好,场中的人也一个个跟着叫起来,连后边帘子里的妃子们也没有闲着,都跟着叫好。高朗亭人是到了后台,可耳朵一直留意着场里的动静呢。听到了叫好声,他一直悬着的心才放了下来。

高朗亭再次出场,不再是只会哀怨的汉宫女人,而是变成了手持双剑威风凛凛的白素贞。一场荡气回肠的武打,让现场的人紧张得喘不过气来。特别是打出手时,他独战鹤、鹿两位仙童,刀来剑往,眼花缭乱,让人揪心,生怕他会有什么闪失。高朗亭整套动作娴熟老练,有惊无险,一气呵成。

刘八演《双救举》时,还是出了点意外。

《双救举》就是后来的黄梅戏《女驸马》。民女冯素贞代未婚夫李兆廷进京参加科考,中了状元,被皇帝招为驸马,无意中却犯了欺君大罪。公主得知情况后,出手相救,身陷囹圄的李兆廷被放了出来,被封为皇婿。刘八扮演李兆廷。刘八本就是一介书生,在京多次参加科考落第。当他上殿谢恩,听太监说自己被招为皇婿时,可能触及了他在科考中多次败北的往事,突然喜极而泣,一下子蒙了。本来,他应该对着戏台上的皇帝说谢主隆恩的。可是,情急之下,他竟然分不清戏里戏外,对着戏台下正专心看戏的乾隆皇帝跪倒了,大声说:"臣刘八谢主隆恩,吾皇万岁万万岁!"

这称谓也错了，刘八应该自称李兆廷。刘八在话说出口后，仍跪在台上，见戏台下的皇帝半天没有反应，他马上明白了过来，满头大汗。此时，扮演冯素贞的高朗亭灵机一动，只好将错就错了，他要给刘八一个台阶下。不然，他还不知要跪到什么时候呢。高朗亭说："你谢了真万岁，这戏里的假万岁就不应该也谢一声吗？"

刘八一愣神，马上明白了高朗亭的意思，这是在帮他救场呢，急忙说："应该，应该，臣李兆廷谢主隆恩。"总算把戏接上去了。

虽然出了点岔子，但一点也没有影响乾隆的兴致。毕竟不是别的失误，人家谢主隆恩难不成还要怪罪？说出去也不好听。不过，高朗亭后来听范郎中说，场中人对他的机智救场还是赞许的。其他伶人的演出也很成功，都受到了好评。这场演出，让包括乾隆在内的场中人都见证了徽班的实力。

演出结束时，范郎中和余老四被叫到了乾隆面前。乾隆说："朕在江南也看过花部不少戏，但都没有今天的戏唱得精彩。"

余老四说："谢皇上金言谬赞，小人感激涕零，吾皇万岁万岁万万岁！"

乾隆又问首场戏主角的名字，余老四说："他叫高朗亭。"乾隆又问年龄，当听说才十七岁时，乾隆说："太年轻了，小小年纪就出手不凡，将来会成为一代名伶。"

范朗中朝后台大叫："高朗亭，快出来，皇上夸你呢！"

高朗亭一直在倾听着前台的动静，听见范郎中叫自己，赶紧跑了出来磕头谢恩。乾隆说："你唱的是什么腔调？朕以前怎么没听过？"

"回皇上，它叫二黄，是由吹腔和高拨子演变而成的，是徽戏新腔。"

乾隆点了点头，说："原来是新腔，难怪朕没有听过。还是花部乱弹好，新腔层出不穷。你们的戏很好，朕很喜欢，在京城多待几天，唱给京城的百姓们听听。"

余老四和高朗亭再次谢恩。看完了戏，乾隆要回宫了。卢太监又高叫一声"恭送"，太监们又吹响了唢呐曲《一枝花》，乾隆一行在乐声中离去了。

三庆班进宫演出一场，伶人得赏银不等，主角二十两，最少的也有二两。银子还在其次，重要是演出取得成功。戏班上下被一种喜庆的气氛笼罩着。余老四连夜修书一封，向远在福州的闽浙总督伍拉纳报喜。因为演出还要持续一段时间，信中，余老四自然不忘提醒他再派人送一笔银子过来，戏班子百余号人，一天的消耗不是个小数目。

在紫禁城首演之后，接下来，整个万寿节期间，三庆班要在皇城根下的彩台上，和各地进京的戏班子一起，持续开展贺寿演出。

为万寿节贺寿搭建的彩台，从紫禁城西华门开始，穿过皇城的西安门，一直延伸到内城的西直门，有十余里，共分为三段，分布着几十座彩台。彩台和彩台之间，连以锦坊和彩棚，构成了一条戏街。乾隆十六年(1751)，崇庆皇太后八十寿辰，从西华门一直到西直门外的高粱桥，十余里地，张灯结彩，每数十步设立一座戏台，营造盛世欢乐图。当时，各地选派进京贺寿的戏班有两百余个。乾隆这次庆祝自己的八十寿辰，仿的就是崇庆皇太后八十寿辰旧例。乾隆自称“十全老人”，文治武功，自觉把天下该办的大事都办妥了，该好好乐一把。至于这条十里长街上搭台和唱戏的费用，按三段分成三部分，分别由两淮、长芦和浙江三地盐务承担，负担最终还是转移到百姓头上。

之所以要装扮从西直门到西华门的这条长街，依照筹划，乾隆要从城外的皇家园林返回紫禁城，在经过这条街时，官员命妇、百姓沿路跪伏，夹道欢呼，戏台上同时歌舞齐作，营造一幅盛世欢乐图，共襄盛典。费这么多周折，花这么大代价，就是要让这个年届八旬的老人乐呵一下。但京城的百姓捡了个大便宜，在家门口就可以不花钱过足戏瘾。

与徽班同时进京贺寿的，有两百多个来自全国各地的戏班子。除徽班外，还有昆班、京班、梆子班、秦腔班等，数量上也远远超过徽班。这些戏班会聚到一条街上，同时演唱，这不明摆着是一场空前绝后的斗戏吗？

然而，这么多戏班子，只有徽班火了。

那些喜欢看戏的百姓，如同蜜蜂一般，哪里的花好，就爱朝哪里飞，哪个台子上的戏好看，就会朝哪个戏台前涌动。三庆班得到皇上称赞的消息早已从宫里传了出来。三庆班的台前，每天上午尚未开锣，就已经挤满了人，到开始演唱时，更是挤得水泄不通。京城里，戏迷们见面，谈的都是三庆班，说的都是高朗亭。

几家大戏园老板都慕名找到了韩家潭三庆班大下处，他们一致向班主余老四发出邀请，请戏班在万寿节结束后，到他们的戏园子里演唱。本来，三庆班万寿节献艺结束，已经完成了任务，就可以打道回府了。现在看来，情况发生了变化，没想到二黄腔在京师受到如此欢迎。班里的伶人们个个热情高涨，都表示要留在京城发展。

万寿节结束后，三庆班和浙江盐务衙门就不再有什么关系，浙江盐务衙门在经济上不再提供任何援助，回江南也好，留京城也罢，那是戏班自己的事了。不过伶人们无所谓，他们本来就是吃百家饭的，不管在哪，有戏唱就有生路。

大家的意见是一致的，既然京城的百姓这么热情，那就留下来吧。

第七章　扎根京城

万寿节期间，在三庆班受到京城百姓热捧时，高朗亭仍很清醒。当初，魏长生的秦腔班来到京师时，不也是引起了这般狂热吗？后来怎么样呢？禁止演出，树倒猢狲散。秦腔班在京城的命运，给了高朗亭一个深刻的警示，想忘都忘不掉，随时都在提醒着他，他们不过是群白素贞，在他们的头顶上空，无时无刻不悬着法海的盂钵，稍不小心，就有可能被打回原形。

因此，高朗亭安排苏小三一个任务，让他每天混在看戏的人群中，专门收集京城百姓看戏时对三庆班的负面评价，好评一概略去。这些负面意见，才是他们下一步要改进的重点。

既然要扎根京城，就要像一棵树一样，深深地扎入泥土，否则，风一吹树不是歪了就是倒了。要扎根，首先你得适应土壤。高朗亭觉得京城的土地有点像家乡石牌猫山顶上的乱石岗。一棵树，要想在怪石嶙峋的山顶上扎下根来，并非易事。且岗上还有看不见的各路神仙鬼怪。作为伶人，高朗亭他们目前最需要做的事，就是了解京城百姓的看戏习惯，并尽快适应。在京师，王公大臣也好，普通百姓也罢，他们是懂戏的。长期看昆腔和弋阳腔的人会不懂戏？贩夫走卒都说得头头是道。他们是不好糊弄的，没有点真本事，想打他们的马虎眼，断没有这个可能。

进京前，余老四、高朗亭等都认为，三庆班已是诸腔俱备，但进京后才发现京腔不行，实力太弱了。京城里向来视昆腔和弋阳腔为正统，京腔就是弋阳腔的京化，也称“高腔”，在京城有着广泛的基础，喜爱者众。京城的各大戏园里目前唱的主要腔调也是京腔。三庆班虽说有个能唱京腔的刘八，但他只能演丑行。据专门收集负面评价的苏小三反映，万寿节街演时，有些百姓好不容易挤到三庆班台前，一见不是京腔，就掉头而去。而目前的三庆班，还唱不了京腔戏。

必须尽快邀请京腔名角搭班三庆，这是班主余老四、管事洪朴和主角高朗亭等人的一致意见。

京城的戏园，和戏班是分开的，也就是说，戏园只提供场所，自己不养戏班，铁打的营盘流水的兵。一个戏班到某家戏园开锣唱戏，收入按比例分成，一般是三七开，戏园三戏班七。一个戏班在一家戏园只唱三至四天，唱完再赴下一个戏园，哪怕是再上座儿的戏，也要给下个戏班挪窝儿。听戏是北京人不可或缺的乐子，上自王公贵族，下至贩夫走卒，要说不爱看戏的，还真找不出几个。有钱有势的人家有事没事都要唱个堂会消遣；同乡聚会，要邀戏班子；行业公会，会馆里就有现成的戏台子；百姓家遇上喜事，也要邀班子唱戏；逢年过节赶庙会，更是不分昼夜地唱。因此，京城的戏园多、戏班多，养活着一大批人。正阳门外，有多家大戏园，主要有广和楼、广德楼、庆和园、同乐园、庆乐园、中和园、裕兴园、天乐园等，且这些大戏园位置集中，其中大栅栏一条街就集中了五家。这些声名显赫的大戏园，专门接待大戏班子唱戏，每家戏园能容纳千余人。至于那些小戏园、茶楼，外城星罗棋布，多得数不清。整个京师之内，听戏之人，每日高达数万之众。大清朝最火的名伶，生、旦、净、末、丑，唱、念、做、打，每天都以竞技的姿态登台献艺。他们各施绝活儿，许多人在这里一夜成名，更多的人则是在默默无闻地打拼着。

当时的戏园里，以茶座为主，看戏只是作为品茗聊天之余附送的一种娱乐。所以戏园里只卖茶座钱，尚没有戏票一说。戏园里面的座席双排对放，戏台置于茶座一侧，茶客看戏，要侧着身子扭转头才能看见戏台。在戏园里主要是喝茶，看戏是附带。那时的戏园，客人一坐下，卖座的就给沏一壶茶，拿来一个茶碗，当面收茶水钱，这里面当然包括看戏的费用。收钱的称“头儿”，腰带正面挂一个蓝布钱袋，收了茶水钱就装在钱袋里。后来一直到同治、光绪年间，戏园慢慢地转变成以看戏为主、以饮茶为辅，那时才开始出售戏票。

什么人听什么戏，也大有讲究。昆腔和京腔被朝廷奉为正统。特别是昆腔，唱词高雅，文人雅士、达官贵人爱听，但贩夫走卒、卖浆者听着就不合胃口，他们更喜欢花部乱弹，即各种地方声腔。在徽班进京之前，京腔在北京一直很火，民间就有“六大京班，九门轮转”的说法，一个个赚得盆钵满满。六大京班指集庆、萃庆、宜庆、王府、大成、保和等六家，它们轮流在京师九门的各大戏园子里演出。也就是说，京师的大戏园子，基本被这六家戏班子霸占了。这几家戏班的主子，自然也不是常人，他们和京城里的达官贵人有着千丝万缕的联系，大都有后台。特别是王府班，打的就是王府旗号，据说庄亲王绵课在其中还有份子。外地进京的戏班子，想要挤进京师的戏园子里分一饭碗吃，难度可想而知。当年，魏长生的秦腔班子就是被他们轰走的。

但是，徽班来了，六大京班的班主们发现情形有点不对，一个个惊慌起来。

戏园内部，围绕着戏台三面起楼，楼上皆是官座儿，即包间；楼下三面官座儿与戏台之间的空隙之地为池子，也称戏厅。池子地面低于戏台，里面摆着许多桌子，每张桌子摆三条长凳。看戏也是分等级的：普通百姓自然在戏厅里买座儿，达官贵人看戏多选官座儿，官座儿里有桌椅，一个官座儿最多可以容纳十一二个人。乾、嘉时期，在大戏园里看场戏，戏厅里一个散座儿的钱要一百文，官座儿以包桌计价，是普通座儿的七倍以上。道光后期，座儿钱看涨，一个散座儿涨到一百九十二文，清末涨到六百文，官座儿同步增长。右边的官座儿靠近上场门，左边的官座靠近下场门，故豪客多坐于左楼的官座儿上，即坐下场门边。这有个好处，等到他本人所喜欢的伶人唱完戏下场时，可以就近相约私下活动。

这一天，三庆班正在广德楼演出。开锣前，左侧官座儿的一间包厢内，陆续走进了六位贵客。这些人都戴着帽子，帽檐压得很低，进了戏园子也不与人打招呼，直接就进了包间。今天，京腔六大班主们约好了，大家专程来看三庆班的戏。

当天的演出高朗亭不在，主角是三庆班的沈霞官、金双凤、鲁云卿几个，戏码也以在宫里演过的那几出戏为主。沈霞官扮王昭君，他比高朗亭大两岁，体态也略为丰腴，唱腔哀怨多情，如泣如诉，不比高朗亭唱得差。金双凤的武功是三庆班最好的，跌扑翻滚，身轻如燕，玩儿一般，叫好声也最多。鲁云卿十五六岁的年纪，他演《醉阁》里的杨玉环，歌舞并重，尽在一个“醉”字，娇羞无力，尽显风情。

官座儿里的这六位班主，可都是见过大世面的，什么样的戏没看过？个个识货。自开锣以来，他们一个个都瞪大着眼看着台上，看着看着，摇头叹气的次数就多了起来。

大成班班主袁成功说：“万寿节献艺的两百多个戏班子，偏偏这个三庆班火了，爷我是越想越不明白，这些人真是吃了狗屎运。”

集庆班班主孙葵官说：“本来我们的日子过得肥肥的，现在好了，来了个徽班，我看这梨园是要天下大乱了。你瞧这些唱戏的，年纪轻，扮相俏，唱腔好，一个比一个厉害。他娘的，这些人都哪来的？”

袁成功说：“孤陋寡闻了不是？我问过了，这些人大都是从安庆石牌来的，那地方叫戏窝子。听说石牌口有个鲶鱼精，夜间专门教人唱戏，所以那地方出角儿。”

孙葵官说：“扯淡，我是不信这些鬼话的。”

“甭管你信不信，这些人远比我们那班老弱残兵厉害。这下好了，好日子要到头了。”袁成功两手一摊说。

孙葵官说：“我们京腔班子就是那么好欺负的吗？笑话，还怕他们这些外地人不成？当年魏长生的秦腔班子多红火，最后怎样？还不是乖乖地散了伙？”

两个人在争着的时候，王府班主王金官在一声不响地玩着鼻烟壶。王金官靠山硬，出入王府就如同跨自家的菜园子。所以，六大京班聚会，一般最后都由他拿主意。

孙葵官瞧着王金官一直不吭声，说："王爷，你倒是说句话啊。"

京城里的男人，喜欢别人叫自己爷。王金官姓王，这就捡了个大便宜，熟人喊他时要带上姓，不然他就不快活。

王金官将鼻烟壶朝鼻孔里捅了捅，一个激灵，打了一个响亮的喷嚏，唾沫星子溅了几个人一脸。王金官扯动着脸上的肌肉，很舒服的样子，半天才说："慌什么？这些外地来的戏班子，铆着劲儿往京城的戏园子里钻，京城梨园里的水有多深，他们知道吗？"他跺了跺脚，"这大清国的京城梨园，还是我们说了算。甭管来的是谁，也甭管他多厉害，全没用！"

袁成功说："王爷这么说，我们就放心了，就怕您放着我们几个兄弟不管了。"

王金官说："先让他们火几天，大老远的来了，怎么着也让人家赚点回家的盘缠。"

几个人哈哈大笑。王金官说："看戏看戏，大家看戏，这戏是越看越有味道了。"

就在京腔班主们在广德楼里商议着如何对付三庆班时，让他们没有想到的是，余老四和高朗亭此时正在鲜鱼口胡同的庆乐园里，观看集庆班在此的演出。偷戏是行业大忌，为了避免被人认出，他俩也点了个官座儿。不过，他们点的是价格便宜些的包间。

集庆班当天演的戏是《高文举珍珠记》。说的是宋代书生高文举，无力偿还所欠下的官银，富翁王百万街头赈济贫困，将文举携归，代为还债，并将女儿王金真许配他为妻。当天的主角是一个名叫王锦泉的京腔名伶。在来看戏之前，余老四和高朗亭就已经对京腔六大班的名伶进行了初步了解。最后，他们决定看看王锦泉的戏。王锦泉艺德高，唱功好，座儿旺。座儿就是观众，梨园界喜欢这么称呼。余老四和高朗亭看了王锦泉的戏后，觉得名不虚传，很满意。

京腔保留了弋阳腔徒歌、帮腔、滚调这些演唱形式，在发音上进行了京化，适应京城百姓，使他们能听懂戏词；伴奏以锣鼓为主，紧要处炸雷一般，铙钹喧阗，唱口嚣杂，风格粗犷激越，适合北方观众的胃口。

余老四说："京腔在京城流行了几十年，喜欢的人很多，我们徽班也要有京腔。当务之急，是要邀一个京腔名伶搭班。"

高朗亭说："我看王锦泉是个合适人选。我打听过了，他还带了几个徒弟，要是能把他挖过来，他的徒弟们自然也就过来了，到时我们就能唱京腔戏。"

余老四说："就怕人家不肯过来啊。还有，他的主子、集庆班主孙葵官也不是个善茬，姓孙的要是知道我们挖了他的人，会不会找我们的麻烦？毕竟挖角儿是梨园大忌。"

高朗亭说："挖角儿当然不好，初到京城，我们不能得罪同行。不过，要是王锦泉主动找上我们，事情就好办了。"

余老四说："先回去吧，慢慢想办法，有些事急不得。"

三庆班在京城各大戏园轮流演戏，所到之处，戏迷们是闻风而动，争着往戏园里挤。北京的戏迷耳朵很刁，一旦你的玩意儿差一点儿，不怎么好看，甭说让他花钱买座儿，白听都嫌你耽误了他工夫。戏迷之间，消息传得特别快，公园里遛弯儿，茶馆里喝茶，澡堂里泡澡，大家见了面，最近来了什么好角儿，有什么好戏，要是还没看，别人说起来你就插不上嘴，就觉得见识少了，特没面子。就是淘粪的车夫、卖菜的大妈，都要省些血汗钱去买个座儿。一时间，戏迷见了面，人人争说三庆班。各个角儿的唱腔、身段、武功，有哪些绝活儿，都搞得清清楚楚。三庆班几个月唱下来，愣是一天没松劲，这个戏园还没唱完，下一个戏园老板已经派人来邀班了，伶人们的荷包也渐渐鼓了起来。

除了戏园里的固定演出，还有外串儿演出，主要分两种：一是商演，像会馆、行业公会的演出；二就是堂会。伶人的收入，多半来自堂会。一场堂会，角儿的收入为二到十来两银子不等。办一场像样的堂会，包个戏班，再加上邀请的外串角儿，没有二三百两银子花费是办不下来的。但京城里有钱有势的人多，徽班初来乍到，透着股新鲜劲儿，角儿们唱堂会也就像走马灯一般。

人一旦有了钱，想法就多了，伶人们也是一样。在京城，最讲究居家体面，但凡手头有些钱的,必先置个独门独院,角儿没有住大杂院里的。买房就成了三庆班伶人们的热门话题,哪怕一时买不起,也要先租个私宅,毕竟没有人管你是租的还是买的,先把脸面充上去再说,有了脸面就更好赚钱。

戏班里,第一批包括班主余老四、管事洪朴在内,陆长松、杨八官、沈霞官,第二批樊大、刘八、金双凤等角儿,都先后搬离了三庆班在韩家潭的大宅院。高朗亭见几个角儿都有了自己的私寓,觉得还是入乡随俗为好,也在附近租了套前廊后厦的三进宅院,雇了个门房看门,厨房里雇了个老妈子,这都少得不能再少了。也不知是谁起的头,也不知是从哪学来的风气,班里的角儿们有了私寓后,都纷纷带起了优童,作为徒弟。小的八九岁,大的十二三岁,一个个细皮嫩肉、眉清目秀,跟在师傅们身后学艺。

高朗亭在私寓里刚安顿好,苏小三就夹着铺盖来了。高朗亭说:"你要住在我这里吗?"苏小三说:"是啊,哪个师傅不让徒弟住在私寓里替自己挣钱?我看你搬家好几天了,也不叫我,这就自己来了。"

高朗亭疑惑地问道:"你说师傅让徒弟挣钱,是怎么回事?"

"师傅,你一天专心唱戏,对这京城梨园里的风气,一点也不了解。梨园里的角儿们,戏台上挣的钱,那是明白钱,是小钱;台下挣的钱,才是大头呢。"

"我知道,你说的是唱堂会。"

苏小三说:"唱堂会是一方面,在私寓里开堂子也是一笔大收入。"见师傅愣着没听明白,苏小三继续说道,"这京城里的有钱人,比我们乡下的蚂蚁还要多,特别是那些旗人,他们啥事也不干,就知道吃喝玩乐,捧角儿、玩优童就是这些人的乐子之一。对自己喜欢的角儿,唱到哪里,就追到哪里,在戏园里看了还嫌不过瘾,晚上还要撵到角儿的私寓里喝酒。"

高朗亭说:"这些人怎么这样?这角儿家里还要过日子吗?"

"角儿巴不得呢!你们不是有钱吗?我就要赚你们的钱。角儿投其所好,收几个小徒弟,就是优童,教点唱腔身段,会几出戏,就可以赚那些人的钱了。在私寓里开堂子,也没有什么菜,几份干果冷盘,让徒弟陪着喝酒,师傅客气的,出来露个脸唱一段,一晚上就是好几两甚至一二十两银子的收入。我们班里,陆长松、杨八官、沈霞官、金双凤几个家里都开了堂子。"

高朗亭惊道:"这么快啊! 这些都是从哪学来的?"

苏小三说:"从别的戏班里学的,昆班、京腔班,他们的角儿都是这样。"

高朗亭说:"你住在我这里可以,但我们暂时不开堂子,那样的话,家里就没个清静的时候。"

"师傅,名角儿家里没有不开堂子的。戏园里散了场后,那些人就跟在你后面撵来了,往你家里钻,赶都赶不走。"

苏小三这么一说,高朗亭忽然想起来了,难怪每天下场时,都有人追问自己住在哪里。当时他还没有私宅,就说和戏班同事挤大杂院,那些人还不信,以为是推托之词。他这才明白,那些人是要撵堂子喝酒的。

高朗亭后来同余老四核实,苏小三说的情况基本是真的。这京城里男旦侑酒的习俗从清初就有了。朝廷禁止官员嫖妓,嫖妓者,重则杀头,轻则流放。于是,官员们转向玩优童,这不犯法。这股风气实起自明代,当时的缙绅巨室多蓄优童,梨园界刮起了男风就不足为奇了。高朗亭听余老四说,当初,魏长生的徒弟陈银官初到京城时,因长相俊美,体态娇媚,又善花言巧语,被称为"优童之王",得到一批豪客热捧,日进斗金。结果遭人妒忌,枪打出头鸟,才有了后来的遭遇。

看来,这京城里,看不懂的事情还有很多。

京腔班大佬们出手了。

一天上午,高朗亭和陆长松、杨八官、沈霞官几个人从内城唱完堂会回来,赶往鲜鱼口的庆乐园去唱戏。堂会是午时结束的,几个人饭也来不及吃,就分乘两辆马车,往庆乐园赶。戏园的戏未时开始,赶回去唱戏完全来得及。以往,比这更远的路他们都赶过,还没误过事。三庆班火了,伶人的任务特别多,几乎没有消停的时候。

马车一路奔驰着,直到闻到一股鱼腥味气,高朗亭的心里才淡定下来,说明鲜鱼口不远了。鲜鱼口，顾名思义，这里有一个大型鱼市。说到鱼市，高朗亭就想起了自己的家乡古镇石牌，那里，一年四季，大街小巷有两样东西是少不了的，一是咿咿呀呀的唱戏声，还有一个就是鱼腥味。现在，闻着这股子鱼腥，高朗亭倒是觉得特别亲切。在这股鱼腥里，他感觉自己变成了一条鱼，溯游而上，一直游到了家乡的皖河里。一天中不同时候，鱼腥味是不一样的。早晨，鱼刚刚起水，鱼腥味就透着鲜劲，是活泛的，青枝绿叶的；而到了下午，没卖掉的鱼基本都死了，那腥味就有点难闻，残花败柳样的，腥里夹着股或浓或淡的臭味。

鲜鱼口汇聚了多家餐馆、店铺、戏院、茶楼和作坊，它的名声其实比大栅栏还要早，每天人头攒动，市声鼎沸。唱戏的人听觉都比一般的人要好，这都是平时练出来的，对声音很敏感。高朗亭对鲜鱼口这一块很熟悉，凭着气味的变化就知道马车现在跑到哪里了。比如，他现在闻到空气中飘着一股麻辣香，就知道马车到了街口的一家重庆火锅店了；嘶啦嘶啦，是撕布的声音，这是到了万家布草店；五谷香，是德隆粮店；等等。经过了这些店铺，就到了十字街口，离戏园就不远了。突然，马车哐当一声响，马跟着一声惨叫，车里几个跟着身子一栽，马车倒了。十字口有个大坑，两辆马车相撞，双双倒进坑里。

高朗亭几个从车里先后钻了出来，还好大家都无大碍。车夫指着另一辆马车说："我瞅着它过来了，明明是让着它的，不知怎么还是撞上了。"

这时，从另一辆倒在地上的马车里，像扯一截猪大肠般拖出一个软塌塌的人来。此人年约五旬，瘦得皮包骨头，脸色惨白，一根细辫子，毛稀得都能数得清，死蛇般拖在胸前。他一身烂泥，一下车就咳个不停，看样子是个痨病鬼。奇怪的是，此人脖子后还插着把纸扇。几个同伴将他搀到了高朗亭等人面前。车夫一见此人，脸色马上就变了，嘴里说了一个"夏"字，拔腿就溜。

"在下姓夏，名五套，咳咳咳……"咳了几声后，这个姓夏的竟然汪出一口血来，一擦，半边脸都红了。

高朗亭几个一下子蒙了，马车出了事故，这个人伤成这样，肯定会找他们的麻烦。这怎么办？戏一会儿就要开始了，这样的事他们还是第一次碰到。

几个人拥到高朗亭他们面前，骂道：“狗娘养的，你的马车撞了我大哥，车夫都畏罪潜逃了，还不快带我大哥去看大夫！”

那个自称夏五套的摆了摆手说：“兄弟，好好说话，不就是撞了嘛，有事说事，有病治病，咱们不生气。”

高朗亭见夏五套说话在理，不像是那种胡搅蛮缠的人，就说：“夏先生，我们几位是三庆班唱戏的，要到前面庆乐园去唱戏。俗话说救场如救火，我们留一个人下来，陪你去附近找个郎中看看，你看行不行？”

“咳，”夏五套说，“救场如救火，那救命呢？要紧不要紧？我眼瞅着就要断气了，还不比唱戏急吗？今天一个也不许走，咳。”

高朗亭感觉头马上就要炸了，真是急什么来什么，眼瞅着戏园子快到了，没想到出了这样的事。好在还有点时间，高朗亭说：“那我们赶紧就近找个郎中看看。”

“咳，”夏五套说，“别的郎中我不信，都是糊弄人的，我只信西直门观音寺胡同的麻五郎中。你们都不要急，我这病，顶多也就要二三百两银子，你们唱戏的都有钱，一人摊几十两，毛毛雨啦。咳。”

高朗亭这才感到事情并不是那么简单。看来，今天是遇到硬茬了。几个人好话说尽，可就是没有用。最后只好豁出去了，也不管戏园里的事了，让余老四去处理吧。他们另租了辆驴车，陪着夏五套到观音寺胡同看病。麻五郎中一看是夏五套来了，只扫了他一眼，脉都没有拿，就说是五脏重伤，不吃个三年五载的药断不了根。夏五套又问高朗亭几个是一次性了断还是按期付款。几个人一合计，一咬牙，当然是一次性了断。夏五套给他们打了个折，要了二百两银子，才放他们走了。一来二去，天也快黑了，戏园里的戏早已散场。高朗亭几个来到戏班大下处，余老四和洪朴一人抱着一个水烟壳，抽得里面的水叽里咕噜地响，像烧开了一般。

见几个角儿回来了，余老四噌地一下站了起来，问道：“你们几个今天怎么回事？”

高朗亭把鲜鱼口的事一说，余老四又蹲下了，继续叽里咕噜地抽起了水烟。洪管事说："戏开锣后，你们误了场，我们安排别的角儿临时顶了上去。戏园里也发生过这样的事，要搁在平时，大不了赔个礼。可今天有一批人闹得特别凶，最后只得退了座儿钱，连带戏园亏了一笔不算，那些人临走的时候还说三庆班的角儿唱戏不守信用，再不看徽班的戏了。"

余老四说："今天的事我觉得有些蹊跷，越想越不对劲。自进京以来，我们三庆班太顺了，可能有人看不顺眼了，要让我们长见识。"

余老四一语点破，大家都觉得有道理，可又不知道究竟是谁在找他们的麻烦。对手在暗处，他们在明处。余老四说："今天的事到此为止，大家都散了吧，以后千万小心，不能再出事了，戏班经不起折腾。"

让他们没料到的是，更大的麻烦还在后面。

一天，高朗亭正在练功场里练功。没有戏的时候，高朗亭就会来到戏班里，和大家见见面，然后叫上几个人去练功，常常是对练一阵刀枪。功夫要天天练，这玩意儿就是那么奇怪，一天不练，身子就发硬，三天不练，你就找不着板眼了。这天，高朗亭和陆长松、金双凤在练习《盗仙草》里的对打。这出戏在戏园里特别受欢迎，特别是其中的打出手，精彩、刺激，演出时喝彩声不断。但这出戏要经常练习，好几件兵器在空中抛来抛去，稍有闪失，就会在戏台上出岔子。熟能生巧，要想不出岔子，就只有多练习。在江南的时候，也有伶人不服气，模仿高朗亭的打出手，但远没有他的精彩。

正在紧张练习的时候，管事的洪朴拿过一张请柬，说："朗亭，正好你们几个都在，过来一下，有事。"几个人一边擦着汗，一边来到洪管事身边。洪朴说："后天有一个重要差事，庄亲王绵课的小福晋过生日，要办堂会，邀咱们戏班子。"

高朗亭说："乖乖，王府的堂会呢，这还是第一次。不过也没什么好怕的，我们不是给皇上都唱过了吗？"洪朴说："正是因为给皇上唱过，而且唱得好，这些王公大臣才一个个瞧得起咱。咱们不能翘尾巴，千万要小心侍候着，也不能因为是熟戏就掉以轻心，这些人我们一个也惹不起。"

陆长松说："小福晋是什么意思？这些满人的称呼我一点都不懂。"洪朴说："你不懂我也不懂，大概就是小老婆吧。"陆长松说："看来这个小老婆很得庄亲王的宠爱。"几个人相视大笑。

到了办堂会的日子。庄亲王平时很爱看戏，王府里有一座现成的戏台。负责和戏班子具体对接的是王府管家瑞庆。瑞庆说："你们三庆班那天进宫给皇上唱戏，庄亲王也参加了，这次小福晋过生日，才特地点了你们戏班子，以前办堂会，叫的都是昆腔和京腔班子。"

高朗亭说："谢谢庄亲王厚爱，三庆班初来乍到，毕竟是地方上的土班子，不周之处，还请多包涵。"

"我没看过你们的戏，不过，昆腔我不喜欢，文绉绉的，听不懂；京腔呢，喜欢乱号乱吼，唱来唱去就那几出，关公、包公，《荆钗记》《杀狗记》，这个记那个记，看多了，就像嚼烂菜帮子。"

这个管家倒是心直口快，不过，他说同行的不是，高朗亭也不敢接话，只好赔着笑脸点头。

瑞庆说："一会儿好好演，小福晋是很懂戏的，她看高兴了，王爷才会高兴。不然，你们一个个都脱不了干系。"高朗亭说："这个不消说，我们就是吃这碗饭的，断不会拿自己的饭碗开玩笑。"

开锣前，高朗亭才见到了庄亲王绵课和他的小福晋。让高朗亭感到意外的是，小福晋等几个女眷竟然和庄亲王坐在一排看戏。按惯例，女眷一般坐在后面或侧面的厢房里，前面挂一道稀疏的门帘。女眷直接坐到看台第一排，高朗亭还是头一回见到。庄亲王比他预想的要年轻，四十来岁的样子。小福晋就更年轻了，顶多二十出头，面如桃花，蚕眉丹眼，满族女子的打扮，如意头，花盆底鞋。不过，高朗亭对小福晋的印象并不好，这个女子的眼神太飘了。

当天的几出戏，都是唱过多次的熟戏。看戏时，小福晋表现活跃，不时鼓掌叫好。小福晋身后，坐着一个汉服女子，每次小福晋叫好的时候，她的眼神都要朝她乜斜一下。小福晋看戏太认真了，她伸着脖子，打量高朗亭的眼神很有些特别，让他感到脸上火辣辣的。只要高朗亭在台上，她的眼神就一刻也不离开他，像一张网，似乎要将他粘住了。高朗亭就有些不自在，于是动作有些僵硬。在演《盗仙草》里的打出手时，他感觉小福晋的目光越来越烫，心里一慌，抛出去的剑竟然没接住。他惊出一身冷汗，在剑柄快要落地时，扮仙童的陆长松及时救场，只见他脚尖一个勾挑，剑再次飞起，高朗亭这才抓在手里，差点闹出笑话。

出现这样的失误，对高朗亭来说是不能原谅的。不过，在戏台上也只是一瞬间的事，不注意或者不懂戏的人根本看不出来。高朗亭只希望台下的人没有看出来才好。

堂会结束了，按惯例是拿酬金走人。管家瑞庆说，王爷赏饭，戏班子吃了饭再走。王爷看得起唱戏的，大家还没有吃过王府里的饭呢，一个个都很高兴，都夸这个王爷好。伶人们坐了两桌，菜不多，每桌主菜有酱香猪蹄、挂炉走油鸡、红油鸭子、风羊片子、桂花鱼条等，还有小菜碟各五六样。瑞庆还一再说，临时加餐，没备下许多菜，请大家将就着吃。戏班子受此厚遇，大家也就不再客气，一个个风卷残云。

快吃完饭的时候，瑞庆拿来了堂会的酬劳，每人还另有一份赏钱。大家又夸这个王爷好。瑞庆又说，吃完饭戏班子里的人可以走了，不过，高朗亭要留下来，小福晋要学戏。

高朗亭吓了一跳，心想坏了。刚才唱戏的时候，他就感觉小福晋看他时有些异样，只盼着戏快点结束，不要出什么岔子才好。真是担心什么来什么，小福晋竟然给他来了这一出，要他单独留下。这侯门深似海，接下来还不知会发生些什么。他打定主意，一定要把得稳，行得正，拿得住。

瑞庆带着高朗亭往里面走，瑞庆说："绷着脸干什么？小福晋要跟你学戏，这是你的福分。"高朗亭说是。瑞庆说："我们这个小福晋，最得王爷宠爱，就是脾气不大好，一会儿你要小心侍候着，千万别惹她不高兴。她好打人，院子门后挂着一根长马鞭子，桐油里浸过的，她一不高兴就要打人。"

高朗亭心里一凛，汗毛都竖了起来。倒不是怕一会要挨打，而是想，那么漂亮的一个女子，怎么有如此火暴的脾气？

穿过几段长廊，眼前出现一个单独的小院落，里面花木扶疏，十分幽雅。门口的使女见高朗亭来了，说："随我进去吧，小福晋正等着呢。"

进了一个大房间，只见小福晋身着戏服，是《牡丹亭》里杜丽娘的打扮。瑞庆赔着笑脸说："小福晋，奴才将高朗亭带来了。"又对高朗亭说，"好好教戏，把看家的本领都使出来。"高朗亭说："这个是自然。"瑞庆说："小福晋，奴才告退。"说完就出去了。

小福晋不看高朗亭，只是吹着茶碗里的茶叶，说："你今天的打出手有个失误。"高朗亭的脸红了，说："小福晋慧眼，什么都瞒不过你的眼睛，对不起。"小福晋拿起了柳梦梅的戏服，披在了高朗亭的身上，眼珠子骨碌碌来回转了一个整圆，一阵喷香的鼻息直冲到高朗亭的脸上。小福晋说："可是，你为什么会犯错啊？今天是第一次吧？"

"是的，在台上是第一次。"高朗亭说，他当然不能说出真实的原因。没想到，小福晋步步紧逼说："你是不是从来就没见过我这么漂亮的福晋？"

高朗亭不敢应声，尴尬极了。本来，演这样一出公子小姐的对手戏，他就感到很不自在了。小福晋又一再言语挑逗，他更不知如何是好。小福晋说："你不用害怕，王爷出府去了，把戏服穿上，教我唱戏。"

高朗亭说："你先唱一段我听听。"小福晋唱道："原来姹紫嫣红开遍，似这般都付与断井颓垣。良辰美景奈何天，赏心乐事谁家院……"

唱了几句，小福晋问："怎么样？"

高朗亭说："声音有点飘。"

小福晋说："你说对了，我哪里会有杜丽娘的那种无奈和伤感呢？良辰美景，赏心乐事，福晋我要啥有啥，要干啥就干啥，哪里会有什么奈何？不过，"她微蹙眉头，继续说，"福晋我还缺一样东西。"她凑到高朗亭面前，脸几乎要挨着他的脸了，说，"缺一个懂我心思的人。"

高朗亭连连后退，说："小福晋的心思王爷懂。"

“他那个木头疙瘩,不提也罢。”小福晋说,“你唱一遍我听听。”高朗亭定了定神,唱了一遍。小福晋拍手叫好:“不愧是名角,比我唱得好多了,有那种味道。”

小福晋说:“柳郎,你再看看,我这身段、水袖、云手和步法,有没有问题?尽管给我指出来。”小福晋说着,开始比画起来,水袖不时地扫过高朗亭的脸,他只好不断地躲闪着。可他退一步,小福晋就进一步,怎么也躲不开。

小福晋说:“你这个柳梦梅怎么演的?像个呆子,一点也不解风情,比戏里的差多了。我倦了,咱们明天继续学,府里有戏班子,你晚上和他们住一块。”

高朗亭说:“明天不行,我明天还要到戏园里唱戏呢,这戏码都挂出去了,告辞了!”说着,收拾衣服就要离开。

小福晋一跺脚说:“高朗亭,你的胆子还不小,戏不好好地教,竟然还要走,你吃了豹子胆不成!”高朗亭不理她,收拾好了东西准备离开。

小福晋见他真的要走,大怒,叫道:“来人啊,把这个不识抬举的东西给我抽二十鞭子,然后把他关起来,再饿他三天。”

小福晋话音刚落,门外就冲进两个凶神恶煞的家丁,一人一把抓住高朗亭的一条胳膊,像拎小鸡一般将他拎了起来,拖到了院子外面,往地上一掼,紧跟着鞭子就落了下来。高朗亭发出一声惨叫,鞭子落处,戏衣紧跟着就破了。管家瑞庆听见了这边的动静,赶了过来。他看见高朗亭发出一声声惨叫,说:“哎呀,怎么会这样?不是叫你好生侍候着吗?”

打完了鞭子,高朗亭又被关进了一间屋子里,门从外面被锁上了。高朗亭使劲拍打着窗子,说:“明天的戏码都挂出去了,放我出去,我要唱戏!”可任凭他怎么叫喊,就是没人理睬。

他懊恼极了,脱下戏衣,戏衣已被打得稀烂,背部一个大洞,周围洇着一圈血迹。高朗亭仔细回忆着下午的言行,他觉得自己没有错。是的,他太呆了,他做不了柳梦梅,至少做不了小福晋的柳梦梅。背部的疼痛向全身发散,他又想起魏长生徒弟陈银官在京师被巡捕杖罚的事,可他毕竟涉嫌唱了粉戏啊,自己何错之有？高朗亭越想越恼，将破烂的戏服又穿上了，使劲拍打着窗子，大声吼道："快放我出去，我要唱戏！"他练过气息，气从丹田出，叫声传得很远，估计整个王府里的人都能听到。高朗亭决定，只要小福晋不放人，他就一直喊下去，吵得王府里的人不得安宁。

喊了一会儿，果然有效果，高朗亭突然发现有人来了。只见瑞庆陪着一个漂亮的姑娘向他这边走了过来。高朗亭认出来了，她就是上午看戏时坐在小福晋身后的那个女子。只见她一路紧绷着脸，柳眉倒竖，径直走到关高朗亭的屋子门前，说："开门！"高朗亭听到锁一阵响，门开了。瑞庆对高朗亭说："这位是珍格格。"高朗亭说："在下三庆班高朗亭，参见格格。"珍格格说："将他放了！"瑞庆吓得一个哆嗦。珍格格说："要是小福晋问起来，就说人是我叫放的。"

看珍格格这说话的口气，显然是不惧小福晋的。瑞庆说："高朗亭，还不快谢谢格格，赶紧走吧！"

高朗亭谢过珍格格，也顾不得背上的疼痛，一阵疾步，比戏台上跑圆场还要快，逃一般地跑出了王府。

第八章　檀板

当天的戏自然又耽搁了。晚上,听说高朗亭在王府里挨了鞭子,余老四特地前来看望他。高朗亭当然不敢说出真实的原因,只说小福晋脾气古怪,喜怒无常,嫌他教得不得法,这才将他揍了一顿。高朗亭后来还了解到,珍格格是庄亲王大福晋的女儿,在家里骄横惯了,连小福晋都让她三分。

近来发生的几起意外事件,让高朗亭感到,三庆班作为一个地方来的戏班子,要想在京城扎下根来,并不是一件容易的事情,会遇到各种各样的问题。但高朗亭是个不服输的人,在苦水里泡大的孩子,哪有遇到困难就轻言退却的呢?相反,这些挫折进一步坚定了他扎根京城的决心。既来之,则安之。空闲的时候,他就思考着戏班下一步的方向。初到京城,三庆班幸运地站稳了脚跟。但是,要想长期待在京城,就要研究戏迷的喜好,取得他们的信任和支持。作为一个戏班子,就要不断奉献新戏。高朗亭想排一台新戏,一台空前叫座儿的大戏。至于到底是台什么样的大戏,目前还未可知,但它至少要具备两个特点:一是能充分展示三庆班旦角荟萃的优势;二是唱腔上,以二黄为主,同时融合京、秦二腔。这台戏叫什么名字,什么剧情,已经折磨高朗亭好久了,他也说不出个头绪,有时明明感觉它已经存在了,可就是出不来。

高朗亭想起一个人,也许可以一试。

在京城的广大戏迷中,有一类文人,喜欢以诗词等形式对名伶新秀进行品鉴、记载,这就形成了各种花榜,也叫“花谱”。作为一名伶人,一旦被这些文人品鉴入榜,往往身价倍增。也有些伶人,为了出名,请这些文人来借机炒作。因此，品鉴人是否公正，眼光精到与否，就显得至关重要。乾隆年间，京城诚一斋南纸店为招徕顾客，邀请画师贺世魁绘制十三位京腔名伶的图像匾额悬于门首，称为《京腔十三绝》。这幅画直接启发了后来同治、光绪年间的《同光十三绝》京昆名伶画像。自然，这是后话。在琉璃厂东街，就有一家著名的戴氏南纸店，出售各类纸张。就是这家南纸店，每月初一发布一次花榜，对京城梨园各种声腔的伶人，选取优秀者进行品鉴，对其新唱的剧目予以点评，并附赞诗一首。由于品鉴者眼光独到，就戏说戏，不厚名角，不薄新人，戴氏南纸店的花榜非常有权威性。但品鉴者并非纸店掌柜戴氏本人，而是一位神秘的幕后人氏，据说是一位落第文人，外号"丑脸"。但梨园界从来没有人见过他。丑脸爱钻进各大戏园里看戏，但从不和梨园里的人打交道，据说是以免影响他评价的公正性。他也从不接受入榜伶人的任何感谢，更不用说花钱或找关系入榜了。三庆班的伶人多次入榜，高朗亭曾连续三个月名居榜首，但他一向没有把此类评价当回事。作为一个伶人，只要努力唱好戏就行了，至于别人如何评价，就不是他所能左右的了。

戴氏南纸店的花榜在梨园内的影响越来越大，上榜伶人的戏远比未上榜时要叫座。从丑脸的品鉴内容来看，他是位懂戏的行家，高朗亭想和他谈谈，不是自己要上榜，也不是推荐他人上榜，而是看能不能请他写部戏。

一天，他来到戴氏南纸店，打听丑脸先生的住处。戴掌柜呵呵一笑说："抱歉，我也不知道，我和丑脸没什么关系，也没见过他本人，他从没来过我的店里。"

高朗亭开始还以为戴掌柜是故意隐瞒不说，见他一脸认真状，不像是撒谎，又问道："那他每个月的花榜，都是派人送过来的吗？"戴掌柜说："不错，每个月初一，一个十四五岁的女娃子，自称是丑脸的女儿，会按时送一张新拟的花榜过来。"高朗亭明白了，丑脸不过是借戴掌柜的纸店发布花榜，而戴掌柜呢，也借此增加人气，招徕生意。

戴掌柜还说，曾有不少人拎着礼物兴冲冲地找他求见丑脸，都是高兴而来，扫兴而去，他实在帮不上忙。高朗亭又问丑脸女儿的长相特征，戴掌柜说："丑脸可能长得很丑陋，可他的女儿倒是很标致，是一个十分俏丽可爱的小姑娘。"

"知道她叫什么名字吗？"高朗亭问道。戴掌柜说："告诉你也无妨，叫玉凤，她不让我对外说的。"高朗亭说："我知道了，你放心，不会外传的。"

丑脸不愿公开示人，难道真的是因为自己长得丑吗？不过，戴掌柜告诉了高朗亭一个有价值的线索，那就是，这位神秘的丑脸先生是位说书人，平时以说书为生，他这也是听玉凤无意中说的。

说书的地点一般在茶馆，可是，北京外城的茶馆多如牛毛，到哪里去找这位神秘的丑脸先生呢？高朗亭将这个任务交给了徒弟苏小三，让他去查找，此人除了外貌奇丑，还是品鉴戏曲的大行家，想来说书亦是个高手，在圈子里应该会有些知名度。

晚上，苏小三风尘仆仆地回来了。高朗亭问："找到了吗？"苏小三一边点头，一边咕咚咕咚地连喝了几杯水后才说："跑了一天，终于有点眉目了，这遍京城的说书人，最丑的莫过于常到大栅栏和悦茶楼里说书的鲁麻子。他丑到什么程度呢？据说有一年他参加进士科考，本来考上了，可主考官和珅嫌他长得太丑，将他黜落了。这个鲁麻子从此就和和珅干上了，他在茶楼里说书，说的内容是《奸相传》，名义上说的是明朝严嵩，但明眼人都知道，他是在影射本朝的和珅。鲁麻子说书，满城人疯跑。他说书时茶楼里人满为患，水泄不通，连门外都站满了人。可这事前段时间不知怎么被和珅知道了，你说这和大人是好惹的吗？有一天，鲁麻子又在说书，突然冲进几个人，什么也不说，将他一顿痛揍，一条腿当场断了，嘴差点被撕烂，门牙被打掉两颗。所以，鲁麻子有一段时间没来说书了，在家养病。他家很穷，没钱治伤，据说，药费都是那些茶客们凑钱支付的。"

高朗亭说："这倒是个奇人。可是，他是不是丑脸呢？"

"我问了不少人，平时人们都称他鲁麻子，但也有知情的人说他外号叫丑脸。我猜你要找的可能就是此人。"

"那有没有人知道他和花榜的关系?"高朗亭最关心的就是这一点。苏小三摇了摇头:"我问了,都说不清楚。我看此事只有向他本人求证。他家住在骡马市大街的一条胡同里,问一下说书的鲁麻子,很好找。"

此人到底是不是在戴氏南纸店发布花榜的丑脸,只有到他家里一探虚实了。次日,高朗亭买了两只乌鸡,又到药店买了一包三七、几根人参,然后坐上骡车,向骡马市大街奔去。

骡马市大街附近有个骡马交易集市,每逢交易日,骡鸣马嘶,吵嚷不休。更让人难以忍受的是,集上常年散落着牲畜粪便,臭味难闻。丑脸之所以选择在这里安家,是因为看中这里房子租金便宜。

高朗亭到了骡马市大街,情况果然如苏小三所说,向街两边的商户一打听,问起说书的鲁麻子住哪,还鲜有不知道的。

一条石板胡同走到底,是三间矮旧的瓦房,檐口的滴水瓦多处脱落,也未及时修补。下雨时水直接流到外墙上,墙上的水印张牙舞爪,好像对高朗亭这个不速之客并不欢迎。门半掩着,高朗亭叫了一声:"有人吗?"

房里黑乎乎的,光线很暗。黑暗中有个瓮声瓮气的声音应道:"你找谁?跑错门了吧?"

"我找说书的鲁麻子。"高朗亭说道。"你谁啊?进来吧。"里面又瓮了一声。

高朗亭拎着东西,推开门进了堂屋。内室的鲁麻子显然认出了进来的人,惊得坐了起来,说:"你不是三庆班的高朗亭吗?怎么跑到我鲁麻子的家里来了?"

见鲁麻子认出了自己,高朗亭大喜。他断定,这个鲁麻子,十有八九就是花榜的幕后主人丑脸,鲁麻子经常出入戏园子,看过他的戏,否则,断不会一见面就能叫出他的名字。

屋里太暗了,鲁麻子说:"帮我把窗板支起来。"高朗亭将一块残破不堪的木窗板支了起来,室内顿时亮堂多了。家里陈设简单,几只破旧的柜子,一个博古架很抢眼,上面倒不是摆了什么值钱的古玩,而是码着一摞摞书。这说明鲁麻子是个读书人也没错。

“玉树临风,风流倜傥,好长相!”鲁麻子赞道,难怪他说话有些含混不清,原来是门牙没了。

借着窗户透过来的光,高朗亭这才看清了鲁麻子的长相。来之前虽说知道他长得丑,可真看见他本人,还是有些吃惊。高颧骨,瘪嘴,下巴却又突兀地往前伸,脸上到处都是大大小小的麻子。麻子长得堆了起来,这儿一大堆,那里一小堆,整个脸上就没有一块完整的皮肤。鲁麻子见高朗亭在打量自己,说:“我这长相,没有吓着你吧?”

高朗亭这才自觉有点失态,忙说:“哪里,没有没有。”鲁麻子说:“小时候过天花,落得这个鬼样子,没死就算不错了。对了,高朗亭,你怎么突然找到我这里?”

“想找你写本戏。”高朗亭说明来意。鲁麻子马上变了口气说:“我不懂戏。”

“哈哈,别再瞒我了吧,不懂戏,你怎么一眼就认出我是高朗亭?你不就是戴氏南纸店梨园花榜的主人丑脸吗?”

鲁麻子朗声大笑,看样子他好久没这么开心地笑过了,笑得满脸的麻子快活地乱跑。笑了半天,鲁麻子才说:“你是个聪明人。不错,我就是那花榜的主人,之所以不愿暴露身份,是因为不想那些想上榜的人寻关系找门路往我的家里钻,那样的话,花榜也就无异于一张废纸了,还品鉴个啥呢?找我写戏,你算是找对人了,鲁某愿意和你这样的角儿合作。”

高朗亭将设想中的大戏特征又说了一遍,那是展示三庆班诸多名旦,以二黄腔为本,同时融合京、秦两种声腔的一部大戏。鲁麻子一脸严肃地听着,高朗亭还是喜欢称他为丑脸,丑脸与戏更近,但又怕不礼貌。

鲁麻子听高朗亭说完,表态说:“我可以试一试,这样的大戏是有难度的,请给我充裕的时间——一则我身上的伤尚未痊愈;二则这几年和珅权倾朝野,贪心也越来越大,我还要把他的事在茶楼里告之于天下。有些人说我揪住和珅不放是出于个人恩怨,非也。当年他黜落我,是他主考官的权力,像我这副尊容参加殿试,会惊了圣驾的。这些旧事我早就不和他计较了。和珅的贪腐,称为古今第一并不为过。朝中的人不敢说,难道民间的人也不敢说吗?读圣贤书,关心天下事,这样的伪君子,不将其劣迹周告天下,我鲁麻子寝食难安啊!"

高朗亭对他突然敬重起来,觉得那张脸并不那么难看了,每一个麻子都显得那么可爱。高朗亭说:"和珅现在已经觉察到你在拿他说事,我担心你的安全,你要是再有什么事,还怎么写戏?"

"不用担心,他和珅还不敢明目张胆地杀人,皇上毕竟八十岁了,还能活几年?没了靠山,他这个巨贪就要大白于天下!"丑脸口无遮拦,说得高朗亭一愣一愣的。

鲁麻子思忖了一会儿,说:"你说的那部戏,我看,写杨门女将好不好?"

高朗亭大喜:"哎呀,好啊,不愧是懂戏的行家,我想了好多天,就是没个头绪,就叫《杨门女将》。说的是保家卫国的事,不关情色,也不怕同行找麻烦。杨门女将多,戏班里的花旦都有机会上台,能发挥我们的优势。行家就是行家,你早点动笔。"

说着,高朗亭拿出一锭银子放在桌上。鲁麻子伸手拦道:"戏还没写呢,我虽穷,但无功不受禄。"高朗亭说:"别误会,这是定金。"

鲁麻子不好意思地摸了摸脸:"你这么搞,我压力还蛮大的。"说着,对着外面喊了一声,"丫头在吗?"

一个俏丽的女孩应声而入,对着高朗亭天真一笑。好漂亮的女孩,高朗亭心里一动。鲁麻子说:"玉凤,到卤菜店切点驴肉,买点花生米,我要和这位先生喝几杯。"玉凤应声而去,快活得像一只小鸟。

鲁麻子床头的墙上,挂着一副檀板,显然是他说书时用的。这块檀板一看就有些年份了,比他的丑脸还要丑陋。高朗亭将它拿了下来,轻轻抚摸着,感觉沉甸甸的。是紫檀的呢,它来自哪里的深山老林呢?檀树生长极其缓慢,十年也长不了一圈。檀板的边角都圆了,光滑滑的,红褐色的木纹袅袅娜娜,愈老愈亮。板体并不平整,有些变形了。特别是,最上面的一块明显比下面两块要短上一小截,显然是在无数次的敲打中慢慢被损耗掉的。高朗亭轻轻敲了一下,檀板发出一声脆响。

高朗亭能想象出鲁麻子敲着这副檀板在茶楼里言辞如飞的情景。那该是一幢古老的茶楼,黑压压地挤满了茶客。喝茶是其次,他们主要是来听说书的。他们众星拱月般将鲁麻子围在核心,虽然人很多,但场中鸦雀无声。突然,只听见沉默中的檀板一声脆叫,点亮了众人的眼睛。鲁麻子厉色说道:“各位看官,话说严嵩父子把持朝政,专权纳贿,残害忠良,朝中无一人敢言者。有个叫邹应龙的御史,决定挫挫严嵩的锋芒。他设了个圈套,逗引那老贼喜滋滋地往里钻,结果自然是被痛揍了一顿。其中缘故,且听我慢慢说来……”

檀板在响,鲁麻子眉飞色舞,滔滔不绝。是他在说,还是檀板在说呢?让人渐渐有些分不清了。檀板在他的手中开开合合,在那张令人惊怵的丑脸边飞来飞去,像一只黑色的蝴蝶。听书人的思绪跟着檀板飞升,早就离开了茶楼,都跟着邹御史追打严嵩去了。

门吱呀一声响,玉凤回来了。玉凤将她爹扶到了桌前。鲁麻子和高朗亭就着一盘卤驴肉和一碟花生米喝起酒来。高朗亭是滴酒不沾的人,他以茶代酒。鲁麻子说:“你平时都不喝酒吗?”高朗亭说:“是的。”鲁麻子摇了摇头,自斟自饮,说:“太可惜了,身为男人,怎么能不喝酒呢?壶中有乾坤啊。”这时,玉凤又弄来了两个菜:一盘炒罗锅菜,一盘白菜豆腐。罗锅菜就是把白菜帮子顺着切成长条,这样切菜帮子自然是弯的,就得了个“罗锅菜”的诙谐名字。

过了一会儿,玉凤又端出一碗热气腾腾的杂合面馒头。高朗亭想,这小姑娘蛮能干的,做事也很快。鲁麻子说:“老婆在街坊里天天替人浆洗,家里全靠着这个丫头呢。”玉凤也坐下了,递给高朗亭一个馒头说:“给,米饭是没有的,这就是主食了。”鲁麻子说:“不好意思,将就着吃吧。”高朗亭接过馒头说:“戏班子里也常吃这个呢,不过,可没玉凤蒸得好,又香又软。”玉凤得到称赞,低着头抿嘴笑。

鲁麻子说:“收了你的定金,我明天就去镶牙,缺了门牙不关风,茶客们都等了好多天了,后天去茶馆说一天书,然后回来就着手写本子。”

高朗亭担心地说:“鲁叔,你还要去说书啊?别又惹什么事。”玉凤说:“爹,我不许你去,腿没好,你怎么去啊?”鲁麻子喝了酒,脸红通通的,笑着对女儿说:“玉凤,就说这一回,好吗?我叫人抬了去,许多茶客都出了钱替我付了药资,这不都是人情压着吗?就说一回,回头我替你扯件红缎彩绣的袄子。”许是袄子的承诺起了作用,玉凤说:“那就说一回啊,以后不许你去茶馆了。”“好,一回就一回。”看得出,鲁麻子对这个女儿很是宠爱。

从鲁麻子家出来,高朗亭乘车径直来到余老四的私寓。余老四也收了几个徒弟,正在陪几个闲客喝酒唱戏,屋里闹哄哄的。见高朗亭来了,余老四说:“家里太吵,我们沿城墙根走走吧。”

两人沿着城墙根漫无目的地往前走着,没想到城墙根下也不太平,跑出一大群乞丐,伸手向他俩讨钱。好不容易把这群人打发走了,高朗亭说:“我有事要和你说。”余老四说:“我也有事要和你说。”两人相视大笑。余老四说:“还是你先说吧,你的事肯定是好事。”

这么说,余老四一会儿要说的事肯定不是什么好事了,高朗亭的心里笼上了一层阴影。于是他就把邀请丑脸创作剧本以及本子初步的构想说了一遍。余老四说:“好事啊,我们戏班子来了有几个月了,大家银子挣了不少,目前还不能盲目乐观,只顾眼前。朗亭啊,还是你考虑长远,比我操的心还多,辛苦你了,三庆班将来就靠你了。”

高朗亭惊道:“班主何出此言?叫我如何担当得起!”余老四说:“班里几个角儿我都琢磨过了,班主的担子迟早要交到你的肩上。”

“余班主,你暂时千万不要有这个想法,这副担子我挑不起,我毕竟才十七岁啊。”

“有志不在年高,再经过一两年历练,我看就行了。”余老四说。

高朗亭说:“我们不说这个了,对了,你要告诉我的是什么事?”

余老四说:“庄亲王府又送来请柬,明天请戏班子进府唱堂会。”一听说王府堂会,高朗亭吓得一抖。余老四说:“你别紧张,送请柬的特意叮嘱,说小福晋的意思,这次堂会不准你参加。这叫什么话,我正想不通呢!”高朗亭听了却松了一口气,双掌合十说:“我不去最好,在下谢谢小福晋!”

高朗亭没有告诉余老四小福晋那天跟他学戏的事,只说上次堂会自己出现失误,被小福晋看出破绽,所以这次才没有邀请他。余老四不明底细,自然信以为真。

第二天,三庆班一批角儿按时赴庄亲王府唱堂会。午时,他们返回大下处时,高朗亭发现,陆长松没有跟随大家回来,说是被小福晋留下了,教她学戏。

高朗亭心里一咯噔,暗叫不好。那天,要不是自己定力好,说不准接下来还会发生什么事。现在,陆长松被留下了,他有种隐隐的担心,小福晋太媚了,身子软得像棉,尽往人的身上黏,有几个男人能挡住她的撩拨呢?

天黑前,高朗亭特地派苏小三到陆长松的私寓去看了看。苏小三天黑后才进门,说陆长松没有回来,听说是住在王府里了。

吃过早饭,鲁麻子被女儿玉凤搀上了骡车,他的腿还打着夹板呢。爹的腿没好,玉凤少不得陪着他。骡车迅疾如风,在人群中穿行着,一路向和悦茶楼驰去。茶客们早得到了消息,说今天鲁麻子要重出江湖,茶楼里早就挤满了人,连外面墙根下都临时加了座儿。

鲁麻子一到,茶客们就骚动起来,大家拥出去,把他抬进了茶楼里。鲁麻子今天格外兴奋,和熟客大声地打着招呼,显摆他已经镶好的门牙。有熟客打趣地说:“鲁麻子,你的牙怎么这么快就长出来了?”鲁麻子说:“还真别说,我前天晚上做了个梦,祖师爷说,你怎么在家闲着?我说门牙没了,关不住风。祖师爷说,我来瞧瞧。就朝我的嘴里吹了口气,这不,第二天就长出来了。”又有熟客说:“鲁麻子,你怎么不镶颗金牙显摆显摆呢?我们大家出钱。”鲁麻子说:“得了，别损我，我镶颗金牙，会闪了你们的眼，到时一人吐口唾沫，还不把我淹死了？”众人哄堂大笑。

鲁麻子一拍惊堂木，收了笑容，脸一绷，黑得像老檀，双眼深似枯井。他说：“各位看官，今天且听我说一段明朝奸相严嵩驱逐秦腔班子的事。蜀中有个叫魏三的人，此人是个戏曲通才，唱戏、化装、编戏无一不精，说他是戏圣亦不为过。大明嘉靖四十四年(1565)，魏三率领一支秦腔班子杀入京城梨园，一时间，万人空巷，人人争睹为快。京腔六大班纷纷关门歇业，京腔角儿纷纷转班走人。六大班眼看着就要不行了，班主们幕后密谋，凑了一笔巨款，派人送到了严嵩府上。本来，那严嵩也是戏迷，魏三常到他府上唱堂会，两人称兄道弟。可为了钱，严嵩也顾不得兄弟死活了，他向皇上递了道折子，说秦腔班唱粉戏，惑乱人心。嘉靖老迈昏庸，不明就里，听了严嵩的报告，就下旨禁唱秦腔。步兵统领衙门的巡捕们闻风而动，可怜那秦腔伶人，打的打，散的散……”

明眼人都知道，禁秦腔哪里是明朝的事呢？明显是说本朝。鲁麻子明明就是含沙射影，影射当朝权臣和珅。众人心知肚明，个个听得津津有味。

突然，只见茶客们一阵骚乱。一队巡捕将茶楼围了个严严实实，为首的一个大叫道：“别走了鲁麻子！”

茶客们个个暗叫不好，一哄而散，有的甚至从窗户里爬出去溜了。鲁麻子仍端坐堂中，像没看到这些情景一般，仍在敲着檀板兀自说着：“那严嵩唯利是图，半点不念旧情，下令把几个唱戏的打得皮开肉绽，将他们赶回老家……”几个巡捕已走到了鲁麻子跟前，玉凤哪见过这阵势，哇的一声哭了。为首的说：“将这个老家伙带走，叫他乱说。”两个巡捕一脚踹倒了鲁麻子前面的书案，将他从椅子上直接拎了起来，塞进了一辆骡车，押走了。

玉凤坐在乱成一团的茶楼里，哭了一阵，然后收住眼泪。心想老是哭也不是个办法，得赶紧把爹救出来才是。都是自己贪图一件红缎彩绣的袄子，不然也不会同意爹冒着风险出来说书，现在懊恼也晚了。可现在找谁去呢？在这京城里，能说上话的有头有脸的人，她是一个也不认得。

对了,何不去找那天来看望父亲的高朗亭试试呢?他是个名角,应该认识不少当官的。说去就去,这京城里,戏班的住处都在韩家潭一带。三庆班是名班,大下处一问便知,玉凤很快就在练功场里找到了正在练功的高朗亭。

高朗亭大吃一惊,还指望着鲁麻子写剧本呢,没想到竟被抓了起来,这可咋办?那天在鲁麻子家喝酒时,鲁麻子说为了还人情,说一次书后就不再说了,当时高朗亭也预感有风险,但心想一次就一次吧,不至于就被巡捕发现了,也就没有阻止。这都是侥幸惹的祸。

高朗亭随玉凤来到和悦茶楼,里面一片狼藉,桌椅都被巡捕砸得稀烂,地上到处是茶碗茶壶的碎片。忽然,高朗亭在地上发现了一件东西,捡了起来,是鲁麻子说书时用的檀板。鲁麻子被巡捕带走时,东西就丢在这儿了。檀板上沾满了茶叶,水淋淋的,上面的红褐色木纹经过水洗后,亮得像血。一副灰暗的陈年旧板,被一道一道的"血痕"紧咬着,喘不过气来。

高朗亭小心地将板子擦干净了,揣进了袖子里,对玉凤说:"妹子,这个借我几天。"玉凤说:"送你吧,我爹以后也用不着了。朗亭哥,你能不能找熟人说说情,把我爹救出来啊?"

高朗亭说:"我想想办法,应该能放出来的,你爹又没有犯法。"玉凤说:"我爹说书都是说和珅的不好,肯定是他下令抓的,要救我爹,还要找他。"

解铃还须系铃人,玉凤分析得对。问题是,谁能在和珅面前说得上话呢?放眼朝中,恐怕也没有几个。高朗亭说:"玉凤,你先回去,我马上想办法,一有消息我就通知你。"玉凤泪水涟涟地说:"哥,我爹就指望你了啊。"

找谁说情去呢?高朗亭可犯了难。他一路走,一路想,手中拿着鲁麻子的那副檀板,一路敲着,直到到了家门口,也没想出个头绪。最后,他决定去找珍格格试一下。要是珍格格愿意帮忙,由她再向他的父亲庄亲王求个情,由庄亲王出面,找和珅说个人情,事情也许会有转机。问题是,高朗亭和珍格格也只有一面之缘,不知道她愿不愿意帮忙。病急乱投医,不管她愿不愿意,高朗亭都要试一下,因为他再也想不出比珍格格更合适的人选了。

高朗亭来到庄亲王府,见到了管家瑞庆。高朗亭请他向珍格格通报一声,说有事请她帮忙。很快得到回复,珍格格让高朗亭午时后在王府不远处的得一斋茶楼等着,她到时会来。

高朗亭没想到珍格格这么爽快地就答应了。午时前,他提前来到得一斋茶楼,订了间雅座,静静地等着。到了午时,他听见楼梯响,脚步声轻捷而优雅,不像是一般的茶客发出的。高朗亭走出雅座,果然是店小二引着珍格格上了楼。坐下后,高朗亭轻抬眼帘,扫了一眼珍格格,当下心如鹿撞。这姑娘太俊了,脸形周正,鼻梁挺拔,双目窅深,明眸如盈盈秋水。

高朗亭先是客套了一番,感谢她上次仗义相救,不然,还不知要被小福晋关上几天。珍格格说:"那次是小福晋不对,打了人,还要关人,我就是看不惯她的做派。不说这事了,说说你找我什么事吧,看我能不能帮上你的忙。然后我再问你些唱戏方面的事。"

高朗亭就把鲁麻子说书影射和珅被抓的事说了个大概。珍格格说:"牵涉和大人,这事是有点麻烦,说大不大,说小不小,但千万不能提影射,就说是误会。这样吧,我先应承下来,回头让我阿玛出个面,王爷的面子,和大人会给的。"

高朗亭站了起来,躬身谢道:"那我先替鲁麻子谢谢格格和王爷了。"珍格格按了按手,示意他坐下,说道:"说完了你的事,我们聊聊戏的事吧。不瞒你说,格格我挺喜欢戏的,就想问你个问题,我们这些喜欢戏的人,算是票友吧?上台唱戏,一样的唱腔,一样的身段,咋怎么看都没有戏味呢?"

高朗亭笑了,他先以为格格会问什么高深的问题,怕答不上来,原来是问这个。他说:"说到底,还是入戏的问题。入戏需要两个方面的要点,一是情感,二是技巧,每一个都不容易。就拿情感来说,唱戏的人,是要受点苦的,当然像我这样的苦底子出身最好。没受过苦的人,怎么能演好戏里的人呢?戏里的女人可都是苦命,白娘子是苦的,杜丽娘是苦的,苏三是苦的,王昭君是苦的,赵艳容是苦的,还有很多,她们都是苦命,不是苦命的女人走不到戏里。恕我直言,你们这些喜欢戏的,大多没受过什么苦,演起这些人来就很隔,苦是演不出来的。再说技巧,什么唱腔、身段、手法、腿法、水袖等等,哪一样都可以说上半天,喜欢戏的人懂点皮毛,但不得法,小时候不在科班里正经泡几年,让师傅打几年,演起戏来什么都不到位,飘得很。"

高朗亭的一番话说得珍格格连连点头,说:"你不说我还真不知道,原来戏里还有这么多学问。"她又问道,"听说科班里学戏,师傅们打徒弟都很毒,是吗?"

高朗亭说:"我还好,师傅和我父亲是朋友,没怎么打我。别的科班就没那么好了,进科班时,要签生死文书的,学戏被师傅失手打死的事,是有的。我听说有个孩子,有次犯错,师傅一气之下,就用手中的戒尺戳他的肚子,不料用力过猛,将肚皮戳穿了。"

珍格格急着问道:"那这个孩子后来怎样了?"高朗亭说:"还能怎样?肠子都能看见,没法救,自然是死了。"

珍格格半晌沉吟不语。她从腕上褪下一只手串,递给高朗亭说:"谢谢你和我说了这么多,这只沉香手串送给你,算是感谢。"高朗亭说:"格格,受之有愧,在下不敢收。"珍格格说:"拿着吧,也不值几个钱,是个心意。"

过了几天,玉凤满面春风地来到高朗亭的寓所,远远地站着,望着高朗亭笑。高朗亭说:"你爹回来了吧?"

玉凤一愣说:"你怎么知道的?我也没告诉你呀。"高朗亭说:"你告诉我了。对了,你爹不是叫你来讨那副檀板的吧?"

"瞧你说的,我爹说,那副檀板和你有缘,就送你了,反正他以后也用不着了。"玉凤说。

"你爹还说什么了?"

"我爹叫我来谢谢你,说请你放心,他会好好写剧本的,明天就开始写。"

高朗亭说:"那就好,这段日子,你多用点心思,给你爹弄点好吃的,补补身子。剧本写好了,也有你一份功劳。"

玉凤说:“那太好了,等本子写好了,嗯,我能不能在戏里跑个龙套演个丫鬟什么的?”

“那不行,姑娘都不准进戏园子,哪里还有姑娘演戏的?我可不敢破这个例。”

玉凤嘟着嘴走了。鲁麻子终于出来了,本子有希望了,高朗亭长长地舒了一口气。这些日子,高朗亭太累了,戏外的事情比戏里的事情还要累人。

第九章　枷号

王府班主王金官是个一肚子坏水的人,他平时装着笑眯眯的,笑容可掬,实际上,脑子里想的都是怎么整人和使坏。自三庆班开始在京城的戏园子里轮番唱戏以来,包括他的王府班在内的京腔六大班就一天不如一天,唱戏时座儿越来越稀,台下没什么人,台上的伶人们也自然提不起精神,像几天没吃饭,底气不足,声腔都弱了好多。

这样下去当然不行,入冬了,给伶人们的包银要付,这当然要一大笔钱。还有,每年十月,都是梨园界角儿们搭班签约的时间,戏班子不景气,到时肯定有角儿要拍屁股走人。走的肯定都是好的,那他的班子明年怎么办?这些都是迫在眉睫的事,还只能闷在心里,不能跟人说。

王金官来到精忠庙街,内务府管理精忠庙事务衙署就设在这条街上,他今天来找堂郎中范骏,也就是范郎中。内务府目前是和珅兼管着,和珅是个雨过地皮湿的人,在他眼里,没有什么事是不能刮到银子的。如他提议创立的议罪银,官员犯了法,都可以缴钱免罪。上梁不正下梁歪,有这样的人管着内务府,下面的人自然也个个变着法子捞钱。

王金官进了衙门,他是这里的常客,里面的人都认得他。他直接走进了范郎中的后衙。范郎中正坐在书房里品茶,说是书房,里面却只有一本书,如同唱戏的道具一般,摆在案上,且永远是摊开的。见王金官来了,范郎中抬了抬眼皮子,没说话,眼睛又移到了书上。

范郎中虽是旗人,却很会当官,对下面这些他管着的班主和角儿,向来冷若冰霜，随时不忘抖搂自己的威风。

王金官坐下了，范郎中说："王班主，最近戏演得怎么样，还叫座儿吧?"

王金官的脸色马上就变了，说："范大人，什么都瞒不过您的眼睛，本来俺们京腔班的日子过得倒也滋润，可自从来了个三庆班，就一天不如一天了。一个地方的戏班子，本来是为万寿节献艺来的，这艺献完了，按理该打道回府了吧，可这些人倒好，赖在京城不走了，抢咱们的饭碗。"

"王班主，你这话可就不对了，这京城是大清国的京城，就你的戏班子能唱，人家就不能唱吗?"

王金官的鼻头涨得通红，击了一下掌说："可总得有个先来后到吧!"

范郎中知道这家伙来肯定有事求他，就说："那依你的意思该怎么办?"

王金官果断地一劈掌说："哪来的，让他还回哪儿去!"

"你的意思是说，把他们赶走? 可不让他们演戏，总要有个合适的理由吧，这偌大的京城难道是你家的?"

王金官拿出一张折得方方正正的银票，用一根手指推到了范郎中面前的那本书下，范郎中将目光移开了，自言自语地说："今天天气不错。"

王金官说："范大人，小的告辞了。"

高朗亭的私寓附近有家茶馆，叫燕赵茶楼。来北京后，他也像那些老北京一样，没事时，爱到那里喝上一碗盖碗茶。这天早晨，像往常一样，他起床后来到郊野，城里人叫遛早儿。他不是遛早儿，郊野早晨湿气重，他是来练声的。咿咿呀呀喊上一阵子后，他就晃到了燕赵茶楼，找了个角落坐下了。他是这里的熟客，一坐下，伙计就上了一碗明前绿茶，加上一个杠子馍馍。杠子馍馍长圆形，硬面做的，放在滚烫的石子上烙成，馍馍上还有石子印。扯一片，在嘴里可以嚼上半天，越嚼越香。杠子馍馍有甜和咸两种味道，高朗亭喜欢咸的。咸，沉着，更接近本味；甜给人的感觉多少有些轻佻。咸是老生，甜是花旦。咸是过日子，甜是偷欢。

边吃边喝，看着进进出出的人，很是有趣，也不是刻意地看，谁进了眼帘子就看见了谁。茶客里，养鸟的不少，养小虫子的也特别多，什么虫子都有，像油葫芦、蟋蟀、咂嘴、蝈蝈、蝴蝶、螳螂等，在家乡皖河的大堤上差不多都能逮到的。在北京，好像不养只虫子你就不是一个有身份的人，都是闲得没事干，用一只虫子糊弄光阴。

今天的杠子馍馍做得比往日要硬，高朗亭嚼得很费力。吃完后，他用舌头清理着口腔，感觉右腮内多了一个水泡，不小心咬的。不碍事，这种事情以前也常有，但今天的水泡有点大，很痛。

当天唱戏的地点在广德楼，戏码是《蝴蝶梦》。化好了装，高朗亭偷偷看了看戏厅，还没开锣呢，里面就坐得满满当当了。《蝴蝶梦》这部戏有点特别，每次唱的时候，座儿都卖得好。

戏园里唱戏，正式开锣前，都有几个程序化的动作。先吹台，用唢呐吹《将军令》之类的曲子，徽班还有用海螺吹台的，目的是为了吸引看客的注意。吹台的时候，看戏的开始陆陆续续地就座。接下来，再经过三种花样，正戏才上场。一是跳加官。由一个伶人头戴纱帽，身穿红袍，腰围玉带，戴着面具，一只手拿着朝笏，一只手捧着几个卷子。卷子依次向台下打开，上面写着“天官赐福、指日高升、一品当朝”之类的吉祥语。二是跳财神。扮的人头戴金盔，身穿紫蟒，戴着金面具，手托元宝，持着写有“招财进宝”字样的柬帖，边跳边舞，步伐带一点滑稽逗乐的味道。三是报开场。一人身穿黄色的开氅，腰系丝绦，走到台口，说几句吉祥话，唱两支《西江月》或《沁园春》一类的曲子，把全剧的情节笼统地介绍一下。做完这些，接下来才是正戏。

高朗亭在后台静静地坐着，等戏开场。这时，一个人走到了他身边说：“范郎中看戏来了，还带了几个巡捕。”

是班主余老四，他的话很轻，但每个字高朗亭都听见了。本来默戏时，高朗亭的眼睛是闭着的，他睁开眼，看着余老四。余老四一脸焦急的神色，像一个正唱戏的人，突然找不着板眼了。

高朗亭感觉嘴里早晨吃馍时咬出水泡的地方又疼了一下，水泡破了，他吐出了一口血水。

余老四说:“怎么办,要不要换戏?”

可能余老四也感觉到《蝴蝶梦》这个戏有点不对劲,可这戏已经演了好多场了,紧张刺激,也从没听说过有什么问题。高朗亭说:“现在换也来不及了,再说,座儿都卖了,戏迷会吵闹的。”

“那只有这样了,一会儿演时你们注意点,我下去侍候那些爷。”余老四忧心忡忡地去了。

《蝴蝶梦》又名《大劈棺》。说的是庄周试妻的故事。庄周婚后不久,离家修道,学得分身化形之术。一天,庄周回家探亲,想试探妻子田氏对自己是否忠贞。他伪装病死,却幻化成一位风度翩翩的楚王孙前来吊唁,看看田氏有什么反应。田氏见楚王孙才貌出众,心生爱慕,有意将他留下招亲。待楚王孙吊唁完毕,打算返程时,田氏命童子传诗,表明心迹。楚王孙以三事相难:将庄周灵牌打倒;田氏脱白穿红;当晚就拜天地,入洞房。田氏无不一一应允。入洞房后,楚王孙心疼病突然发作,需亲人脑髓做药引方能治愈。为救楚王孙,田氏手持板斧,将庄周棺木奋力劈开,准备取他脑髓,不料庄周跃坐而起。田氏得知这一切都是庄周故意所为,羞愧不已,自缢而死。庄周亦离家而去。

《蝴蝶梦》故事取材于《警世通言》和《今古奇观》里的庄周故事。除徽戏外,昆腔、弋阳腔、秦腔、河北梆子等其他剧种均有此剧,情节大同小异。这出戏通过夫死改嫁,探讨女子守贞和是否追求婚姻自由的问题。田氏主动招赘楚王孙的行为,向来被封建卫道夫们所不齿。故事层层推进,扣人心弦。田氏与楚王孙的情色戏是重点,夹杂着童子的逗乐戏,劈棺动作渲染了恐怖气氛,结局急转直下,令人叹惋。

高朗亭演田氏,陆长松演楚王孙,一个叫陈小山的伶人演庄周。戏演到一半的时候,四个巡捕就站到了台前,背对戏台,手扶刀柄,面无表情地注视着台下。人群一阵骚动,紧跟着一阵杯盏倒跌的声音,大家不知道发生了什么事,胆小的提前开溜了。

好不容易等戏唱完了，范郎中指着戏台上说："把两个主角给我抓起来！"

余老四说："范大人，不知我们犯了什么法？"

范郎中说："明知故问，你们这不是明摆着唱粉戏吗？"

余老四说："怎么是粉戏呢？《蝴蝶梦》是传统戏啊，唱了好多年了，昆腔、京腔里都有，怎么我们三庆班唱就成了粉戏呢？"

范郎中说："你瞧瞧高朗亭扮的这田氏，有这么风骚的吗？那媚眼抛得，眼神里都带着钩子呢，专勾男人的心，我都看不下去了。那个扮楚王孙的陆长松也不是个东西，他本是来吊唁朋友的，俗话说，朋友妻不可欺，他倒好，就坡下驴，还当晚就要入洞房。这种好色之徒若不惩戒，将来还成何体统！"

余老四说："我的范大人，这不都是在演戏吗？本子上就是这么写的，你怎么当起了真呢？"

高朗亭和陆长松的戏服都没让脱，就被五花大绑起来。余老四阻止道："范大人，无论如何，得让人把戏服脱了，戏服在身，他们就是角儿，你们这么捆人是在亵渎祖师爷呢。"

范郎中见余老四说得有理，就命人将二人的戏服脱了，重新将两人绑了起来。范郎中说："推出去，每人打二十板子，从今天开始，戴枷示众，跟着戏班子转儿走，一月为期。"戏班子都是轮流在各大戏园唱戏，唱到哪家，就拴在哪家戏园门口枷着，这就叫转儿走。

高朗亭想到了魏长生的徒弟陈银官，当初不也是受到了这样的惩罚吗？和他相比，自己不过是没有被驱回原籍。可陈银官的的确确唱了粉戏。自进京城以来，高朗亭处处小心翼翼，没想到还是出了事。不过，他不认为自己有什么错，《蝴蝶梦》也根本不是什么粉戏。这枷刑真让人受不了，木枷又重又厚，达二十五斤，枷面长阔都在二尺以上。如此笨重的东西戴在脖子上，连晚上也不许取下来，不但没法睡觉，吃喝拉撒都极为不便。这么个折磨人的玩意儿，戴在脖子上不说一月，就是一天也让人受不了。而且，众目睽睽之下，人的自尊心受到极度损伤。这种惩罚，不仅会使高朗亭和陆长松两人丢尽颜面，三庆班也会声誉大损。更要命的是，这样的处罚一旦开了头，以后还说不准会发生什么事。

问题是范郎中根本不听他们的解释。幸而陆长松和高朗亭都是自幼练过武功的人，体质较一般伶人要强。但即使再强，一月之期也让人不寒而栗。真要是一个月枷下来，不死也要掉几层皮，铁打的身子也会受不了。余老四认为，得赶紧想个办法，让范郎中撤销处罚。

在戏园门口，两人站累了，就坐了下来。陆长松将枷抵靠在墙上，借以减轻重量，高朗亭也学着他的样子。这一天北风吹下来，两人的头发乱了，皮肤糙了，眼睛也黯淡无光了。高朗亭望着脖子上的木枷发愁，谁发明了这玩意儿呢？这么重的东西，锁在颈子上，动又不能动，还规定不许进屋，日受曝晒，夜受霜寒，这不是钝刀子杀人吗？体质弱的人，都能被活活折磨死。

陆长松说："朗亭，怎么办？不能就这样等死啊，赶紧想个办法。"高朗亭说："能想什么办法呢？我们也不认识什么达官贵人。我在想，等这次的事情过后，我们还是回扬州算了，虽然赚得少点，也不至于受这样的苦。"

"不回。"陆长松说，"要回你们回，我是不会回去的，我一定要在京城混出点样子，这样回去太窝囊了。"

"我何尝不是这么想的？可这明摆是有人要逼我们走啊。"高朗亭说。

"逼我也不走，我偏就赖在这京城里了。京城里多好，看戏的人多，有钱的人也多，钱赚得像淌水似的。"

"可眼下，我们怎么办？这太痛苦了。"

陆长松说："别急，我这不是在想办法吗？"说着，他痛苦地闭上了眼睛。

黄昏时，两人的徒弟都过来送水送饭。陆长松的徒弟名叫程杏村，高朗亭的徒弟是苏小三。因为枷的长和宽都在二尺以上，被枷人的手臂无法绕过枷将吃食送进嘴里，不够长，吃饭喝水都要人一口一口地喂。

喂饭的时候，程杏村问道："师傅，你们晚上睡哪？"陆长松说："哪有地方睡？这附近我观察过了，戏园西边有个背风的小披厦，晚上就在那里凑合一夜吧，还不能让巡捕看见了。"

程杏村看了看陆长松的脖子说:“师傅,你颈子上磨出了一圈血痕。”高朗亭说:“快看看我颈子上有没有。”

苏小三说:“怎么没有?后颈还被枷磨破了,出血了呢。你说你这颈子多嫩,要不那些文人怎么说是粉颈呢?”

程杏村说:“我们唱戏的也是人,就这么被人欺负吗?”

北风呼呼,飞沙走石,满大街梧桐叶乱飞。高朗亭在一旁答道:“欲加之罪,何患无辞,要说《蝴蝶梦》是粉戏,就算是被枷死我也不服的。”

程杏村说:“二位师傅,你们看不出来吗?这次为什么会出事?依小的看来,是我们跑到人家的地盘上来了,抢了人家的饭碗,挡了人家的财路,所以有人暗中要整我们。”

苏小三说:“现在戏班子里吵翻了天。”

高朗亭惊道:“吵什么?”

“全班百十来号人,明显分成了两派,一派主张继续留在京城唱戏;一派主张打道回府,不再受这个窝囊气。大家吵来吵去,也没个定主意。”苏小三说。

看来,高朗亭和陆长松受到枷罚,已在戏班里掀起了轩然大波,大家都预感到这是一种不祥之兆,一部分人已动了返乡的念头。高朗亭笑道:“刚才我和长松也在议论,这京城到底还能不能继续待下去。我主张回,他坚决不同意,这不,意见也没达成一致呢。你俩怎么看?”

苏小三和程杏村对视了一眼,几乎同时说:“不回。”

陆长松说:“不回就对了,哪能就这么回去呢?”他拍打着木枷说,“想逼我们三庆班走,门都没有,我就是戴着这枷上台,也要把戏唱下去。”

高朗亭说:“这京城里,爱看戏的人那真叫多,王公贵族、凡夫俗子,大家都爱钻戏园子。戏就是给人看的,要说唱戏,我琢磨着,这天下恐怕再也寻不出比京城更好的地方了。再说,我也实在咽不下这口窝囊气,我们几个先在这里把意见统一了,不回。”

四个人都说:“不回!”

高朗亭说:“徒弟们,唱一段提提神。”

程杏村说:“来段《窦娥冤》。”他和苏小三清了清嗓子,挺直了身子,唱道:“六月飞雪千古冤,血溅白绫三年旱;何时借得屠龙剑,斩尽不平天地宽……”

两个徒弟临走的时候,陆长松叫过了程杏村,凑着他的脑根耳语了几句,高朗亭侧耳听着,没听清楚具体说什么,只听到了“小福晋”三个字。高朗亭心里有数了,要是小福晋肯出面,说不定明天他们就有救了。

第二天上午,班主余老四困兽般在戏班大下处转着圈子,高朗亭和陆长松两个角儿被枷,戏班子现在人心涣散,一个个既没心思练功,也没心思唱戏。更烦心的是,还有一部分人正闹着要回家。余老四觉得他这个班主是当到头了,唱了大半辈子戏,看来还要在京城里栽跟头。

正在他发愁的时候,只见院门里进来一个人,手里拿着一封大红的请柬。来人拖着腔调说道:“有人吗?”

今天连看门的伙计都不知跑到哪里去了。余老四从窗子里瞟了一眼,心想现在哪还有心思唱堂会,就没有理会。不料,来人大声喊道:“余老四,死哪去了?”

余老四吓了一跳,谁这么横?哪有这么请唱堂会的,莫不是什么熟人?来到外面一看,乐坏了,原来是庄亲王府的管家瑞庆。

余老四说:“瑞总管,您老怎么亲自来了?有失远迎,您大人不计小人过,快进屋里坐。”

瑞庆进了屋,把请柬放在了桌上,推到了余老四面前,说:“王爷明天请和相过府,要唱场堂会,指名你们三庆班,班里的高朗亭和陆长松几个角儿都要参加。”

瑞庆说的和相,不就是和珅吗?他到庄亲王府,庄亲王为了欢迎他,亲点高朗亭和陆长松等进府唱戏,这事说不定就有转机了。余老四说:“不瞒瑞总管,昨天唱戏出了点事。”于是,把范郎中枷了高朗亭和陆长松的事择要说了一遍。

瑞庆说:“我不管那些鸡毛蒜皮的破事,我只管明天高朗亭和陆长松二人要到场。出了事,王爷怪罪下来,该谁兜着就由谁兜着。话已传到,我走了。"

余老四赶紧朝瑞庆的袖子里塞了一锭银子,说:"这是跑路的茶钱,区区心意,总管别嫌少。"瑞庆伸了个懒腰说:"一个小小的郎中,敢扰王爷唱堂会吗?你拿了王府的请柬去,他会知道咋办的。"

余老四说:"我知道怎么做了,瑞总管慢走!"

瑞庆离开后,余老四赶紧叫了挺轿子,向精忠庙街赶去。余老四的心里喜滋滋的,他攥着请柬,就像攥着圣旨一般,手心里都出了汗。王爷的堂会来得太是时候了,而且是请和相看堂会,和相是什么人啊!皇上面前说一不二的红人。嘿嘿,这回我看你范郎中怎么办。

进了精忠庙事务衙署的后衙,见到范郎中,余老四故意哭丧着脸说:"范郎中,和相明天到庄亲王府,王爷要请敝班唱堂会,指名要枷着的那两个角儿参加,这可如何是好?余某特地来请您拿个主意。"

范郎中打开请柬,眼神就直了,愣在那里。余老四说:"范郎中,范郎中!"

"还叫个魂啊!赶紧备轿,去广德楼。"

到了广德楼门口,陆长松看见余老四陪着范郎中急匆匆地赶来了,身后还跟着几个巡捕,就知道事情有了转机。他将身子斜靠在戏园的墙上,两眼一闭,脑袋耷拉在枷板上,像死了一般。范郎中说:"快打开枷板。"

去掉枷板,只不过枷了一天一夜时间,两个人的脖子上都有一圈血痕。陆长松一头栽倒在地上。范郎中一把托起他的脑袋,啪啪地拍着他的脸说:"我的角儿,快醒醒,王爷请你唱堂会呢!"他叫了两遍,陆长松还是一点反应也没有。余老四说:"这人怕是晕过去了呢。"范郎中扯着嗓子说:"快请郎中过来看看,千万不能耽搁了明天的堂会!"

高朗亭故意说:"我们这个样子,站都站不住,明天怎么唱?范郎中,你能不能和王爷说说,就说我们犯了法,正受刑呢,让他推迟几天?"

范郎中说:"你说得轻松,要是王爷怪罪下来,谁吃得消?角儿,我的好角儿,就算帮我一次忙好不好?以后你们爱怎么唱就怎么唱,只要不太出格,我也懒得管你们的事了。”

范郎中的话说到这个份上，也就差不多了。余老四说：“范郎中，你先回衙吧，余下的事交给我，我送他们回去休息，他们都是年轻人，睡一晚就好了，你放心，明天误不了事。”

“余班主，你们费点心，把明天的堂会唱好。和相是很懂戏的，千万不能出岔子。”范郎中千叮咛万嘱托，很不放心地上轿走了。

第二天，高朗亭才知道，王府的那场堂会是小福晋一手安排的，不仅和珅没有来，连庄亲王都没有参加。至于原因，没有人知道，也没有人敢问。不过这些都不重要了，重要的是，高朗亭和陆长松因为这场堂会躲过了一劫。而且，自这次事情之后，范郎中果然不再来干扰了，大家都松了一口气。

六月十一日相传是老郎神生日，每年的这一天，是举行老郎会的日子。为便于处理梨园事务，老郎会后来又增加了十月十一日一次。老郎会那两天，京城的所有班社停演，伶人们都要到精忠庙举行祭拜活动，搭台演戏，自娱自乐，同时集中处理起班、搭班、租用衣箱等梨园事务。

再过三天，就是十月十一日老郎会的日子。每年到这个时候，伶人们都会面临着一个很现实的问题，即是继续留在原来的戏班唱戏，还是另谋出路重新搭班。特别是那些角儿，流动性很强，各班社争相邀请，他们一般是哪个出价高，就会选择哪个班社。高朗亭和余老四早就达成了共识，三庆班要做到诸腔俱备，目前还急缺一位京腔名角。毕竟昆腔和京腔是被朝廷尊为正统的戏曲声腔，三庆班怎么可能没有京腔呢？而且京腔在京城浸润多年，喜欢的大有人在，就是从卖座的角度来说，三庆班也迫切需要一位京腔名角来壮大声势。还有一个重要原因，高朗亭仔细观察过京腔的行腔吐字，它高亢、激越，适合表达强烈的情感，许多地方值得年轻的徽腔学习。高朗亭要采诸腔之长，为我所用。

他们看中了王府班的角儿连喜。

连喜三十来岁，是王府班的头牌，喜欢他的人很多。自七月份徽班进京以来，京腔的日子就越来越不好过，王府班也不例外。戏班收入减少，角儿的收入自然也会受到影响。人心思变，鱼儿喜欢深水，好角儿都想挑好班子。现在王府班不景气，连喜有没有重新搭班的想法呢？高朗亭决定和余老四到连喜的府上去探探虚实。如果连喜有择班的想法，应该已打定了主意，他们选择现在过去，时间不迟不早，毕竟离老郎会只有三天了。

邀角是项技术活，需要能说会道见机行事。角儿会摆谱，有些话不能说透，只能点到为止，只可意会，不可言传，这样双方都有退路，说破了大家反而都没面子。

天黑时分，两人乘了辆骡车，向连喜的府上奔去。三庆班主和头牌亲自登门，也算是给足了连喜面子。

拜帖递了进去，很快，连喜亲自出来迎接。进屋后，连喜张罗着泡茶，对徒弟嚷着，用从冰窖里藏过的明前屯绿。香榧、榛子、杏仁、葡萄干等几样干果，放在几只精致的青花碟子里，端了上来。连喜说："尝尝你们安徽的茶叶，入冬后才从冰窖里拿出来的。"

高朗亭揭开碗盖，屯绿泡开了，一叶一芽，雀舌一般。嗅一嗅，香气如兰，倍感亲切。用徽茶招待徽伶，连喜不可谓不用心。可他怎么就备下徽茶了呢？难道他预感到三庆班要找上门来不成？角儿就是角儿，处处用心，这个连喜不简单。

客气归客气，连喜就是不提正事，他当然知道这两位夜里来访是何目的。要是自己先开口说事，就好像是急于推销自己了。

毕竟是主动找上门来的，余老四自当先说。他说："我们三庆班自进入京师梨园唱戏以来，承蒙同行关照和座儿们捧场，目前日子也还过得去。近日又有两家戏园找上门来邀演，明年恐怕戏份儿更多，我们琢磨着要邀一个能撑住台面的京腔角儿，今晚前来贵府聊聊，就是想了解下您的想法。"

余老四的一番话，说得轻描淡写，实则暗藏机锋，可进可退。他说三庆班目前日子还过得去，言外之意不言自明。又说要邀一个能撑住台面的京腔角儿，也是侧面褒扬了连喜。

连喜说："谢谢两位看得起在下。怎么说呢，我在王府班搭班已三载，班主待我不薄。恕我直言，王府班毕竟是正统的声腔班子，又有王府的倚靠，身为该班的伶人，在下这几年也是赚足了面子。但戏迷们听戏的口味变了，这戏不好唱了，至于下一步这路该怎么走，我真还没有想好。"

连喜的话拿捏得当，说自己是一个重感情的人，又强调王府班是一个正统的声腔班子，言外之意，你们三庆班再火，也是地方上的乱弹，这地位是改变不了的。但他最后说戏不好唱了，还是表明了心迹，委婉地表达了想另外搭班的想法。至于他说没想好，那完全是托词了。

高朗亭说："人往高处走，水往低处流，角儿搭班，本就是吃百家饭，没有一成不变的，这是我们梨园内的规律，大家都能理解。先生也承认戏迷们口味变了，我们角儿岂能不变？乱弹是土音杂弹不假，但有活力，只要改造得当，也是能演大戏的。我们给先生留着位置呢！"

余老四说："我们给先生一年百两的包银。"

连喜有点动容，每年百两包银，在当时算是高价了，远比王府班现在给他的高。但既然是名角，岂有三言两语就答应对方邀请的？怎么着也要摆摆谱，这是角儿们的搭班习惯。

连喜说："感谢看得起在下，我再考虑下，两日后一定给你们一个答复。"

从连喜家出来，余老四问高朗亭："你说连喜会答应我们吗？"高朗亭说："肯定会的，在你说每年百两包银时，我认真地看着他的反应，他的眼睛明显亮了一下。"

余老四大笑："理解理解，舍不得金弹子，打不到巧鸳鸯，没那么高的价他是不会动心的。"

两天后，连喜派徒弟捎来口信，说感谢余班主的盛情邀请，他答应搭班三庆，明天的老郎会上签订协议。

十月十一日，是老郎会的日子。当天上午，在余老四的带领下，三庆班伶人都来到了精忠庙，祭拜祖师爷。大家三叩九拜，每人端着一碗酒，撒了点香灰在纸碗内，拜完了喝一口。据说这样记性好，唱戏时不会忘词，嗓子也不会哑。

连喜露了个头，与余老四匆匆签了个搭班协议就走了，自是怕见到王府班的人。王金官呢，得知此事后，自然将这笔仇记在了三庆班账上，毕竟，连喜是他养了三年的老角儿。

老郎会上，几十家戏班子的伶人们聚在一起，吃饭喝酒，各露绝活，那种热闹劲自是不必说。余老四在人群中找到高朗亭，在他耳边说："陆长松没有签约。"

高朗亭正在看戏，场上闹哄哄的，他没听清，问道："你说什么？谁来着？"

余老四又说了一遍。

高朗亭这次听清了，大惊："陆长松怎么会没有签约呢？"

余老四："我哪知道呢？没有签就是没有签。"

老郎会上角儿重新搭班，具体搭哪个班，是角儿的自由。但三庆班的伶人，大家共同进京才几个月，而且戏班子的业务红红火火，在这种情况下，伶人哪有不辞而别的？高朗亭问道："他有没有搭了别的戏班子？"余老四说："也没有。"高朗亭纳闷了："这么说，他是不打算唱戏了。"余老四说："不唱戏他喝西北风吗？你回头找他问问，真是出了怪事了。"

当天晚上，在燕赵茶楼，高朗亭约陆长松谈话。等了半天，陆长松才姗姗来迟。坐定后，高朗亭开门见山地问道："听班主说，你没有在三庆搭班，这到底是怎么回事？兄弟你另有什么打算吗？"

陆长松沉默了一会，说："唱戏太累了，我明年想歇一歇。"

"那做什么事不累呢？不唱戏你吃什么？还有一家老小要靠你养呢。"

"暂时我还有点积蓄，走一步算一步吧。"

高朗亭说："是不是那次《蝴蝶梦》的风波对你打击太大了？我发现，从那次事件之后，你好像变了，具体哪里变了，又说不上来。"

陆长松说："你说得对，我也感觉自己变了，变得消沉、慵懒，功也不练了，似乎对什么都提不起兴趣。”

高朗亭说:“我是放下了,可我感觉那副枷仍在你肩上。”

“是啊,上枷易,取枷难。”陆长松一口喝干了碗里的茶水,意味深长地说道。

至于陆长松为什么不选择在三庆班内继续唱戏,一段时间内,一直是一个令人费解的谜。真正的原因,大家是后来才知道的,知道后反而对他肃然起敬。

第十章 沉沦的伶

一天,唱完戏收拾行头时,兼管首饰衣箱的琴师单琴言急匆匆地向后台管事洪朴报告,说首饰箱内一件珍贵的水钻头面不见了。

洪朴大吃一惊,说:“别急,仔细找找,我们戏班子还从来没丢过东西呢。”

单琴言将衣箱里的首饰全拿了出来,一件件地摆在桌上,小心地抖搂着。弄了半天,单琴言沮丧地说:“洪叔,还是没有。”

老洪也傻眼了。这件水钻头面,有五十余件,要值五百两银子,是三庆班最值钱的家当,一般的戏班里根本没有。当初为买不买这件水钻头面,戏班里还有过争议,也是浙江盐务衙门不缺银子,又是为皇上贺寿,这才下决心置办了一套。这套头面平时用一块红色的厚绸包裹着,一般排演大戏,或到王公贵族家唱堂会时,才偶尔使用。从置办以来,才用了七八次。现在突然丢了,怎不叫人痛心。

单琴言说:“怎么办?”

这时,余老四、高朗亭俩人也闻讯走了过来。余老四说:“琴言,你仔细想想,你最后一次发现水钻头面仍在衣箱里是什么时候?”

单琴言想了想说:“贵重的首饰,每场戏结束后,我都会清点一下,这件头面首饰更是不会遗漏。昨天都还在,可以肯定就是今天丢的。”

弄丢了首饰,管理者是要赔偿的。单琴言说:“肯定是被盗贼偷走了。班主,赶紧报告巡捕房吧。”

余老四看了看高朗亭,说:“朗亭,这事你怎么看?”

高朗亭说:"后台是戏班子的活动场所,一般人是进不来的。洪叔、单琴师,你们再仔细想想,下午唱戏间隙,有没有什么生人进了后台?"

洪朴和单琴言都摇了摇头。高朗亭说:"这就对了,依我看,是戏班里出了内鬼。"

余老四说:"我也是这么认为的,十有八九是自己人。可是,戏班子里有百余号人,人人都有嫌疑,要找出这个家贼也不是件容易的事。"

单琴言说:"还是报告巡捕房吧,让他们去查。"

余老四说:"家丑不可外扬,巡捕房也不一定能查得出来,还会把戏班里搅个天翻地覆。再说,就算查出来了又能怎样呢?偷东西的人肯定要蹲班房,都是随我一道出来混口饭吃的兄弟,说真的,我于心不忍。此事暂时还是不要声张吧,就我们几个人知道,我们暗中访查,纸包不住火,肯定会有水落石出的一天。不过,管衣箱的人要注意,今后要严加看管,不能再丢东西了。"

高朗亭说:"班主考虑周全,我也同意暂时不要声张。那些巡捕一个个吃人不吐骨头,巴不得我们报告,他们好趁机做些文章,到时吃亏的还是我们。"

一转眼,到了腊月十八日,三庆班早就做了安排,这一天唱封箱戏。所谓封箱戏,就是戏班子本年的最后一场演出。这场戏唱完后,就要把行头、道具、乐器等封入箱中,在箱口处贴上"封箱大吉"的封条,来年再与戏迷见面。岁末年关封箱戏是梨园界由来已久的一个传统习俗,一般在腊月二十四至二十八。三庆班的伶人由于路途遥远,还要赶回家过年,所以提前了几天。

封箱戏一般比较热闹,不像平时唱戏那般严肃,图的就是个喜庆和乐子。伶人们各施绝活,或反串角色,或即兴发挥,插科打诨,争相献艺。自七月底进京后,三庆班虽也遇到些波折,但好在有惊无险,在京师发展顺利,伶人们的荷包赚得满满的,因此封箱戏也就格外喜庆。

高朗亭反串《双打虎》里的恶僧卢杞。《双打虎》说的是淮安府张氏,因丈夫命丧,同女儿到江南投亲,途中先遇老虎,后遇恶僧,幸亏女婿相救,先打虎后除僧。高朗亭演的是恶僧卢杞出场时的一段长念白与几句对话,没有唱词:

卢杞:带发修行在禅林,不戒酒来不除荤。

自幼生来不可挡,全凭利刃把人伤。

用剑劈死张驸马,寿安寺内把身藏。

洒家卢杞,兄长卢植。我兄长在朝中官居首相,上尊天子,下管大臣。恼恨张驸马与洒家比武,那时洒家怀恨在心,去校场比武,用剑将他劈死。圣上见我斩了大臣,有意欺君,彼时将我推出去问斩,多亏满朝文武保奏才得活命。想俺来到寿安寺,带发修行,进得寺院,一班无用的和尚,赶的赶了,贬的贬了,那那,洒家另找一班奴汉,学艺拳棒,惕后防用。今日洒家心中不爽,不免将地窖子打开,将一班女子放将出来,与洒家吃酒解闷。小和尚!

和尚:有!

卢杞:将地窖子打开,将师娘们放将出来。

和尚:是! 师娘们出来。(四美女甲、乙、丙、丁上)

甲美女:我本贞节女,

乙美女:落在地网中,

丙美女:见人呵呵笑,

丁美女:和尚是你的老公。

四美女:参加大师傅。

卢杞:罢了。

四美女:师傅放我们出来,有何事情?

卢杞:洒家坐在寺中闷闷不乐,叫你们出来与洒家饮酒散闷。

四女:我等奉陪。

卢杞:将酒摆上!

高朗亭平时扮的是花旦,扮演僧人,而且是个品行不端的恶僧,对他来说,是第一次。甫一出场,就引发阵阵哄笑。扮他手下的小和尚是班主佘老四,台词只有几个字。对唱戏这一行来说，字多字少从来不是问题，有时一两个字的一声叫头，同样能将唱腔发挥得淋漓尽致。扮四美女的分别是杨八官、沈霞官、樊大、刘八。刘八是丑角，又矮又矬，他扮的女性一出场，矫揉造作，东施效颦，让人忍俊不禁。

这段没有一句唱词的演出，几个伶人充分展现了念白功夫，可谓别出心裁，赢得了满堂喝彩。俗话说，能说会唱，作为一个角儿，除了要唱得好，能说也是一门重要功夫。梨园行还有一句俗语，叫千斤白四两唱。唱当然很难，但这么说是为了突出念白的重要，作为一个伶人，不能重唱轻说。

与封箱戏的热闹现场相比，陆长松的私寓，大门紧闭。在后厢房一间雅致的内室里，罗帐低垂，被翻红浪，他和小福晋正紧紧地缠在一起，身下的床发出吱吱呀呀的声音。一只铜香炉里，燃着撩人的苏合香。小福晋的一头秀发全乱了，她闭着眼睛，脑袋在枕头上烙饼般左右翻转，嘴里哇哇地叫着。陆长松在她身上忙活着，还不时地用手掩住小福晋的嘴，她的叫声大得让他害怕。

自三庆班第一次进庄亲王府唱堂会，小福晋就动起了心思。她先是看上了高朗亭，就以学戏为名，将他留了下来，没想到高朗亭胆小怕事，都不敢正眼看她，是越撩越退的主。无奈，她这才将目标转向了陆长松。陆长松自然知道事情轻重，不敢玩火，一直婉拒，躲着小福晋。直到《蝴蝶梦》枷号事件发生，陆长松才知道，作为伶人，在社会上的地位实在是太低了，唱戏这个行业实在没什么意思，他彻底心灰意冷。他认识到，要想在这世上混得有头有脸，不被人欺负，必须要有个靠山。他这才投入了小福晋的怀抱，从此和她厮混在一起。

小福晋的喘息声终于渐渐平静下来，她趴在陆长松的怀里，用手轻轻抚着他的胸膛。陆长松说："三庆班今天唱封箱戏了，他们明天就会一个个地回乡过年。"

小福晋说："那你呢？你打算什么时候回去？"

陆长松一把抱住小福晋说："我不回去了，我舍不得离开你。"

小福晋想了想，说："你还是回去一趟吧，免得被家乡人骂，过完年你再来就是了,我也不在乎这十天半月的。”

“还是你为我考虑得周全,好吧,那我明天就准备准备,回家过年。”

小福晋嗲声嗲气地说:“你不在京城,我的心里会空得很,日子过得也没甚滋味。侯门深似海,外人看着风光,不过是山珍海味养着些活死人,华屋重楼住着群行尸走肉,都是些无趣的人。真不想过那样的日子了,你早点回来啊,别让我等太久。”

陆长松说:“放心吧,我速去速回。”

“每次到你这里来,我都好害怕,我生怕我们的事情有一天会泄露出去。”小福晋说着,突然泪水婆娑起来,“长松,我真的好害怕,你带我远走高飞吧。”

“别说傻话了,我们能飞到哪里去呢?又以什么为生?除了王府,谁能养活你这个金枝玉叶?只要我们小心点,应该会没事的。”

“有事我也不怕,”小福晋狠了狠心说,“大不了一个‘死’字,我好歹也大胆地做了一回女人,值了。”

陆长松吓得打了一个激灵,死,太可怕了,他还从来没有想过。可是,睡了庄亲王的女人,还会有第二种结局吗?陆长松愣在那里,半晌沉默不语。

小福晋摇了摇他说:“怎么,害怕了吗?怕什么?有我呢,敢做就要敢当,我不会让人伤害到你的,放心吧!”

陆长松默默地抱紧了小福晋。外面,市声隐隐,年的氛围越来越浓。胡同里,各种吆喝声不断传来。“卤煮喂,炸豆腐”“酸甜的豆汁儿咪——麻豆腐”“葫芦儿——冰糖的哎”…… 两人静静地听着,小福晋说:“多好听的吆喝声,多想过普通老百姓的日子,推着个车儿,驮着个草把子,到街上去卖豆汁或糖葫芦什么的。”

“小福晋,你是没有穷过,那样的日子并没有你想象的那么好。”陆长松说道。

小福晋跳下床,从兜里掏出一个银匣子,又拿出一根小巧的纯银烟枪。烟枪末端,镶嵌一截翠绿的翡翠。烟杆上,雕刻着精致的花纹。烟斗呈花蕾状,连接在烟杆上。小福晋又拿出一根银色的烟扦，打开那个银匣，里面是金黄色的烟膏。小福晋用烟扦剜出一点，用纤白的手指将它捻成一团，放在银色的花蕾上。又拿出盏铜制的烟灯，对陆长松说："快点着！"

陆长松点着了烟灯，小福晋将烟枪对准火苗，花蕾里很快就鼓起了一个圆形的小泡子，像烟斗里开出一朵黄色的小花，美极了。空气中有了一种香甜的气味。小福晋连吸了几口，闭上眼睛，长长地舒了一口气，伸了个懒腰，说："真舒服。"

陆长松知道这玩意儿，说："你这是吸大烟呢。"小福晋说："别说得那么难听，这叫福寿膏，皇宫里好多人都吸这个呢，有钱有权的都好这口，特别提神。来，你尝尝！"

陆长松吸了一口，没什么感觉。小福晋说："来，再吸一口试试，闭上眼睛，将烟吞下去。"陆长松按她的吩咐做了，忽然，他感觉自己的身体轻了起来，像飘上了云端，风柔柔地吹着，像小福晋的手在他全身慢慢地抚摸着，每一寸肌肤都雀跃起来，有一种从未有过的舒畅。

忽然，这种感觉消失了。陆长松大叫一声："我还要！"他从匣子里剜出一大块，手指哆嗦着，塞了好几次，才塞进了烟斗里，凑近灯火，拼命地吸了起来。他用力太大，把火苗都吸得抖动起来。小福晋说："哥，慢慢来，别呛着。"

时间到了，小福晋该回去了，她整理了下衣服，又梳好了头发。陆长松见她没有收拾烟枪，说："还有这个呢。"小福晋说："这个是特地给你准备的，我有。"陆长松激动地说："小福晋，你待我真好。""那当然。"小福晋说。她戴上顶宽檐的帽子，遮住了大半边脸。陆长松送到门外，看着小福晋愈走愈远的身影，他的眼神渐渐灰暗起来。

胡同里，落叶翻飞。小福晋就像一片绚烂的叶子，被风吹走了。

三庆班唱完封箱戏的第二天，伶人们就到通州码头各自乘船回家过年，并约定元宵节返京，唱开箱戏。一般情况下，梨园界惯例，正月初一上午唱开箱戏。正月是戏班子最忙的时候，伶人们当然不会错过这段黄金时光。但三庆班是地方戏班，伶人们远离家乡，过节总得放假，让大家轻松几天。

高朗亭回到了石牌。春节期间的石牌，反而比平时要冷清许多，那些奔波了一年的贩夫走卒、水手船夫，都回家过年去了。高朗亭见到了娘，顾师傅早已和娘一起生活了，就住在他家的老房子里。在京城时，高朗亭就将几个月来的收入兑换成了银票，除了留下点盘缠，全部交给了娘。娘第一次看到这么多银票，手都激动得哆嗦起来。娘炒了一桌的菜，高朗亭和顾师傅对饮了起来。

得知顾师傅仍在渡口开着茶寮，高朗亭说："师傅，别开了吧，我能养活你们。"

几盅酒下肚，顾师傅的脸红扑扑的，他说："你以为我开茶棚是为了赚钱吗？人老了，怕寂寞，总要给自己找点事做，开间茶棚再合适不过了，不挑不驮，还能听到天南海北的各种新鲜事，特别是梨园里的事。像你们三庆班成立，进京贺寿，在京城扎根唱戏，我都能在第一时间知道。"

"真的呀？没想到你的消息这么灵通。"高朗亭惊道。

"这当然多亏了这条皖河，没有它，石牌就啥也没有。"顾师傅说道。

高朗亭自然不忘去姜家看看妹子朗月。几个月没见，朗月养得胖乎乎的。知道姜家并没有为难她，高朗亭这才放了心，对姜家特别是姜老太爷的看法也有了点改变。

没事的时候，高朗亭喜欢围着皖河转悠。冬天的皖河，河水干枯，只剩河道中间一条窄窄的水沟。河北岸的猫山上，山石嶙峋，零星的杂树落光了叶子，光秃秃的黑褐枝条如同插入石缝里的乱箭，北风吹过，发出呜呜的响声。传说中那位会唱戏的鲶鱼精呢？虽然从来没有人见过她，但她肯定存在，藏在人们发现不了的地方，可能就在某一块岩石后面。她在暗中教那些穷苦的人唱戏，如同神授，让人们暂时忘记苦难。所以，从石牌走出去的人，没有一个不会唱戏的。

过完年，高朗亭回到了京城。临走的时候，娘用荷叶包了两条大干鱼，一条就用了两张整荷叶，鱼尾还拖在外面。这是用一种本地俗称青鲩的鱼腌制后晒干的，味道特别鲜美。这肯定是节前娘为他返京特地赶制出来的，高朗亭长这么大，家里还从来没有腌过这么肥的鱼。他想留下一条，娘怎么也不让，说家里小干鱼多着呢，一定要他带回京城。

到京城后，高朗亭拿了一条腌鱼，又买了点别的礼品，到骡马市大街去看望鲁麻子，他想知道他的剧本写得怎么样了。

鲁麻子的腿已经恢复了，他拎起高朗亭带来的那条干鱼，和他的小腿差不多长。鲁麻子说："多好的干鱼，佐酒是没话说的。"

这时，玉凤端出好几样干果。鲁麻子说："你看，我的腿现在好了，能照顾自己了，我这个女儿蛮勤快的，能不能到你们戏班子里打打杂？至于薪水嘛，你们看着给就行了。"

鲁麻子在说这话的时候，玉凤的脸红了，默默地站在一边，用手指不停地绕着发梢。

高朗亭看了眼玉凤，说："我回去和班主说说，应该没问题。"

玉凤的脸更红了，她说："我去做饭，我们中午吃炖羊肉。"

高朗亭说："鲁先生，本子写得怎么样？"

鲁麻子说："初稿快出来了，我感觉还是很满意的，再给我个把月时间就行了。依我看，这个《杨门女将》会轰动全城的，十几个花旦同时上阵，有姿色，有声势，又是武戏，融合二黄、京腔等多种声腔，戏台上还从来没有过这样一部戏，好看又好听。"

高朗亭说："太好了，我就是想推出这样一部好看的大戏，把我们徽班的实力充分展示出来，同时又吸纳当前几种流行的声腔。所有女将全部扎靠、戴翎，到时，戏台上靠旗飘飘，鲜盔亮甲，枪戟翻飞。鲁先生，你说好看不好看？对了，女将们的道具还不够呢，得抓紧置办一批。"

鲁麻子跷起了大拇指，说："好，第一场演出时我就去看，我要将杨门女将专门弄一期花榜，造造势，这个戏一定会火。"

高朗亭说："好，还在过年中呢，今天破个例，我们好好喝几杯。"

三庆班的伶人们陆陆续续地返京了，大家都忙着练功，准备唱开箱戏。玉凤被安排在戏班的大下处打杂，帮厨房里做事。依她的意思，是想随着戏班到戏园里帮忙，但她毕竟是一个姑娘，按当时的规矩，女人是不允许进戏园的。

一天，余老四接到巡捕房通知，说三庆班有两个伶人——沈霞官和程杏村——嫖妓，而且程杏村还偷盗妓院银两，被人抓了个现行，揪送到巡捕房来了，叫班主去认罚领人。

余老四大吃一惊，这新年的开箱戏还没唱呢，怎么就发生了这般龌龊的事？这不是一个好兆头。沈霞官是高朗亭的弟子，程杏村是陆长松的弟子，虽然陆长松没有在三庆搭班，但程杏村仍在三庆班唱戏。出了这样的事，传出去铁定会影响三庆班的声誉。

余老四对高朗亭说："上次偷水钻头面的贼露面了。"

高朗亭一愣，马上明白了，余老四说的可能就是程杏村。他都偷到妓院去了，可见染上偷盗恶习不是一天两天，外面的东西都敢偷，偷戏班里的东西也就顺理成章了。

两人来到巡捕房，沈霞官和程杏村一见到他俩，就彻底蔫了，垂着头坐在墙根，目光呆滞。巡捕房责怪三庆班管教不严，罚了戏班一笔钱，将沈霞官放了，由余老四带回。程杏村因为多次偷窃，肯定要被判刑蹲班房。就在余老四、高朗亭带着沈霞官走出巡捕房时，仍关在里面的程杏村大叫一声："班主救我！"

只见程杏村脸色突然变得惨白，口吐白沫，浑身抽搐，就像是发了羊角风一般。高朗亭大惊，问道："他这是怎么了？"

沈霞官低声嘟哝道："他这是烟瘾发了。"

"他什么时候沾染上了这个恶习？真要命，难怪会跑出去偷东西。"余老四对程杏村说，"我问你，戏班里的那副水钻是不是你拿的？"

程杏村连连点头说："是我，是我，我不是人！我是畜生！我对不起戏班！"说着，将头在地上死劲地磕着。

高朗亭焦急地说："怎么办？你看人都这样了，拖下去说不定要出人命的。"

沈霞官说:“没大问题,只要给他吸几口大烟就好了。”

“吸,吸,难道还能给他吸吗?这不是明摆着把他往火坑里推吗?”余老四大怒。

程杏村不停地磕头求饶:“救救我,班主,救救我!”

高朗亭说:“我们不能见死不救,毕竟是一道出来的兄弟,能不能和巡捕说说,这人我们先带回去,戒了烟后再送他回来服刑。”

余老四和巡捕商量了一番,巡捕同意了。余老四吩咐说:“雇辆车子,拉到大下处,弄间房子关起来,叫个郎中来给他看看,当务之急是要戒了大烟。还有,把程杏村的情况告诉他的师傅陆长松,叫他严加看管。”

程杏村关在大下处一间单独的房子里,烟瘾发作时,鬼哭狼嚎,杀猪一般叫着,郎中给他开了几剂中药,他一边服药,一边戒烟。鸦片这玩意儿,吸上容易戒掉难。关了十几天,程杏村每天喊叫的次数才渐渐少了。又过了十来天,他才彻底不喊叫了。余老四看他戒掉了烟,又派人将他送到巡捕房,等候处理,坐牢是免不了的。

春天了,北京外护城河边,杨柳青青,河水青碧。沙地上,放风筝的孩子牵着手里的风筝线,欢快地跑来跑去。平坦的沙地上,留下了他们的脚印。小福晋在护城河边下了车,披着一方黑色的纱巾,遮住了大半边脸。她望着空中的风筝出神,感觉自己也是一只风筝,在风里越飞越高。牵她的那根线攥在一个人手里。可是,那个人只能在暗处,他不能像眼前这些孩子一样,牵着自己自由地奔跑。小福晋多么希望他能走到这片沙地上来,把她像只风筝一般放飞到风里。可是,他不能,他不能给她天空。

小福晋飞不起来,所以,她才喜欢上了金黄色的福寿膏。这玩意儿有一种神奇的魔力,在火焰慢慢燃起一个圆圆的烟泡时,小福晋就感觉自己的腋下生出了一双翅膀。那时,她就成了这天上的风筝。如果说女人是风筝的话,那么,她身上的那根线,必须牵在一个男人的手里。她寻找那个值得信赖的男人好久了。王爷不是,高朗亭也不是,许多熟悉和不熟悉的男人都不是。让人欣慰的是，她已经找到那个人了。过一会儿，她就要去找他，把自己交给他。她借口到城外踏青，一个人出了王府，暂时远离那个她想离开却又离开不了的人间地狱。每一次见面都是危险的，这点她知道。可是不见面会更加危险，那座人间地狱迟早会杀了她，剜心挖肺，五马分尸。她好难，只能生活在危险或更加危险之中，没有第三种选择。

沙地软软的，像他的手。小福晋迫不及待地上了车，车子钻进一条偏僻的胡同，七转八拐的，向城里奔去。她根本没有看见自己的身后不知什么时候已经跟了一条人影。

小福晋坐的车子在陆长松的私寓前停下了。她轻轻敲了敲门，门开了，她一闪身进了院子，门旋即又关上了。

小福晋刚一进屋，两人就紧紧地抱在一起，好像有好几年没见面一般。实际上，他们每个月都要见一到两次，只是每次时间都不长，最多一两个时辰。对他们来说，一个月一两次的见面是远远不够的，他们恨不得天天待在一起，黏在一块。陆长松帮小福晋脱着外套，手忙脚乱地解着扣子，脱下后狠狠地抛到一边。每次见面都是这样，两人快速地脱着衣服，然后将衣服一件件地扔掉。有的扔到案上，有的扔到了椅子上，更多的是扔在了地上。一件件衣服，从他们手中被扔出去时，在空中划出一道道弧线，然后瘫成一团，如同花花绿绿的死蛇皮。他们太恨这些衣服了，是它们阻挡了两具焦渴的身体。所以，他们才迫不及待地脱得干干净净，将自己从衣服里快速地撕出来，一点阻碍的东西也不留。然后，再紧紧地缠到一起。

帷幕拉得严严实实，里面响起了激烈的喘息声和呻吟声。特别是呻吟声，一个低沉，一个悦耳。两人都是练过气息的，呻吟声发自丹田，绵长而持久。这声音如同解冻的河水，突然没了束缚，像两匹飞奔的野马，在河床上并驾齐驱，你追我赶，彼此拼命地撵着。帷幕里，两具雪白的身体，像暗夜里艳丽的罂粟花，毫无顾忌地打开了自己，努力地伸张着，自由地呼吸着。

几个人影敏捷地翻进了陆长松私寓的院子里，紧闭着的门被小心地弄开了。然后，门又被悄无声息地关了起来。很快，只听帷幕里传出一声尖叫。接着，很长时间都没有动静。花谢了，帷幕里恢复了黑暗，里面危机四伏。

当天，三庆班主余老四听到一个令人震惊的消息，陆长松和庄亲王的小福晋偷情，被王爷发现了。陆长松被王府的人打得气息奄奄，请他赶紧过去一趟。

余老四、高朗亭和洪朴三人匆匆赶到陆长松的私寓里，屋里乱成一团，没有一件完好的东西。卧室的地面上，是一根纯银的烟枪，烟杆都被踹弯了。烟枪浸在一摊鲜红的血里，像一截死蛇。

高朗亭拉开帷幕，陆长松躺在床上，哼了一声。余老四对洪朴说："赶紧去请郎中，一定要请最好的郎中。"

知道自己的人来了，陆长松睁开了眼睛，说："班主……我对不起大家，我不是人……"

余老四说："别说这些了，现在说这些话还有用吗？你好好躺着，我们一定想办法救你。"

陆长松摇了摇头："我……不行了，我恳求大家，把我葬在京郊，我回不去了……"

高朗亭这才明白去年十月老郎会时，陆长松为什么没有选择继续在三庆搭班。当时，所有的人都不明白他为什么会那样做。现在，高朗亭懂了。陆长松早就料到了他和小福晋的事会有暴露的一天，这样，王爷追究起来，他陆长松已不是三庆班的人了，他的所作所为已和三庆班没有任何关系。这是在保护戏班，保护大家呢。明白了这一层，高朗亭的心里有了种温暖的感动。

郎中来了，摇摇头走了；又一个郎中来了，又摇摇头走了。最后来了一个花高价请来的宫里御医，他看了看陆长松的伤势，对余老四几个轻声说："内脏全烂了，撑不到天黑，快准备后事吧。"

天黑时分，陆长松死了。

陆长松留下遗言说把他葬在京郊，戏子不能入家谱，死后也不能葬在家族的坟山里，各大家族都有这样的规定。三庆班出资在京郊买了块墓地，安葬陆长松,并在墓前立了块碑,碑文是:徽伶陆长松之墓。

葬礼那天,三庆班全体伶人都来送别。陆长松为人谦和,颇有艺德,在戏班里口碑较好,他的突然离去,让所有人都感到震惊和惋惜。高朗亭初出道时,搭的第一个戏班就是陆长松的宜庆班。那时,他什么规矩也不懂,也没有演出经验,陆长松不厌其烦,一遍遍地教他。想起与陆长松交往的点点滴滴,高朗亭黯然神伤,一个活蹦乱跳的人,转眼间说没就没了。大家默默地围坐在陆长松的坟前,每个人都心事重重。一个巨大的纸堆在燃烧着,纸灰飘飞,像天上下起了灰雪。

乱坟岗位于京城的荒郊野外,一到下午,就看不到半个人影。一天午后,有个女人却径直走进了乱坟岗,来到了陆长松的坟前。她就是小福晋。小福晋没有缠着黑色面纱,她再也不用担心有谁看见了。小福烧着纸,哭着说:“长松哥,对不起,我送你来了。”

“长松,你一个人待在这里好孤单啊,我唱戏给你听好吗?都是你教我的戏。”说着,小福晋从随身带着的一个包裹里,拿出了一件素色的戏服,穿上,唱了起来,唱的是《梁祝》里的词,“一见梁兄魂魄消,呼天抢地哭号啕。楼台一别成永诀,人世无缘难到老……”

唱了一会儿,小福晋又说:“长松,我刚才唱的你听见了吗?我唱得好不好?要是你喜欢听的话,我再给你唱一段好吗?

“长松,你倒是说话啊,为什么要躲着我?你怎能忍心抛下我呢?

“长松,下辈子我不做福晋了,做一个普通的民间女子,就这么说定了,来世我们一定要做夫妻,你等着我啊……”

第二天,周边村子里的人都说,乱坟岗新葬了个戏子,新鬼也认生呢,哭哭闹闹的,折腾了一夜。

天亮时分,小福晋就不见了,她从此失踪了。有人说她被庄亲王杀了;也有人说她回到了满人最初的生活之地长白山,隐居山中,终老不出。总之,此后再也没有人见过她。

第十一章　大戏

一天黄昏,散戏后,玉凤笑嘻嘻地来到高朗亭的私寓里,手里拎着一只瓦罐。高朗亭说:“你怎么来了?”“喊,我怎么不能来? 就算来看看你总行吧?”玉凤仰着下巴,俏皮地说道。高朗亭挠挠头说:“当然行,我不过是一说呗,别介意。”

“我当然介意啦。”玉凤故意嘟着嘴。“好吧,我向你赔个不是,行了吧?”高朗亭也故意向她拱手行礼。玉凤一闪身让开了。

她打开了瓦罐,一阵香气扑鼻而来。高朗亭吸了吸鼻子说:“好香啊!”

“你一天演戏很辛苦,我给你炖了只鸡。”

“你怎么能把伙房里的鸡拿来送给我吃呢?”高朗亭惊道。

玉凤一挺胸脯:“谁说是伙房里的鸡? 是我自己掏钱买的好吧。今早给戏班买菜时,我特地在集上挑的,你这不是冤枉好人吗?”

高朗亭连忙说:“哟,对不起,是我错了。”

玉凤拿来了碗筷,倒了满满一碗,放到高朗亭面前,让他吃。她忙着打扫屋子,把这里一件那里一件散放着的脏衣服收集到一起,放到了盆里,准备洗。又拿个大扫帚,这里扫扫,那里掸掸,一边忙活着,一边不时地说,瞧这屋里,乱得像个狗窝。

高朗亭说:“我天天忙着唱戏,哪有工夫扫呢? 几个徒弟住在前院,也不管我后院的事。”

玉凤就势说:“如果你愿意,我以后经常来帮你收拾收拾,好吗?”说完这句话，玉凤停下了手中的活，望着高朗亭。

高朗亭说："好呀好呀。"玉凤的脸突然红了。她一转身，不让高朗亭看见她的红脸。

玉凤熬的鸡汤很好喝，里面放了一些干蘑菇，蘑菇吸足了汤汁，咬一口，就溢了出来。高朗亭越吃越有滋味，连夸好吃。

玉凤听了心里美滋滋的，别看她在忙活着，却留着心眼，一直悄悄注意着高朗亭的反应，听到他夸好吃，不失时机地说："朗亭哥，你要是喜欢的话，我以后经常做给你吃。"

高朗亭自然说好。玉凤正在洗衣，她忽然想起一件事，说："我忙着替你收拾屋子，差点忘了正事。对了，我爹叫我给你捎个口信，他说本子有个地方写不下去了，要和你商量。"

高朗亭一愣，说："上次不是说快写好了吗？怎么又突然说写不下去了？我得赶紧去看看！"

"现在就去吗？我也要去。"

高朗亭说："好吧，那我们一道。"说着，俩人出了门。

到了骡马市街，高朗亭见路边有不少炒货摊，就买了一大包糖炒栗子，用荷叶托着，递给了玉凤。玉凤拿起一只放进了嘴里，甜滋滋地说："你怎么知道我喜欢吃糖炒栗子？"

高朗亭故意说："别搞错了，是给你爹吃的，他写剧本辛苦了。"

玉凤将栗子往高朗亭的怀里一塞，说："那你拿着吧，我才没那个闲劲呢。"

这姑娘翻起脸来还真快。高朗亭说："买给你吃的，好吧？"玉凤这才没有推托。

到了家门口，玉凤叫道："爹，我们来啦。"玉凤的爹和娘闻声都出来迎接。鲁麻子瞅了瞅女儿说："半个月没见，长胖了嘛，看样子戏班里的伙食不错啊。"玉凤说："那当然，大家待我都很好。"

进了屋，鲁麻子的桌上摊着一张一张的毛边纸，上面写得密密麻麻，画得乱七八糟。高朗亭说:“听玉凤讲,你的本子写不下去了?”

鲁麻子拿起桌上的毛边纸,指着上面的内容说:“是这样,我不知该给这个戏一个什么样的结局。杨家将十二个寡妇西征,最后的结局,按我们说书人的说法,她们在雁门关和金沙滩一带,经过一个名叫鼓浪峡的地方时,无法冲破辽兵的重重包围,最后除了没有进入峡谷的佘太君外,其他的杨门女将,全部战死在了滴泪崖。”

高朗亭想了想说:“太惨了,这样的结局不行。”

鲁麻子说:“我也觉得不妥,可是,又不知怎么改。这不,卡壳了,这才让玉凤给你捎话,叫你过来商议。”

高朗亭说:“杨门女将在书词里的结局,我们暂且不去管。试想,杨家一门寡妇出征,本来就是让人感到憋屈的事了,如果还让她们集体阵亡,除了佘太君外,全被辽兵杀了,这个结局是何等残忍,戏迷们在看了这样的戏后又会是何等感受?他们能接受这样的结局吗?看戏图的就是个乐子,如果那样写的话,就连乐子也没有了,只会徒增他们的伤感。”

玉凤说:“对,我也觉得朗亭哥说得有理。”

高朗亭说:“杨门女将出征,只能胜利,不能失败。不要说集体阵亡,最好是一个都不能死。你可以让她们历尽艰险,九死一生都可以,但就是不能死。辽兵可以很厉害,甚至占得先机,但最后必须失败。最后的结局,我建议,辽兵大败,主将也让杨门女将杀了。”

鲁麻子说:“你这么一说,我就明白了。我设计一场十二女将斗番将。”

“好,一定要让戏迷们看得尽兴,看得过瘾,这样的戏才会叫座儿。”高朗亭说,“戏,是暖心的。”又说,“得让看戏的人有乐头,有盼头。”

鲁麻子不断地点着头:“说得是啊,不然他们花钱到戏园子里来干什么呢?朗亭,说得好啊,你年纪轻轻,就有如此透彻的理解。为什么说戏比天大,道理就在于此。我知道怎么弄了。”

“那我回去了,你辛苦点,尽快修改,把本子先弄出来。”

按照高朗亭提供的思路，鲁麻子很快改好了剧本。完成后的本子被送到了三庆班，余老四、洪朴、高朗亭等人读完剧本后，感到非常满意，决定抓紧排演。白天，他们到各大戏园正常唱戏，散场吃过晚饭后，各人不休息，利用晚上时间，排演新戏《杨门女将》。杨门十二女将分别是主帅佘太君，大郎妻周云镜，二郎妻耿金花，三郎妻董月娥，四郎妻孟金榜，五郎妻马赛英，六郎妻柴郡主，七郎妻呼延赤金，八郎妻蔡绣英，孙媳穆桂英、焦月娘、姜翠苹。还有一个重要角色，烧火丫头杨排风。实际上是十三人。十二女将由班里演花旦的角儿高朗亭、杨八官、沈霞官、金双凤、陈小山、宋碧云、李福林、韩吉祥等人扮演。杨排风由高朗亭弟子苏小三扮演。在剧中，针对杨门十二女将，鲁麻子还分别设计十二番将，由班主余老四扮演辽军主帅，连喜扮主将，刘八、陈喜官等扮副将。

为了好看，余老四和高朗亭等人还别出心裁地在新戏中首次使用了一些绝活。如在开场吹台时，使用牛角号。徽班以往吹台，用的是唢呐，偶尔也有使用大螺号的，但使用牛角号，还是第一次，也没有别的戏班用过。牛角号声悠长嘹亮，号声一响，那种鼙鼓声声的战场氛围马上就出来了。首次运用硫黄弹。有戏妖之称的樊大扮孟良，在评书中，孟良有一只能喷火的火葫芦，他在战场上遇到对手，不能取胜时，就用它来喷火自救。以往戏台上的孟良，腰间都会挂着一个葫芦道具。但那只是做做样子，并不能喷火。为了能让葫芦成为名副其实的对敌利器，三庆班的师傅们也是费尽了心思。他们请中药房有经验的药剂师，按祖传秘方，专门配制了一种硫黄弹，使用时倒出一粒，砸向对方，硫黄弹砸散了，硫黄粉末一遇到空气就会爆燃，形成一团奔突的烟火，效果极佳。樊大反复训练，终于能在戏台上得心应手地使用。

三庆班大戏《杨门女将》在庆和园首演。

只见一位士卒模样的伶人，拿着一只牛角号走到台前，噘起嘴唇，鼓起腮帮。霎时，牛角号声响起，全场震惊，这样的吹台方式，让戏迷们耳目一新，大家纷纷叫好。这正戏还未开始呢，戏迷们的情绪就涨到了顶点。要知道以往吹台时，戏迷们才开始入座。

正戏开演，首先是十二女将和十二番将起霸。起霸，即每个战将登台亮相，做一套精彩动作，念一首定场诗和自报家门。起霸源于明代传奇《千斤记》中有《起霸》一折，专门用来塑造霸王威武勇猛的形象，故称“起霸”。戏曲吸收了这种表演方法，形成了程式套路。高朗亭扮演的穆桂英第一个登场，口里念道：

大将生来胆气豪，腰横秋水雁翎刀。
风吹鼍鼓山河动，电闪旌旗日月高。
天上麒麟原有种，穴中蝼蚁岂能逃。
太平待诏归来日，朕与将军解战袍。

起霸时，杨门十二女将次第出场，个个战衣战裙，鲜盔亮甲，头戴盔帽，上插双翎，靠旗翻飞，一声娇喝，满场震动。当十二女将在戏台上站定时，那种气势，才真叫气壮山河。这么多刀马旦同时登台亮相，只有三庆这样的大班，才能做到。一般的戏班，根本没有那么多的角儿。

十二番将起霸也是威风凛凛，他们一个个昂首挺胸，眼望青天，骄横不可一世。敌我两列战将在戏台上站定，这边杏眼圆睁，杀气腾腾；那边横眉冷对，飞扬跋扈。牛角号声破空而来，一场大战一触即发。戏园里，戏迷的心被戏台上的动静吊到了嗓子眼，大家激动得不知所措，只是一个劲地喊着叫着，如万鸦竞噪，声浪差点把戏园顶子都掀翻了。

戏园里的热闹，从吹台开始后，就没有消停过。只听见角儿们的唱腔声，战场上的断喝声，刀枪剑戟的碰撞声，夹杂着不时爆发的叫好声，响成一片。京城的戏园里还从来没有这般热闹过，看戏的人都疯了一般，嗓子都喊哑了。

穆桂英枪挑辽军副将是重要一出。副将由名丑刘八扮演。穆桂英与刘八，一美一丑，一庄一谐，对比明显，反差强烈，两人往戏台上一站，给人的感觉就有戏。高朗亭一改往日或活泼或俏皮或妩媚的花旦形象，成了一员英姿飒爽的女将。刘八采用激将法，三激穆桂英，试图趁她气极时一举打败她。刘八先是取笑大宋朝廷无人，派出一班寡妇前来打仗；再激她不过是穆柯寨的野丫头，只会花拳绣腿，根本不懂军法；最后说要将她擒回家去做老婆。刘八扮的副将是辽军一员虎将，穆桂英正愁着如何取胜，当下识破他的诡计，于是将计就计，佯装气极，身抖失控，连兵器都拿不稳。刘八大喜，准备生擒，结果被穆桂英当场刺了个透心凉，倒在了戏台上。

戏的最后一出，是杨门女将联手大战连喜扮演的辽军主将。连喜是京腔名角，一条油亮的嗓子，一开口就响遏行云，荡气回肠，把辽将的张扬和嚣张表现得淋漓尽致。辽军主将武功高强，杨门十二女将采取车轮战法，轮番出场，都被连喜一一打败。关键时刻，还是孟良从火葫芦里连取三颗火弹，砸向辽将，辽将的头上身上撒满了燃烧的硫黄粉，将他烧得焦头烂额。辽将忙着灭火，在一片浓烈的烟火中，烧火丫头杨排风乘势而上，一根烧火棍如疾风骤雨，打得辽将再也爬不起来，直至一命呜呼。

辽军兵退，边关收复，杨门女将班师回朝，一场大戏喜庆收场。

三庆班的大戏《杨门女将》火了。京城里，王公贵族、贩夫走卒闻风而动，正阳门里进进出出看戏的人比平时多了几倍，进出城门都要排队。三庆班的演出排得满满当当，大戏连排到一个月以后。

作为《杨门女将》的剧作者，鲁麻子已看过一次。可是，他觉得不过瘾，没看够，决定还要看一次。可是，看一场这样的大戏，要两百文，他实在没钱了。因为窝在家里写剧本，他已好久没出门说书。虽然这台戏是他写的，但看戏一样要掏钱。戏园里的管理很严格，只要你占了位置，甭管你是谁，都得乖乖买座儿。

按鲁麻子以往的做派，只有典当东西了。好在只要两百文，说少不少，说多也不多。家里没什么值钱的东西，他打开角落里的一个破柜子，里面是几件衣服。他翻了翻，拿出自己的一件冬袄，反正现在天暖了，这件衣服一时也用不上，就拿出来夹在腋下，来到了正阳门外一家叫作聚源坊的当铺。来得太早了，当铺还没有开门。他早饭也没有吃，在附近转悠着，好不容易等当铺开了门。

柜台里的伙计瘦得像个猴子，只见他伸出两根细长的手指，拈着衣襟翻了翻，只肯出一百文。

鲁麻子不悦地说："怎么这么少？"伙计说："马上就夏天了，我们现在收着也是压了本，一百文还是客气价。"鲁麻子说："你多少加点，我也就是想看场戏。我这冬袄，到了下半年，少说也要值五百文。"伙计说："那你留着吧，一文没的加，爱当不当。"这时，当铺里已等着不少当东西的人，伙计尖着嗓子说："下一位。"

鲁麻子还在央求着，伙计懒得理他，见他仍在不停地啰唆，拍着柜台说："这些都是当东西看戏的，你看哪个像你？拿着件破袄子，一百文还嫌少！"

听说都是来当东西看戏，鲁麻子大为欣喜。本来，他怕被人家骂成败家子，当衣服时还缩头缩脑的。现在，见大家都是如此，他心里舒坦多了。鲁麻子问道："你们都来当东西，为的是看什么戏啊？"

几个人都说："还能是什么戏？《杨门女将》呗。"

再看这些人当的东西，有首饰，说不定是从老婆的妆匣里偷的；有字画，说是祖传的；更多的是衣物。还有一个人，把家里一张明代黄花梨椅子都端来了。看来，这些人为了看戏，都是想尽了点子，舍得花血本。

鲁麻子夹着衣服回家，并不是他舍不得当这件冬袄，而是当了也没用，弄不到两百文，当了也是白当。鲁麻子又在家里扒拉着，看看还有什么值钱的东西。忽然，他发现了一件崭新的彩袄。这是玉凤的衣服，去年冬天才买的，这丫头才穿过几回，舍不得穿呢。要是把这件袄子当了，两百文不成问题。不过，要是玉凤知道了，肯定会伤心，吵闹一番是免不了的。想了想，鲁麻子将彩袄放下了，在家里继续倒腾着。

倒腾一番之后，还是没找到什么值钱的东西，想来想去，鲁麻子又把女儿的那件彩袄拿了起来，夹在腋下。到时玉凤要是向他兴师问罪，就说下半年替她重新买一件。想到这里，鲁麻子才如释重负地出了门。

高朗亭当天唱完戏，回到戏班大下处吃晚饭的时候，发现玉凤的眼睛红红的，就问什么原因。玉凤说，今天有个熟人告诉她说，她爹为了看戏，把她的彩袄当了。她跑回家一看，彩袄果然没了，就和爹大吵了一顿。

高朗亭拿出一锭银子，塞在玉凤的手心里，说："我还以为是多大的事呢，明天去当铺赎回来不就得了。你这一说倒是提醒我了，这段时间天天忙着唱戏，你爹写剧本的酬金还没有给呢，一会儿我和班主商量下，明天就叫账房开出来，通知你爹来领。"

第二天，鲁麻子来到三庆班，戏班里给他开了五十两银子的酬金。鲁麻子还从来没有挣过这么多钱，一定要请余老四和高朗亭喝几杯。这一说倒是又提醒了高朗亭，现在这部戏这么火，鲁麻子功不可没，倒真应该请他好好喝上一顿酒的。

晚餐安排在著名的正阳楼。这家酒楼里，烤羊肉是一大特色，不仅味道正宗，而且刀功出众，羊肉薄得像纸片一般。因此，这家酒楼经常向宫里和朝廷大员们的府邸送菜。高朗亭安排人提前预订了包间，黄昏散戏后，他和余老四、洪朴、鲁麻子，还有玉凤几个，一道来到了正阳楼。

坐定了，余老四和高朗亭斟了满满一杯酒，站了起来，对鲁麻子说："我们先敬你一杯。"高朗亭一般不喝酒，照例是以茶代酒。

鲁麻子说："快坐下，站了不喝！我这个酸文人担当不起。"直到他俩坐下了，鲁麻子才喝干了。几杯酒下肚，话就多了起来。鲁麻子瞅了眼女儿，说："这部戏可真火，别怨我当了你的袄子。你们知道吗？现在当铺里的生意比平时好了一大截，那些人都是前脚当了东西，后脚就去戏园看《杨门女将》。"

玉凤的气还没有消，说："爹，不管怎么说，你就是再要看戏，也不该当了我的新袄子。"

高朗亭说："你就别说了，不是赎回来了吗？"

"赎倒是赎回来了，可我这肚子里的气还没有消呢。"

高朗亭指着桌上的菜说："那你多吃点东西，吃了东西气就全跑出来了。"

玉凤说："朗亭哥你贫嘴，我就是要我爹长个教训，下次不要再动我的东西了。”

洪朴说:“这台《杨门女将》才真叫好看,我这大半辈子也算是搭过不少戏班子了,这样精彩的戏还真没看过,角儿、唱腔、武打、绝活,哪一样都不少。整个京城都轰动了,全北京的茶馆里,全在谈咱们的戏。难怪鲁麻子要当衣服看两遍,简直看十遍都不够。”

余老四说:“唉,戏不火有不火的烦恼,火了有火的麻烦。”说着,他拿出一大沓红色的请柬,放在了桌上,说,“都是请唱堂会的,我们的角儿要是有孙猴子七十二变的功夫就好了,一家也不落下。”

高朗亭说:“上午堂会,下午演戏,这样连轴转,时间一长,大家都撑不住,太累了。”

余老四说:“有些堂会是推不掉的,谁叫咱火呢? 别的戏班想唱还唱不上,再累也要挺住。后天和相府上的堂会,一定要唱好。和相的寿辰,大家打起精神,不能出任何岔子,我现在胆子是越来越小,晚上睡觉都担惊受怕。”

玉凤说:“和相,是不是和珅?”鲁麻子说:“知道还问。”玉凤朝她爹做了个鬼脸,吐了吐舌头。

明天就是到和府唱堂会的日子,晚上,回到私寓的时候,高朗亭有点心神不宁。他对苏小三说:“我这右眼皮老是跳,怕是要出什么事呢。”

苏小三说:“师傅,本来我不想说,自陆长松师傅走后,你就有点变了。依我看是受了刺激,该丢了的东西就丢了吧,老是惦记着累人呢。你去给祖师爷上炷香,让祖师爷保佑咱四季平安。”

“你说得有点道理,可好好的一个大活人,说没就没了,还死得那么惨,我怎么能忘得了呢……”

“你瞧你,我还叫你快忘了呢,又来了,快去上香吧。”苏小三说。

伶人的家里,都摆有祖师爷的像,以便随时祭拜。高朗亭来到前院放有祖师爷像的木龛前,拿起一炷香,点着了,插到了前面的香炉里。望着黑暗中的一点红光,他想起了魏长生常唱的几句秦地民歌:

三寸的宽来,万丈的高。
大风吹来摇摇摆,
小风吹来摆摆地摇。
有福的人哪桥上过,
无福的人哪打下了桥……

此时,这个昔日对自己有巨大帮助的恩师又在哪里呢?两淮盐务总商江春死后,扬州的春台班就失去了经济支撑,他在那里还待得下去吗?说不定又踏上漂泊之路了。现在,三庆班已在京城站稳了脚跟,对了,应该写封信,把三庆班进京以来的情况向他详细报告一下。最重要的是,请他再来北京。京城太大了,大到人心慌;京城又太小了,只有三寸的宽,却有万丈的高。对,一定要将他请来。只有他来了,自己才会真正心安。

高朗亭在祖师爷的像前默默地站着,脑子里胡思乱想,直到一炷香燃尽了,他才上床睡觉。

第十二章　冤狱

天刚刚亮，三庆班的伶人们就收拾着东西，往车上搬运衣箱道具，到和府去唱堂会。和府在内城，与戏班的大下处有较远一段距离。几辆骡车拉着三庆班的伶人和衣箱，向内城进发。到和府后，伶人们就开始忙着化装。戏码是和珅亲自指定的《杨门女将》。本来，余老四建议选取其中几折，但和府的人不同意，说和大人要看全本。

看戏的除了和府里的人，还有许多前来贺寿的客人，一个个自然是非富即贵。《杨门女将》这台戏，三庆班里的人已经唱熟了，过程都很顺利，照例赢得了满堂喝彩。

报酬给得也很丰厚。终于又完成一桩重要差事，角儿们在卸装，管事的带着其他伶人在兴高采烈地收拾着东西，准备返程。这时，和府的总官刘全走进来说："今天是和大人的寿辰，大人很高兴，刚有吩咐，叫高朗亭留下来陪酒唱戏，其他的人先回吧！"

和珅非常喜欢看戏，他和京城里的名伶素来颇有私交。相传他和秦腔伶人魏长生的关系就很好，甚至一度传出对他有断袖之癖。传闻未必可信，但魏长生出入和府如家常便饭，这倒是事实，和府的街坊四邻都有目共睹。和珅自然也成了秦腔班的靠山。乾隆四十七年（1782），朝廷在京城禁秦腔，幕后真正的原因，据说就是和珅的政敌通过惩治秦腔班，将矛头直接对准了他。和珅岂肯为了一个戏班影响自己的前程，翻脸不认人，勒令秦腔班解散。

在京师，伶人侑酒是一种风气，凡上等次的宴席，必有角儿斟酒献唱，王公大臣无不好这一口，由此诞生了一种男旦侑酒的职业。侑酒的男旦也称歌郎，一般由年轻貌美的优童担任。一个色艺俱佳的优童是很吃香的，酬金丰厚，陪侍一次收入从几两到几十两银子不等，而且来往均是红障泥大鞍车接送。这种车，按规定是只有京部堂官才有资格乘坐。但名角向来不屑于陪餐侑酒。所以，当刘全说和大人要高朗亭留下时，他觉得受到了侮辱。

高朗亭说："我不会喝酒，也不会陪酒的。"声音虽然不大，却字字清晰，有着不容商量的口气。

他正在用卸妆的油纸擦着脸上的面红，胭脂全乱了，横一道竖一道，脸上是一片混乱的血红。高朗亭的样子吓得刘全连退了好几步。高朗亭将油纸在手心里捻着，手心全红了，成了一只血掌。刘全说："今天是和大人的生日，我不想出什么事情。"

高朗亭将手中的油纸重重地摔在桌上，桌上溅出了一团红印，艳得刺眼。高朗亭想起了父亲临死前吐在地上的血痰，和这块吸透了胭脂的油纸一模一样。

刘全说："我的祖宗，你就别任性了，和大人的话，还从来没有人敢违命。"

高朗亭瘫倒在椅子上。刘全的话说得很重，他知道其中的分量，和大人是一人之下，万人之上，况且他还管着内务府。不说自己，三庆班所有伶人的命都捏在他的手里，谁敢违拗他的话呢？那就是活得不耐烦了。

"师傅，怎么办？"

高朗亭一看，原来是苏小三。真是个懂事的孩子，还知道留下来陪着师傅。透过窗子，高朗亭看见琴师单琴言、单琴衣兄弟，他们分别拿着胡琴和月琴，正不知所措地站在一棵树下，望着自己。

要是知道怎么办就好了。他是穆桂英，一杆梨花枪遇佛杀佛，遇魔杀魔，直杀得辽军人人闻风丧胆。可是，下了戏台，他就是高朗亭，就是一个戏子，梨花枪也成了一截无用的棒子。可是，他才从戏台上下来，气还没有喘几口，盔甲都还没有脱，那股杀尽一切番敌的豪气还在身上，还没有散尽呢。他和珅的官再大，也不能这么快就要他回到高朗亭，变成一个任人欺凌的戏子。他的梨花枪上还有杀气呢。

这太让他为难了。他还在沙场上没有回来呢，或者说，他的人虽然是回来了，可心还没有回来，神更没有回来。

刘全又进来催了："我的祖宗，瞧你这脸，怎么出去见人啊？你会吓着大人的，快擦干净吧，擦干净了重新化装！"

虽然刘全平时和他主子一样，奸诈而阴险，但他今天的表现，凭良心说，还算不坏。他当然不希望今天会有人扰了老爷的兴致，所以尽可能地息事宁人，当个和事佬，好把这场酒局应付过去。给和相侑酒，这差事要是换成别的伶人，就是天大的好事，高兴还来不及呢，可高朗亭就是迟迟没有动，让刘全怎么不着急？

刘全说："再大的角儿都陪酒陪唱，还没见过你这么犟的。"

高朗亭说："我和他们不同。"

刘全说："有什么不同？不都是个戏……"刘全的话说到这里，只见高朗亭突然抄起放在一边的梨花枪，枪尖一点，抵在刘全的下颌上，硬是没让他把那个"子"字说出来。

苏小三赶紧拿下了师傅的枪。刘全失了面子，脑袋一点一顿地说："知道这里是什么地方吗？别敬酒不吃吃罚酒，你今天唱也得唱，不唱也得唱！"

高朗亭说："你去回个话，就说我嗓子不行，唱不了《杨门女将》，非要唱的话，唱什么由我做主。"

刘全见高朗亭答应了唱戏，也顾不得和他计较刚才的事，屁颠屁颠地向和珅报告去了。

很快，刘全又回来了，笑眯眯地说："和大人今天心情好，说随便你唱什么。这下没的说了吧？快化装，酒席都开始了。"

苏小三也劝道："师傅，就唱一回吧，糊弄糊弄他们。"

看来，今天要是不唱，是过不了这一关的。唱就唱吧，只要不唱穆桂英，他还是能接受的。穆桂英能唱吗？她刚丧新夫，就和一家老小奔赴边关，她是去杀敌的，报仇的。她能侑酒吗？梨花枪能助兴吗？当然不能。现在已经答应人家了，唱什么呢？高朗亭想了想，有了，今天我只能给他们唱怨妇戏，因为我现在就是个怨妇，一个任人欺凌的怨妇。

他脱下铠甲，取下靠旗和盔头，又将一对长翎子小心收好，怨妇是用不着这套行头的。他简单收拾了一下，穿上了一件素色旧蟒，随刘全来到了宴席厅里。厅里很热闹，里面推杯换盏。高朗亭行了个礼，在两位琴师前面站好了。他朝席上扫了一眼，发现王府班的班主王金官也坐在里面，他今天肯定是来贺寿的。

乐声响起，高朗亭唱了起来，是《装疯骂殿》里赵艳容的一段唱：

我这里假意儿懒睁杏眼，
装疯癫做一个摇的摇、摆的摆，摇摇摆摆，扭捏向前。
忍羞惭将爹爹夫君来唤，
随我到红罗帐倒凤颠鸾。
猛然间眼昏花天昏地转，
有许多冤鬼魂站在身边。
那边厢又来了天兵天将，
玉皇爷驾祥云接我上天。
我这里轻飘飘飞上云端，
随玉皇离红尘摆驾回天。

秦二世要将赵艳容迎进后宫，无奈之下，她只好装疯卖傻，一会儿将爹爹当成夫君，一会又来到天上地下，只管胡言乱语，目的就是摆脱二世的纠缠。

王金官果然找碴了，他说："今天是和大人寿辰，你这唱的是啥？换一个！"

换就换吧。高朗亭换了《打龙袍》里满腹含冤的一段唱："满腹含冤，含冤；浑身有口也难言，难言。谁知头上有青天，忙步儿跪堂前，要把含冤事细说一遍……”

忽然，他感到自己的脸上一阵冰凉，眼前模糊起来，人影晃动。不好，泪水涌出来了，怎么能真哭呢？这两出戏都唱过多次了，还从没有真哭过。是的，我是任人欺凌的赵艳容，是被狸猫换太子沦落民间的李后，是被权贵随意摆布的戏子，有一腔无处倾诉的冤屈。不哭还能怎样呢？

这时，王金官说：“和大人，你瞧这个戏子唱的都是些啥戏，哭哭啼啼的，这不是存心和大人过不去吗？”

这个王金官，他说高朗亭是戏子，难道他忘了自己的身份？他不也是戏子吗？这人真是糊涂透顶，他和当官的坐一块，就以为自己也是个官了。不过，他的煽风点火还是引起了和珅的注意。和珅说：“高朗亭，王班主的话你听见了吗？今天是本官的寿辰，别唱那些没劲的戏，来一段《杨门女将》。”

高朗亭愣在那里，半天没动静。刘全来到他身边，说：“听见了吗？和大人让你唱段《杨门女将》，来段穆桂英大战番将的戏。”

高朗亭说：“不是说好了，唱什么由我吗？”

刘全低声说：“你就别说了，这不是情况有变吗？”

王金官涨红着脸说：“对，来段穆桂英大战番将的戏，热闹。”

苏小三扮演的番将已经登场了，他将梨花枪递给高朗亭，说：“师傅，就给他们来一段吧，一会的工夫，唱完了咱就回去。”

高朗亭感觉自己受到了欺骗。他说过自己今天不能扮穆桂英的，可他们偏偏要他扮。这些人，翻手为云覆手为雨，说话从来没个准头。他拿起那柄梨花枪，感觉这枪特别沉，他勉强舞了一朵枪花，唱道：“风萧萧雾漫漫星光惨淡，人呐喊，胡笳喧，山鸣谷动，杀声震天……”

哪里有杀声呢？只有推杯换盏的声音、酒气冲天的叫好声。他兴冲冲地来到了战场上，可战场上空无一人。无敌可杀，还要这柄梨花枪做什么呢？他两手相错一用力，只听吧嗒一声。

枪断了。

王金官站了起来，手指着高朗亭，大叫道："他这是故意的，他这是在与和大人过不去！"

高朗亭手里拿着半截断枪，像个傻子似的站在那里。琴师不知所措，伴奏也停了。那些喝酒的人也都放下了酒杯，场上出奇地安静。

说什么呢？身为先锋官的穆桂英败了。

刘全打圆场说："大家继续喝酒啊，别停下来，今天是和大人寿辰，各位要一醉方休。"

王金官看样子已喝了不少，脸血红血红的，他说："叫那个唱戏的过来斟酒。"众人跟着起哄说："对，斟酒，叫穆桂英过来替我们斟酒！哈哈哈。"满室的人笑成一片，他们都是赢家。

刘全拉着高朗亭的袖子，轻声说："我的祖宗，你老是绷着脸干什么？你就过去斟一圈，再说几句好话，然后我负责将你带出来，好吧？也就一会的工夫。"

刘全说的是事实，只要忍一忍，低个头，事情也许就过去了。可是，刚才有个客人说，叫穆桂英过来斟酒，真是太过分了，怎么能说这样的话呢？这就有些不知天高地厚，太把自己当根葱了。穆桂英是给你们这些人斟酒的吗？虽然她的枪断了，可她还是行不更名坐不改姓的穆桂英，是大宋西征军堂堂的女先锋。她一出场，就有人要血溅五步，横尸当场。

一把银质酒壶被塞到了高朗亭的手上，刘全已经将他牵到了席间。刘全说："先给和大人斟酒，祝和大人寿比南山。"

只要高朗亭跟在刘全后面说，刘全说一句，他也跟着说一句，事情就过去了。可是，他就是开不了口，脸涨得通红，甚至比王金官喝了酒的脸还要红。高朗亭还从没有拿过这样的银质酒壶，酒壶的形状有点怪，像孟良腰间的那个火葫芦。他将银壶从左手换到右手，又从右手换到左手，感觉它很烫手。他的手拿惯了梨花枪，拿不了酒壶。

刘全推着他的手说："快斟酒，这是和大人的酒杯。"

高朗亭低头一看，哎哟，这是什么酒杯？他更没有见过了，质地透明，泛着淡青温润的光泽，是玉质的，还是琉璃的，高朗亭看不出来。

刘全说："你倒酒啊，愣着干什么？难道你连倒酒也不会吗？还要我教你不成！"

刘全又碰了一下高朗亭的胳膊，他只好将壶嘴往下倾了倾，酒倾泻而出。空气中弥漫着一股浓香，多好的酒啊，书上说的玉液琼浆，也不过如此吧。

高朗亭在酒杯里突然发现了自己的脸。不过，脸是晃动的、变形的，像正被人不断地扇着耳光。他继续倒着，刘全大叫道："满了、满了！"

他赶紧收住酒壶。可是，桌上还是湿了一片，和珅忙着抖搂自己的锦袍，看来，酒洒到他的衣服上了。他满脸不悦，重重地掸着衣服。

王金官凑近了说："高朗亭，你连斟酒也不会吗？你平时不都是斟得好好的吗？今天你是故意的是不是？你是存心要坏和大人的彩头！"

高朗亭说："我不会斟酒，平时也没有斟过酒。"

王金官端了满满一杯酒，递到高朗亭面前说："把这杯酒喝了，向和大人赔个不是。"

高朗亭说："我不会喝酒。"

王金官的脸涨得更红了："你的意思是说，这酒里有毒？"

高朗亭恼了，这人怎么这样说话，这不是把人往火坑里推吗？自己本来就是不会喝酒啊，说的是实情，这和毒药有关系吗？高朗亭说："王班主，你我也算是同行，在下素来滴酒不沾，这点我们班里的同伶都是知道的。"

"那你今天就破个例，你喝一杯看看，敬和大人一杯，看是不是把你毒死了。"王金官还是不依不饶。

这个家伙太坏了，明眼人都能看出来，这是个圈套，王金官非要把高朗亭是否喝酒与和珅联系起来。他要是不喝，就是嫌和珅的酒有问题，就是对和大人不敬。他们才不管高朗亭是不是真的不喝酒，对一个有事没事就喜欢喝几杯的人来说，从来不会相信一个男人会滴酒不沾的。

高朗亭真是气极了，一个人怎么会无耻到这种程度。那一瞬间，他有一种大军压境身陷重围的感觉。

可梨花枪没了,他已不能上阵杀敌。那就有什么用什么吧,他举起那只银质酒壶,朝王金官的脑袋狠狠地砸了过去。

只听嘭的一声响,王金官发出一声惨叫,瞧这扊样子,比番将叫得还要惨。王金官捂着头,血从他的指缝间流了下来。“呀,血,高朗亭杀人啦!”王金官看着自己血糊糊的手指,嘴里哇啦哇啦地叫着。

和珅说:“好你个高朗亭,你怎么能打本官的客人呢?太不像话了。来人啊,把他带到巡捕房关起来!”

高朗亭如释重负,今天的堂会终于可以结束了。他现在也终于可以离开和府了,他早就想拔腿而逃了。这里真不是人待的地方,就是待在牢房里也比待在这里强。在这里,就是所向披靡的穆桂英也要吃败仗。

接下来,高朗亭身不由己地被推来搡去。先是被推出了和府,接着又被塞进了一辆黑乎乎的车子里,经过一路颠簸,最后,他被塞进了一间散发着霉味和臭气的牢房里。

刚进牢房,几只正在打架的老鼠四散奔逃。牢房里有个土炕,炕上面铺着一层干草。高朗亭在炕上坐了下来,几只跳蚤蹦到了他的身上。高朗亭抖了抖衣服,索性把草全捋开了,躺到了光溜溜的炕上。

现在有时间了,高朗亭把今天在和府的经过仔细回想了一遍,觉得自己没错。今天的事情要是再发生一遍,他还会毫不犹豫地将酒壶砸向王金官。这个人太可恶了。不过,今天事情发生的地点有点特殊,是在和府,王金官又是和府的客人。要是在大街上,或者茶楼里,不要说砸王金官一下,就是多砸几下也不会蹲牢房的。打狗要看主人,当着主人的面打狗,主人自然会罩着狗。想着王金官被砸的惨样,高朗亭感到太解气了,比在战场上杀了番兵番将还要解气。当时,幸亏手中没有梨花枪,要是有的话,说不定他会当场在姓王的身上扎个窟窿。

高朗亭感觉自己的身上痒痒的,低头一看,胳膊上、腿上,出现了好几个红色的血点，是草堆里的跳蚤咬的。他皱了皱眉，这牢房真不是人待的地方，自己只顾逞一时之气，现在可怎么办呢？

再说班主余老四，真是怕什么来什么，他听说高朗亭被关进了巡捕房大牢，当场就蒙了，一时分不清东南西北。戏班与戏园是有协议的，这天天都排着戏，现在高朗亭被关，谁去扮演穆桂英？一则找不到比他更优秀的人，二则戏迷也不会答应。京城的戏迷就是捧高朗亭，很多人是非高不看，非高不听。余老四索性将《杨门女将》停了，并放出风声，说高朗亭在和府唱堂会时和王府班主王金官发生冲突，被关进了牢房。这么一说，大家都知道是王金官在找高朗亭的麻烦，很快就占据了舆论上风。

在京城，一座大戏园养着好几百号人。大戏园都是民间集资建设的，在建之前，戏园里的各个空间，如戏台、楼上、楼下，都会被划分为多个部分，各有其主，出资人的成本回收和利润就靠唱戏收入。至于平时在戏园里提供各种服务的小商小贩，如卖茶水的、卖水果的、卖点心的、送戏单的、递热毛巾擦脸的等等，也是个不小的群体，且都是为了挣一口饭吃的下层百姓。现在，一部叫座的大戏停了，戏园没有了收入，这群人也吵翻了。那些兴冲冲地跑到戏园里来看《杨门女将》的戏迷，却被告知戏停了，对这些人来说，看戏是和吃饭一样重要的头等大事。还有，看戏就是为了看角儿，现在角儿受欺负进了牢房，他们也不能接受。

余老四安排三庆班里的伶人带头，手里举着牌子，上面写着“我们要看戏”“快放高朗亭出来”之类的话，带着那些愿意声援的人，整天到关押高朗亭的牢房门口坐着。这样，牢房所在的大街上，每天都聚集着好几百人。

当然，不能就这样指望着和珅放人，余老四暗中也开展着密集的疏通工作。跑和府送礼，又找王金官道歉，一刻也没有消停。

牢房里的伙食太差了，每餐只有一个黑面馒头，散发着一股霉味和馊味，一看就是变质的面粉做的。高朗亭一口也吃不下去，只好饿着。

一天，高朗亭正躺在炕上发呆，忽然，他听见了一阵女人的啜泣声。抬头一看，只见栅栏外面站着一个姑娘，原来是玉凤。

高朗亭呼地一下坐了起来，惊道："玉凤，你怎么来了？哭什么啊？"

"给你送饭啊，瞧你成了这个惨样子。瞧你这头发，这脸，还有身上，都脏成什么样子了，我能不着急吗？"

牢头打开了牢门，玉凤拎着食盒走了进去。牢头抖搂着锁门的铁链朝高朗亭嚷道："快点吃，吃完了好让姑娘离开！"

瞧着牢头离开了，高朗亭说："这牢头还不错。"玉凤一撇嘴："还不错呢，敲诈了我二两银子，不然不让进来。快吃吧，送顿饭不容易！"

说着，玉凤打开了食盒，一碗烧肘子，半只烧鹅，一盘木须肉，外加一大碗米饭。高朗亭狼吞虎咽地吃着。玉凤不断提醒他吃慢点，别噎着了。玉凤说："余老四这两天在忙着找人。听说他到和府去了，和大人说你不知天高地厚，敢在他的府上撒野，怎么着也要关你几天，让你受点皮肉之苦。不然，说你的尾巴还会翘到天上去。"

高朗亭说："玉凤，你说，我翘尾巴了吗？"

"我知道你是冤枉的，可他们关你总要找个理由啊，你就老老实实地在这里待几天吧，我天天给你送饭。"

高朗亭瞅着乱糟糟的牢房，苦着脸说："玉凤，我在这里一天也待不下去了，让余班主赶紧想办法，把我弄出去。"

"那你愿意给王金官赔个不是吗？"

"我还是在这牢房里多待几天吧，要我给他赔礼，没门！"

玉凤扑哧笑了，一边收拾着碗筷，一边说："你就是吃了犟脾气的亏。人呢，该低头时就要低头，由着性子来不行啊，到头来吃亏的还是自己。好了，我走了，明天再来看你。"

在牢房里，高朗亭是彻底闲下来了，他就开始练功。虽然被关起来了，可他还是穆桂英呢。没有梨花枪，他在那堆乱草里挑了一根稻草，硬硬的，稻草也可以做梨花枪。至于辽军士卒，当然是乱草中的那些跳蚤了。他声东击西，指南打北，可惜稻草还是太软了，敌人是越杀越多。三四天下来，地面被他磨得光滑滑的了，正好可以练练乌龙绞柱。虽然玉凤每天来给他送一顿饭，可他还是很饿。人饿的时候，不能傻坐着，那样只会更饿。高朗亭摸索出经验来了，饿就练功，练着练着，就会忘了饿的滋味。乌龙绞柱要天天练，歇几天不练，腿就疲了，腰就硬了，再表演时就没有那么利索了。只可惜没有伴奏，他就用嘴发声，发锣的声音。侧身往地上一坐，循着声音，双腿在空中一搅，左腿在空中画的圈要足够大，有绞的感觉，立到顶点的时候，腿和腰要直，让人感觉此时是绞到了柱子上，然后再一借势，人就轻松地起来了。整个动作一气呵成。高朗亭往往一练就是二十多个，他一点也不嫌多。

再说王金官，自从在和府里被高朗亭砸了脑袋，自感大失颜面，算计着这次要借和珅的威风，好好收拾一下高朗亭。他在头上扎根绷带，天天嚷着头痛，躺在床上大呼小叫。请了御医来看过，说是脑部受了重伤，中药煎了一大堆，药罐子在火炉上一天熬到晚。其实，王金官一口也没有喝。他派管家向巡捕营衙门里递了状子，也找人送了黑礼，状告高朗亭行凶。其实，一个银质酒壶能砸多重呢？他不过是要借机整整高朗亭，最好是能把他整臭。王金官是精忠庙会首，管着京城里所有的戏班子，他装病的这些日子，那些班主和角儿都前来看望，王家进进出出的人络绎不绝。

玉凤又来送饭了。平时，每次看到高朗亭时，她都很高兴，可这次有点不一样。像第一次来探监一样，她又哭了。高朗亭一看，玉凤的脸上青一块紫一块的，惊道："玉凤，你这是怎么了?"

玉凤说："那个牢头好无聊，每次敲诈我银子还不算，还要揪我的脸，把我的脸都揪青了。本想扇他几个耳光，可又怕他不让我进来送饭。"

高朗亭说："玉凤，让你受苦了。"玉凤揩了揩眼泪说："没事，我又不登台唱戏，青了就青了呗，就当是摔了一跤，过几天就会好的。"

有一天，玉凤是和她爹鲁麻子一道来的。鲁麻子说："都是我写了这本戏，害了你，你要是不唱穆桂英就没这些麻烦事了。"

高朗亭说："鲁叔，话不能这么说，这事怎么着也怨不着你。那天，王金官处处为难我，让我下不了台，他就该挨那一顿打。我反复琢磨着，那天的事情要是再来一遍，我还是一样要砸他。"

"唉，话是这么说。可是，有些人，是不值得和他较真的。"鲁麻子一脸严肃地劝道。

高朗亭说："这次的事情，让我心灰意冷。京城就是座大戏台，作为一个外地伶人，上台唱几场戏后，也许就该撤了，要想在这台上扎根，是断然没有可能的事。"

鲁麻子说："高朗亭，你这话是什么意思？"

沉默半晌，高朗亭狠了狠心说："等我出狱后，打道回府，回扬州去。"

鲁麻子冷哼一声说："扬州能和京师比吗？扬州有几座千人的大戏园？扬州每天有数万人进园子看戏吗？不错，这京城就是个大染缸，可清者自清，浊者自浊，咱凭真本事和真功夫吃饭，怕什么？那些人巴不得你们走呢，走了京师就是他们的天下，正中他们下怀。还想走回头路，穆桂英能回到穆柯寨吗？在战场上，你这种行为，就是临阵退却，畏罪潜逃！"

鲁麻子的一番话，说得高朗亭无言以对。吃完了饭，高朗亭抹了抹嘴巴说："鲁叔，你说得有理，那咱还得打起精神，继续和他们周旋。"

鲁麻子难得一笑："这就对了。"玉凤说："我到琉璃厂找了师傅，用我的钱，替你重新做一杆梨花枪。"

鲁麻子说："我们走了，你不要着急。"高朗亭说："不急，我在这里天天练功呢。"鲁麻子说："很好，作为角儿，就要关键时刻拿得住。"

高朗亭嘴上说不急，可毕竟是说说而已，牢房哪是人待的地方，望着鲁麻子父女俩出了牢房，高朗亭恨不得长双翅膀跟着他们飞出去。

余老四知道，没有和珅点头，高朗亭是放不出来的。谁能在和珅面前说得上话呢？想来想去，自然想到了和珅的管家刘全。要是他肯帮高朗亭在和珅面前说情，事情也许会有转机。刘全肯不肯说话，王金官的病情也是因素之一。

姓王的天天在家装病，包括刘全在内，外面的人并不一定知情，还以为他真伤得有多重呢。余老四决定安排一次饭局，请的主客就是刘全。

余老四早已从连喜那里打听到了，王金官喜欢斗蟋蟀，他养的几只蟋蟀，斗遍京城无敌手，比他唱戏的名声还要大。只要有人出高价向他挑战，他是宁可放着戏园里的戏不唱，也要去应战，而且是负少胜多。现在，王金官在家装病，白天是不便出门的，那就约他晚上应战。余老四安排了几个王金官熟悉的斗虫豪客向他邀战，果然，王金官答应了，地点就定在同兴楼。

天黑后，王金官带着两个跟班，乘着辆骡车，兴冲冲地来到同兴楼。几个豪客早已等在那里。老友相见，二话不说，摆开战场就厮杀起来。王金官憋屈了多日，整天像一头闷驴拴在家里，现在故态复萌，兴致格外高涨。王金官这几只蟋蟀，平时精心调养，整日里喂着鱼虾猪肝等物，比养一个人的费用还要高。养着这几个玩物，自然盼着战事，一则过瘾，二则赢钱。但没人挑战都是白搭。现在，机会来了，让王金官如何不高兴？斗虫时，只见他手里拿着根穿心草，吼得比几个豪客还要卖力。

余老四宴请刘全的酒席也安排在同兴楼，不过安排在王金官他们楼上。酒席过后，余老四和洪朴等陪着刘全下楼，路过斗虫的包间时，余老四站住了，故意问道："这里怎么这么吵啊？"

洪朴伸头看了看室内，说："几个大佬在斗虫，瞧那个王金官，看样子今天又赢了。"

刘全也伸头看了看，问道："那个王班主，不是说头痛吗？怎么跑到这里来斗虫？"

余老四说："刘总管，这都是你亲眼所见，他明明就是装病，你再仔细瞧瞧，他像是有病的人吗？"

刘全的脸黑了，沉默不语。上车的时候，余老四拉住了他的手，顺便将一张折成四四方方的银票塞进他的手心，说："刘总管慢走，回去请在和大人面前美言几句，戏停了好多天了，戏班、戏园里的人都等着要饭吃呢。"

刘全打着酒嗝说："我知道了，问题不大。"

很快，高朗亭被放了出来。余老四、鲁麻子、苏小三、玉凤几个带着辆骡车来接他，走出牢房的那一刻，高朗亭叹了口气说："我在牢里一共待了十三天，有死了一回的感觉。"

玉凤说："呸呸，别瞎说，现在啥事也没有了，咱们以后也别再招惹那些人了，好好唱咱的戏。"

高朗亭说："余班主，听说这次为了把我捞出来，戏班里花了不少钱，唉，我高朗亭对不起大家了，欠各位的太多了！"

余老四说："别说这些了，能出来就是万幸。钱是人挣人用的，只要人没事就好。"

晚上，三庆班在同兴楼摆了几桌，欢庆高朗亭归来。高朗亭挨桌给戏班的人敬酒，敬到刘八面前时，刘八瞅了瞅他的酒杯，笑着说："里面是茶水吧？"

高朗亭尴尬地笑了。刘八说："你咋就不会喝酒呢？下次要是到哪个王府唱堂会就带上我，侑酒的事我全包了！"有人就说："刘八，你长得这么丑，歪瓜裂枣的，心思还不小。"

刘八假装恼了，说："歪瓜裂枣怎么了？透心甜，比你们实在！"

一屋子的人哄堂大笑。

高朗亭发现自己喜欢上了玉凤。这种感觉也说不清是从哪天开始的，但应该不是第一眼看到她，可能是在此后的接触中慢慢滋生的。特别是在监狱中的这段日子，她忍辱负重，天天给自己送饭，让他非常感动。那些天，他除了练功，就是盼着她到来。

兴许是苦底子出身，这姑娘特别会过日子。她擅长精打细算，一日三餐，安排得井井有条。哪怕是吃杂合面馒头，她也会变换着弄出花样来。如切成片，烤得焦黄焦黄的，别有一番滋味。这一点，对从小就学戏，后来又唱戏的高朗亭而言，恰恰是最缺乏的。他整日里要么在唱戏，要么脑子里在琢磨着戏，一天到晚神思恍惚，除了唱戏，啥也不会。他觉得这天底下除了唱戏，好像再也没有什么重要的事了,根本就不是个过日子的人。他需要玉凤这样一个心灵手巧的姑娘替他打理。

玉凤一家人自然乐得攀上这门亲事。高朗亭虽是名角,可这小伙子人很老实,并不像有些梨园子弟那样浮华,他的心里只装着戏,鲁麻子更是打心眼里喜欢。

喜事是在当年腊月初八举办的,地点在京城有名的酒楼太和楼。此前,高朗亭已特地派人回老家,将娘、顾师傅和妹妹朗月接到了京城。在和玉凤拜天地的时候,他还有些云里雾里,觉得像是唱戏。晚上,送走客人,在洞房里,他掀开玉凤的盖头,感觉新娘子玉凤,比戏台上的花旦还要美。拥着玉凤,高朗亭感叹自己也是有家室的人了。光阴过得好快,进京两年来的往事一幕一幕地出现在脑海里,被刁难,被歧视,被欺辱,生活比戏还要难演呢,生活没有本子,你根本不知道明天会发生什么。现在,有了玉凤,生活里有了个贴心的伴,他感觉要踏实一些了。

第十三章　惊变

一转眼，又是三年过去了，时间到了乾隆六十年（1795）的春天。经过几年发展，入京后的三庆班深得百姓喜欢，站稳了脚跟，被誉为“京师第一”。至于被朝廷尊为正统的昆腔和京腔，虽还有一定市场，但风头已过，大势已去。作为入京的第一个徽班，三庆班也走出了入京前后的徽商蓄养模式，完全做到了自给自足。

这年的春天和往年明显有点不一样，差不多天天刮大风，飞沙走石，天地灰蒙蒙一片，根本不像春天的样子。一天，高朗亭唱完戏，步行回家，才出戏园，没走几步，就遇上了大风。一阵风沙扑面而来，脸被打得生疼。他刚刚卸装，干干净净的一张脸，就被这阵风沙给糟蹋了。风很野，硬生生地扯着行人的衣服。这北方的风，有狼性呢。在老家皖河两岸，三四月是一年中最美丽的时光，和风吹拂，休眠了一冬的万物，像是被这风续上了气，纷纷活过来了；野草青碧，花红柳绿，到处生机盎然。类似京城里这样粗野的大风，在老家就是冬天也不会有的。

到家的时候，玉凤端来一盆热水，对高朗亭说：“快洗洗，瞧你都快成一个灰人了。”高朗亭一边洗脸一边说：“风太大了，好干燥，来京城好几年了，我对这边的天气还是有点不适应。”洗好脸，他躺在椅子上，将湿毛巾敷在脸上，闭目养神。玉凤已在桌上摆好了几样小菜——炒京包、炒黄豆芽、大蒜炒腊肉，外加一盆粉丝豆腐汤，催他吃饭。

高朗亭在餐桌前坐定了，在菜碗上嗅了一圈，赞道：“好香啊，老婆的手艺就是好!"

玉凤正给他盛饭,说:"一般般啦,能吃而已。这年头,能吃饱肚子就是万幸了。"

等高朗亭吃完了,玉凤才说:"俺爹让我给你捎个信。"高朗亭以为是寻常家事,并没有上心,淡淡地说:"什么事?"

"俺爹说,闽浙总督什么拉被抓了,俺记不住名字,他的家也被抄了。"

高朗亭大吃一惊,以为自己听错了,他两手按住玉凤的肩头,问道:"你说什么?"

玉凤把刚才的话又重复了一遍。高朗亭按得太重了,痛得她龇牙咧嘴。高朗亭埋怨道:"你真沉得住气,怎么到现在才说啊?"

"我要是早告诉你,说不定你就不吃饭了。"玉凤振振有词。

天哪,怎么会发生这样的事呢?高朗亭愣在那里,半天回不过神来。鲁麻子天天泡在茶楼里,消息灵通,这京城里无论发生什么大事,他都会第一时间知道,他的话一般是可信的。况且堂堂总督被抓,绝对不是儿戏之言。

玉凤继续说道:"俺爹说,他太贪了,家里查抄的银子据说装了几十辆骡车,排了一条街。"玉凤见高朗亭像个傻子似的愣在那里,说,"你倒是说话啊。"

高朗亭拿了件外套,胡乱地披在身上。玉凤说:"你到哪儿去?"高朗亭说:"去找岳父。"玉凤也抓了件衣服,说:"我也去。"两人一道出了门,顶着大风往骡市大街走去。才走了一段路,高朗亭说:"不行,太慢了,坐车。"两人走过街口,上了一辆骡车。

在车上,高朗亭想,难怪今年春天的风这么怪,原来是要出事,而且出了这么大的事。伍拉纳怎么会是一个贪官呢?总督府被抄,那梅灵到哪去了呢?高朗亭的心里有着太多的疑问。伍拉纳是三庆班的恩人,没有他,就没有三庆班进京这档子事。高朗亭和梅灵有过一段情缘,他特别关心她现在情况如何。如果真如玉凤说的,拉银子的骡车排了一条街,那这次他们一家人的命运就悬了。

到了岳父家,鲁麻子正在灯下看书。高朗亭说:"岳父,快把伍拉纳的详细情况告诉我。”

瞧着女婿急切的样子,鲁麻子说:“你别急,事情已经发生了,急也没用。听说是福建官场狗咬狗,互相咬出来的。福建藩库案出现巨额亏空,乾隆皇帝大怒,下旨彻查,这一查倒好,就查出许多贪官来。为首的就是闽浙总督伍拉纳和福建巡抚浦霖,二人都被押进京城,打入死牢里,听说不日就要开刀问斩。两家家产都被查抄,男眷女眷统统被发配新疆伊犁为奴,听说伍拉纳的夫人已经自尽了。”

听说家眷被发配伊犁,高朗亭感觉眼前一黑,人像傻了一般。他的样子把玉凤吓坏了,玉凤一个劲地摇着他说:“朗亭,朗亭,你怎么了?”

清朝处理犯罪官员及家眷时,凡是判处流罪的,一律流放到宁古塔或者是伊犁。那里是边境苦寒之地,男人去了都九死一生,女人就更不用说了。许多人就是选择自尽也不愿去那种地方,反正去了也是死,迟死不如早死。难怪梅灵的娘选择了自尽。

高朗亭说:“伍拉纳和和珅不是有姻亲关系吗?怎么和珅也不为他说句话?”

鲁麻子说:“这是乾隆皇帝亲自过问的大案,和珅能不能说上话,都很难说,就是说了恐怕也没有用。”

当天晚上,高朗亭都不知道是怎么回家的,幸亏有玉凤一路牵着。这个变故太大了,大到让人无法接受。高朗亭怎么也睡不着,一晚上都坐在床上发愣。玉凤见他这样子很心疼,也陪他坐着。刚过午夜,高朗亭就吵着要去内城伍拉纳的府上去看看。玉凤说:“天没亮,你就是去了能看到啥?”好不容易等到天麻麻亮,玉凤下床熬了碗羊骨汤,硬逼着高朗亭喝了,才让他出了门。

仓促地赶到伍拉纳的总督府,只见大门紧锁,上面交叉着贴着刑部的封条。封条上大印的颜色还是鲜红的,说明是近几天发生的事。看看街口有间茶棚,黑乎乎的桌凳,高朗亭找了个位置坐下了,叫了壶茶。

高朗亭想从卖茶的师傅嘴里了解点情况,他指了指伍拉纳府上的方向说:

“大爷,那边总督府被抄家,是多久的事了?”

大爷拎着个瓦壶,快速瞅了瞅周边,见没什么异常,才寻思着说:“大约是十几天前的事。这个伍拉纳可不得了,是个大贪官,家里有个地下银库,抄出了几十万两银子。抄家那天,拉银子的骡车排了一条街,听说把乾隆爷都吓着了,亲自判了他死罪,关在刑部死牢里,没几天活头了。”

“他的家人呢?”

“那还用说,一百多号人呢,男男女女的,像蚂蚱一般串了起来,也走了一条街,全是流放。听说自杀了几个,早死倒好,是个解脱,谁愿意去伊犁那种地方呢?”

大爷见高朗亭听得入神,警惕地问:“你是他们什么人?”

高朗亭说:“一个远房亲戚,来看看情况。”大爷说:“没啥看的了,啥都没有了,你还是趁早回吧。”

茶苦得像药,高朗亭勉强喝了几口。他现在只关心梅灵的安危,她应该不会自杀吧?可是,流放伊犁,这千里迢迢的,那样粉嫩的一个人儿,这一路上她受得了吗?就算路上没事,等挨到了地方,那种苦寒之地,又是做当地人的奴隶,将会是什么样的结果?高朗亭不敢往下想了。

最后一次见到梅灵,还是在杭州。一转眼,四五年过去了。当初,为是否进京,高朗亭还犹豫不决,是梅灵鼓励他,才坚定了他北上的信心。当时,梅灵还说,他爹要把她嫁给和珅的小儿子丰绅殷德,她后来到底有没有嫁入和府呢?这些年,梅灵的身影一直在高朗亭的心里,他回避着、躲闪着,尽量不去碰触她。现在不行了,梅灵有难,他不能不问。可是,他不过是个唱戏的,人微言轻,能帮得上她什么忙呢?甚至连她现在在哪儿都不知道。

高朗亭来到戏班子大下处,将伍拉纳的遭遇告诉了余老四。余老四认识伍拉纳比高朗亭早,且和他打过交道。听了高朗亭的话,他也是惊得半天说不出话来。但事实就是事实,容不得人不信。余老四说:“伍拉纳对我们戏班子有恩,要不是他的举荐和支持,哪有三庆班进京的事呢?虽然他现在犯了事,我们也不能忘了旧恩,去牢中看看他总该是可以的。”高朗亭正巴不得,说:“行,我也有这个想法。”高朗亭的意思,除了看望伍拉纳,更想顺便打听出梅灵的下落。

高朗亭拎着个食盒,里面装着从酒楼里买来的一只烤鸭、一盘烧肘子和一盆烧羊肉,外加一壶好酒,和余老四一道出了门。

来到刑部大牢,狱卒中不乏戏迷,找了个熟人一打听,伍拉纳果然被关在里面,但不能见面。有个姓伍的狱卒认识高朗亭,他说:“你们要是看望一般的犯人,我立马可以放行,但伍拉纳不行,他是钦犯,皇上亲口下的御旨,任何人不得探望。”但伍狱卒愿意破例帮个忙,帮他们把食盒递进去。余老四大喜,叮嘱说,就说是三庆班的余老四和高朗亭来看望他。

过了一会儿,伍狱卒将空食盒拎了出来,说:“伍拉纳听说是你俩来给他送吃的,当场就哭了,堂堂总督呢,到了这种时候,一个字,惨。告诉你们个事,我们也是刚刚得到旨意,人犯三天后在菜市口开刀问斩,到时我在场,允你们来祭个法场,给他送送行,不枉你们一番好意。”

余老四千恩万谢。高朗亭大惊:“怎么这么快?”

伍狱卒说:“这是大案呢!福建藩库亏空几百万两,估计是历任手上积下的,但伍拉纳肯定有责任,家里查抄的银子太多。”他压低了嗓音说,“皇上气得直哆嗦,毕竟是八十多岁的老人,听说差点犯了中风。”

三天后,到了伍拉纳问斩的日子。当日上午,余老四带着高朗亭、杨八官、金双凤等几个伶人,拎着几壶好酒,往宣武门外的菜市口而来。他们身后,跟着一辆骡车。骡车上,是一具上等的柏木棺材和两个收殓师。这具棺材也是余老四和高朗亭昨天亲自选定的。伍拉纳是钦犯,家人也全部流放了,还有谁给他收尸呢?总不能暴尸街头吧。给他收葬的事,只好由三庆班来做了。

到了菜市口法场,到处是兵丁,戒备森严,看热闹的人围了一重又一重。监斩官、刽子手披着红袍,一个个面无表情,只等午时三刻开刀问斩。

余老四在场上找着姓伍的狱卒。在囚车旁,果然发现他正持刀而立。余老四和高朗亭挤上前去,伍狱卒见他们来了,挥了挥手,示意让他俩到囚车旁来。

伍拉纳站在囚车里,只有脑袋露在车外。只见他长发遮面,根本看不清脸。余老四和高朗亭一人拿着一壶酒,走到囚车前,叫道:“总督,是我们……”

伍拉纳睁开了眼,见是余老四和高朗亭,像是大梦初醒,眼里突然就有了光。可那光也就是瞬间的事,如同昙花一现,又黯淡了。伍拉纳老泪纵横,说:“老夫谢谢你们,在这节骨眼上还来看我,不枉当初帮了你们一场。”余老四朝他嘴中灌着酒,指着法场边的骡车说:“大人,三庆班买了一副上等棺木,后事你就放心吧。”伍拉纳说:“惭愧啊,老夫不能再帮你们了,来世做牛做马再报答你们。”

余老四一壶酒很快就灌完了,高朗亭继续朝伍拉纳的嘴里灌着,他轻声问道:“大人,你女儿梅灵呢?”

伍拉纳神色严峻起来,轻声说:“我正要告诉你,和珅和我是姻亲,但我是钦犯,他也帮不上忙。不过,他暗中派人将小女救到了他的府中,以后替我多多照顾她。”又说到其他的人,伍拉纳眼神空洞,说话像梦呓一般,说死的死,流放的流放,完了。

听说梅灵在和珅府中,高朗亭松了一口气,悬了几天的心终于放了下来。他说:“大人放心,我一定会照顾好梅灵的。”

伍拉纳点了点头说:“高朗亭,来一段,送老夫上路。”

高朗亭有点犯难,这是法场上呢,能唱戏吗?他望着余老四,伍拉纳的话余老四自然也听见了。余老四把伍拉纳的请求又转告了伍狱卒。伍狱卒匆匆上了监斩台,向监斩官报告去了。他很快回来了,说:“监斩官大人有吩咐,唱几句吧,唱后赶紧离开。”

高朗亭还从没有在法场上唱过戏呢,心里有点慌。他咳嗽了两声,清了清嗓子,唱什么呢?他想起了徽戏《斩青龙》中程咬金法场上送别单雄信的一段唱。《斩青龙》说的是单雄信不愿投降,将被斩首,他的一班结盟兄弟徐茂公、罗成、程咬金等到法场给他送行。高朗亭唱道:

众位贤弟且站开，让我程咬金前来。
一杯酒儿满满筛，尊声二哥听开怀。
大小三军齐喝彩，尔算国家栋梁材。
今日饮干杯中酒，愿你灵魂赴天台……

唱到“天台”二字时，高朗亭的声音又长又飘，像一个孤魂野鬼，在天地间号哭着，上刀山，下火海，滚油锅，哭得撕心裂肺，五脏流血。最后，那个孤魂野鬼也累了，无所傍依，四处游荡，气息奄奄，飘然若绝，直到戛然而止。天地间一片死寂。

突然，喝彩声四起，有人已认出了演唱者正是三庆班的名角高朗亭。高朗亭平时扮的是旦行，今天唱程咬金这种粗犷的声腔，还是第一次，这是伍拉纳最后一个愿望，他不能不满足他。只是没想到唱得这么好。“尔算国家栋梁材”一句，让伍拉纳听着很受用。毕竟，在大清朝，能混到总督这个位置，也算是人中豪杰，只可惜最后走岔了。高朗亭刚刚唱毕，监斩官就高声嚷道：“时辰已到，开刀问斩！”伍拉纳从囚车里被拉了出来，拖到了刽子手面前。只听三声追魂炮响，高朗亭还未回过神来，伍拉纳就已人头落地。

这场景，只有鲁麻子的评书中才会出现。

两个收殓师指挥着骡车拉着棺材过来了，烧了上路钱，然后开始收殓。收殓师将伍拉纳身上的血擦干净了，换了一身干净的衣服，将他放到棺材里，又将砍下的脑袋与他的身子缝合好了，这才算收殓完毕。余老四又率领三庆班的伶人祭奠了一番，最后，才跟着骡车出城，到京郊去安葬。

仓促之间，他们也不知道将伍拉纳葬在哪里合适。商量来商量去，最后大家一致选定了京郊的戏子坟，也就是安葬三庆班已故伶人陆长松的那片荒地。虽然伍拉纳贵为总督，但在三庆班伶人的眼里，他相当于一个戏提调，也就是戏曲堂会中组织安排演出的人。当初，是他一手安排了三庆班进京献艺，这不是戏提调又是什么呢？

安葬好伍拉纳，高朗亭接下来要做的事，就是要设法和梅灵接上头。

和府高朗亭是进不去的，也不认识里面的人。高朗亭想起上次余老四为了营救他出狱，曾找过和府的总管刘全，找找刘全问下消息应该可行。余老四跑了一趟，果然问到了情况，说梅灵和绿荷都在和府，且梅灵做了和大人侍妾苏卿怜的婢女，不过，梅灵现在病了。余老四说，苏卿怜这个女人他知道，是原浙江巡抚王亶望的爱妾，乾隆四十六年（1781），王亶望贪污案发被斩，苏卿怜被和珅悄悄纳入府中，据为已有。

置身和府，梅灵的安全暂时没有问题。不过，她的家庭遭此巨变，高朗亭担心她是否受得了此等打击。

在等待梅灵康复的日子，高朗亭总是心神不宁。平时，他整日里除了唱戏，就是练功、排戏或者默戏。一句话，除了吃饭睡觉，他整个儿都泡在戏里。可梅灵家的遭遇打乱了他的生活节奏，这种源自内心的混乱和躁动，就是他被关在巡捕房大牢里时也不曾有过。他开始留意起走到他身边的年轻女子，关注街巷里正在走路的女人，他巴望着有一个女子走到他的身边，对他说："嗨，我是梅灵。"

整整过了半个月后，一天早晨，高朗亭刚吃过早饭，戏班大下处派人来通知他，说有个姑娘找他，正在戏班里等着。梅灵来了！得到这个消息，高朗亭一刹那感觉自己全乱了，心像个兔子般没命地蹿着，手脚都不知道往哪儿放。他赶紧从井里打了桶冷水，劈头盖脸地浇在头上，寒意袭来像有人啪啪地打了他几个耳刮子，他这才镇定下来。这半个月，高朗亭是一天天数着过的，每个日子都是一块砖头，越数越多，压得他喘不过气来。

是绿荷。几年没见，绿荷瘦得像一根竹竿。高朗亭紧张地问道："小姐呢？"绿荷说："在茶楼里等着。"说着，绿荷起身往外走去，高朗亭默默地跟在她后面。

四目相对时，像一对经过了生离死别的人，在戏里见了面，彼此都有一种置身梦中的感觉。然终是见着了面，重要的是彼此都还好好地活着。梅灵大哭，绿荷也跟着哭。高朗亭任由她们哭去，也不劝。

不让她们在他面前痛哭一场，怕是要憋死呢。

梅灵哭够了，才抬起头来。她说："我娘真好玩，她自己上吊死了，不管我了，却要我好好活下去，而我还糊里糊涂地答应了她。答应了之后，我才知道有多后悔，原来活着远比死了还要痛苦。"

高朗亭这才知道，梅灵这些年一直随她娘生活在福州她爹的官署后院。案发后，她才被解到京城。本以为是必死无疑，没想到被良心发现的和珅救了，且安置到他的府中。梅灵说，苏卿怜也是经过大难的人，待她还好，并不为难她。她的病不重，不过是受了惊吓，休息几天就好了，之所以这么多天才出来和高朗亭见面，是因为一直没有勇气面对他。

高朗亭说："你肯见我，说明你还是信我的。"

梅灵说："这几天我仔细想了一下，我为什么还要活着呢？这个世上还有什么值得我活的？真为了对娘的那一句承诺吗？后来我又苦苦地想着，终于想明白了，我要从现实里离开，活到戏里去，只有这样，我才有勇气继续活下去。"

高朗亭说："梅灵，你说的话我怎么听不懂？"

"怎么不懂呢？一点也不复杂。"梅灵说，"我为什么不寻死呢？我还有什么放不下呢？想来想去，要说有的话，就是因为戏，或者说，就是因为你。"

高朗亭懂她的意思了。

梅灵说："夫人是歌女出身，很同情我，她喜欢弹琴、唱曲，这些天我跟着也学了一些。"梅灵说的夫人，就是她现在的主子苏卿怜。苏卿怜本是苏州一名歌女，在她十五岁时，被时任苏州知府的王亶望纳为妾。她进入和府后，很得和珅宠爱，和府的内部事务大多由她掌管。

梅灵继续说道："经此家庭巨变，我心如死水，人说'粪土当年万户侯'，总归是吃别人的，穿别人的，花别人的，都是靠不住的，总有一天是要偿还的，我已经还了。今后，我要学戏，一则喜欢，二则想给自己谋个吃饭的本事。"

梅灵明显是话里有话，她的言外之意，可能是说财富堆积如山的和府也是靠不住的。高朗亭不得不承认，她说得有理，别人的东西迟早是要还的。梅灵成熟了，不再是总督府里那个任性的小姐了。

高朗亭说："可是，你学戏，到哪唱戏呢？朝廷规定女人不准进戏园看戏，更不用说登台唱戏了。"

"我非要到戏园里去唱吗？"梅灵说，"我可以到茶馆里唱啊，走村串巷地唱啊。艺多不压身，只要会唱，还愁没人听不成？"

高朗亭想，说得也是，就说："你要学戏，我支持你，我们三庆班都支持，你愿拜哪个为师就拜哪个为师，愿学什么戏就学什么戏。"

梅灵歪着脑袋说："我就跟你学。"

高朗亭挠挠头说："嘿嘿，好，我都有女徒弟了。"

从此，梅灵就隔三岔五地出来，找高朗亭学戏。有时在戏班大下处，有时在他的私寓里。梅灵每次到高朗亭的私寓学戏时，玉凤都很客气，一点没有吃醋的样子。梅灵要学什么戏，都是她自己定。她先学《汉宫秋》和《玉堂春》。特别是后者，是戏曲中流传极广的剧目之一，是徽戏旦角的开蒙戏。梅灵学得快，进入角色也快。你别说，经历过刻骨铭心的体验，梅灵演起这些哀怨的女性来，甚至比专业的伶人还要到位，声色动人，令人动容。可惜，朝廷不许女人登台，否则，凭梅灵的身段和唱腔，肯定会引起一番轰动，成为一个名角也未可知。

学了几个月之后，高朗亭觉得，可以为梅灵组织一次个人堂会。

堂会的地点就选在高朗亭常去的徽商会馆，那里有个现成的戏台。限于梅灵的特殊身份，堂会并不对外开放，观看的主要是三庆班的伶人、梅灵的好友，玉凤和鲁麻子也来了。这场堂会戏，自然是以梅灵为主，为她配戏的，都是三庆班中的名角。戏码是梅灵已经熟练了的《苏三起解》和《汉宫春晓》。

《苏三起解》是《玉堂春》中的一出。《玉堂春》说的是这样一个故事：明朝时，名妓苏三和吏部尚书之子王景隆结识，改名玉堂春，誓陪白首。王景隆在妓院钱财用尽，被鸨儿轰出，苏三私赠银两使其回南京。王景隆走后，鸨儿将苏三卖给山西商人沈燕林为妾。沈妻皮氏与一名赵姓监生私通，毒死沈燕林，反诬苏三谋杀。县官受了皮氏贿赂，竟将苏三问成死罪。解差崇公道提解苏三自洪洞去太原复审。到了太原后，复审她案情的巡按正是她昔日的相好王景隆。王良心未泯，决心替苏三洗刷冤情。最后案情明了，平反冤狱，王景隆、苏三破镜重圆。《苏三起解》又名《女起解》《洪洞县》，从苏三被提解说起，一路上，苏三都在诉说自己的悲惨遭遇。

梅灵扮的苏三出场了，扮解差的竟然是三庆班主余老四。余老四亲自为梅灵配戏，显然是出于对她父亲伍拉纳的感激。

梅灵披头散发，脖子上戴着枷，被解差押着，来到了赴太原府的道上。苏三先是有一个叫头“喂呀——”，接着是一段经典的唱腔：

苏三离了洪洞县，
将身来在大街前。
未曾开言我心好惨，
过往的君子听我言：
哪一位去往南京转，
与我那三郎把信传。
就说苏三把命断，
来生变犬马我就当报还……

苏三站在道上，向来往的行人倾诉着自己的冤屈，恳求有人捎信给她在南京的昔日情郎王景隆，希望他能来救她。可谁愿意给一个女犯捎信呢？苏三兀自哭着、唱着，泪光闪烁，爱恨绵绵，孤单无依。

包括高朗亭在内的场中人，平日里在戏台上见惯了的，都是男性扮演的花旦。今天，他们中的大多数人，都是第一次见到女性扮的花旦。男性扮女性，即使再逼真，毕竟不是真实的女性，哪里有女性自身来得自然呢？

《汉宫春晓》是根据王昭君出塞的故事改编的。说的是王昭君到匈奴国前，顿生悔意，但又无法回头，就毅然跳水而死。远在万里之遥的汉宫里，汉元帝梦见王昭君逃回来了，醒来时才知是个梦，只有望着她的画像，无限伤感。

高朗亭演汉元帝，与梅灵唱对手戏。高朗亭对梅灵的情感是发自内心的，对人生的无常分离有着真切的体验。同一个戏台上，两个空间，分头叙述，却统一在一个完整的情节结构之中。高朗亭和梅灵一唱一和，情深意切，凄婉动人。一边是王昭君思念君王，一边是汉元帝梦见她归来；一边是王昭君跳水，一边是汉元帝梦醒；一边是王昭君香消玉殒，一边是汉元帝对画哀伤。两人近在咫尺，却置身于两个孤绝的空间，中间隔着千山万水。

梅灵的表现，让天天与戏打交道的三庆班的伶人们惊呆了。他们没想到，学戏才几个月的梅灵完全不像一个新手，倒像是一个成熟的伶人。大家感叹，她就像是为戏而生的。

第十四章　四喜和春台

时间已进入嘉庆元年(1796),在位六十年的乾隆皇帝,终于主动选择了逊位,让其子嘉庆即位。三庆班也迎来了一桩大喜事,戏班与京师著名菜庄宴乐居合营,将宴乐居改造成专门的演戏场所,并更名为"三庆园"。从此,京师又增添了一家大戏园,三庆班也有了唱戏之外的营生。三庆园地处热闹的大栅栏街中段,戏厅开阔,能同时容纳千名戏迷看戏。借助宴乐居和三庆班的名气,三庆园在各大戏园中后来居上,一开张就人气看涨。

这年春天,又一个徽班来到了京师,班名四喜。

一天早晨,鲁麻子兴冲冲地来到高朗亭家里,告诉了他这个消息。鲁麻子消息灵通,而且他的消息一向可靠,绝不是空穴来风。鲁麻子说:"这个四喜班可不得了,有伶人一百多人,和三庆班差不多,阵容强大,行当齐全,花雅俱擅。"

"放眼京城梨园,谁有实力与三庆班匹敌?昆腔班吗?京腔班吗?他们都不行了。朗亭,我有一种预感,你们三庆班真正的对手来了!"鲁麻子说得唾沫横飞。

"岳父,这是好事啊。"高朗亭啃着玉凤刚从茶楼里买的杠子馍馍,笑着说,"我在扬州时就知道这个四喜班,确实很厉害,来了好,我们徽班在京城的实力更强大了。依我看啊,还有徽班要来,两淮盐务的春台班可能也会来。嘿嘿,这京城梨园,马上就是我们徽班的天下啰。"

玉凤说:"他们会不会抢了我们的饭碗?"

高朗亭说:"妇人之见,怎么会呢?前些年,京腔盛行时,'六大京班,九门轮转’，六大京班呢，不都是赚得盆钵满满，根本没有抢饭碗的事。来了个四喜，京城里才两个徽班呢，早得很，我看是越多越好，说明京城里的戏迷接受了我们徽班，喜欢上了徽戏。”

鲁麻子说：“我改天先去探探情况，回来再和你详说。”

早在扬州时，四喜班就是一支兼容二黄腔、梆子腔、弋阳腔、昆腔、秦腔等多种声腔的班子。关于四喜班之盛，扬州籍词人林苏门写有一首《续扬州竹枝词》，记述乾隆间扬州乱弹诸腔盛况。诗云：“乱弹谁道不邀名，四喜齐步称太平。每到采觞宾客满，石牌串法杂秦声。”太平班，是乾隆皇帝南巡驻跸扬州时，专供御前承应的昆班之一，林苏门将四喜班比之当年的太平班，可见四喜班在扬州梨园的地位。

这次来京师，四喜班又做了充分的准备，阵容强大亦在意料之中。

两天后的一个黄昏，鲁麻子又来到了女儿家。刚坐下，就咕咚咕咚地喝了一大杯茶。放下茶碗，他笑着对玉凤说：“丫头，弄两个菜，我晚上要和爱婿喝一杯。”

玉凤说：“朗亭还没回来，瞧你这么高兴，干吗来呢？”鲁麻子眉飞色舞地说：“你说你老爹还能干吗？不是看戏，就是说书。今天的戏看得太过瘾了，我都连看三遍了。”

“爹，什么戏这么好看，值得连看三遍啊？”玉凤问道。

鲁麻子说：“昆曲《桃花扇》，太美了，这个四喜班真是不得了，戏园里挤得不可开交，你瞧我这身上，一身的臭汗。”

正说到这儿，高朗亭从戏园里回来了，说：“岳父，难怪这几天我们三庆班的座儿都稀了，可能有不少人都去看四喜班的戏了。”

“爱婿，说出来不怕吓着你，听说这个四喜班有小旦不下百人，《桃花扇》一炮打响，他们就趁热打铁，角儿们都开起私寓来，做起了堂子生意。这正阳门外，是歌郎遍地了，夜夜笙歌，老斗们银子花得像淌水似的。（老斗专指那些捧优童的豪客，他们大多是上层文人或官绅巨富。）你一天到晚脑子里就琢磨戏，对外面的这些新鲜事充耳不闻，你呀你，也该留意下这梨园界的变化了。”

“小旦真的有上百人吗？有那么多角色去扮吗？”高朗亭似乎还不信。

“戏台上当然用不了这么多小旦，不是告诉你了吗？他们主要还是做堂子生意，在堂子里陪酒唱曲。四喜的小旦都是有招牌的，像什么‘春华八芷’‘景和诸云’‘岫出五云’‘绮春八仙’之类，成组成组的，名字取得诱人，长相俊美，曲子也唱得好，色艺双绝，让人眼花缭乱。”

高朗亭说：“理解理解，梨园界伶人为数众多，成角儿的毕竟是极少数人，那些小旦咋办？他们也是为了挣一口饭吃。”

鲁麻子笑着对玉凤说：“我这个女婿倒是好说话。”

玉凤摆上了菜，鲁麻子喝了几盅酒，脸红扑扑的。他拿出一张纸，小心抖搂开了，递给高朗亭说：“爱婿，看看我这个花魁赞诗写得怎么样？”

高朗亭接过一看，前面是简介和长相描写，什么“螓首蛾眉，云姿月态，掌上身轻，柳枝袅娜，鬓边波溜，花格娉婷”，真是描绘得比天上的仙女还要美上几分。再看下面的赞诗：

弓扑香鞋寸恰三，乌云绾起更妆男。
人间不信黄崇嘏，笑煞红裙也变蓝。
花光绚烂眼光寒，不敢轻为白眼看。
芸阁桐花芬歇绝，一株玉树照歌坛。

诗中提到的黄崇嘏是蜀中女子，传说她女扮男装，代兄考取状元，是后来黄梅戏《女驸马》中冯素贞的原型。高朗亭看毕，笑了。鲁麻子一把夺过纸，说：“你笑什么？是嫌我写得不好？”

“哪里，是说你写得太好了。‘芸阁桐花芬歇绝，一株玉树照歌坛’，说得我都想见识一下此人了。对了，你这写的是谁啊？”

“彩林，才十九岁，扬州人，昆曲新秀，天下无双。”鲁麻子站了起来，眼里放光,好像那个彩林已站在了他的面前。

高朗亭见岳父如此盛赞彩林,想和他开个玩笑,故意说:“可惜啊可惜。”

鲁麻子说:“可惜什么?”

“可惜你只有一个女儿,要是再多一个的话,可以考虑把这个彩林招为女婿。”说着,翁婿二人相视大笑,玉凤在一边也乐不可支。

鲁麻子说:“这个彩林虽然优秀,但是,和我的爱婿相比,还是要差一点的,毕竟是个新人嘛,戏台经验不足。”

送走岳父后,高朗亭一晚上都在琢磨着与他的谈话。这个四喜班,看来还真不简单,一曲《桃花扇》,竟然让本已式微的昆曲在京城又火了起来。《桃花扇》这部戏高朗亭听上辈老艺人说起过,了解些情况,但没见过本子,更没看过演出。听老艺人说,这部戏的剧本于康熙四十七年(1708)刊刻问世后,只在戏台上偶尔演过,后被列为禁戏。它是以李香君和侯方域的爱情故事为主线,寄托的是兴亡之感。清廷担心它会引起明朝遗老的怀旧之情,所以不准演出。现在形势早已发生了变化,清人坐稳了江山,也就不再忌讳它重现戏台了。高朗亭佩服这个四喜班有眼光,戏选得好,所以一炮走红。他决定改天选个时间去观摩一番。

这还没来得及去观摩呢,一天散戏后,回到家,梅灵和绿荷就兴冲冲地来了,二人还是女扮男装呢。一见她俩这身打扮,高朗亭就能猜出,这主婢俩肯定是到戏园里看戏了。

高朗亭问道:“今天看了什么戏?”梅灵说:“还用说吗?都在看《桃花扇》。朗亭,我今天来找你有件事,你能不能替我在四喜班找个熟人介绍下,我要到彩林的私寓跟他学戏。”高朗亭说:“你是要跟他学《桃花扇》吗?”

“对,我要演李香君。”

梅灵说:“我不学苏三,也不学王昭君,生为女人,她们美则美矣,但都脱不了一个‘怨’字。今天看了《桃花扇》,我算是明白了,光怨有啥用呢?女人要做李香君,不要怕,要敢于说‘不’。”

"可是,我不认识彩林啊,虽说同是徽班,可我和他们还没见过面呢,要不让我岳父替你介绍下,他刚发布《花榜》,将彩林列为本月花魁,又让他火了一把。"

梅灵摇头晃脑地吟道:"芸阁桐花芬歌绝,一株玉树照歌坛。"

高朗亭惊道:"怎么,连你们闺中人都会背了吗?"

梅灵说:"当然,这有什么稀罕的?听说连街上三岁孩童都有会背的。"

高朗亭说:"这个四喜班还当真不简单,没想到他们刚到京城,就会火到这种程度,比我们当时顺多了。我们三庆刚进京城戏园时,整天还要挖空心思和那些京腔班子唱对台戏,累死人。他们四喜倒好,一把火就烧得旺到顶了。你说的事我记下了,回头我和我岳父说说,让他带你到彩林那里去学戏。"

苏小三晚上经常在高朗亭家吃晚饭,当晚正好在场。听师傅说让鲁麻子介绍,就说:"鲁叔不会去的,他从不和花谱里的伶人在戏台下有什么接触。"高朗亭说:"对了,我怎么忘了这茬?那怎么办呢?"

苏小三说:"有我啊,我和彩林的一个徒弟熟悉,都是怀宁老乡。"

高朗亭说:"那就这么说好了,明天散戏后,你就带梅灵到彩林的私寓去,他愿教几招就教,不愿意教也不要勉强。"

苏小三说:"我们同为徽班,大家都是老乡,这点面子他们应该会给吧。"

第二天,各大戏园里的戏一散场,正阳门南面的樱桃斜街、李铁拐斜街、韩家潭、百顺胡同、外廊营、陕西巷等街巷里,来来往往的骡车、轿子就疯了一般跑了起来。那些喜欢优童的老斗纷纷到角儿们开的堂子里去赶场子。

四喜班初到京城,伶人们就看出了这一块的商机,一个个争先恐后地开起了堂子。这不,这天还没黑呢,各家堂子门口的灯笼就亮成一片了。

每家堂子门前都挂着一盏角灯,角灯边的墙上,是一方精致的木牌,上书:某某堂。堂子里的消费,一般分三个层次:打茶围、摆酒、摆饭。打茶围又叫串门子、逛堂子,是认认门,喝喝茶,宾主沟通感情,不收钱。摆酒,几碟干果、水果、糖食、冷盘等,但没有热菜,堂子里的相公会陪酒陪聊。凡是请相公出来相陪的,称叫局。这是堂子里最常见的消费方式。叫局原来指出帖子召妓到宴会上侑酒，堂子兴起后，也用来指召优童了。最高级别的消费是摆饭，摆饭有热菜，属于正规的宴席，山珍海味俱全，但收费较高，一次摆饭要数十两银子，不是一般的人能消费得起的。

苏小三带着梅灵和绿荷来到了彩林开的私寓彩云堂。刚到门前，就听见里面人声鼎沸，喝茶的，饮酒的，唱曲的，吵成一团。见有客人来，门童拦住说："对不起，今天堂子客满，请改日再来吧。"苏小三说："我是来找老乡的。"门童将苏小三的老乡叫了出来，他叫瑞云，是一个十四五岁的小旦。

瑞云见是苏小三，指指屋里说："真对不起，今天实在不行，屋里都挤满了，坐的地方都没有，堂子里要预约的。明天吧，明天来早点，我给你们留着位置。"

苏小三见他说的不是假话，就说："行，那就明天吧。"

次日，三人早早来到了彩林的私寓。梅灵一行来得还不是最早的，他们到达彩云堂的时候，已经有几位等在那里了。

有小老乡瑞云的介绍，加上苏小三是三庆班的伶人，三庆与四喜同为徽班，且三庆已先进京多年，先进沙门为长老。有这些关系，彩林自是不敢怠慢，格外热情，答应教梅灵几招。

彩林先给梅灵说戏。

《桃花扇》说的是明末复社文人侯方域与秦淮名妓李香君相恋，马士英、阮大铖愿出资促成二人结合，被李香君怒斥。侯方域题诗于宫扇上，当作定情之物，赠予李香君。阮大铖迫害侯方域，侯被迫投奔正在扬州督师的史可法。明朝灭亡，南明小朝廷成立，马士英、阮大铖掌权后，逼迫李香君嫁给漕督田仰为妾，李坚决不从，以头撞地，血洒宫扇。画家杨文骢将扇上的血迹勾勒出一枝桃花。李香君将这柄桃花扇托人捎与侯方域，表明自己的心迹。明亡后，李、侯二人先后于栖霞山出家。《桃花扇》写的虽是爱情故事，却对当时的马士英、阮大铖弄权，史可法、左良玉抗清，南明小朝廷灭亡等诸多大事都有所反映，是借离合之情抒兴亡之感。

彩林披上了件绿衫，上面绣有几枝桃花，又用一块浅绿色的丝帕拢住头发。

她对梅灵说："我要唱的是第二十三出《寄扇》开头一段，表达的是李香君孤单、胆怯与怨恨的心理。当时，面对漕督田仰的逼婚，李香君的养母李贞丽李代桃僵，代她去了田府。此时，媚香楼里冷冷清清，这是李香君冬日清晨醒来时的一段唱，你听好了啊。"

伴奏者四人，一人司鼓板，一人吹笛，另二人分掌三弦和提琴。乐声响起，彩林像是突然变了一个人，只见他双目低垂，慵懒无力，身子接连晃了几晃，才扶着一把苏椅站稳了。接着，轻启朱唇唱道：

【醉桃源】寒风料峭透冰绡，香炉懒去烧。血痕一缕在眉梢，胭脂红让娇。孤影怯，弱魂飘，春丝命一条。满楼霜月夜迢迢，天明恨不消……

唱毕，彩林说："这段唱，有几个地方要注意了。唱'寒风料峭'一句时，要有冷的感觉，轻微缩下身子，意思到了就行。'血痕'一句，右手指向眉梢，左手有个托肘的动作，但不要挨上。'孤影'一句，自然要望一眼地上，像是在打量自己的影子，透出顾影自怜的意思。'弱魂飘'，慢慢转身一周，有飘零的意思在内。'满楼霜月'句，又要有冷的意思，但这句主要是唱出恨意，特别是唱到恨字时，要有个轻微的切齿动作。冷，怯，恨，都不要太激烈了，要压住，表面上淡淡的，不动声色，四两拨千斤。明白了吗？"

梅灵点了点头说："我懂。"彩林说："好，你跟着我来一遍。"

由于有过那种刻骨铭心的经历，梅灵是一点就通，一学就会。彩林夸道："姑娘是学戏的料子，可惜是个女的，不然，完全可以登台。今晚索性再教几句，二十二出《守楼》，李香君面对田府逼嫁时的一段唱。"

【剔银灯】忙忙地来交聘礼，凶凶地强夺歌妓；对着面一时难回避，执着名别人谁替。

（旦惊介）唬杀奴也！又是那个天杀的？（小旦）还是田仰，又借着相府的势力，硬来娶你。堪悲，青楼薄命，一霎时杨花乱吹。

小旦由瑞云扮演。瑞云在说“硬来娶你”一句时，门外闹哄哄地闯进一群人来，门童挡也挡不住。苏小三一看，为首一人，认识，正是南城一带有名的青皮夏五套，高朗亭曾吃过他的亏。苏小三暗叫不好，这家伙是无事不登三宝殿，肯定是来找碴的。

彩林就像没看到一般，没有受半点影响，苦着脸，字正腔圆地唱完了最后一句“堪悲，青楼薄命，一霎时杨花乱吹”。唱完之后，室内鸦雀无声，倒是夏五套第一个鼓起掌来，他故意擦了擦眼角，说：“徽班就是徽班，这昆曲差点把我的眼泪都唱下来了。”

夏五套的脸一黑，变得比戏台上还快，他指着彩林和梅灵一班人，说道：“你们男男女女，卿卿我我的，成什么体统？”

梅灵说：“说的什么话？我在学戏呢。”

彩林彬彬有礼地说：“几位爷预约过吗？”夏五套说：“怎么，不欢迎吗？这城南都是爷的地盘，爷爱上哪就上哪，还用得着预约吗？”

彩林知道来者不善，对瑞云说：“既然来了，就坐下喝碗茶吧。”

夏五套说：“你们刚才唱的是《桃花扇》，知道吗？这可不是一般的戏，是为明朝鸣不平呢，从康熙爷时候起就是禁戏，谁唱就砍谁的脑袋，是反戏。”夏五套用手掌接连做了好几个砍的动作。

彩林说：“我们在精忠庙报备过的，戏园里也唱好多天了，来看戏的满汉官员都有，没有不夸我们《桃花扇》的。明朝都灭亡一百多年了，阁下反戏的说法，倒是新鲜呢。”

夏五套见这个唱戏的伶牙俐齿，自己不一定说得过他，就端起茶碗，呷了一口，却噗的一声喷了，骂道：“妈的，这叫什么茶啊，一嘴的苦味，比药还要难喝，你们是存心欺负爷不成！”说着，将茶碗重重地甩在桌上，那只碗盖在桌上旋了几个圈，落在地上，发出一声脆响，碎了。

瑞云说："打茶围的茶是免费的，一晚上好多拨客人呢，好茶我们供不起。"

夏五套说："谁说我们打茶围？爷要喝酒听戏，甭管什么玩意儿，都拣好的上，爷有的是钱。"

彩林无奈，只得叫瑞云上了几个果盘，又拿来一壶酒。夏五套几个人围着一张桌子，坐下了。

夏五套连喝了几杯酒，瞧着大家一个个冷冰冰地看着他，说："都瞅着爷干什么！你们接着唱啊！"

还是没有动静。夏五套干咳了一声，说："爷来起个头，今晚咱们好好乐一乐。"夏五套唱道："金粉未消亡，闻得六朝香。满天涯烟草断人肠。怕催花信紧，风风雨雨，误了春光……"

这是侯方域到媚香楼初访李香君时的一段唱，刚唱完，夏五套指着彩林说："接上啊，快接！"

彩林说："没心情。"

"你刚刚不是唱得好好的吗？怎么爷几个来了你就没心情？你不过就是个唱戏的，叫你唱你就要唱，叫你寅时唱你就不能卯时唱，甭跟爷说心情，爷不吃那套，爷现在心情很不好。"

夏五套这么一说，彩林就更没有心情唱了。见彩林半天不动，夏五套指着他的鼻子说："你到底唱还是不唱？"

瑞云见势不妙，从兜里掏出锭银子，走到夏五套身边说："夏爷，今晚主人嗓子有点不舒服，改天行不行？"他将银子塞进夏五套手心，赔着笑脸说，"给几位爷喝茶。"

夏五套将那锭银子嗖的一声砸在地上，说："打发叫花子呢！以为爷是出来要饭的？给我砸！"说着，几个人抄起屁股底下的凳子，劈头盖脸地在室内砸了起来，挨着什么砸什么。只听一阵大呼小叫，客人们一哄而散，苏小三也赶紧拉着梅灵和绿荷溜了。

第二天一早，高朗亭在燕赵茶楼喝早茶时，听见茶客们在议论，说昨晚上有人在陕西巷内砸堂子，奇怪的是，那帮人专砸四喜班伶人的堂子，接连砸了十几家。高朗亭心里有数了，这事情都明摆着，四喜班初来乍到，就在京城里打开了局面，影响了别人的生意，梨园界肯定有人看不惯了，就使黑手找他们的麻烦，三庆班以前吃这样的亏还少吗？他自己差点连命都搭了进去。

上午，高朗亭刚到戏班大下处，管事的洪朴告诉他，说四喜班主和几个角儿来访，班主余老四正在陪客，正等着他呢。客厅里，高朗亭和四喜班班主高丰以及彩林、玉林、凤林等几个角儿见了面。

高丰说："三庆班的各位朋友，四喜班刚到京城，忙着安家落户和唱戏，一直没有前来拜访，还望恕罪。大家都是安庆老乡，我也就不客气了，我们是来求救的。"说着，就将昨天晚上发生的事情简要说了一遍。

余老四说："高班主说的事我今天喝早茶时也有所耳闻，所幸的是，事情还不算严重。"

高丰急了，站了起来说："还不严重吗？好几位角儿被打伤了，今天都无法登台。真没想到这天子脚下竟然还会发生这样的事！"

余老四说："天子脚下怎么了？不是常说灯下黑吗？天子也只有一双眼睛，他能看得过来？"说着，将三庆班刚到京城时，几位伶人突遇车祸、枷号示众、被逼赔酒以及下狱等事择要说了一遍，说得高丰等人一个个目瞪口呆。

高丰挨到余老四身边，说："我们在扬州时，听说三庆班在京城如何红火，一个个羡慕得不得了，巴不得早一天飞到京城，真没想到兄弟们还吃了这些苦，受了许多冤枉罪，我辈实在汗颜。"

高朗亭说："混碗饭吃不容易，在别人的地盘上混碗饭吃，就更加不容易了。最艰难的时候，我也感觉快撑不下去了，也萌生了打退堂鼓的想法，幸亏有大家支持，总算熬过来了。"

余老四说："这个班主我也当累了，早就想让贤了，我还想享几天清福呢。"

高朗亭急了，说："你班主当得好好的，怎么突然说起了这事？快帮四喜班想想办法，不能再让青皮们这么闹下去了。"

余老四说:“我觉得这事不难,首先还是要通过正当途径解决,向巡捕房报案,花点银子,疏通疏通关系,就算不把闹事的逮起来,起码也要保证他们以后不敢再来造次;我们这一方,也要做好应手,你们四喜不是人多吗?建议暗地里把班里的年轻后生,特别是武生组织起来,夜间随时待命。你们四喜伶人的堂子相隔并不远,就在陕西巷周边的几条街上,万一他们再来滋事,及时赶过去,狠狠反揍他们一顿。他们不就七八个人吗?真要把他们打怕了,以后就不敢再来了。”

高丰说:“姜还是老的辣,一席话说得我茅塞顿开,我们先回去准备,过段时间再来答谢。”

余老四说:“大家同在梨园供职,又是安庆老乡,帮点忙完全是应该的,谢字就免了。各位兄弟以后要多加小心,这京城里并不太平呢。”

过了段时间,高朗亭有一次在戏园里偶遇彩林,就问他近期情况怎么样。彩林说:“也活该那个夏五套倒霉,有一次他又到四喜班的堂子里来闹,恰巧在座的有一个御史,那御史见夏五套闹事,就不动声色地离开了,第二天一早就派人把他抓了起来。从此以后,再没有人敢到四喜班伶人的堂子里闹事了。”

高朗亭说:“那就好,毕竟是在京城,客人里藏龙卧虎,一物降一物,胡作非为的人说不定哪天就会碰到钉子。”

一天早晨,高朗亭起床后,泡了一壶老茶,啃着玉凤从茶楼里买回的杠子馍馍。院子里,一棵石榴树上结满了石榴。石牌老家的天井里,也有棵石榴树,年年秋天都会果实满枝。高朗亭走到树前,心里漾起一丝甜意,他拣最大的一个,摘了下来,放在了茶几上。经过整整一个夏天骄阳的炙烤,现在,它熟了。他特别喜欢石榴红,这红来得不易,苍老的表皮上,偏偏生出了如此艳丽的色彩,嫣红嫣红的,流云飞霞一般,美得让人心醉,像花旦的脸,只能仰视。愣愣地盯着那抹霞红,高朗亭感觉自己成了一只鸟儿,披着一身霞光,越飞越高,消失在了红色的云影间。

石榴红是能压得住台的。所谓惊艳,就是如此吧。美能让人无言,天安地静。

只听一阵脚步声,鲁麻子兴冲冲地进了院子,见女婿正瞅着一个石榴发愣,笑着说:"爱婿,一个石榴有什么好看的?"

高朗亭拿起一个杠子馍馍递给他,说:"岳父,我觉得这石榴越看越美,你看这饱满的外形,这精致的蒂,特别是这色彩,简直让人爱不释手。对了,看你这兴致,是又有什么好消息吧?"

"当然了,我一向是无事不登三宝殿。"鲁麻子抠下一块杠子馍馍,在嘴里慢慢嚼着,故意卖起了关子。

"哎,岳父,你倒是说话啊。"高朗亭果然急了。

直到把一个杠子馍馍吃完了,鲁麻子才伸着脖子,打着噎,说:"来杯水。"玉凤从厨下端出了一杯豆汁,嗔怪道:"爸,你就不能吃慢点?"

鲁麻子说:"饿了,昨晚上跟着一班人瞅热闹,没吃晚饭。"

玉凤一撇嘴:"都多大岁数了,还这么喜欢折腾。"

鲁麻子对高朗亭说:"又来了一支徽班。"

高朗亭心头一喜,站了起来:"真的吗?上半年来了个四喜,这才刚入秋呢,又来了支徽班。太好了,这京城的戏园子里啊,眼看着就是咱们徽班的天下了。"

鲁麻子说:"昨晚才来的,在通州下的船,是一支扬州的老戏班子。朗亭你可知道,据说它曾经是两淮盐务总商江春的家班……"

高朗亭的心快速地跳了起来,两手紧紧地抓着鲁麻子的胳膊,大声说:"岳父,这个戏班是不是叫春台班?"

鲁麻子说:"对呀,就是春台班,你知道啊?"

高朗亭一拍大腿:"好啊,春台班终于来了,我盼了好多年了,终于来了,好啊!"高朗亭一边念叨,一边在院子里来来回回地走着。

鲁麻子说:"这是一个老戏班,可据我们昨晚上看来,年长的伶人很少,清一色的小年轻，十二三岁的，十七八岁的，不下百人，走了半条街。班倒是个大班，一群娃娃兵呢，也不知有没有什么绝活。”

高朗亭说：“春台班对我有恩，我们三庆班的杨八官、樊大、刘八等都是这个班出来的；我在扬州时，也搭春台唱过几天戏。我今天什么事也不做了，上午带几个故人先过去拜访。岳父，他们住在哪？”

“没多少路，樱桃斜街，转个弯就到了。”

高朗亭说：“这么近啊，说不定他们知道我们三庆班住在韩家潭，特地选在这附近的。近点好，大家以后有个照应。”

高朗亭叫上了杨八官、樊大、刘八几个，他们都是春台班的故人，在扬州时都被江春视为贵客。听说春台班也进京了，他们一个个自然也是惊喜不已。韩家潭胡同和樱桃斜街在一个叫作堂子胡同的地方交会，像一棵树的两根分叉，转个弯就到了。正阳门外的胡同，蛛网一般密集，横的竖的斜的甚至弯的都有，樱桃斜街就是一条东西向斜着延伸的胡同。

高朗亭几个到了春台班大下处的时候，春台班里的伶人们正忙着布置房子。高朗亭一看，都是大孩子，个个生得俊俏，可一个也不认识，就问郝天秀在哪。孩子们指向东边的一座四合院，原来那里是班主、管事的和角儿们住的地方。

进了院门，只见一个人手里拿着长柄扫帚，在清扫着檐下的蛛网，脸上覆着毛巾，只露出两只眼睛在外面。高朗亭叫道：“郝天秀在吗？”

只见那人一把扯下毛巾，惊叫道：“高朗亭，我们打算收拾好房子再去拜访你们呢，没想到你们倒抢先来了，失礼了失礼了！”此人正是外号“坑死人”的郝天秀。

室内有几个人闻声走了出来。郝天秀一一给他们介绍，班主朱大翠，角儿王锦泉、产百鸣，都是怀宁老乡。

朱大翠说：“在老家石牌，南来北往的人都知道码头上开茶寮的老顾是你师傅，都知道他有个很有名的弟子在京城，给皇帝唱过戏。顾老头现在的名声大得很呢，找他拜师学艺的人挤破了门槛。”

高朗亭说：“哦，那我师傅他还开茶楼吗？”

朱大翠说：“怎么不开？他一边开茶楼，一边教徒弟，我去年春节回去时还跟他学过几招。”

一说到石牌，说到顾师傅，大家心理上就近了。产百鸣说：“朗亭兄，现在京城梨园形势怎么样？我们来得是时候吗？”

“来得正好，四喜班上半年来的，一炮而红。他们脑子灵活，开了许多堂子，比我们三庆班伶人挣得还多。”

朱大翠说：“你这么一说，我就放心了，我担心来迟了呢。”

郝天秀低声说：“也不瞒你，我们也是被逼无奈才来到京师的，我和班主都过了而立之年，这个年龄还来到京师打天下，有些底气不足啊。”

高朗亭说：“怎么说是被逼无奈呢？”

朱大翠说：“自江春总商去世之后，扬州盐业每况愈下，一年不如一年。这两年更惨，大盐商勉强还能撑得住，中小盐商纷纷改行歇业，没有盐商的支持，戏班子还能活吗？只好另谋出路。”

高朗亭说：“没想到事情变成这样，树挪死，人挪活，你们到京城来发展是正确的选择，我们一起好好干，把徽戏唱火，到时还愁没有饭吃不成！”

朱大翠拿出一摞请柬说：“朗亭兄，你今天来得正是时候，我们还有个难题，等着你来帮助解决呢，就算你上午不来，我们一会儿也准备到韩家潭去找你们。”

高朗亭接过那摞请柬，一看，七张，明白了。原来是京师七家大戏园子送来的请柬，七大戏园即三庆园、广和楼、广德楼、庆和园、同乐园、庆乐园、中和园，他们都要在今天晚上宴请春台班伶人。戏园老板请戏班子吃下马饭，是梨园界的风气，很正常。可让人称奇的是，七家戏园都要求在同一天晚上宴请，这可让春台班犯了难。明眼人一看就知，吃下马饭不是目的，背后的意思很明显，吃了哪家的下马饭，自然就要在哪家戏园里首唱，也就是唱打炮戏。京师里的戏迷向来有好新鲜的习惯,新来的戏班子,而且是徽班,自然会受到热捧,这自然是一大笔生意。

高朗亭轻轻拍着请柬说:“你看,我说你们来得正是时候吧?徽班吃香呢,我们是先锋,在京城梨园打出一片天地,你们坐享其成。想当初我们三庆班进京时,接连三天,每餐都是发两个馍馍,莫说有人请下马饭,鬼影子都没有看见一个。现在多好,排着队请。”

郝天秀说:“兄弟,你就别笑话我们了,七家戏园子,我们哪一家都不敢得罪,今后还要仰仗着他们的台子唱戏呢。今晚这个鸿门宴怎么吃?去了一家,明明就是得罪了另外六家。我们初来乍到,不知深浅,这可如何是好?”

朱大翠说:“朗亭兄弟,这七家戏园的老板,和你应该都是熟人,这个难题还只有靠你来解决呢。他们昨天送请柬时,说今天午后就派人来请,你赶紧帮我想个辙,这可不是小事,生意还没开始,就遇上这个大难题。”

高朗亭说:“这是好事,不急,中午我请客,我们再合计合计,总会有办法的。”

朱大翠说:“你们到我春台班的地盘来了,还要帮我们解决难题,就别争了,中午由我们请,你们要是给面子的话,改天再回请,行吗?”

高朗亭见他说得有理,就同意了,几个人就近找了家酒楼,边吃边聊着晚上赴宴的事,怎么也想不出一个妥善的办法。

高朗亭认为,春台班初到京城,登台唱炮戏,自然要挑一家人气最旺的戏园子。用这个标准衡量,七家戏园子,并不是每一家都合适。要说人气最旺,自然非三庆园莫属,庆和园和广德楼紧随其后。至于另外几家,是不宜作为首唱之地的。问题是,这话只能心知肚明,还不能说出口。你敢说哪家戏园子人气不旺?说轻点这是坏人家名誉,说重点是砸人家饭碗,戏园老板说不定立马就跟你翻脸。三庆园和三庆班毕竟是一家的,要是安排到三庆园,明显有偏私的嫌疑。思来想去,高朗亭认为还是庆和园比较好。

自坐到席上,高朗亭就沉默不语,苦思冥想着周全之策。其他人知道他在想办法,也不去打扰他,更不大声喧哗,只管各吃各的饭。结果,大家吃了一顿闷饭，都觉得没甚滋味。

饭吃完了，高朗亭放下碗筷，拍了拍肚子，说："有了。"

大家问他有了什么主意，高朗亭摇了摇头说："天机不可泄露，午时过后你们就知道了。"

刚过午时，七家戏园子老板陆陆续续地来了。朱大翠将他们客客气气地迎进客厅，脸上堆着笑，好茶好水地侍候着，点心摆了一桌子。可老板们哪有心思喝茶？一个个将朱大翠围在中间，有好说的，有歹说的，各人的目的是一样的，要朱大翠答应他们的要求。朱大翠瞅瞅这个，看看那个，低声下气，好话说尽，但就是不表态。

这时，高朗亭假装才从外面进来，朱大翠好不容易从人堆里钻了出来，向高朗亭求救。高朗亭咳嗽了一声，说："我明白了。"他说："各位老板，辛苦了，首先真心感谢京师七大戏园子对咱们徽班的厚爱，这是徽班的荣幸。其次，今天朱班主只能答应你们其中一位的要求，这一位到底是谁，现在还不好确定，因为不管是谁，另外六位都会有意见，都会伤和气。这样争来争去，争到明天也不会有个结果。为了公平合理，在下有个主意，不知各位愿不愿采纳？"七人问道："什么主意？"

高朗亭说："我出三个字谜，你们猜谜底，谁猜得又快又多，今晚春台班就到谁家的戏园子赴宴，其他人也就不要争了，你们同意不同意？"七人想了想说："同意，也只有如此了。"高朗亭说："我提示一下，谜底是戏名，你们都熟悉的。"高朗亭说着，有意无意地朝庆和园的苏老板看了一眼。

高朗亭说："开始了，第一个谜面是，望穿。"

苏老板眼珠子骨碌碌一转，举手说："我知道，《十五贯》。"

其他六个老板只有干瞪眼，都奇怪这家伙反应怎么这么快。其实，高朗亭刚才对苏老板那一望，他就知道有名堂，这些场面上混的人，一个个比鬼还精。高朗亭一说出谜面，他就猜出来了。为什么会那么快呢？因为《十五贯》正是庆和园昨天唱的戏。

高朗亭说："第二个谜面是，百般红紫斗芳菲。"

这个有点难，几个老板都挠着头，怎么也想不出谜底。苏老板又举手说："我知道了，叫《群英会》。"

几个伙计一听，说："对呀，百般红紫斗芳菲不就是《群英会》吗？很简单啊，我们怎么就猜不出来呢？"

高朗亭说："最后一个，也是最容易的一个，谜面只有一个字，婵，千里共婵娟的'婵'。"

高朗亭话音刚落，苏老板大声抢着说："《女起解》。婵，拆开来就是女单，不就是《女起解》吗？"

高朗亭说："各位，对不住了，春台班今晚到庆和园赴宴，不周之处，请多包涵。"

苏老板自是乐不可支，知道是高朗亭暗中帮忙，因为刚才那三个谜底，都是他的戏园最近两天在唱的戏。其他六位老板虽心中不服，却也找不到反驳的理由，只好都回去了。

朱大翠说："朗亭兄，今天你替我解决了一个大难题，回头我要好好谢谢你。"

高朗亭说："天下徽班是一家，谢就免了。"

朱大翠又邀高朗亭晚上一道到庆和园赴宴，高朗亭说什么也不肯，说："下马饭是给刚到的新人吃的，我蹭这个饭没意思，我祝你们打炮戏成功，给我们徽班长脸。"

三天后，春台班果然在庆和园一炮打响，在京城初步站稳了脚跟。春台班伶人中以十几岁的少年居多，唱的又多是徽调"三小戏"（三小即小生、小旦和小丑）。四大徽班齐聚京城之后，道光年间，人们在归纳春台班的特点时，就用了"孩子"二字。四大徽班的特点是：三庆的轴子，四喜的曲子，和春的把子，春台的孩子。轴子指有头有尾的全本大戏；曲子指昆曲；把子指武打戏；孩子就是童伶。不过，年纪轻，不代表功夫就弱，不然，春台班在竞争激烈的京城梨园是不可能站住脚的。

第十五章　接任班主

作为一个戏班,必须不断推出新戏,才能吸引戏迷。要是唱来唱去总是那几台老掉牙的戏,不能给人新鲜感,戏迷就会慢慢流失。然而,要上新戏谈何容易,摆在戏班面前的一个严峻问题就是缺少剧本。那时戏班唱戏,本子都是从上辈艺人那里传下来的,或者是从昆曲那里移植过来的。从三庆班开始,戏班才开始真正编创剧本。鲁麻子创作的《杨门女将》就取得了空前成功。然而编创剧本费时费力,并不是一蹴而就的事。而一个戏班,一年至少要推出几台新戏,剧本荒是每一个戏班都绕不过去的难题。

三庆班有一段日子没推出新戏了,高朗亭有点着急。一天,演完《盗仙草》,他在后台一边卸装,一边琢磨着该上一台新戏了。可上什么戏呢?他的心里也没底。这出《盗仙草》,他也说不清唱过多少回了,自己都感到乏味了,要不是其中有段武戏撑着,估计戏迷也不会有什么兴趣了。

高朗亭脱下戏服,举着双臂活动着身子骨,正好余老四来了,说:“朗亭,感觉怎么样?累吧?”

“累倒是不累,只是这老戏演起来实在不是滋味。”

余老四说:“我看戏迷情绪还好啊,看得很带劲。”

高朗亭说:“班主,三庆班该上一部新戏了,难道非要等到观众‘抽签儿’了,才开始改变吗?”

戏园里看戏时,戏未结束,有少量观众一个一个地离场,称为“抽签儿”,有大量观众离场叫作“起堂”。这都是梨园界的俗话。“抽签儿”和“起堂”都表现了戏迷对某部戏的不满情绪，特别是“起堂”现象，它一旦出现，说明那部戏彻底失败了。

余老四点了点头说：“你说得有理，我何尝不想排新戏？可没有好本子。要不我们找你老岳父再写一部？”

高朗亭咂了咂嘴说：“倒是可以说说。不过，这玩意儿需要时间，上次《杨门女将》前后差不多弄了两年时间，远水解不了近渴，这一时到哪里去找现成的本子呢？”

余老四沉默了一会儿，突然一拍脑袋说：“有了，我有一个梨园旧友，名叫程清，也是安庆老乡，乾隆四十九年（1784），乾隆爷第六次下江南时，他被带进了南府，专门教太监唱戏，赶明儿我去找找他。”余老四压低嗓音说，“要是能有幸弄到宫廷剧本，嘿嘿，那咱三庆班又要大火一把。”

高朗亭有点担心地说：“宫廷里的本子，咱们外面的戏班子能演吗？不会惹什么麻烦吧？”

余老四说：“没事的，我们也改动一下呗，只要不照搬就行。再说，还不知道能不能搞得到呢。”

高朗亭说：“倒是个好点子，值得一试，咱们先请他吃顿饭，套套乡情，席间再说。”

第二天，余老四和高朗亭专程来到内城。南府位于紫禁城南面的一座南花园内。程清很好找，在南院问一问教戏的怀宁程师傅，大多数人都知道。中午，余老四和高朗亭将程清接到了附近的一家酒楼里。余老四和程清是老熟人，高朗亭虽然不认识程清，但程清说在戏园子里看过高朗亭的戏，因为彼此是老乡，又同是伶人，大家见面就格外亲热。

程清说：“咱们徽班了不起啊，不过六七年时间，就在京城梨园界站稳了脚跟，兄弟我羡慕你们。来，我敬你们一杯。”

余老四说：“程兄在南府多好啊，薪俸优厚，衣食无虞。”

“你们不知道，天天教那些太监，把人都教出毛病来了。有几个能唱戏啊？

明明不是唱戏的料，还得赔着小心教着。人家连下面的家伙都割掉了，就是想到宫里来混一碗安逸饭吃，不好好教人家点本事，不是断人生路吗？”

高朗亭说：“你说的还真是那么回事。”

程清说：“我羡慕你们自由，到戏园里唱戏，到达官贵人府上唱堂会，在私寓里开堂子，自己挣钱自己花，不用仰他人鼻息，多好。”

余老四说：“程兄，你这是站着说话不腰疼呢，不是笑话我们吗？在这京城梨园混口饭吃可不容易，你得先把苦啊累啊委屈啊什么的统统都吃饱了，然后才可能捡到点人家的残羹冷炙。”

程清说：“没你说的那么严重吧？”

余老四指着高朗亭说：“我们这些年受的苦还少吗？三天三夜都说不完，不信你问问他。”

程清说：“大家都不容易。不过，有句话我可要说在前面，程某将来有一天要是在这南府待不下去了，就到你们三庆搭班唱戏去，到时你们可别拒绝啊。”

余老四端起一杯酒说：“程兄说笑话了，你这样的角儿，外面的戏班子就是抢也抢不到呢。我们今天来，可是有事相求。”

程清说：“说吧，只要是我程某人能帮得上忙的。”

余老四这才说出借剧本的事。程清说：“我们南府是给宫里唱戏，按规定，本子绝对不准外传。别看只是一个剧本，事情说大可大，说小可小。”他压低嗓音说，“不过，这年把管理明显松了，老皇帝乾隆都八十六岁了，耳聋眼花了，今年都没怎么往宫里传戏；新皇帝嘉庆呢，不像他爹，不怎么喜欢听戏。因此，这南院上上下下整个儿就闲下来了。这样吧，我可以私下借给你们一个本子。”他思忖着，“借什么本子呢？这宫里的本子可多了，有的不适合你们外面唱。”忽然，程清眼前一亮，说，“有了。”

程清说话的时候，余老四和高朗亭的两双眼珠子就在他白净的脸盘上转着，两人被他说得一愣一愣的，两双眼珠子像一惊一乍的兔子，东奔西蹿，直到程清说“有了”，两双眼珠子才停下。两人对视着松了一口气。

程清说："你们等我一会儿，我回府去拿。"

程清很快回来了，从怀里拿出一个蓝布包裹。打开，是一本剧本。程清将它交给了余老四。余老四一看，封面写着三个大字：鸳鸯剑。上面盖着南府的大印。

程清说："我觉得这个本子适合外面的戏班子，它写的是《红楼梦》里尤氏姐妹的故事，重点是尤三姐。戏很好看，我最多只能借给你们十天时间，你们抓紧排，适当做点修改，不要完全跟本子一样。这样，即使以后宫里有人知道你们在戏园里唱这个戏，也不会想到是有人偷借了本子，毕竟《红楼梦》的故事在社会上流传甚广，你们一口咬定是自己改编的就行。"

余老四说："程兄放心，我们一定按你说的做。"

程清说："记住了，最多十天时间，时间一到，没排完也要还我。"

余老四说："一定按时归还，程兄这是给我们三庆班饭吃呢，我们绝对不会让你为难的。"

结账的时候，程清说两位老乡来看望他，理应由他请客，余老四说什么也不依，坚持付了账。拿到了南府的本子，余老四和高朗亭没有抢着回去，而是找了一个僻静之地，蹲在墙根下，迫不及待地将本子大致看了一下。看完后，两人都不说话。过了半天，余老四才问道："朗亭，感觉怎么样？"

"我还没回过神来呢！这个本子写得太好了，不愧是南府。"高朗亭说，"我感觉这个戏要火。"

余老四说："那还等什么？赶快回去连夜排啊！"

在车上，余老四和高朗亭就把这部《鸳鸯剑》的几个主角敲定了。由于借本子的事要严格保密，参演的角儿一定要绝对可靠。否则，不仅会给程清带来麻烦，三庆班也脱不了干系。高朗亭扮尤三姐，沈霞官扮尤二姐，余老四扮贾珍，樊大扮贾琏，杨八官扮尤三姐的情郎柳湘莲。至于其他不重要的小角色，先期照本子排演时可以不必参与，后期再临时指派。

《鸳鸯剑》取材于小说《红楼梦》中尤氏姐妹的故事。贾珍的妻妹尤二姐、尤三姐随母来到贾府拜寿，被贾珍、贾琏看上。尤母被贾琏花言巧语所骗，同意将尤二姐嫁与他做二房。尤二姐天性软弱，寄人篱下，对贾琏只得事事敷衍。尤三姐性情刚烈，贾珍威逼利诱，均遭三姐拒绝。尤三姐钟情于出身卑微的伶人柳湘莲，柳赠鸳鸯宝剑作为订婚信物。不久，贾琏偷娶尤二姐的事被其妻王熙凤知道，王熙凤对尤二姐百般凌辱，二姐万念俱灰，吞金自尽。贾珍为霸占三姐，设计陷害柳湘莲，并散布谣言，说三姐已是他的人。柳湘莲不明真相，找三姐退婚并索回宝剑。三姐为表清白，饮剑自尽。

尤三姐因爱而死，真实感人，这虽是个悲情故事，但非常好看，特别适合戏台演出。加上《红楼梦》小说已在社会上流传很广，等于无形中为这部戏大火做了很好的铺垫，真挚刚烈、敢恨敢爱的尤三姐是戏迷心目中的知音。高朗亭觉得，为了避免与南府的本子雷同，干脆连名字也改了，就叫《红楼二尤》。

几个人关起门来，日夜紧张地排演着。戏班里的人都知道他们在排戏，但都不知道排的到底是一部什么戏。好不容易等他们吃饭或是如厕出来，问排啥戏，一个个都讳莫如深，闭口不谈。这就令人奇怪了，排个戏还有什么保密的呢？问不到名堂，大家也就懒得问了，反正丑媳妇总要见公婆，戏总有上台的一天，不急，很快就会看得到的。

正阳门聚源坊当铺前，一个男子用一件旧风衣包着头，进了当铺。此人正是王府班班主王金官。只见他神容憔悴，胡子拉碴，十分狼狈。王金官站到柜台前，手心里攥着一样东西，放下了，原来是一只金貔貅。王金官说："祖上传下来的东西，当五十两银子，少一两也不成。"

掌柜的拿起貔貅对着亮光仔细看了看，又用指甲在上面狠狠地划了一下。王金官心疼得要命，说："你他妈的轻点，划坏了你赔得起吗？"

掌柜的说："着什么急啊？我还没分寸吗？不划一划怎知道真假？"王金官说："我的东西还会有假？"掌柜的说："那可不一定，来我这忽悠的人多了去了。"

王金官气极了,他重重地拍了一下柜台。掌柜的瞅着他,推了推鼻梁上的眼镜说:“怎么了,还要发脾气？你当不当?”

听到这句话,王金官软了,一家大小等着吃饭,他急着要用钱呢,只好说:“当,不当我和你闹着玩吗?”

掌柜的放下了貔貅,说:“东西是真的,不过做工很粗糙。这样吧,我出三十两。”

“什么,才三十两？我要不是急等钱用,一百两我也不当!”王金官把那只貔貅又攥进了手心里。掌柜的说:“你到底是当还是不当？就是这个价。”

王金官的一双大眼珠子来来回回骨碌碌地转了几圈。掌柜的道:“瞧你这眼珠子转的,应该是个练家子啊。”

一提练家子,王金官就更来气了,戏班子一年也唱不了几台戏,眼看着就要散了,还练家子,这不是哪壶不开提哪壶吗？王金官说:“什么练家子？我啥也不练。别啰唆,三十两就三十两吧。”

掌柜的拿出了三十两银子,王金官抓起来揣进怀里就走。这时,迎面进来一个邋遢的老头,两人差点撞上了,老头说:“哟,这不是王班主吗？戏台上的‘活关公’,你到当铺来干什么?”

王金官说:“哪个是王班主？你认错人了吧?”那老头还要说什么,王金官逃也似的离开了。

王金官刚进大门,二姨太朝芳就把他堵住了,手朝他伸着,冷冷地看着他,也不说话。王金官说:“你要干吗?”朝芳说:“拿来!”王金官说:“你说什么？我不懂。”

朝芳在他身上四处一摸,把腰间的银子摸了出来,喜滋滋地说:“别想打我的马虎眼。”王金官过来抢夺说:“你多少也给我留点吧。”朝芳一边抹眼泪一边说:“这一大家子二十多口人,吃的用的穿的都找我要,我也不想当这个家了,呜呜呜……”王金官除了原配,还娶了两房姨太太,由朝芳当家。朝芳拎着那包银子,奚落说:“就这点银子,能管几天啊！这日子真没法过了。”

王金官说:“那你说怎么办?”

朝芳望着房子后面的花园说:“把花园卖了吧,还能管个一年半载的。”王金官大惊道:“你说什么?把园子卖了?你这个败家的女人,亏你说得出口,没有园子,我到哪转悠去?”

“唉,说出来也不怕人笑掉大牙,这一大家子人都要喝西北风了,还转悠个啥?老王,不是我说你,你要赶紧想个办法,这日子不能再这么过下去了。”

两人说话时,三姨太也出来了,说:“老王,今天又当了啥?小七子这两天老是咳嗽,也不见好,你总得给我几两银子抓药吧!”

朝芳一听三姨太说要银子,一言不发地进屋去了。王金官说:“把你头上那根金钗当了吧,家里实在没什么值钱的东西了。”

“哟,”三姨太一声尖叫,“这可是我娘家陪嫁的东西,你就是要了我的命,我也不会当的。”

王金官哄着说:“你先当了吧,等有钱时,我再给你置全套的首饰。”三姨太望着空空如也的室内说:“这个家,还会有有钱的时候吗?”

王金官说:“叫你当你就当吧,怎么啰嗦个没完?”这时,一个孩子在室内先是激烈地咳嗽着,接着哇的一声哭了起来。三姨太将孩子抱了出来,胳膊上挎着个包裹,说:“我到娘家去了,这个家没法待了!”

王金官陷入了沉思,这日子怎么过成了这样?想当年京腔红火时,他一年三百六十五日,唱戏园子,唱堂会,唱了日场唱夜场,没有一天闲下来。现在倒好,整月整月地不登台,一大家子人都在吃老本。还是朝芳说得对,日子不能这么过下去了,得想个办法,把戏班子搞活了。

导致今天这种局面的原因,王金官认为,完全是徽班抢了他们京班的饭碗,大戏园子里的戏台被徽班占去了,戏迷也被徽班抢走了。现在的问题,要赶紧想个办法,把徽班的势头压下去,这样他们京班才有出头的机会。擒贼先擒王,徽班以三庆班为头,只要把三庆班整倒了,一切就好办了。

王金官决定,晚上请小天喜吃个饭。

小天喜是连喜的徒弟，两人都曾在王金官的王府班搭班，后来连喜搭班三庆，小天喜自然也跟着过去了。王金官不喜欢连喜，觉得他是一个忘恩负义的人。想当年，作为班主，王金官处处捧着他、宠着他，没想到在王府班最艰难的时候，他竟然扬长而去，悄悄加入三庆班，和自己唱起了对台戏。不过，王金官瞅着小天喜倒是很顺眼，这孩子活泛，不像他师傅那般古板，是个可以争取的人，请他吃顿饭，套套近乎，重要的是打听些三庆班的密情，看能不能借机做些文章。

老东家有请，小天喜自然不好推辞。地方选在上档次的百顺酒楼，菜有焦熘羊肉片、炸羊尾、羊肉丁烤馕等。面对着喷香的羊肉，小天喜抽吸着鼻子，感慨地说："老东家，难得你还记得我这个小跑龙套的，还知道我喜欢吃羊肉，叫我小天喜怎么担当得起呢？这顿饭我受之有愧。"

王金官说："瞧你说的，咱们过去是一家人，现在是好兄弟，今天没别的意思，就是请你过来叙叙旧，甭有什么负担，吃好喝好，以后咱们还要经常聚聚。"

小天喜端起一杯酒说："在老东家面前，小的哪敢以兄弟相称？今天我借花献佛，先敬老东家一杯，感谢老东家不计前嫌。"

王金官一口干了，抹了抹嘴说："你师傅去了三庆，你是他的徒弟，当然也跟着去了，我能和你计较吗？老东家也是讲理的人。"小天喜说："那是那是。"他是个鬼机灵的人，知道老东家不会平白无故地请自己吃饭。可是，话题既然说到了三庆，对戏班内部的情况，他还真说不出个所以然来，更不知道老东家想打听些啥，一时怔在那里，不知道怎么接话，只好低头猛吃。

王金官装作漫不经心地问道："高朗亭最近在忙什么？好像有一阵子没见他到戏园里唱戏了。"

小天喜说："这程子他们几个角儿不知从哪里弄来个本子，天天关在房里排戏，谁也不让进，也不知道排的是啥。"这程子就是这阵子，小天喜虽是个外地人，平时说话却喜欢夹杂一两句老北京土话。

"这还真有点奇怪，排个戏弄这么神秘干什么？还没听说过戏班子关在房里排戏的。”王金官说。

“这我就不知道了，不光我不知道，除了那几个参加排演的角儿，整个三庆班的人都不知道。”

王金官一听，就知道其中必有名堂，可一时之间，他也不知道名堂究竟在什么地方。看看小天喜吃得差不多了，王金官拿出一个精致的银盒子，将它推到了小天喜面前，说：“拿去吧。”

小天喜说：“这是什么？”王金官笑着说：“打开看看不就知道了？”小天喜打开盒子一看，是满满一盒金黄色的烟土，正散发着诱人的清香。小天喜吸大烟有年把时间了，可平时吸的都是黑色的粗劣烟土，这种金黄色的高档货尝都没尝过。当下，他激动得一个哆嗦，关上了盒子，说：“老东家，这么贵重的东西我实在不能收。”

“贵重个啥？”王金官把银匣子塞进了小天喜的口袋里说，“老东家的戏班叫王府班，背后有王府的靠山呢，弄点这东西很方便。只要你以后心里向着点老东家，别的不敢说，这东西包够。”

烟土价格不菲，小天喜正吃了上顿愁着下顿，要是天天能吸上这么好的烟土，那就是换作神仙也不干。小天喜说：“老东家，有什么吩咐你尽管说，只要我办得到的，就是豁上这条小命，也在所不惜。”

王金官拍拍他的肩头说：“别说那么严重。”又对着他耳语道，“眼下你帮我打听打听，三庆班那几个角儿到底在排什么戏。还有，他们为什么要关着门排。”

小天喜拍了拍胸脯说：“给我三天时间，这事不难，包在我身上。”

回来后，抽上一阵王金官给的烟土，感觉果然不一样，那真比神仙还要快活。小天喜陷入了沉思，自己在王金官面前夸下海口，要是三天之内不能把这个秘密打听出来，以后要是再想吸上这么好的烟土，恐怕就难了。可是，要解开这个秘密，还真不是一件容易的事。

明的肯定不行，小天喜没有任何机会进入那间排戏房，只有来暗的了。他在室外偷偷观察过几回，余老四、高朗亭、沈霞官、杨八官、樊大五人围着一个剧本，日夜在比画忙活着，真相只有他们五个人清楚。每次排戏结束，高朗亭都会锁上门，戒备森严。小天喜看出来了，问题的关键就在那本剧本身上，这肯定不是一般的戏，不然，为什么要这样偷偷摸摸地排呢？只要将剧本搞到手，一切就明白了。

小天喜和樊大关系还不错，都是好那一口的人，两人平时没少一道泡在烟馆里吞云吐雾。小天喜将王金官送他的烟膏剜出一半，另一半用一只小铜匣子装着。一天，在伙房吃饭时，小天喜找了个机会，他先是将铜匣子递给了樊大。同是瘾君子，都是识货的，见到这等上档次的烟膏，樊大自然乐不可支。小天喜悄悄说："兄弟，打听个事，你们天天关起门来排的是啥戏，能向兄弟透露点不？"没想到，樊大的脸色马上变了，他将那只铜匣子又塞回小天喜手里，一言不发地离开了，留下小天喜像个傻子似的杵在那里，半天没回过神来。

这么好的烟膏都不要，看来，此中必定大有文章。水里的鱼越大，小天喜就越开心，他决心一定要将此事弄个水落石出。

老虎都有打瞌睡的时候，何况人呢？一天晚上，下半夜，三庆班的几个角儿排戏排累了，都回去歇息了。这时，一个人影悄悄地出现在排演室门外。此人正是小天喜，他将脸涂得黑黑的，化装本就是伶人的拿手好戏。他掏出一根银针，七捅八捅就将锁捅开了，然后神不知鬼不觉地溜进了室内。他打开抽屉，拿出一个包裹，解开，果然有一部剧本。他拿出火镰，轻轻划了几下，着了。他看清了上面"鸳鸯剑"三个大字，又看见了下面盖着满、汉两种文字的南府大印。小天喜惊得一抖，手让火镰子烫了一下。他胡乱地将剧本包了起来，迅速退了出去。

次日，小天喜将三庆班偷偷排演南府剧本的消息告诉了王金官。得知真相，王金官如获至宝，三庆班怎么会有南府的剧本？这事实在是太蹊跷了。这个本子是南府的无疑，他们肯定是通过私人渠道偷偷借出来的，南府里教戏唱戏的伶人中安庆人为数不少。私借南府的本子，私排南府的戏，追查起来，就算不被驱回原籍,也够三庆班喝一壶的。王金官又给了小天喜一盒烟膏,叮嘱他不要透露半点风声。然后,王金官大马金刀地坐上轿子,到南府报告去了。

再说高朗亭,他在次日早晨来到排演室照常排戏时,发现放剧本的包裹被人动过了,再检查门锁,又发现上面有细微的划痕。他把情况报告给了余老四,两人一合计,一致认为昨天夜里肯定有人进来过了。幸好剧本没有被拿走,这实在是不幸中的万幸。为避免横生枝节,两人决定,停止排戏,立即将剧本归还给程清。

就在高朗亭揣着剧本准备出门的时候,只见程清神色仓皇地跑来了,一见高朗亭,他说:"抱歉,快将剧本还我,可能消息走漏,一大早,南府管事的公公就前来清查剧本,我找了个借口溜了出来。"高朗亭将剧本还给了程清,说:"本子在此,你先拿回去复命吧,至于其中的原因,日后再慢慢破解了。"

程清匆匆上车走了。归还了剧本之后,余老四和高朗亭都惊魂未定。太险了,差点又是一场风波。余老四说:"本子突然拿走了,戏还没排完呢,这些天大家白折腾了。"

高朗亭说:"拿走了好,没排完更好。"余老四愣愣地望着他,不知他说的是什么意思。高朗亭解释道:"这部戏我们大约排了三分之二,现在本子拿走了,我把岳父请来,请他依照前面的戏把后面三分之一补齐,这样又避免了与南府的本子一模一样,不是一桩好事吗?"

余老四一拍脑袋,说:"对啊,我怎么没想到?你现在就雇辆车,将你岳父请来,让他这阵子吃住都在戏班里,尽快把这台戏弄出来。"

鲁麻子很快被接来了。几位角儿把前面已经排的内容一一说给他听,他很快把后面的部分补齐了,并将前面的内容进行了通俗化,有的地方还进行了演绎。鲁麻子也认为《红楼二尤》的名字比原名《鸳鸯剑》要好,更能突出主旨,也更有吸引力。改后的戏脱胎于南府的本子,但又有很大的不同,让人完全找不到把柄。鲁麻子说:"这台戏会让你们三庆班又火上一把。"

《红楼二尤》首演时,王金官带着一帮南府管事的太监,兴冲冲地来到戏园里，包下了一间官座。看他们的样子，与其说是看戏，不如说是来搜集罪证。结果却让他们傻了眼，三庆班的戏虽说与南府里的本子有相同的地方，但不同的地方更多，有些地方处理得比南府的本子还要好。根据剧情，根本不能断定是排演了南府的本子，自然也无法找三庆班的麻烦。再看看戏的戏迷，完全沉浸在剧情里，高朗亭扮演的尤三姐完全将他们打动了。当尤三姐痛骂贾珍兄弟时，下面叫好声不断；当“她”拔剑自刎，倒在柳湘莲怀中，鲜血染红了“她”的长袍时，戏迷中甚至响起了一阵一阵的抽泣声。王金官和这几个管事的太监都是懂戏的人，连他们也不得不承认，这部《红楼二尤》，无论是本子还是台上伶人的表演，都无可挑剔，好多地方都超过南府里的。看完戏，他们虎着脸，灰溜溜地走了。

《红楼二尤》又火了。戏园里倒还好，反正几家大戏园轮着来，邀请唱堂会的就让人应接不暇了。白天唱不过来，就夜间加场，有时一晚上要赶几场。初冬的一天，三庆应邀到徽商会馆唱堂会。这是一场夹塞的演出，徽商们圆满完成了今年的漕粮运输任务，也赚了些钱，大家的兴致很高，有人就提议唱场堂会乐一下。徽商商会会长胡江春亲自来到三庆班，余老四拗不过，他本就是个讲义气的人，况且三庆班当初进京的时候，得到过商会的很多支持，于是当场就应了下来。

多日连轴转，余老四本来就已疲惫不堪。在徽商会馆唱完堂会，收拾道具的时候，余老四像往常一样，亲自动手，和大家一起忙碌着。高朗亭劝他歇一歇，他也不肯。天下起了雨，会馆地面上的方砖被雨水一浇，像抹了油一般，在和高朗亭抬一只木箱装车时，余老四脚下一滑，摔倒了，箱子也开了，盔头什么的滚了一地。

高朗亭将余老四搀了起来，见他脸色灰暗，情况很不好，就安排了辆骡车，命徒弟苏小三先将班主送回去休息。送走余老四，转过身时，高朗亭发现，好几件盔头道具都漂在水里了，有尤二姐的，也有尤三姐的，三姐的那把鸳鸯剑也泡在水里。高朗亭和搬衣箱的几个伶人浑身都湿透了，冷得直打哆嗦。

第二天、第三天，接连两天，余老四都没来戏班，说是病了。第四天，高朗亭和班里几个角儿一道去看望余老四。到他私寓的时候，见管事的洪朴也在。再看余老四，不过两天时间，人瘦了一圈，脸色乌黑，咳嗽不停，在床上直哼哼。大家以为余老四不过是那天受了凉，没想到病得这么重。高朗亭关切地问道："请大夫来看过了吗？"

余老四点了点头："大夫说腰受了伤，且伤得不轻，看样子还要躺一阵子。戏班里不能一日无主，弟兄们要吃饭，我和老洪刚才合计过了，决定由你暂代班主之职。"

高朗亭只想一心唱戏，听了余老四的话，大惊，说："这怎么行呢？我没那个能力！"虽然以前余老四也说过让他接班之类的话，但他都认为那不过是戏言。

余老四说："我早就看出来了，你行。在我们三庆班这些人里，没有谁比你更合适，我能拿兄弟们的饭碗开玩笑吗？"

高朗亭看了看老洪，意思是叫他替自己说句话，老洪却说："我和班主合计好长时间了，你就接下来吧，我这把老骨头不是还可以帮你一把吗？"

高朗亭说："这……"

他还要推辞，余老四对在场的人说："就这么说定了，从今天起，由高朗亭暂代三庆班主之职，至于要代到哪一天，还要视我的病情而定。"

高朗亭说："那我就暂代一个月吧，老班主，你一定要好起来！"

余老四让高朗亭接任他的班主之职，是深思熟虑之举。目前，在京城梨园界，已有三庆、四喜、春台三大徽班，下一步，还会有更多的徽班进入京城。徽戏和二黄腔正被越来越多的京城百姓所接受，但徽班要想真正在京城站稳脚跟，必须拿下精忠庙会首一职。精忠庙是管京城戏班的，试想一下，怎么能由昆腔或京腔的伶人来管理徽班呢？就像现在的形势，精忠庙明显是处处掣肘，生怕徽班"坐大"。将来，精忠庙会首必须由徽伶来担任，而最佳人选，在余老四看来，非高朗亭莫属。当务之急，是得先让高朗亭担任班主。所以，余老四激流勇退，选择卸任，是明智之举。这场病不过是提供了一个契机而已。

一个月后，余老四仍然没有到戏班报到。其间，包括高朗亭在内，戏班里的人陆陆续续到余老四家中去看望，发现他一直躺在床上，没有下地。看来，高朗亭这班主之职还要继续代下去。

一天，余老四突然派人传话，说他明日上午到大下处宣布重要决定，请全班伶人务必出席。管事的老洪已私下透露了小道消息，说余老四要正式宣布隐退了。

第二天，三庆班的伶人一个不缺地等在大下处。大家满以为余老四已经康复了，可是，他是坐在躺椅上，被家人抬到戏班里的。见老班主一副惨样，加之老洪事前透露的小道消息，大家的眼圈都有些红了。

余老四的身上盖着一件旧大衣，脖子上围着一条麻布围巾，嘴里呼哧呼哧地喘着粗气，胡须上凝着许多小水珠。这一番折腾，可能对他来说，已经感到很吃力了。

躺椅放在院子正中，余老四的目光从大家的脸上一一扫过。他动情地说："自乾隆五十五年(1790)，鄙人受闽浙总督伍拉纳和两淮盐务总商江春所托，率领三庆班进京给乾隆爷贺寿，至今已经七个年头了。七年来，三庆班在京城梨园站稳了脚跟，且形势越来越好。我余老四干了这件大事，这辈子算是值了，余某感谢各位兄弟的支持！今天，我宣布两个重要决定：一是我决定正式隐退，回老家安庆。当然，营生是不会丢的，打算开个科班，教授徒弟，把家乡优秀的人才选送到京城来。二是我宣布由高朗亭正式担任三庆班班主，希望全班伶人大力支持他，大家在京城好好干，将徽戏发扬光大。"

场中响起了抽泣声，接着，抽泣声越来越大。余老四自己也说不下去了，他在躺椅上向大家拱手告别："三庆班的兄弟们，大家好好干，再见！"

刚出门，四喜和春台班的伶人闻讯也围了过来。虽然他们中的大多数人都没有见过余老四，但余老四的大名，他们个个都是知道的。大家长一声短一声地叫着余老板、余班主。余老四泣不成声，向大家一一拱手道别，他大声说："徽班的兄弟们，徽戏就拜托你们了，咱们后会有期！"

嘉庆三年(1798)春,一天,高朗亭正在大下处和老洪说事,一个清秀的少年手里拿着一封信说要找高朗亭班主。一听口音,就知道这个少年是从家乡安庆来的。接过信,高朗亭大喜,信是余老四写来的。

余老四说,他在安庆城中开了一家叫深山堂的科班,推荐来的少年名叫陈金彩,是一棵好苗子,希望高朗亭收他为徒,亲自传艺,好好栽培,则前途不可限量。余老四在信中还说,他去年在徽商会馆中那一跤摔得并不重,腰伤几天后就好了,他早就有了卸任的想法,想过几年清净的日子,为了让高朗亭同意接任班主,才不得不演了一出苦肉计。余老四说,请高朗亭理解他的一片苦心,并原谅他的诈病。

事已至此,高朗亭还能说什么呢?他只有带好三庆班,才能对得起老班主的良苦用心。

第十六章 琴殇

王府班班主王金官好不容易才逮到一个机会，准备找三庆班的麻烦，结果却被他们轻松化解，啥事也没有。事情自然不能就这么算了，没有戏演，他王金官这下半辈子吃什么喝什么？想当年，在戏台上，他曾是威风八面的“活关公”，哪次亮相不是满堂喝彩？用梨园里的话来说，次次都是碰头彩。自打徽班来了之后，他的戏班就每况愈下。现在，大戏园难得给他们京班一次上台的机会，他们只能在一些徽班不去的小戏园、小茶社里混日子，班里人心涣散，这样下去，散伙是迟早的事。

此时，王金官躺在自家四合院的一张躺椅上，闭眼思考着。可是，一阵阵女人哼哼唧唧的声音固执地往他的耳朵眼里钻。他的原配常年患有心痛病，大概是病又犯了。王金官朝她卧室窗户方向吼道：“要死的，你就不能轻点声吗?!”

呻吟声倒是停了，可王金官觉得自己的心好像痛了起来。走麦城的滋味不好受，失了戏台，就是失了城池，所以他现在只能龟缩在家里，不得不听着老婆的哼哼唧唧声。

嘭嘭嘭，外面有人打院门，下手还很重。门仆呢？怎么不去开门？嘭嘭的声音仍在响着，王金官这才想起门仆已被辞退好多天了，因为养不起。他从躺椅上撑起身子，打开了门，一看，原来是几个故人来了，有集庆班班主孙葵官、大成班班主袁成功，还有萃庆、宜庆、大成、保和等京班班主，人人手上都拎着东西。

王金官眼圈一热，这些难兄难弟还记得自己，让他很是感动。袁成功拎着只腊火腿，他将火腿挂到檐下的钩子上，拍了拍手说："有一段时间没见着老班主了，我们兄弟几个商议着来看看。"孙葵官拎着两只泥封的酒坛，是上等的杏花村，他将酒坛放在桌上，问道："家里怎么这么冷清？"言外之意是，怎么连个上茶水的人也没有。

王金官拿出茶碗，自己动手给几个人泡茶，说："几个仆人全都辞退了，养不起。"孙葵官忽然看见院子里通向后花园的门被封死了，惊道："哎，这好好的门，怎么封了呢？"

王金官说："花园卖了，不姓王了。"

几个人陷入了沉默，不能顺着这个话题再说下去了，再说就要碰到痛点了。袁成功说："我的王爷，我们京班不能再这样下去了，你是堂堂的精忠庙会首，就没有一点办法了吗？"

王金官说："你们的戏班子呢？都还在吧？"

孙葵官说："名存实亡，离散伙没有多少路了，有的改行转业，有的到徽班不去的茶楼酒肆里唱唱小曲糊生，这样下去，大家都撑不了多久。"

袁成功说："想当初，各大戏园老板排着队赔着小心等着俺们去唱，服侍不高兴了咱还摆谱拿乔……现在倒好，这种清汤寡水的日子我还真没经历过。"

王金官一直是这些京班班主的主心骨，望着这些难兄难弟一个个都成了霜打的茄子，他的心里很不是滋味。但他是煮烂的鸭子嘴硬，向来都是躺在地上讲狠话，他一拍胸脯说："兄弟们不要着急，他们徽班红不了几天，再撑段时间，就有好戏上演。哼，真到了那一天，他们就会跪下来求咱，求咱赏他们一碗饭吃。哼，真到那时，我王某人绝对不会理他们，你们也不要装菩萨发善心！"

王金官的狂话把几位吓了一跳，都啥时候了，还夸这种不知天高地厚的海口。但是，大家宁愿相信他的假话，听着解气，心里畅快，也许这个老江湖真有什么妙方呢。袁成功说："王爷，你有什么好办法？能给兄弟们透露一二吗？"

王金官眼望苍天，像在戏台上那样捋了捋长胡子，虽然他此时并没有戴髯口，但那一瞬间，他仿佛找到关羽无往不胜的感觉，讳莫如深地说："天机不可泄露。”

众人都朝他抱拳拱手说:“那就拜托老大了!”

王金官又果断有力地挥了一下大手,他仿佛看到了徽班的千军万马正在溃退。他说:“天昏地暗,黑云压城,几番肉搏,战事即将明朗,东吴的那班宵小之辈,又能奈我关云长若何?”

王金官像说戏文一般,让几个京班班主不知真假,瞧他的认真劲,又不像是在开玩笑。孙葵官说:“王爷,那我们就告辞了,兄弟们等着你的好消息。”

王金官用道白的腔调说:“慢走,不送!”

等几个班主走远了,关上大门,王金官又瘫倒在躺椅上,闭上眼睛,脸色苍白,半天一动不动。没有了观众,他才发现自己并不是关羽。

不过,刚才,他确实有点关公附身的感觉,恢复了久违的元气。但那也只是瞬间的事,他还是落魄的王府班班主。他在另外几位京班班主面前夸下海口,说已有了打压徽班的妙策,其实他并没有,不过是说了句大话而已。可话已说出,下一步怎么向他们交代,他是半点底也没有。唉,过一时算一时吧。先把他们带来的火腿吃了,酒喝了再说。原配哼哼唧唧的呻吟声又不合时宜地从内室传了出来,王金官心烦气躁,砰的一声砸了一只茶碗。呻吟声停了,院子里又恢复了死一般的寂静。

嘭嘭嘭,又有人打门。难道是刚才那几个人又回来了?不大可能。王金官只好又去开门,一看,原来是小天喜。

王金官有点不悦,心想你又来干什么?上次的事也没拿三庆班怎么样,当下脸色就有点不大好看。小天喜涎着脸笑道:“老东家,来看看您。”

王金官本不想理他,但一想,也许能从这小子身上找到什么线索,就让他进来了。王金官挺了挺身子,板了脸,硬着嗓子说:“小天喜,最近忙些什么呢?可有什么收获?”

小天喜说:“老东家,上次那货还有吗?能不能给我再弄点?”

王金官说:“你也是识货的人,那种高档货,是说有就有的吗?这年头,想要好东西,是要付出代价的。”

小天喜不吱声了。

王金官发现小天喜腋下夹着把破二胡,也就是胡琴。那时,二胡多是竹制,也称为二黄。小天喜腋下的这把二胡两根弦都断了,各剩下半截吊在上面,王金官不知道他拿这个破玩意儿来干什么,想糊弄他不成?就问道:“你拿把破二胡来干什么?”

没想到,小天喜说:“天机不可泄露。”

王金官笑了,真没想到,这年头,是人是鬼都晓得摆谱了。要是以往,以他的脾气,当场就会将小天喜赶出去。但现在不行,现在上门来的都是朋友,乱发脾气是要付出代价的,他已一无所有,付不起那个代价了,哪怕是些微代价。

王金官从室内拿出一个白色的小瓷罐,放到了茶几正中。王金官说:“你今天要是有什么有用的线索,就把这个拿去。”小天喜的眼睛都绿了,指着二胡,对着王金官一番耳语,王金官听得心花怒放。

王金官拿起那把破二胡,说:“宝贝啊,真是宝贝,是能救我性命的宝贝,能救京班兄弟的宝贝!这真叫天赐神物,天赐神物啊!”

趁王金官又说疯话的当儿,小天喜一把抓起那个白色的小瓷罐,说:“老东家,这个能给我了吧?”说着,也不等王金官表态,揣进怀里就跑。王金官说:“跑啥呢?小心跌倒了,有什么好消息再来告诉我,好货我有的是,老东家不会亏待你的。”

王金官关好院门。他在院子中间站好了,叉开了腿,放声唱道:“绿盖罩定黄金铠,胸中韬略有奇才。军校与爷把马带,夺取长沙把功开……”

特别是唱到最后一个“开”字时,拖腔拖得老长,越拖越洪亮有力,像急促的锣声不绝于耳,一直吼到声嘶力竭。二姨太朝芳闻声从内室走了出来,尖着嗓子说:“哟,王班主,你今儿这是怎么了?把家里当成戏台了吗?吵死了!”

王金官说:“妇人之见,我关老爷不和你一般见识。”

“关老爷?你还真把自己当成关老爷呀,这关老爷总要吃饭吧,快给我上街买米去!”

王金官说:“你别对我凶,我马上就要时来运转了,真到了那一天,你这二姨太能不能继续当下去还很难说,别怪我没提醒过你。”

朝芳砰的一声将一个铜盆砸在地上,吼道:“我早就不想做二姨太了,快买米去!”

王金官收了架势,叹了一口气,先将小天喜带来的那把二胡小心收了起来,然后,拎起米袋出门买米去了,一路上哼着《战长沙》。朝芳望着王金官的背影发愣,不知他今天为什么会突然如此开心。

天黑前,王金官夹着个长布袋,迫不及待地出了门,布袋里装着的就是小天喜白天带来的那把胡琴。王金官坐上了一辆小骡车,一上车,就将车门关得紧紧的。车子直接向内城驰去。

车内,王金官抱着胡琴呆呆地坐着,心事重重,身子随骡车一颠一颠的。他的命运会不会有转机,就看今晚了,就看怀里的这把破胡琴了。

骡车在和府的后门停下了,看门的和王金官很熟,直接让王金官进去了,见到了管家刘全。王金官对刘全说:“小的求见和大人,有要事禀报。”刘全和他也是老熟人,没怎么为难他,还说他今晚运气好,和大人正在书房里会客,让他等着,一会儿给他安排。

差不多等了一个时辰,刘全才通知王金官,说和大人在等着他。王金官抱着布袋,脚不沾地,鞋板子迅疾如风,把刘全落下一大截。进了书房,也没看清和珅在哪,王金官就扑通一声重重地跪下了。

和珅说:“王班主,快起来,大家都是老熟人。”说着,眼光投向王金官手里的布袋,不知道他大晚上的送什么来了。只见王金官打开布袋,从里面拿出一把胡琴,而且还是断了弦的。王金官双手托着胡琴,郑重其事地呈到了和珅面前。

和珅愣道:“你、你这是……”

他的脸色就有点不好看了,这大晚上的,人家都是来送金送银,你王金官送一把破胡琴是什么意思?王金官说:“和大人,小人有要事禀报。”

和珅一把推开胡琴，说：“不就是一把破胡琴吗？你有什么要说的尽快说，本官乏了，要歇息了。”王金官说：“大人，胡琴又叫二黄，是徽班的主要乐器，拉起来鬼哭狼嚎的，像死了人……”

和珅不耐烦地说：“你说的我都知道了。”

王金官说：“大人，这里面还大有玄机呢。”

“不就是一把破胡琴吗？有什么玄机？”

“大人你看，”王金官说：“这胡琴又叫二黄，内弦叫老黄，外弦叫子黄，徽班的伶人都说，老黄结实，子黄易折，那意思就是说，老黄欺了子黄，这子黄恐怕不长久啊。”

“什么老黄子黄的？那又怎样？”和珅有点恼了。

王金官说：“大人，难道您还没有听出这弦外之音吗？他们这是变着法子骂皇上呢。”

“你说什么？”和珅还是没弄明白，这胡琴怎么和皇上扯上关系了？

“哎呀，大人，这二黄不就是指老皇上和子皇上吗？二黄就是二皇。”

和珅捋着胡子想了一下，说：“我有点明白了。”王金官进一步煽风点火道：“嘉庆皇帝三十六岁才登基，老皇帝乾隆虽说是逊位了，但大权还掌握在他手里呢，今年八十七岁了，身体还很结实。上头有个太上皇管事，嘉庆这个皇帝当得有点憋屈。朝内外对此也颇有微词，不过没有谁敢公开说出来罢了。没想到徽班艺人如此大胆，竟然说老黄结实，子黄易折，这是什么意思？不是骂皇上吗？嘉庆这个皇帝本来就当得不是滋味了，竟然还有人敢变着法子咒骂他不长久，这还了得！”

和珅觉得，此事可以借机做点文章。近来，乾隆的身体很不好，毕竟是八十七岁的老人了，还有多大活头？乾隆一辈子信赖自己，要风得风，要雨得雨，他倒是巴不得乾隆多活个十年八年，越长久越好，可现实是残酷的。一朝天子一朝臣，乾隆一死，自己就有可能失宠，甚至遭到清算。所以，现在迫切需要讨好嘉庆，取得他的信任。要是把徽班涉嫌咒骂他的事呈报上去，嘉庆不就记了他一个人情吗？至于徽班，可能就要遭殃了，那也管不得许多了，自古成大事者，向来不拘小节。嘉庆并不怎么喜欢戏，处理几个戏班子，在他眼里，恐怕算不上什么事。

三天后，京城所有戏班子接到通知，各大大小小戏班班主立即到精忠庙听旨。同时，一个惊人的消息在梨园内悄悄传开了，说嘉庆皇帝大怒，要禁花部诸腔了。一时间，梨园界人心惶惶，大家都不知道究竟发生了什么事，说什么的都有，一种恐惧不安的气氛笼罩在京城上空。

高朗亭赶到精忠庙的时候，广场上已站了一大片人。见他来了，四喜班班主高丰和春台班班主朱大翠来到他的面前。朱大翠说："朗亭，怎么才来啊？"高朗亭说："我昨夜唱堂会回来得晚，今早才接到通知，说接旨我哪敢耽搁啊？立即就赶来了，早饭都还没有吃呢。"

高丰凑到他耳边轻声说："听说皇上动真格的了，要禁花部乱弹。"

高朗亭说："不准唱戏，那我们伶人吃什么？这不是把我们往死路上逼吗？"

朱大翠一摊手，说："你们先来的毕竟还有点家底，我们春台来京不久，才打开局面，这倒好，霜打幼苗一场空。"

高朗亭说："事情说不定是假的呢，等会看看旨意再说吧。"

这时，只见内务府管理精忠庙事务衙门堂郎中范骏一班人，簇拥着几个太监，走到了大门口的平台上。为首的一个太监，左手高托着一个明黄色的卷轴，那就是将决定伶人命运的圣旨了。范郎中朝人群扫了一眼，大声地说："各位班主都来了吧？下面就请公公宣旨。"于是，他率先跪了下来，下面的人也紧跟着全跪下了。

太监慢慢打开圣旨，扯着嗓子读道：

奉天承运，皇帝诏曰：元明以来，流传剧本皆系昆、弋两腔，已非古乐正音，但其节奏腔调，犹有五音遗意，即扮演故事，亦有谈忠说孝，尚足以观感劝惩。乃近日倡有乱弹、梆子、弦索、秦腔等戏，声音既属淫靡，其所扮演者，非挟邪媟亵即怪诞悖乱之事，与风俗人心殊有关系。此等腔调，虽起自秦、皖，而各处辗转流传，竞相仿效。即苏州、扬州向习昆腔，近有厌旧喜新，皆以乱弹等腔为新奇可喜，转将素习昆腔抛弃。流风日下，不可不严行禁止。嗣后除昆、弋两腔仍照旧准其演唱，其外乱弹、梆子、弦索、秦腔等戏，概不准再行唱演。所有京城地方，着交和珅严查饬禁，并着传谕江苏、安徽巡抚，苏州织造，两淮盐政一体严行查禁。如再有仍前唱演者，惟该巡抚、盐政、织造是问。钦此。

圣旨中的每一个字，广场上的各位班主都听得清清楚楚。对那些垂垂老矣的昆、弋班子而言，这真是天降甘霖。以王金官为首的六大京班班主，山呼万岁，磕头谢恩，脑袋在方砖上碰得咚咚响，一个个感激涕零。可对众多花部乱弹班班主来说，真可谓字字椎心，这道圣旨，无异于砸了大家的饭碗。

范郎中又大声地说："各位班主都听清楚了吧？圣旨上说得明明白白，除正统的昆、弋腔外，凡是二黄、梆子、弦索、秦腔等所有花部乱弹，概不许演唱，不但京城不许演唱，地方上也不许演唱。乱弹戏用胡琴托腔，最是可恶，蛊惑人心。从今天起，禁乱弹，禁胡琴！凡违禁者，一律治罪，断不宽宥！"

戏分花雅，雅即昆腔，昆腔之外的各种地方声腔统称为花部乱弹。弋阳腔本来也属乱弹之列，可它已经京化，成了京腔，得到官方认可，与昆腔一道被尊为正统。这轮花雅之争，其本质就是通过排斥其他地方声腔，进一步巩固昆腔和京腔在梨园的正统地位。

这时，王金官冲上了台说："皇恩浩荡，作为精忠庙会首，我建议，将圣旨即刻刻碑，立在精忠庙大院内，让京城所有的戏班子永行遵奉！"

范郎中捋了捋胡须，点头赞许："这个主意不错，同意。"王金官说："范郎中，这刻碑的银子，就由我的王府班出了。"说着，两人相视大笑。

高朗亭感觉头脑里一片空白，太监在台上一本正经地宣读着禁令，每个字都散发着杀气，这杀气组成了一股狂飙，向他直冲而来。他惊得连退几步，差一点跌倒在地上。

人群里议论纷纷，昆、弋班班主们笑逐颜开，乱弹班班主们痛心疾首。太监走了，范郎中也走了，笑逐颜开的昆、弋班班主们也走了。高朗亭记得，王金官离开的时候，特地经过他的身边，斜着眼对他淡淡一笑，意味深长。

他赢了。

人都走得差不多了，广场就剩下三家徽班班主了。高丰望着高朗亭和朱大翠说："我们四喜班本来就主打昆腔，影响倒不大，你们三庆和春台咋办？"

朱大翠说："这是要赶我们走呢。"

"走？能走到哪儿去？刚才圣旨里不是说了吗？江苏、安徽一体查禁，就是回到江南，恐怕也没地方唱二黄了。"高朗亭说。

高丰说："你说皇上好好的咋会突然颁发这样一道旨意呢？太让人意外了，也让人想不通，我们这些伶人也没什么地方得罪他啊？"

高朗亭说："你这话应该问皇上去，我们又咋能知道呢？不过，有一点可以肯定，背后必有原因，说不定就是京腔班那帮人使坏，你们没见王金官那个高兴劲吗？"

朱大翠说："对，肯定和他们有关。我们现在怎么办？乱弹是不准唱了，各班的伶人加上家属，都有好几百人，大家等着吃饭呢。"

高朗亭大声地说："我们改！谁敢不遵圣旨啊！唱昆、弋怎么了？难道我们徽班就一定不如他们京班吗？我偏不信这个邪呢！我们就要拼他们拿手的戏，拿手的唱腔！"

"有志气！"高丰夸道，"凭我们徽班的实力，唱什么腔调也不会输给他们。"

"那我们三家徽班就这么说定了，大家都不要走，改唱昆、弋，和他们斗到底。"高朗亭说。然后，三人各伸出右手，三只手紧紧地握在了一起。

回家后，高朗亭唉声叹气的，玉凤就问他发生了什么事。高朗亭把皇上颁发圣旨禁唱乱弹的事说了一遍。玉凤说："早上你慌乱离家，饭都来不及吃，我就预感没有好事。不过，还真没想到，皇上他老人家亲自和咱唱戏的干上了，这是人家的地盘，自古胳膊扭不过大腿，除了乖乖听命，还能咋的？你也不用太焦心，天掉不下来，不是说还能唱昆、弋？就是啥腔也不许唱，咱们就是唱唱小曲，也能活下去；就算小曲也不许唱，你还可以跟俺爹到茶楼里说书去，俺照样过活日子。”

高朗亭说：“玉凤，谢谢你！有你这种心态就行了，我们什么也不怕！”

玉凤说：“这就对了，你怕事，事就越来；你要是不怕事，事自然也就不敢惹你，也惹不着你。”

高朗亭说：“唉，没想到唱戏这碗饭这么难吃。”

“天下哪碗饭容易吃呢？压根就没有好吃的饭。”玉凤说。

高朗亭说：“我知道怎么做了，快给我弄点吃的，我从早上到现在，水还没有喝一口呢。”

胡乱扒了几口饭，高朗亭又匆匆赶往戏班大下处，他要召集所有伶人开会，传达朝廷禁令，商议下一步怎么办。刚到大下处，就见范骏和王金官带着一班巡捕，几乎与他同时到达。

高朗亭问道：“你们来干什么？”

王金官说：“干什么？不是明知故问吗？皇上说了，乱弹中胡琴托腔最是可恶，查禁胡琴是重中之重。你们徽班胡琴恐怕不少吧，快快全部交出来，一把也不能留！”

范郎中的话倒是委婉些，但也透着不容商量的严厉，他说：“高班主，这是圣上旨意，我们是按旨办事，还望体谅我等苦衷。”

还能说什么呢？人家是打着皇上的旗号来的。高朗亭说：“范大人，你放心，我三庆班不会让你为难的，你们尽管搜查好了，所有的胡琴一把不留，你们都带走吧。”

范骏拍了拍他的肩膀说：“有你这种态度我就放心了。”

王金官一挥手，巡捕们冲进三庆班放衣箱的屋子，将所有的衣箱全打开了，胡乱一番扒拉，戏服盔头道具扔得满屋都是。杨八官、沈霞官、金双凤、樊大、刘八几个角儿气不过，要过去和他们理论，被高朗亭阻止了，说："反正今后也用不着胡琴了，让他们尽管搜好了，免得生出事端。"

琴师单琴言和单琴衣兄弟站在檐下，抱着双臂，冷冷地看着王金官吆五喝六地指挥着手下到处找寻胡琴。每找出一把，就拿到院子正中，两手死死地握住琴头，就像掐住了蛇的七寸一般，对着那里摆放着的石头盆景，将琴举得高高的，嗨的一声，声起手落，琴被砸得粉碎，丝弦撞在石头上，发出绝望的声响，比人垂死的叫喊声还要凄厉。一把胡琴碎了，单氏兄弟的心也跟着碎了一回。一会儿的工夫，几个乐器箱里的十几把胡琴就被砸了个精光。院子里一片狼藉，全是胡琴的残肢碎片。那些断了的弦，吊在弦轴上，再没有半点生气。

衣箱都翻过好几遍了，再也找不出一把胡琴来了。单琴言剜了王金官一眼，冷冷地说："王班主，砸得差不多了吧？瞧你今天这气势，把戏台上《战长沙》里的关公都盖了。"

王金官习惯性地在前胸捋了一把，虽然他今天并没有戴髯口，发出一阵爽朗的长笑，说："长沙算个啥？区区一座小城，何足道哉？我王某人现在拿下的可是京城梨园，你说我痛快不痛快！"

单琴言装作大惊的样子："哦，你王班主拿下了京城的梨园，这是什么时候的事？你以为我们徽班不唱乱弹诸腔，就一定唱不过你们？哼，是战长沙还是走麦城，输赢未分，还不好说呢！"

范郎中见他们争了起来，要是继续这样争下去，大家面子上恐怕都不好看，就装和事佬说："王班主，大家都少说一句吧，三庆班的胡琴也砸完了，我们走吧，换一家徽班。"

"慢！"王金官说道，"到其他房间再仔细找找，三庆班今天是一把胡琴也不能留。"说着，他指挥着巡捕挨个房间搜查。

忽然，一个巡捕大叫道："这儿还有一把胡琴！"

单琴言的心提到了嗓子眼。这把胡琴是他师傅的遗物，是师傅生前亲手制作的，他平时根本舍不得用，睡觉时都放在床头。范郎中和王金官一行来得太突然,他根本来不及藏起来。

王金官的脸上露出得意的神色,对范郎中说:“我说还有吧?”

“放下!”单琴言大吼道。他平时在戏班里只管专心拉琴,向来沉默寡言,就是三庆班的人,一年也见不着他说几句话。他今天发这么大脾气,这在进三庆以来,还是第一次。

单琴言说:“放下我的琴!”

王金官冲到了他的面前,说:“你好大的胆子,竟然敢抗旨不遵,你想过后果没有?难道是活腻了?”

单琴衣帮他的哥哥解释道:“这是我们师傅留下来的唯一遗物,不是一般的胡琴,平时根本不用,就是留个念想而已。”

王金官说:“那也不行,只要是胡琴,就要查禁,就要砸碎!”

单琴言见师傅的遗物被拿了出来,那种感觉,就好像是有人要夺走他的孩子。他的师傅是一个四处要饭的民间艺人,一只眼瞎了,拉得一手好胡琴,且能拉能唱。单琴言是个孤儿,是师傅一手带大的,说是师徒,其实情同父子。看到这把琴,单琴言就会想起师傅,想起他带着自己走村串巷四处乞讨的情景,想起师傅手把手地教他如何拉琴……这把老琴,是师傅留给他的唯一遗物,他怎么能让人给砸了呢?那无异于要他的命。可是,圣旨不可违,范郎中、王金官这帮人又紧追不舍,这可怎么办?

单琴言脸色苍白,眼里露出可怜巴巴的神色,他还从来没有这么绝望过。就是吃了上顿没下顿,甚至,就是师傅去世时,他都没有现在这么绝望。

单琴言知道这把琴今天恐怕是难逃一劫了。他说:“范郎中,王班主,这样吧,我退一步,你们的目的是不允许再拉胡琴,我把这胡琴的两根弦拿了,这把琴也就报废了,求求你们,就给我留个琴身,行不行?”

不等范郎中表态,王金官瞪着眼说道:“那怎么行?斩草要除根,等我们一走,你要是再弄两根琴弦装上去咋办?”

“我单琴言从来说一算一,一口唾沫一个钉。”

高朗亭见状也劝阻说："王班主，得饶人处且饶人，人家都答应不拉琴了，你何必还要撵着不放，给人留一条活路吧！"

王金官说："别费口舌了，说得再多也是白搭，给我闪开，我现在就彻底断了你们的念想！"说着，王金官将挡在他面前的单琴言推到一边，举着那把老琴，走到石雕前，高高扬起，死命地砸了下去。

"啊！"单琴言发出一声惨叫。琴碎了。一根断弦飞了起来，在空中跳了几跳，不愧是旧物，像识人似的，竟然落到了单琴言的脖子上。

单琴言瘫倒在地上，嘴里喃喃地说："我再也不拉琴了，再也拉不着琴了……"

院子里的柴堆边有一把砍刀，单琴言的目光慢慢移动，落在了砍刀上。他木然地走过去，拿起了刀子。范郎中和王金官大叫道："快拦住他！姓单的要行凶杀人！"

可是，已经来不及了。不过，单琴言没有杀任何人，只见他举起砍刀，对准自己的左手，手起刀落，硬生生地将自己的五个手指砍了下来。

高朗亭一把夺下他手中的刀子，抱着他大哭，说："兄弟，你这是何苦啊，不拉琴也不要命啊，你为什么非要跟自己过不去？"

单琴言右手捏着光秃秃的左掌，断指处在不断地滴血。他汗如雨下，身子不停地哆嗦着，说："师傅的遗物没了，怎能没有陪葬的？反正我今后也不用拉琴了，这双手还要它何用呢？"说着，站立不稳，倒在了高朗亭的身上。

高朗亭说："快，快请郎中来救治！"

范郎中和王金官本以为单琴言要找他们的麻烦，没想到他砍下了自己的五根手指，两人不约而同地松了一口气。可出了这等事，倒也是他们始料未及的。王金官悻悻地说："不过是一把胡琴而已，这位单兄，何苦如此呢？和自己过不去。"范郎中对高朗亭说："高班主，救人要紧，我等告辞了。"说着，带着一帮巡捕狼狈而去。

院子里一片混乱，一地的胡琴碎片，外加单琴言五根血淋淋的手指。单琴衣拿来了琴盒,将单琴言那把老琴的碎片一一捡拾起来。老琴是木质的,因年代久远,色泽灰暗,经过一番找寻,那把碎了的胡琴竟然被拼了起来,虽不完整,倒也被拼了个七七八八。收拾好碎片,单琴衣又将哥哥的五根手指捡了起来,小心擦去上面的血迹,和琴的碎片放到了一起。单琴言刚才的话说得很明白,显然是要将他的五根手指和这把琴一起葬了。

单琴衣将琴盒小心地放到了哥哥的床头。三庆班的伶人们在院子里站成一排,对着琴盒,恭恭敬敬地鞠了一躬。

第十七章 禁戏

从此,三庆班只能唱昆腔和京腔。这两种正统腔调,三庆班本来也有的,但并不是班里的主要声腔,三庆班虽说是诸腔俱备,但日常演出,还是以二黄腔为主。经过徽班几年来的倡导和普及,二黄腔已被京城戏迷所广泛接受。久而久之,徽班甚至成了二黄腔的代名词。现在好了,一纸诏令,让他们几年的努力付诸东流,今后只能唱昆腔和京腔了。禁胡琴之后,徽班唱戏改用笛子伴奏。如此一来,戏迷的兴趣大减,戏园里的上座率就比以往低了一截儿,戏班子半死不活的,只能说勉强维持生存。

单琴言自残五指,经过治疗,伤口倒是恢复了,人也无大碍,只是这只左手从此就残了,只剩下一只秃掌。别人都觉得可惜,单琴言倒无所谓。他也由此改行,从拉琴改为敲板鼓,他用一只手敲鼓,倒也并不比别的鼓师两只手来得慢。

嘉庆四年(1799)正月的一天晚上,高朗亭服侍着玉凤刚躺下。玉凤已怀了孩子,高朗亭就要当爹了,他感觉肩上的压力更重了。他来到院子里,正准备练一会儿功,忽然,听见有人敲门。开门一看,原来是梅灵和绿荷来了。两人背着好几个包裹,惊恐不安,不停地望着身后,好像有鬼跟来了一般。高朗亭大惊,一边将她俩迎进屋里,一边问道:“梅灵,发生什么事了?你们不会是被和府赶出来了吧?”

梅灵示意他不要吱声。关上院门,她才松了一口气,不停地拍着胸脯说:“吓死我了,真吓死我了!”绿荷也说:“小姐,我也要被吓死了!”

"你们倒是说话啊，急死我了。"高朗亭问道，他预感到肯定发生了什么大事，梅灵是大家闺秀，从来就没这么慌乱过。进京这些年，常常是平地起波澜，高朗亭算是被吓怕了。

梅灵说："老皇帝崩了。"

高朗亭瞪着眼睛，张开的嘴半天合不拢。乾隆崩了，这当然是大事。突然从梅灵嘴里听到这个消息，除了惊奇，他还是有几分伤感的。毕竟，当初三庆班进京，就是为他贺寿献艺。可是，高朗亭又不明白，乾隆崩了，和梅灵有什么关系？她为什么会离开和府，而且还这么慌乱？

梅灵像是看出了高朗亭的疑问，她说："老皇帝昨天崩了，和珅被留在宫里守灵，不让回来，也联系不上。苏卿怜说她有一种不祥的预感，给了我一笔钱，让我收拾东西赶紧出府。"

苏卿怜是和珅的爱妾，也是梅灵的主子，她说的不祥的预感，可能是嘉庆要对和珅动手了。和珅是乾隆的宠臣，一人之下，万人之上，把持朝政几十年，敛财无数。乾隆死了，他没有了倚仗，被嘉庆问罪也是情理之中的事。

要是乾隆真的驾崩了，按规矩梨园界肯定要禁戏。皇帝、皇太后死了，叫国丧。国丧期在清朝，同治以前为六十天，同治后延长为一百日。国丧期间，不许宴会，不许娱乐，不许动响器，就是街上卖糖的小锣都不许敲了，全国的梨园界都要停演。六十天之后，伶人才可以穿便衣上台，但不许穿戏服，不许戴行头，名为说白清唱。大小锣、堂鼓仍在禁止之列，但戏台上又不能没有司鼓，可以轻声打打小鼓，但不能使劲打；至于锣，只能以口代之。因此，但凡国丧，是梨园界最怕的事，伶人要么到茶楼里唱清音桌糊口，要么改弦易辙，另谋生计。即使六十天后戏园开放，因为没有戏服，没有伴奏，算不得正规演出，戏迷也提不起兴趣，戏园子里生意清淡，几个月都难以恢复，伶人们糊口都难。

果然，第二天上午，内务府管戏的范郎中向梨园界传达了嘉庆皇帝旨意，老皇帝宾天，国丧期间，梨园界依例禁戏六十天，京城禁动一切响器云云。乾隆死后的第三天，一个更加令人震惊的消息传遍了京城，乾隆的宠臣和珅被赐死，和府被查抄。

和府被抄的当天晚上，三庆班管事洪朴，加上几个角儿杨八官、沈霞官、金双凤、樊大、刘八等人，聚到了高朗亭家的院子里，商议下一步怎么办。鲁麻子和梅灵也来了。大家都知道发生了什么事，也知道不能唱戏了，一个个神色严峻，只有梅灵笑嘻嘻的，像啥事也没有。鲁麻子说："这个丫头，二十多岁了，一天到晚嘻嘻哈哈，也不找个人家，要不要鲁叔我替你做个媒？"梅灵悄悄拈了鲁麻子的几根胡子，用力一扯，鲁麻子痛得一咧嘴，说："你这个鬼丫头，我鲁麻子是关心你呢，你倒好，把好心当成驴肝肺。"

梅灵倒背着双手，笑着说："你这个糟老头子，一天到晚就知道说假话，从来只说不做，倒是早早地把自己的女儿嫁了个好角儿。"

梅灵的话逗得哄堂大笑，连玉凤都跟着笑了。这一老一少这么一闹，屋里的气氛马上就不一样了。高朗亭暗暗佩服梅灵聪明，她肯定见一个个绷着脸，才故意逗大家一乐。

高朗亭对梅灵说："幸亏你的主子苏卿怜怜惜你，提前将你打发了出来，不然，现在说不定在啥地方受罪呢。"

梅灵说："白天我到和府去看了，和府上下几百号人，全被押上了囚车，听说要流放到宁古塔。"

高朗亭问道："你看到苏卿怜了吗？"

梅灵沮丧地摇了摇头。覆巢之下，焉有完卵？苏卿怜能去哪儿呢？就像她此前被人悄悄地送进和府一样，说不定又悄悄地被送进了哪位高官的后院。红颜薄命，大抵如此。

高朗亭说："你要记着人家的恩。"

梅灵含泪点了点头。见自己的主人哭了，绿荷冲了上来，对高朗亭说："你看，好好的你提什么苏卿怜，惹我们家小姐伤心。我们是什么人，要你说吗？小姐早请人画了苏卿怜的画像，在家里挂着，早晚上香呢。"

高朗亭尴尬地笑了笑说："人家还没死呢，上什么香啊？"

绿荷振振有词地说："没死也要供着，碍你什么事啊？"

梅灵说："绿荷，怎么说话呢！"她又转向鲁麻子说，"鲁叔，和你说件正经事，你看我这个丫头，跟了我好多年了，情同姊妹，虽说有一万个舍不得，但也不能耽搁了人家的终身大事，你替我好好寻户人家。"绿荷羞红了脸，说："我哪也不去，就侍奉小姐。"

鲁麻子抽了口旱烟，眯着眼打量着主仆二人说："行，行，我这老头子肩上的担子还不轻呢。"众人又笑了。

洪朴说："议了终身大事，该议议吃饭的事了。三庆班一百多号人呢，还不包括家属，都等着吃饭，接下来怎么办？"

高朗亭说："说起来我们还是要感谢苏卿怜，幸亏她提前打发梅灵出来，让我们知道了信号，提前做了些准备。按梨园界的经验，国丧期间，伶人们要么到茶楼去唱清音桌，要么去另谋职业。我们这些人，除了唱戏，别的啥也不会，要说拉车推磨啥的咱们也吃不了那个苦。整个正阳门一带，大的茶楼也就七八家，我昨天就已经和最大的三家茶楼即正阳门茶楼、吴越茶楼和清心茶馆谈过了，听说我们三庆班要来，老板们都很高兴，我让他们在各自的茶楼中央搭个简易木台，从明天开始，由我、沈霞官和金双凤各带一班人，去唱清音桌。"

所谓清音桌，就是在茶楼里临时搭建的木台上摆张八仙桌，伶人不穿戏服，也不涂脂粉，没有伴奏，完全清唱。听戏的来了，茶楼里收点茶水钱，茶资比普通茶楼里高，但比戏园子里还是要低得多。

洪朴说："幸亏班主先行一步，和三家大茶楼签下了协议，而且是二八分成，我们八他们二，不过是象征性地收点场租。这京城里叫得上名号的戏班子少说也有上百家，场地有限，僧多粥少，眼下不知道急成什么样子呢。"

沈霞官说："唱清音桌虽然收入少点，但好歹还有口饭吃，挨过国丧期就好了。"

双凤说："凭我们三庆班的名声，还有唱堂会一条路子，多少也会有些收入。"

高朗亭说:“千万别指望堂会,国丧刚刚开始,那些当官的、有钱的都是精明人,不会在这节骨眼上找乐子。再说,戏服不让穿,锣鼓不让敲,那还叫戏吗?有多少人愿意请这样的堂会?”

双凤咂咂嘴说:“也是,我倒是没想到这茬。”

高朗亭说:“大家从今天开始就要过苦日子,有家属的,做做疏导工作,尽量动员他们出去找点活干,靠唱清音桌养不了家,我很担心大家日子过不下去。”

洪管事说:“班主说得有理,我晚上回去就劝老伴进城找活干,大不了给有钱人家洗衣服去。”

鲁麻子吧嗒着旱烟说:“国丧我也经历过,不用太担心,都有胳膊有腿的,只要肯吃苦,还愁没有饭吃不成?”

洪管事说:“就是,来,我们把人分一分,分成三组,等茶楼里的戏台子搭好了,咱就开始进茶楼。”

鲁麻子望着梅灵说:“大家都有事了,你咋办?喝西北风吗?”没想到,梅灵一把拽住他的胳膊说:“鲁叔,你就带着我吧,到你的场子和悦茶楼里去唱戏。”

“你会唱戏?”鲁麻子像不认识似的瞪着梅灵。梅灵说:“会,不但我会,绿荷也会呢。”

鲁麻子说:“别骗我,谁教你的?你师傅是谁?”

“说出来吓死你。”梅灵嘟着嘴说。绿荷抢过话头说:“我们家小姐,那可是师出名门,她的师傅是四喜班的名角彩林,还有苏州名媛苏卿怜。”

这两个人鲁麻子当然都知道,见绿荷不像是撒谎,他点了点头说:“好吧,不过,从明天开始,你们可要叫我师傅。”

绿荷一撇嘴:“你这么老,这么难看,还要我们叫你师傅?”

鲁麻子说:“我对那些茶客说,我收了两个女徒弟,下面由她们来给大家表演一段。不然你们跟在我老头子后面算什么?爱叫不叫,随你们吧,我还懒得收呢。”

梅灵说:“行,我们叫。”说着,拉着绿荷,两人一拱手,弯腰齐道:“师傅在上,弟子梅灵、绿荷有礼了！”鲁麻子心里乐得不行，对玉凤说：“女儿，给我开壶酒，我要庆祝庆祝。”

王府班班主王金官郁闷极了。他费尽周折，好不容易通过和珅，让嘉庆颁布了一道圣旨，禁唱花部诸腔，而昆、弋二腔获得特许，擅唱花腔的徽班从此抬不起头来。眼看着六大京班在各大戏园子里又活跃起来，他的收入自然也跟着增加，现在进门出门又坐上了骡车。可哪里想到，这滋润的日子才享受了几个月呢，乾隆突然死了。老皇帝死了他并不关心，问题是国丧断了他的财路。还有和珅也死了，他王金官的靠山也没了。倒霉的事一桩接着一桩，真是人算不如天算。

没办法，只有唱清音桌了。王金官先是来到正阳门茶楼。这家茶楼位置好，处于南来北往的中心，地方大，座位多，每天茶客盈门。茶楼的老板姓贺，王金官也认识。一进门，只见贺老板正领着几个伙计在茶楼中央搭台子呢。王金官一看，乐了，这个台子不正是给戏班子搭的吗？看来他来得正是时候。

贺老板见王金官来了，拱手迎道：“哟，王班主，欢迎光临。”又朝柜台内叫道，“快沏一壶上等的碧螺春来。”

“茶就免了，贺老板，我是来和你商量正事的。”说着，王金官打量着茶楼中央的戏台。戏台一尺来高，木板铺成，伙计们正往上面铺着一块红色的毯子，这基本上就是弄好了。

贺老板见王金官打量着他新搭建的戏台，一时语塞：“这……”

王金官的意思，巴不得贺老板主动邀请他的王府班进茶楼唱戏，这样他还可以趁机端端架子。可这家伙看着自己一个劲地说“这这这”，把王金官都急死了。王金官说：“贺老板，我的意思你还不明白吗？我们王府班要到你的茶楼来唱清音桌……”

王金官的话未说完，贺老板就朝他扬起双手，示意他不要再说下去了。他说：“王班主，我倒是非常愿意和你合作，不过非常抱歉，有人已比你先行一步，明天就要进场了。”

“谁这么快?”王金官急了。

“我也不瞒你,是三庆班高朗亭。”

一听到这三个字,王金官感觉嘴里就像被人塞进了一只苍蝇。不过,他还要争取一下。他朝地上吐了口唾沫,说:“我们王府班唱的可是正宗京腔,那些个徽班哪里懂戏啊,一个个都是野路子,只会瞎嚷嚷,到时怕影响你茶楼的生意。”

“不好意思,王班主,我已答应了人家,不能反悔,生意人讲的就是个信誉。”王金官噌地站了起来,说:“既然如此,告辞!”贺老板赔着笑脸说:“王班主,这碧螺春刚沏开呢,喝杯茶再走不迟。”

王金官头也不回地走远了,三庆班明天就要进场,这次又被高朗亭抢了先机,他哪里还有心思喝茶?接着,王金官又来到吴越茶楼和清心茶馆,让他大跌眼镜的是,同正阳门茶楼一样,他又连续被人家婉拒了。

这真是奇怪了,难道他三庆班要把这京城里的茶楼全包下不成?这个高朗亭,胃口也太大了吧。王金官心里的那个恨呀,真恨不得一把火将这三家茶楼全烧了,让他三庆班他娘的唱去。

但唱清音桌没茶楼不行,王金官只好硬着头皮向下一家茶楼赶去。好在终于顺利谈妥了一家,名叫珠玉茶楼,规模比那三家都小,没有办法,只有将就着唱了,怪只怪高朗亭捷足先登。

第一次唱清音桌,高朗亭很不习惯。没有戏服,没有锣鼓,只用一块牙板掌握节拍。没有伴奏,对伶人的要求就更高了,演唱中哪怕任何一点细微的瑕疵,都会暴露无遗。好在徽班的伶人一个个都经过千锤百炼,无论是文戏还是武戏,基本功都很扎实。虽然不习惯,但茶客们的热情很高,茶楼里的人比平时多了几倍。对茶客们来说,三庆班的这些角儿,平时唱戏都在戏园里,高高在上,难得一见。而且戏园里的座儿钱很高,条件一般的人,一年能看上几场戏就很不错了。现在,这些角儿以白菜价唱清音桌,而且和他们挨得这么近,这让那些平时看不起戏的人怎能不高兴呢?还计较什么戏服和伴奏?所以,三庆班唱清音桌的茶楼，都是人气爆棚，挤得水泄不通。几天唱下来，收入还不错，虽然比在戏园里挣得要少得多，但管家里吃饭和日常开销还是没问题的。

要是就这样顺利度过国丧期倒也挺好，可是，春荒来了。

高朗亭发现，街上的乞丐突然多了起来，一拨接着一拨，成群结队，拖儿带女，一个个面黄肌瘦。高朗亭他们在唱戏的时候，茶馆外面都围满了乞丐。不过，他们不是来听戏的，而是来要饭的。这势必影响了茶客们看戏，贺老板专门安排两个伙计驱赶，可赶走这拨，那拨又来了，怎么也赶不尽。

高朗亭一打听，原来是去年京畿保定、永平、河间等府遭遇旱灾，大半年没下雨，赤地千里，家家颗粒无收。这不，刚开春，就闹春荒了，他们只好成群结队地到京城里要饭。几十万灾民拥进京城，街头的乞丐不多才怪呢。朝廷有旨，流民不许进入内城，大量流民只有待在外城行乞。外城居民就算再慷慨，也应付不了这么多流民，流民在街巷里撵着行人索讨。一时间，闹得居民都不敢轻易上街。这种状况一时还无法改变。而且，逃往京城的灾民数量每天还在增加。

灾民们都在眼巴巴地望着朝廷赈灾，可朝廷的动作哪有那么迅速呢？

一天上午，高朗亭和徒弟陈金彩到城外办事，没想到，一出城门，他俩就被成群的流民堵住了。大批手持刀枪的士卒在驱赶，可哪里驱赶得了呢？好不容易来到城外，高朗亭大吃一惊，只见道路两边已搭满了无数大大小小的草棚子，一间挨着一间，一眼望不到头。这里就是灾民的临时住所。

来到了一个集上，忽然，高朗亭听到一群孩子的哭闹声。走几步过去一看，一群孩子，起码有三四十个，大多是女孩子，大的十来岁，小的只有四五岁，一个个衣衫褴褛，头上都插着一根草标，每个孩子的旁边都站着一个大人。高朗亭惊得一哆嗦，这不是人口市场吗？看着眼前的情景，想到自己还未出世的孩子，高朗亭的心痛了。要不是实在走投无路，哪个父母舍得卖自己的儿女呢！

这时，只见两个衣着光鲜、头戴瓜皮帽、绅士模样的汉子出现了，一长一少。年长的那个骨瘦如柴，手里拿着把绸扇，只见他用扇子拨拉着，朝那些插着草标的孩子们喊道:“男娃子全站到这边来!”

高朗亭一看,这个年长的正是青皮夏五套,这家伙几年前在四喜班伶人开的堂子里闹事,被一个御史关进了大牢,不知什么时候又出来了。再看站在他身边的年轻人,高朗亭吓了一跳,认识,正是曾在三庆班跑龙套的小天喜。不过,这个小天喜早已从三庆班不辞而别,也不知道干啥营生去了,他这不是跟夏五套做起了人贩子吗?这时,陈金彩也认出了小天喜,眼睛瞪得老大,高朗亭赶紧将他拉到一边,他们要看看他俩到底要干啥。

一个老汉问夏五套说:“这位先生,请问你买回去是做儿子养老送终吗?打算买几个?”

夏五套将扇子在手心里轻轻敲打着,将老头上上下下打量了一番,说:“做儿子?想得美呢,本人是受人所托,前来收购,至于用途嘛,告诉你们也无妨,是送到宫里当太监。”说完,和小天喜相视发出一阵怪笑。

老汉大惊:“谁去做那营生,不卖!”

陈金彩实在看不过去,骂了一句:“断子绝孙的东西。”

小天喜说:“真是乡下人,鼠目寸光,当太监多好啊,侍候皇上,光宗耀祖,多少公卿大臣都要送银子巴结。多好的营生,多少人想干还干不上呢!”

夏五套说:“一口价,十岁以上的,十五两;十岁以下的,十两。愿意卖的利索点,爷没工夫和你们磨叽。”有人问:“爷,收女娃子不?”夏五套说:“等明天吧,明天全收女娃子。”

突然,就是刚才和小天喜说话的老汉,一声大叫:“儿子,你快醒醒!”只见一群人手忙脚乱又抖又掐,老汉大叫道:“谁有吃的,求求给一口救命!”

高朗亭赶紧从背褡里拿出两只馒头,递给陈金彩说:“快点送过去,别让他们认出来。”

老汉手里突然被人塞了两只馒头,连人都没有看清。他也顾不得许多了,赶紧喂给躺在地上的儿子吃。高朗亭对陈金彩说:“快走。”然后,低着头,黑着脸,一言不发地离开了。

晚上回来，高朗亭将白天在集上看到的一幕说给玉凤听，玉凤一边摸着自己的肚子，一边说：“多可怜的娃们啊，我就是宁可自己饿死，也绝不会卖自己的孩子，我们的孩子将来要读书。”

说到读书，高朗亭又黯然了。伶人社会地位极其低下，按朝廷的规定，伶人子弟没有资格参加科举考试，更不能做官。可能玉凤也觉察出了丈夫的心思，自我安慰道：“就算不能参加科考做官，书也还是要读的，不能当睁眼瞎。”

高朗亭点了点头，他的心里，又多了另一重心思。就因为自己是个唱戏的，将来这孩子一出世，就要低人一等。唱戏的就不是人吗？这叫什么道理呢？他实在想不明白。

第二天，高朗亭在正阳门茶楼继续唱清音桌。当天唱的戏是《赵氏孤儿》，讲的是春秋时期，晋国大夫赵氏因奸臣陷害而惨遭灭门，大夫程婴抚养赵氏孤儿长大并帮助他报仇雪恨的故事。唱清音桌远比在戏台上要累，一则没有伴奏，唱腔上半点不能马虎，要格外认真；二则临时戏台只有尺把高，空间有限，茶客就围在四周，和伶人挨得太近，举手投足，极为不便。唱完戏，高朗亭正准备回去，刚出门，突然，一个老汉领着一个小男孩，双双扑通跪在自己面前。高朗亭说：“快起来，你们这是干什么？”

再一看这老汉，认识，就是昨天在集上与小天喜说话的老头。老汉说：“我叫黄有田，河间府任丘县人，儿子饿死了，媳妇也走了，留下一对孙子孙女，孙女昨天被人买走了，老汉不想孙子做太监，那就绝了后。有人指点我老头子将孙子送去学戏，这不，就找到了您这儿。您要是不收下，只有饿死的份儿。来顺，快给恩人磕头。”

高朗亭打量着这个叫来顺的孩子，七八岁的样子，蒜子头，塌鼻凹眼，扇风耳，脑后拖着根小辫。他有点为难了，这种时候，他并不想收徒弟，更重要的是，这孩子长成这样，根本不是块唱戏的料。但现在怎么办？要是拒绝吧，说不定世上就多了个小太监。收下吧，又情非所愿。但自己那天在集上怎么偏偏就遇着了这个黄有田呢？他今天怎么又偏偏找到了自己名下？冥冥之中，这都是一种缘分。也许,自己命中就和这个孩子有缘。当下,高朗亭没有马上拒绝黄老头,他在迟疑着,不知如何是好。

这时,茶楼的贺老板过来了,见状说:“高老板,收下吧,赏口饭吃,这孩子倒也机灵呢。”

来顺见有人帮自己说话,又扑通一声朝贺老板跪下了。高朗亭说:“既然贺老板都说了,你就留下吧!不过,学戏是很苦的,你要有吃苦的准备。”

来顺擦了一把鼻涕说:“我能吃苦。”贺老板对黄有田说:“你的孙子有福气,这个高老板是个大名角呢。”黄有田千恩万谢,留下来顺走了。

玉凤见高朗亭带了个孩子回来,高朗亭说明原委。玉凤说:“收下是应该的,让孩子当太监,那和饿死有多大区别啊?小天喜这是中了邪还是咋的,这种丧尽天良的营生能干吗?”

高朗亭说:“人各有志,他又不在咱戏班了,他要干什么我们也管不着他。”

玉凤煮了一锅饭,让来顺吃饱了;又烧了一盆热水,让他洗得干干净净。高朗亭安排来顺跟陈金彩睡,先学些基本功。孩子没衣服,玉凤让陈金彩找出他的两件旧衣,连夜在灯下改小了。玉凤一边缝衣,一边小声地对高朗亭说:“来顺长相一般,恕我直言,我担心这孩子不是吃这碗饭的。”

高朗亭说:“也不一定啊,演丑行呢?”一句话倒是提醒了玉凤,她连说:“对对,要说丑行,倒真是块好料子。”

“不是块好料子我能将他带回来吗?那不是误了人家?”

晚上,想到城外的灾民,高朗亭怎么也睡不着觉。自己这些年唱戏,还有些积蓄,戏班里的角儿们手头上也还宽裕,能不能组织下,号召大家捐些钱,到城外施粥。真要那样的话,能救不少人命呢!高朗亭决定明天就召集三大徽班的管事商议一下。

开会的时候,高朗亭说:“我们徽班来自安徽,我们徽商在外面很有名气,遍布各地,有无徽不成镇之说,徽商仗义疏财,一诺千金,有‘义商’的美誉。现在,京畿百姓有难,大家也都看到了,城外的灾民不计其数,每天都有饿死病死的人，我实在看不下去了，寝食难安，吃每一餐饭都觉得自己是有罪的。在这节骨眼上，我们怎能不帮他们一把呢？银子没有还可以再赚，我们还有唱戏的本事。可那些灾民有什么呢？卖儿卖女，男娃们当太监，女娃们被八大胡同里的堂院买去了……”高朗亭的眼圈红了，他实在说不下去了。最后，他说，“一句话，我们徽伶要向徽商学习，要做‘义伶’，捐款赈灾！”高朗亭停了一下，说，“我带头捐一千两。”

高朗亭的话得到了大家的热烈响应，三庆、四喜、春台三大徽班的众伶迅速行动起来，纷纷慷慨解囊，捐银达到了两万两。

有钱的出钱，没钱的出力，三家徽班抽调人力，从次日开始，在外城设立了三处粥铺，并在粥铺上挂了块木牌，上面写着“徽班粥铺”。每天早晚两次向灾民免费施粥。

徽班的义举轰动了外城，灾民人人庆幸，交口称赞。三处粥铺前，每天早早地就排上了长队，徽班伶人，凡当天没有清音桌戏的，全到粥铺帮忙。一时间，三大徽班上下，人人起早歇晚，忙翻了天。尽管如此，却没有一人叫苦叫累。

一天晌午，梅灵和绿荷从茶馆里唱曲结束，在隔壁一家面馆里每人吃了碗阳春面，然后径直向高朗亭家走来。她俩到的时候，高朗亭还没有回来，梅灵就和玉凤聊天。说来说去，说的都是捐款施粥的事。玉凤说，朝廷赈灾还没开始，听说嘉庆才知道北方受灾的事，还在廷议中呢。可到粥棚吃粥的灾民是越来越多，快把粥棚都挤翻了。米价天天看涨，徽班捐的那两万两银子马上就要花完了，高朗亭急死了，这粥不能断啊，这两天连清音桌都没唱了，到各大商会会馆忙着筹款。

直到天黑，高朗亭才进门。梅灵一看，才十来天没见，高朗亭变得又黑又瘦。梅灵嗔怪道：“瞧你这脸，黑成这样，皱纹也多了不少，还怎么上台唱花旦？”

“没办法啊。”高朗亭一开口，梅灵发现他连嗓子都有点哑了。高朗亭说：“这些日子，比唱戏还累。不过，我们徽商真够义气，答应捐几万两银子，给灾民买种子。”

梅灵说:“不是施粥吗？你怎么还管起了这个?”

“施粥只能管一时,去年地里绝收,没有种子,这马上要来的春播咋办？灾民下一步怎么生存?”

梅灵狠狠地剜了高朗亭一眼,说:“真服了你,你比那些戴红顶子的大老爷还要操心呢。”说着,气呼呼地从兜里掏出一张银票说,“我捐五百两。还有,这一百两是鲁叔托我带来的。”绿荷也从兜里掏出一张银票,说:“我没什么钱,捐一百两。”

高朗亭急了,说:“都收回去吧,我可没要你们捐钱啊。”梅灵说:“你以为是捐给你的啊,我们这可是捐给灾民吃饭的,是救命钱。”

“可是,你们并不宽裕啊,都捐了你们吃什么?”

梅灵说:“这些钱呢,是我离开和府时,苏卿怜给我的,现在捐给灾民,也算是我替主子做了一件善事。你不用担心我,我天天跟在鲁叔后面到茶楼说书唱曲,糊口没问题。”

高朗亭又问绿荷:“你哪来的钱啊?”绿荷说:“你怀疑我是偷的不成？难道做奴婢的就不该有钱?”高朗亭心想,好个厉害的丫头,忙解释说:“我不是这个意思。”

绿荷说:“你放心,我的钱来得正当,有小姐平时赏的,还有我做女红挣的。”

高朗亭捏着银票说:“那、那我替灾民谢谢你们。”见他那愚拙的样子,梅灵和绿荷扑哧一声笑了。

施粥整整半个月之后,一天,高朗亭正在茶楼里唱清音桌,精忠庙事务衙门管戏的范郎中派人捎来口信,让高朗亭立即到他的衙门里去一趟。见高朗亭一头雾水,又露出不安的神色,来人悄悄透露说:“高班主,别担心,是个好消息。”

高朗亭惴惴不安地来到了戏衙门。见高朗亭来了,范郎中亲自起身迎接。他笑着说:“高班主,你做了一件大好事,皇上都知道了。”

“皇上怎么说?”高朗亭紧张地问道。

“皇上听说了你们徽班的义举后,大为赞赏,当着满朝文武的面,将你们徽班称赞了一番，并责怪户部和地方上隐灾不报，赈灾迟缓，这两天朝廷上就要下拨巨额赈灾款，你也可以松一口气了。”高朗亭长长地舒了一口气说：“皇上圣明，灾民有救了，吾皇万岁！”

范郎中说：“今天叫你来，还有一件喜事，为了褒扬徽班的义举，皇上亲自题写了一块御匾，明天宫里派人送到你们戏班大下处。这可是天大的喜事啊！你现在就回去准备一下，明天上午率三大徽班的角儿们迎接御匾。”

次日上午巳时整，几位宫里的太监，抬着一块金光灿灿的御匾，来到了三庆班的大下处。高朗亭率着数百伶人，早已恭等在门口。因是国丧期间，锣鼓和鞭炮都免了。那些灾民不知从哪里得到消息，都跑过来看热闹，很快将韩家潭胡同挤得水泄不通。御匾被挂了起来，上面写着四个大字：高义薄云。这是嘉庆皇帝的御笔。嘉庆对戏的兴趣远不如他的父亲乾隆，他肯亲自为一个戏班子题匾，也算是破天荒了。

范郎中走到高朗亭身边说：“皇上还说了，问你们徽班可有什么要求。趁皇上心情好，想想看，有什么就尽管提。”

一时间，高朗亭的头脑里闪过无数的问题，有戏班的，有关于灾民的，他一时不知说什么好。忽然，他看到了挤在人群里看热闹的来顺，马上想到了玉凤肚里的孩子。机会千载难逢，对，就自私一回，该为徽班的下一代们说句话了。

高朗亭想定了，对范朗中说：“既然皇上开恩，在下就斗胆提一个请求，请皇上允许我们徽班的后代像那些寻常人家的子弟一样，有参加科举考试的权利。”

范郎中说：“这个要求不算高，你放心，本官一定替你们转达到，就静候佳音吧。”

皇帝给徽班赐匾的事很快就在京城里传开了，百姓们都替徽班高兴，徽班的声名也更响了，到徽班唱清音桌茶楼听戏的茶客数量也成倍增加，那三家茶楼，都是一座难求。

皇上赐匾的第二天，外城又多了几家粥棚，也像徽班一样免费向灾民施粥。再看粥棚上，也挂着一块木牌，上面写着：京班粥棚。以王金官为首的六大京班，见徽班施粥得到皇上首肯，在他们看来，这是捡了大便宜。于是，他们不甘落后，也仿而效之，开起了粥棚。

可是，京班那边才施了几天粥，就出了岔子。一天，一群灾民围着他们的粥棚大吵大闹。有的说，你们的粥里怎么有这么多沙子；有的说，你们的粥吃起来有股苦味，怕不是霉变大米煮的吧；还有的晃着碗说，这是什么粥啊，简直比清水还要稀呢。王金官见灾民们挑三拣四，气得大嚷道："你们爱吃不吃，不吃老子倒了喂猪！"

此时，高朗亭正好也带着几个徒弟在粥棚里忙活着，目睹着京班粥棚那边乱糟糟的场景，他说："我看他们是在演戏呢，可惜演错了地方。"又意味深长地对陈金彩、苏小三和来顺几个弟子说："你们要记住了，作为一个伶人，永远要台上演戏，台下做人。"

嘉庆四年(1799)秋天，三庆班的好事一桩接着一桩。先是玉凤生了一个大胖小子，高朗亭将孩子取名福生。接着，梅灵在鲁麻子的撮合下，和三庆班的名伶沈霞官订了婚约。绿荷呢，由于被梅灵一再催嫁，她主动提出愿嫁给三庆班琴师单琴言，这倒是出乎大家的意料。在众人眼里，单琴言是一个怪人，沉默寡言不算，而且性格怪僻，眼里只有他的二胡，很少正眼看人。自二胡被禁后，他的性格就更怪了，动不动就发脾气，不知道绿荷怎么就看上了他。单琴言自知性格古怪，左手又残疾，加上人老，本来已准备打一辈子光棍，现在却有一个俊俏的姑娘愿意嫁给自己，天下哪有这样的好事。和绿荷订婚后，他整个人都变了，一天到晚笑容满面，见人都主动打招呼，拉家常，扯闲话，柴米油盐，家里家外，俨然成了一个话痨。弄得梨园界的人劝男人娶媳妇，都用他来做例子，说女人能让一个男人改头换面。

梅灵在订婚的前一晚，和高朗亭在城墙根下散步，两人一路走着，都不说话。还是高朗亭率先打破了沉默，说："梅灵，你应该开心点啊，现在你有了归属，也了却了我一桩心事。"

梅灵说："你说得轻松，你以为我这辈子还会喜欢上另一个男人吗？我这是为你着想呢,天天在你身边转悠,时间一长,难免会遭人闲话,有了个婚约就好多了。”

高朗亭的心里一个咯噔,坏了,梅灵怎么会这样想?她这么做,对她自己是不负责,对沈霞官也不公平。难道她和沈霞官订婚,只是为了找个挡箭牌?

高朗亭望着梅灵半天不语,不知道说什么好。梅灵说:“看什么呢,明天我就是人家的人了,你就抱我一下吧!”

高朗亭怔然地站着,他是想抱一下梅灵的,可双臂却不听使唤。梅灵将头贴在他的胸前,说:“你这是唱戏唱痴了,不知道怎么做自己了。”

第十八章　开箱戏

一转眼到了年底。只要年一过，戏园里就可以正式开台唱戏了。京城里，整个梨园界都欢天喜地，伶人们练嗓的练嗓，练身段的练身段，练武功的练武功，个个是少见的勤快，只等明年大年初一唱开箱戏，一展身手。

高朗亭和玉凤的孩子福生两岁了，小家伙长得虎头虎脑，正处于咿呀学语的阶段。高朗亭忙着练戏，玉凤忙着替戏班做饭，只好把孩子姥姥请到家里来带小外孙。小来顺除了跟高朗亭学戏，平时也帮着搭把手，带带孩子。

高朗亭除了自己忙着练功，还为大年初一的开箱戏忙活着。开箱戏有一天开两场的，也有开三场的，两场的叫两开箱，三场的称三开箱。他和唱开箱戏的戏园子庆和园谈好了，三庆班的开箱戏是三开箱。他和另外几家戏园子也说好了，整个正月，凡是三庆班轮唱的戏园子，全部开三场。三庆班伶人多，戏码也多，完全有这个实力。对梨园界来说，正月是旺季，该好好唱唱了。

一天晚上，高朗亭回家，玉凤摆好了菜，准备吃饭，徒弟苏小三和陈金彩，姥姥抱着小福生都坐到了桌前。高朗亭忽然发现来顺不在，叫了两声，没人应。陈金彩说："怪了，这小子今天跑哪去了？他这一向都有点鬼鬼祟祟，动不动就往街上跑。"又到前院找了一遍，确定不在家。高朗亭说："京城很大，他不会跑出去找不到家了吧？"陈金彩说："不可能，他鬼机灵着呢。"高朗亭说："我们先吃吧，给他留一碗。金彩，你下回把他看紧点，让他没事不要乱跑。"

高朗亭刚刚躺下，苏小三和陈金彩在前院紧张地喊着师傅。高朗亭急忙来到前院，只见陈金彩手里抱着来顺，来顺耷拉着脑袋，见师傅来了，张开眼睛，有气无力地看了他一眼。再看来顺头上，前额一大片乌青乌青的，嘴角还流着血。高朗亭说："他这是怎么了?"陈金彩说："是爬着回来的，肯定是被人打的。"高朗亭说："谁这么狠心，打一个孩子？快去叫郎中来看看。"

郎中来看过后，开了几剂药，玉凤连夜将药煎了，让来顺服了。又喂他喝了一碗米汤，来顺才睡下。

第二天，来顺早早醒了，陈金彩还睡着。来顺坐了起来，笑嘻嘻地对陈金彩说："我见到妹妹了。"陈金彩睁开眼睛："还说呢，你小子，昨晚把我们吓得够呛，到底谁打了你?"

苏小三也醒了。他们三个师兄弟住在一间屋子里。苏小三说："谁打的?你说，我们去找他，天王老子也要和他碰一碰。"

来顺吞吞吐吐一番诉说，苏小三和陈金彩才明白。原来，来顺有个妹妹，名叫来春。去年春荒时，来顺的爷爷黄有田老汉将孙女来春卖了，买走来春的人正是小天喜。妹妹被小天喜买走的当天，来顺偷偷紧跟在他的后面，看看他究竟将来春带到哪儿。结果，他一跟就跟到了云香院。来春还小，在云香院学习琴棋书画。来顺没事的时候就到云香院附近转悠，去看妹妹。云香院管理很严，来春没机会出门，兄妹俩难得见上一面。昨天，来顺爬树进入云香院时，被里面的人发现了，将他当成贼揍了一顿。

陈金彩劝他说："不要再去了，好好学戏，过几年当角儿，挣钱把你妹子赎出来。"来顺说："哥，你说我是唱戏的料吗?"陈金彩又仔细看了看来顺的脸，像一个凹瓢，下巴向前伸得老长，亏得师傅肯收下这样的徒弟。但瞧着他一脸认真地瞅着自己，陈金彩怎能忍心打碎他的角儿梦呢？就说："祖师爷赏不赏饭，就看你肯不肯吃苦，肯吃苦的人就有饭吃。"

来顺说："师哥，我懂了，你放心，我把苦当作锅巴吃，嚼个满嘴香。"

苏小三笑道："你小子，师娘天天将脆锅巴留给你，还吃出味来了呢！你以为苦真是那么好吃的?"

来顺大声地说："甭管苦是什么滋味，只要能救妹子，就是狗屎我也敢一口吞了!”

陈金彩拍了拍他的脑袋说:“好小子,有志气!”

临近年底,王府班班主王金官就没有再去茶楼唱清音桌了,他也在为明年大年初一的开箱戏做准备。每天早晨天不亮,他就戴着顶抓绒的棉帽,下面连着围脖,围脖上拉,遮住半边面,只留两只眼睛在外面,谁也认不出他。出了门,他向南一路小跑着,到城门口的时候,正好跑热了身子。然后停下来喊嗓,早晨气温低,一口热气吼出来,遇到冷空气,就成了一根气柱子。王金官就喜欢这柱子,柱子多长,能撑多久,说明气息的强弱。练了一阵子,他越来越有底气了。练完早功,再回家吃早餐,一般是两只精面馒头,一小盏鸡汤炖参片。上午到茶馆喝茶,吃过中饭小憩一会儿,再练武功。他院子里临时搭了座戏台,每天刚过午时,他就紧关大门,开始练习。他在苦练什么功夫呢?关公三十六刀,动作以战马刀为主,什么立马刀、挑袍刀、力劈华山刀、拖刀等。对每一种刀法,他听取了各方面意见,在原有的基础上做了完善和改进,他称为关公新式三十六刀,力求在大年初一的开箱戏上一炮打响。

王金官穿着一件薄薄的麻布褶子,手持一柄崭新的青龙偃月刀,这是他为开箱戏新制作的道具,锃亮的绿色铁砂刀面,上雕金龙戏珠图案,刀面四周贴金,簇新的红色刀缨,缨中挂一小铃铛,舞起来叮当有声。漆金的檀木刀柄,握在手里,结实,有分量。这把大刀比原来那件足足重了五斤,虽说重量增加了,但王金官劲大力沉,反而更加得心应手,舞起来呼呼生风。

他将三十六路新式刀法从头演练了一遍。收刀时,略露薄汗,面不改色心不跳。忽然,有人在外面大声叫好,一边叫一边鼓掌。

王金官打开门一看,原来是小天喜。小天喜从门缝里窥见了王金官的新式刀法,称赞说:“王班主,太好了,一段时间没见,您老是功夫大长啊。可是,您有这么好的刀法,却天天关在家里自我欣赏,不是太屈了吗?”

王金官擦着额头上的汗,说:“你知道个屁,还没到时候,等时候到了,哼……”

小天喜点了点头说:“小的有点明白了。王班主,您莫不是等明年大年初一唱开箱戏时大显身手?您藏一手是对的,不然到时就没有新鲜感了。大年初一,您老人家带着这把新刀一亮相,我的个乖乖,恐怕是满城轰动啊。到时,各大戏园老板都要围在您屁股后面转,求您到他们的戏园里去献艺,到那时,邀堂会的恐怕也要挤破头吧?”

王金官哈哈大笑,那种笑,是他在戏台上夺长沙收黄忠后赢者的长笑。小天喜的一番话,句句说在他的心坎上,说得他心花怒放。小天喜所说的,何尝不正是他所想的。这些年,自徽班进京,他们京腔班就像一个迟暮的美人,无论怎么闹腾,怎么耍小性子,就是唤不回戏迷们的宠爱。明年大年初一的开箱戏就是个好机会,他怎能不抓住这个机会搏一把?

收了笑容,王金官说:“三庆班那边有什么动静?”

小天喜一摊手说:“没听说有啥动静啊,嘻嘻,自从嘉庆爷禁花腔禁胡琴,三年前他们就拉了胯了,没多大蹦跶劲了,这京城的梨园,还不是你们京班的天下!”“拉了胯”是北京土话,就是服软了意思。

王金官正色说:“话是这么说,可我还是有点不放心,不能小瞧他们,去年赈灾,皇上都赐了金匾,他们徽班当下正得宠呢。”

小天喜一撇嘴:“花了好几万两银子,换回一个破匾,这买卖我才不做呢。”

“你懂个屁!”王金官狠狠地剜了一眼小天喜,小天喜吓得一缩脖子。王金官说,“他们这是赚大了,赚翻了,知道吗?你到茶楼里去听听,到城外去走走,哪个不说徽班好?都夸徽伶仗义,还说他们是‘义伶’!他们从地方上进京不过才十年,弋阳腔早在明朝嘉靖年间就进京了,比昆腔还要早,京化后的京班清初也就有了,少说也有一百五六十年历史了,虽说也红火过,可几时有过徽班的荣耀!”

王金官的一番话说得小天喜不敢吭声了。

王金官在院子里转来转去,院子里有棵银杏,叶子早就落光了,树杈间不知道什么时候多了一只乌鸦巢。王金官望着那只鸟巢说:“这玩意儿是啥时候弄的？我今天还是第一次发现。”

小天喜说：“您家里的事情你都不知道，我哪知道呢？”

王金官说：“把它捅下来，爷可不想有畜生天天在头上拉屎。”

鸟巢的位置很高，小天喜瞅着无可奈何，看看四周一时也找不着合适的东西，就拿着王金官的青龙偃月刀上了桌子。王金官大叫道：“好小子，我的刀还未上戏台呢，是给你捅鸟巢用的吗？你是存心坏爷的彩头不是？”

“我哪敢呢？不是一时找不着长东西吗？”小天喜说。王金官说：“后院有根长竹竿，去拿来。”小天喜到后院一看，果然有根竹竿。王金官接过竹竿，朝那只鸟巢捅去。鸟巢翻了，两只没长毛的小乌鸦应声落地，摔死了，空气中弥漫着一股血腥味。王金官瞅着那两只死鸟，就像戏台上被他一刀一个斩掉的颜良和文丑，惬意极了。小天喜捡起死鸟，扔到院子外面去了。几只乌鸦在空中胡乱扑腾着翅膀，凄惨地叫着。

王金官的二姨太朝芳一直在房里冷冷地看着院子里的动静，她装作到院子里拿扫帚，轻轻地咳了一声，说：“两个大男人，和几只鸟过不去，算啥本事？”

王金官说：“你再说一遍！”朝芳冷哼了一声说：“我不和你争，我争不过你，有本事你去找三庆班的麻烦啊，朝我吼什么？”说完，也不管王金官高兴不高兴，扭着腰进屋去了。

王金官又在院子里转了起来。小天喜说：“爷，看起来您有心事，要是信得过小的，您不妨说出来听听，看咱能不能给您帮上忙。”

王金官琢磨了一会儿，说：“大年初一的开箱戏我们不能输，我对徽班还是有点不放心，有没有什么好办法，让他高朗亭唱不成，或者唱不好。最好是当众出点丑，让他开局不顺，杀杀他的威风。”

小天喜说：“他姥姥的，办法也不是没有。”

王金官眼前一亮，说：“我知道你有办法，我也不管你用什么办法，反正要是事情成了，我王某人有重赏。”

小天喜说：“爷，重赏就不必了，您把那上等的货给我再预备些，那玩意儿有钱都买不到。爷您不知道，这抽了上等的，街上烟馆里的那些玩意儿就瞅不上眼了，和土疙瘩没啥区别。”

“那当然！”王金官从内室拿出一只小瓷瓶，他拔出瓶塞，放在鼻下嗅了嗅，说，“好货就是好货，一股清香，这都是给王公大臣们专供的私货，街面上哪有？”说着，将瓶子递给了小天喜，“你放心，事办成了，好货有的是。”

小天喜心满意足地走了。望着他消失的身影，王金官哼起了《华容道》：“料想他好一似鳌鱼吞钩，伤弓鸟纵插翅也难飞逃……”

大年初一上午，庆和园外面，人头攒动，自上午戏园里一开门，就有人往戏厅里钻，抢座儿，戏要到午时才开锣呢。过年，看戏的人多，去迟了就没座儿，况且三庆班的开箱戏，不提前抢座儿更不行。一年忙到头，过年了，大家都该放松一下了，不好好看几场戏，那叫什么过年呢？特别是那些老北京，他们平时的生活就是泡茶馆、泡戏园和泡澡堂，简称“三泡”，少了其中任何一泡都不对味儿。至于家中的瓮里有没有明天吃的米，他们并不关心。为了看戏，早点抢座算啥呢？反正他们有的是工夫。

庆和园戏台的后台，三庆班的伶人们在忙着化装，四五十人挤在一个大房间里，各忙各的事，描眉的，画脸的，包头的，整理戏服和道具的，抡胳膊抻腿的，也有像个傻子似的坐着默戏的，人虽不少，却没有一点声响。后台正中，放着一尊祖师爷的木雕像，前面摆着三只果盘，香炉里燃着檀香。突然，一阵咚咚咚的脚步声打破了宁静，一个衣着凌乱、披头散发的女人冲向后台，跑得一头的汗，有伙计伸手要拦，有人认出了是高朗亭的妻子玉凤。玉凤冲进了后台，看见了一排后背，也不知道哪个是她的丈夫，情急之下，只好大声瞎嚷道：“朗亭，福生在庙会上丢了！”说完，人就瘫倒在了地上。

高朗亭正专注地在脸上涂着面红，玉凤的话将他吓了一跳，手重重一拖，胭脂乱了，半边脸血红血红的。他一把将玉凤抱了起来，又拍又掐，弄了一会儿，玉凤醒了，哭哭啼啼地讲述了事情经过。她上午抱着福生到琉璃厂庙会上看热闹，在看猴戏时，她夹在人群中被推推搡搡了几下，福生就不见了，怎么找也找不着。玉凤呼天抢地,凄惨的哭声像一瓢冷水,将众人浇了个透心凉。这戏还没开锣呢,怎么就发生了这样的事?玉凤说:“朗亭啊,快去找儿子,还唱什么戏啊!儿子没了,我也不想活了……”

几十双眼睛注视着高朗亭。高朗亭倒是出奇地冷静,戏绝对不能停,座儿早就卖出去了,园子里挤满了等着看戏的人,在这节骨眼上,作为主角,怎么能临阵逃脱呢?不光是扫大家的兴,还涉及三庆班的声誉。他命苏小三、陈金彩带几个伙计,到福生丢失的地方去寻找。开箱第一场,他本来是唱压轴的,临时调到前面,唱完好去找福生。

玉凤带着一班人火急火燎地走了。高朗亭再也无法平静下来,他心里很清楚,找到福生的可能性微乎其微,庙会上那么多人,街上那么乱,要找一个两岁的孩子,无异于大海捞针,除非发生奇迹。玉凤啊玉凤,你怎么偏偏在这节骨眼上给我添乱呢?这不是朝我心窝里扎刀子吗?你这叫我还怎么专心唱戏!唱戏就要忘掉自己,全身心地进入戏里去,成为戏里人,为他哭为他笑,为他痛为他乐。可是,现实偏偏不让我成为戏中人,福生的一双小手,把我死死地往戏外拉。别看福生人小,可他的一双小手有无穷的力量,我拉不过他,心都被他拉痛了,拉碎了。我的腿软得像棉花,连台步都迈不动了。

开箱戏图的就是热闹、吉利,又是大年初一,玩的就是个乐子,盼的就是好彩头。因此,与往常的戏有点不一样,正戏前有几场加演,像跳加官、跳财神、童子扫台、天官赐福等之类的“跳戏”,以烘托气氛。戏台上,写着“开锣大吉”四个大字。戏台四角挂着四盏灯笼,烛火映照,红光满台。高朗亭化好了装,静静地坐在后台,他和福生一直在拉锯,心里波澜起伏。终于,哐的一声,开台的大锣响了,霎时人生鼎沸,满园叫好,人人脸上闪着兴奋的光,互相说着“新年吉祥”“恭喜发财”之类的吉祥话。也难怪,人们终于又可以正常地看戏了。

戏园里,一阵振奋人心的锣鼓声之后,跳戏开始了。一对对地上去,又一对对地下来。跳财神时,两位伶人跳完,一边向观众说着恭喜发财,一边从袖子里抖出一副对子来,上面写着“财源茂盛　人寿年丰”。戏园老板早就等在台下,亲自接过来，然后递给伙计，当场贴到后排的柱子上。

徽班开箱戏，旦角常唱的戏是《玉堂春》。毕竟是开箱，和平时有点不一样，为图吉利，会改用红色的服饰和道具。意思很简单，就是希望新的一年红红火火。当高朗亭扮的苏三穿着红色的罪衣，戴着红色的鱼枷，在扮演牢头的刘八的引导下，亮相于戏台上时，赢得满堂喝彩。刘八腰间扎着的长汗巾今天都换成了一段红绸。当天唱的是《团圆》一场，苏三几经波折，见到了心上人王景隆，被宣布无罪，冤情大白于天下。她回到妓院，情郎王景隆就要来和她相会，内心激动，唱道：

想起当年落娼院，
幸遇三郎订姻缘。
不料想洪洞身遭难，
这场的冤屈有口难言。
如今苍天睁开眼，
仇报仇来冤报冤……

这是非常喜庆的一场戏。高朗亭强作欢颜，可表情僵硬，唱腔也有点走调。福生又在和他拉锯，把他往戏外拉。高朗亭说："福生，我现在是苏三，是个女人，不是你爹。"福生说："你是我爹，快来救我！"高朗亭说："乖儿子，你等会，等我唱完这场戏就来。"福生哇的一声哭了："狠心的爹啊，连儿子都不要了……"

高朗亭愣在戏台上，他看见儿子在庙会广场的人群中哇哇大哭，他大声说："福生，别哭，爹来了！"

扮演王景隆的沈霞官一边轻声提醒他说："班主！"一边对他使眼色。高朗亭马上明白了，这是在台上呢。又和王景隆对上了戏。还没唱几句，福生又在心里和他闹上了，高朗亭不能生气，毕竟是才两岁的孩子，他赔着笑脸哄着，可福生还是哭个不停。福生说："爹呀，你不要我了吗？我要爹！"

“哎呀，这戏真的没法唱了。”高朗亭说，“福生，爹怎么会不要你呢？别哭别哭，我的小祖宗，爹来了……”

戏台上的高朗亭像喝醉了酒一般，两条腿根本不听使唤，楼上楼下上千双眼睛一动不动地看着他，大家大气也不敢出，不知道他这是怎么了。突然，扑通一声，高朗亭从戏台上一头栽了下来。好在戏园老板一直站在台下，他眼疾手快，一把将他接住了，不然，还不知摔成什么样。这一跌，倒是把高朗亭跌醒了，他喃喃地说：“福生，别哭，爹来了！”说着，装也不卸，就要往外走。

戏园里鸦雀无声，戏迷还从来没有见过这样的事，况且还发生在名角高朗亭身上。过了一会儿，京班安插在后排的十几个眼线喝起了倒彩。众人一时也纷纷议论起来，戏园里越来越乱。报幕人赶紧出来圆场，说：“高班主今天身体有恙，但他坚持要带病唱，没想到发生了这样的事，对不住各位了，待他康复后一定会将戏码补足，请大家放心，下面演出照常进行。”人都会有个头疼脑热的时候，大多数戏迷都能理解，吵闹声渐渐平静了下来。

管事洪朴安排伙计将高朗亭带到后台，草草替他卸了装，又安排个人陪着，这才朝城隍庙奔去。

匆匆来到城隍庙，高朗亭见人就比画道：“见到我家小福生了吗？”被问的人无一例外地摇摇头。天越来越晚，城隍庙广场上，人一点也不见少。高朗亭专朝放焰火的地方跑，福生贪玩，说不定正在某个地方看热闹呢。高朗亭怔怔地看着那些放焰火的孩子，他们一个个欢声笑语，远看都像福生，可走近了一个也不是。福生啊福生，你快出来啊，爹今天为你把脸都丢尽了，爹没法活了，你就别躲着爹了，爹求求你了，快出来……

夜渐渐深了，广场上的人渐渐走散了，直到一个也没有了。面对着空荡荡的庙会广场，高朗亭再也受不了了，他大喊道：“福生，爹在这里呢！你到底在哪里啊？你叫一声爹啊……”

他失魂落魄地回到家中。家里人倒是不少，鲁麻子、姥姥、梅灵、绿荷、苏小三、陈金彩、来顺，前来打探情况的戏班里的角儿沈霞官、金双凤等。见高朗亭回来了，鲁麻子说："朗亭，这咋办？我这外公还没做几天呢，难道……"

"呸，你这张乌鸦嘴，一大把年龄了还不会说话。"福生的姥姥骂道，"我家外孙明天就能找到。"

梅灵在高朗亭耳边小声说："玉凤一直在哭，不吃不喝，我怕她想不开，晚上想陪陪她。"高朗亭点了点头。

第二天，高朗亭没有唱戏，全家人又找了一天，到管治安的兵马司衙门登了记，也问过好几回，答复说没有发现有人捡到孩子。第三天又找了一天，还是没有。第四天，高朗亭实在拖不起，只好到戏园里唱戏去了，其他的人继续在城里寻找。

再说王金官，一直派人在暗中关注着高朗亭和三庆班的一举一动。他听说高朗亭在开箱戏中跌下了戏台，而且接连两天都没有登台，戏迷们牢骚满腹时，感觉就像是吃了福寿膏似的，整个人都飘到了半空中。这几天在戏台上，他就像年轻了十岁，关公新式三十六刀甫一亮相，赢得满堂喝彩。戏迷们大呼过瘾，看到兴起时，打赏的碎银砰砰砰像下雨似的落到王金官身上，每次谢幕都要在戏迷的呼喊声中返场好几次，王金官找到了感觉，心里乐开了花。

一天晚上，王金官正打算休息，连日演出，一天几场，感觉很累。忽然，外面响起了敲门声，看门的伙计说是小天喜来了。王金官心头一喜，披衣下床，俩人在客厅里心照不宣地聊上了。

王金官说："你丫的小天喜，心也太狠了点。"

小天喜说："您以为我愿意这么做吗？这一切不都是为了您王班主好？怎么样，最近越来越火了吧？"

"哪里哪里，一般般吧。"

"您王班主怎么低调起来了？我可是听说您每天光打赏的银子就装了几荷包。"

王金官哈哈大笑，不置可否。小天喜说："听说三庆班那边可是在走下坡路啊，那个高朗亭虽说每天也登台，但整个人都不对劲了，唱得有气无力，经常接不上气，连圆场都不会跑了，脚拖不起来。戏迷们都说，这个高朗亭失了魂，怕是唱不了戏了，要歇菜。王班主，您说，他姓高的这是怎么了呢？”说着，故意发出一阵怪笑。

王金官压低着嗓音说：“你打算怎么处理那个小兔崽子？”

“做太监嘛还太小了点，还没想好，过几天再说吧。”王金官叮嘱道，“你可看紧点，别走了风声，到时鸡飞蛋打。”“哎哟，”小天喜伸了个懒腰说，“最近我日夜忙乎，觉也睡不好，人没半点精神。”

王金官知道这家伙晚上就是来敲竹杠的，他拿出一盒福寿膏，又拿出一包银子。小天喜一手抓了福寿膏，一手把银子在手里掂了掂，说：“王班主，谢了，您休息吧，我值班去了。”王金官亲自送他出门，一路窃窃私语。

自小天喜进门，王金官的二姨太朝芳就一直在暗中观察着俩人的一举一动。她看了一会儿，大致把事情的眉目弄清楚了。

这天，轮到王府班在庆和园唱戏，压轴戏是王金官的关公戏《斩颜良》。戏台上，鼓声震天，只见颜良手握大刀，越战越勇，手起刀落，在两三个回合内连斩曹军两员大将。这时，名将徐晃持斧来战，二人一番混战，徐晃不敌，狼狈下台。颜良发出一阵得意的狂笑。这时，王金官扮演的关公盛装亮相，只见他右手持青龙偃月刀，左手一捋长须，双目如炬，斜睨颜良。颜良顿觉脑后冷风飕飕，吓得一缩脖子，在台上呆若木鸡。台下，戏迷欢声雷动，他们被王金官的扮相和气场深深折服。这部戏的高潮部分就要到了，下面的剧情，应该是王金官手起刀落，一刀将颜良斩于马下。

此时，王金官太兴奋了。前几天，就是在这个戏台上，高朗亭在众目睽睽之下，从台上跌了下去。京城里的伶人有千千万，还从来没听说有人唱戏时从台上跌到台下。他姓高的从进京以来，顺风顺水，何尝这等窝囊？这一跌，跌尽了三庆班的脸面，跌掉了高朗亭的三魂六魄。现在的高朗亭，已完全不足虑了。这京城里的梨园，不又是京班的天下了吗？

是时候了，该送眼前的这个拦路虎颜良“归西”了。王金官举起马鞭，做了个一路驰下白马坡的动作，双手举刀，以力劈华山之势，砍向颜良。突然，只听咔嚓一声响，一阵钻心的疼痛从后背迅速弥漫到全身，他就像是被孙悟空施了定身法一般，再也动弹不得。此时，他不过是本能地死死握住手中兵器，没有丢掉而已。下面的戏迷并不明白台上发生了什么事，见王金官的大刀半天落不下来，他们一个个急得大叫："砍啊，快砍啊！"

可王金官哪里还能砍得下去呢！不要说砍，他现在就是想轻轻挪动下步子也不行了。身上已经湿了，汗很快从额角渗了出来。扮演颜良的伶人急得小声直问："王班主，您这是怎么了？您倒是说话啊！"

哐当一声，王金官的青龙偃月刀掉到了戏台上。戏厅里的戏迷全站了起来，大家都不知道他这是怎么了。王金官拼命挤出一句："快……快驮我下去！"颜良明白了，立即上前，背起王金官，向后台走去，戏厅里乱成一团。郎中很快来了，初步检查，说王金官用力过猛，后脊梁伤到了，命将他放到躺椅上，抬回家养伤。至于还能不能站起来继续唱戏，那就看他的造化了。

庆和园的戏台上，短短数日之内，两个名角接连出了大事。这也太不吉利了，这样下去，还有哪个角儿敢到庆和园唱戏呢？戏园老板吓呆了，趁夜间散场后，紧闭大门，请来几个道士，偷偷做起了法事，杀公鸡祭台，祈求上苍保佑。

王金官在戏台上用力过猛，斩颜良失手，扭伤了脊梁骨，反被颜良背下了台，一时间，成了茶楼酒肆间的笑话，无处不谈。有人说那个扮颜良的伶人命太硬了，怕是再也不能让他扮颜良了；有人说王金官这下惨了，后半生说不定只能躺在床上了。

高朗亭听说王金官演戏受了重伤，就和管事洪朴一道买了两根长白山老参，特地去他家中看望。王金官听说高朗亭来了，大感意外，让家人将自已扶了起来。王金官说："高班主、洪管事，劳驾你们前来看我，我王某人有愧啊！"

高朗亭说："王班主，快别这么说，我们同在梨园唱戏，彼此是同行，前来看看是应该的。"

王金官黯然道："瞧我这身子，能不能站起来还难说呢！郎中说，即使能有幸站起来,恐怕也是不能登台了。唱不了戏,我这一大家子人……”说到这里,王金官的眼圈红了。二姨太朝芳也在一边抹起了眼泪。

高朗亭说:“王班主,您多虑了,吉人自有天相,我相信您能站起来,有重返戏台的那一天。退一万步说,万一您真的不能再上台,祖师爷在天有灵,我高朗亭今天在您床前说句话,欢迎您加入我们三庆班。”

王金官一时傻了,他怀疑自己听错了,到了自己不能登台的那一天,三庆班还会收留他?难道三庆班要给他养老不成?

高朗亭看出了王金官的疑虑,说:“王班主您放心,并不是说请您过去吃闲饭的,真那样的话,您也不会去。我们请您过去,是当师傅,教我们唱戏。”

王金官说:“这、这不是开玩笑吗?你们徽班已经唱得比我们京班好了,我怎么教你们?”

“王班主,您只知其一,不知其二。”高朗亭说道,“京腔是从哪来的?是本朝初年弋阳腔京化后才有的,京化不是件容易的事,行腔吐词都要用北京土音,这经过了几代伶人的努力。我们徽班的伶人,大部分来自安徽,这徽腔的许多字词,北方人听不懂。徽腔要在京城长期扎根,也必须像弋阳腔一样京化。虽然我们也做了点努力,但还早得很,我们迫切需要一个师傅。您说,这师傅您是当得当不得?我说欢迎您加入三庆班是不是假话?”

王金官点了点头,高朗亭说得还真有些道理。要说请他到三庆班去教他们怎样行腔吐词,那还真找对了人。这高朗亭精着呢。只不过,真要那样的话,他这张老脸往哪搁?但也不便直接拒绝,拒绝以后就没有退路了。想到这里,王金官说:“高班主,既然您这么客气,说不定将来老夫真还有叨扰你们三庆班的那一天呢!”

高朗亭说:“真要那样,是我三庆班之幸!徽腔之幸!王班主,您好好养伤,就不打扰了。”

高朗亭走后,朝芳赞许道:“这个三庆班的高朗亭,年纪轻轻,会做事,会说话。”王金官说:“你看他说的是真是假?”

“不是假话，”朝芳说，“明显是真心邀请，你心机重，别以小人之心度君子之腹。”

“你怎么帮人家说话呢？”

朝芳说：“我说错了吗？”俩人就要争执的时候，恰好集庆班班主孙葵官、大成班班主袁成功等其他五家京班班主都带着礼品看望王金官来了。孙葵官说：“王班主，身子怎么样？”

王金官摇了摇头：“情况不妙，今后的日子，怕是要仰仗各位接济了。”

他的话把几个班主吓了一跳，大家面面相觑。袁成功说：“王班主，您路子广，从宫里请名御医过来看看，甭管您什么伤，包好。”

王金官说：“御医来看过了，开了药，叫我先服着，能不能站起来还不好说。你们说，他娘的我这是什么命，不用别人动手，自个儿就把自个儿整倒了，流年不顺，晦气啊。”

朝芳说：“所以说，行善积德，逢凶化吉，与人方便，与己方便。这不都是戏台上你们常说的词吗？难道全是说给别人听的不成？”

几个大男人被朝芳说到痛处，想起平日的所作所为，一时都沉默不语，场面上有点尴尬。在安慰了王金官一番后，大家起身告辞。

众人离开后，朝芳打开了高朗亭带来的礼盒，两根长白山老参，每根都有一尺来长，一看就是有些年份了。老参下面，还压着一张五十两的银票。再看几位京班班主带来的东西，都比高朗亭的要轻薄得多，且银子没有一两。朝芳嘴里没说，心里更加钦佩高朗亭的宽厚豁达，越想越不是滋味。

一天，鲁麻子在茶楼说书完毕，低着头收拾鼓板时，耳边只听有人嘟哝了一句，找小天喜要福生。鲁麻子四下一望，身边都是起身离去的茶客，并没有见谁说话。鲁麻子大惊，迅速把这个线索告诉了高朗亭。高朗亭带着巡捕直扑小天喜的住处，很快找到了福生。幸而孩子好好的，并没有受到虐待。鲁麻子少不得添油加醋，在茶楼里又演绎一番，说福生失而复得，完全是因为他得到神授，说这孩子福大命大，将来必成气候。玉凤将孩子像个宝贝疙瘩似的天天抱在怀里，很长时间不肯出门半步。

王金官休息了一段时间，能下床走路了。不过，要拄着拐杖，走路要轻，喘气也要轻，至于登台唱戏，恐怕是没指望了。

第十九章　戏神

春雪飘飘，天地间一片雪白。好在天气并不寒冷，地上也未结冰。通州码头上，高朗亭和岳父鲁麻子成了两个雪人，他们不时朝河道中焦急地翘望着。他们的身后，停着一辆马车。他俩在等魏长生。去年年底，魏长生从川中来到京城，他到三庆班报了个到之后，就不见了踪影，估计是到京郊游山玩水寻亲访友去了。前两天，他托人捎来口信，叫高朗亭今天到通州码头来接他，说要进城搭班唱戏。

这真是天降喜讯。高朗亭一直在揣摩着魏长生此番进京的目的，魏长生毕竟已经五十八岁，对一个伶人来说，这已经是很大的年纪，一般的人根本无法登台。但他偏不是一个一般的人。纵然如此，高朗亭也很担心，毕竟岁月不饶人。算起来，这已经是魏长生第三次进京了。京城是他功成名就的地方，同时也是他的伤心地。高朗亭始终难以忘却魏长生在瘦西湖五亭桥上放声痛哭的情景。高朗亭揣测，魏长生此番以高龄进京，十有八九是因为一个“穷”字。魏长生此前唱戏虽赚了不少钱，但他生性淡泊钱财，乐善好施，扶危济困，毫不吝惜。如果不是经济上出了问题，在地方上实在待不下去了，他也不至于这一大把年纪了还要进京登台唱戏。

雪太大，几步路外就看不清行人。高朗亭劝了好几次，叫岳父到马车上去避避雪，他一个人在外面等着就行，可鲁麻子就是不肯。本来，高朗亭不同意他跟着前来，可他就是不肯。鲁麻子说魏长生是他心目中的戏神，十多年前，魏长生在京城唱戏时，他只能在台下远远地看着。现在，沾了女婿的光，能和心目中的戏神促膝而谈，这种天赐良机怎能错过？说什么也要来，而且还安排人在陶然亭备下酒菜，为魏长生接风。

就在翁婿二人吃力地打量着河中渡船的时候，高朗亭忽然听到风雪之中似乎有人在喊他的名字。他大叫了一声："师傅，我在这里！"然后拼命地挥手。果然，魏长生披着一身雪花在他们身后出现了。高朗亭一把抱住了他，说："师傅，我们正看着河里的船呢，没想到你倒上了岸。"

魏长生说："我都找你半天了，看见这边有辆马车，估计是来接我的，就朝这边喊了两声，果然是。"高朗亭又向他介绍了自己的岳父，然后三人匆匆上了马车，向陶然亭方向驰去。

车厢内放了一只铜炉，里面烧着炭火，比外面暖和多了。鲁麻子自见着魏长生，目光从他的脸上就没怎么离开过，不停地说着当年魏长生在《滚楼》《烤火》等戏中的风采，然后一个劲地感叹。

魏长生说："鲁兄，是不是嫌我老了？我今年五十七了，你看我还能登台演戏吗？"

鲁麻子憨厚地笑笑说："这个年龄放在别人身上不一定行，但你肯定行，你是戏神。"

魏长生大笑说："戏神是祖师爷，不能乱说，我们唱戏的只要演好戏中人就行了。"

高朗亭说："师傅，盼星星盼月亮，终于将你盼来了，有你在，我的心里就踏实多了。你此番前来，必定又要在京城梨园掀起一阵风浪。"

"廉颇老矣，尚能饭否？"魏长生感慨地说，"好汉不提当年勇。老了，能被京城梨园不弃，有个糊口的地方，就是万幸了。"

到陶然亭地界了。陶然亭的名字，来源于白乐天的诗，"更待菊花家酿熟，共君一醉一陶然"。放眼望去，除了高朗亭他们这辆马车，路上再无人迹车影。风雪之中，一座亭子，一座慈悲庵，几株野树，瘦峭的山石与萧萧野水，给人无限凄清之感。陶然亭内，三庆班角儿沈霞官已等候多时。

沈霞官将魏长生、高朗亭、鲁麻子几人迎进亭内。亭正中的一方小石桌上，放着一只红泥小火炉，炉火熊熊，一只双耳瓦锅内，切成小块的驴肉码得满满的，烧得突突地跳，发出诱人的香气。桌上另摆着卤牛肉、煮干丝等几个拼盘，两坛酒。

魏长生扫视了一下桌上的酒菜，感慨地说："在这风雪天气，能享受此等美味佳肴，实乃人生幸事。是谁想到在这地方设宴的呢?"

鲁麻子放声大笑说："自然是老夫了。这样的雪天，能在陶然亭与魏先生痛饮，唱戏放歌，还有比这更快活的事吗？来，大家坐下，将酒满上!"

魏长生端起杯子，来到亭边，对着不远处的慈悲庵说："我们在这里饮酒食荤，惊扰了菩萨，先敬菩萨一杯，乞求恕罪。"说着，虔诚地将酒倒在了地上。

接下来，几个人推杯换盏地喝开了。几杯酒下肚，魏长生满面红光，肚子里的那些陈年往事也像是被泡活泛了，几个人有着说不完的话题。鲁麻子说："魏先生，你此番三次进京，打算待多长时间?"

魏长生说："你看你看，我才来呢，你这不是撵我走吧?"

鲁麻子说："怎么会呢？我巴不得你在京城长期待下来，娶个老婆，养一群儿女，女唱旦行，男唱生行，全家都唱戏，那才叫热闹呢。"

魏长生说："我也是这么想的，只不过，哪里还有女人看上我这个糟老头子呢?"说罢，大家都笑了。

鲁麻子说："听说你回老家待了十年，有句话我不好问的，怎么到现在才想起进京城唱戏，要是早来几年不是更好吗?"

"在川中这十年，我可是一刻也没有闲着，干了几件大事。"魏长生侃侃而谈，"一是修了一座桥，我们金堂县城南门的川乡河上，有一座木桥，每年发大水都要冲毁一次，影响乡亲们出行，我个人出资一万两银子，修建大石桥一座。不信你以后到金堂去看看，桥上还刻有我的名字呢。二是在成都华兴街修了座老郎庙。偌大的县城，没有一座像样的老郎庙怎么行呢？由我牵头，发动伶人们捐资，我又首捐了一万两。老郎庙比苏州的梨园公会还要壮观，里面供奉的祖师爷雕像身高八尺，那才叫威严呢。附设的戏台雕梁画栋，戏厅宽敞，能容纳千人同时看戏。至于其他捐赠如梨园界抚孤养老之类，多得数不清了。我的几万两银子积蓄就这么没了。"说到这里，魏长生两手一摊，"荷包空了，你说，我在川中还能继续待下去吗？我不到京城里来唱戏行吗？"

鲁麻子点了点头："我明白了，你这是在外面挣钱回家乡花，老夫敬佩你的为人。"

魏长生望着亭外飘飞的雪花，说："多美的雪，我们吃吃喝喝也差不多了，我建议大家到外面走走如何？"

几个人一愣，但旋即又明白了魏长生的意思，他这是要趁着酒兴雪中漫步呢。高朗亭说："这个主意好，我同意。"大家披上外套，鱼贯而出。

天地间一片雪白，只听见雪花落在地上扑簌扑簌地响。魏长生捧起一捧雪，放在鼻下轻轻地嗅着，他畅快地闭上眼睛，仿佛那雪花正散发出阵阵清香。旋即，他又仰起脸，眯着眼睛，任雪花落到脸上。一会儿的工夫，众人的须发都白了。

鲁麻子说："魏爷，此情此景，怎能无戏？"

只见魏长生站到一处高坡上，迎着漫天飞雪，翩翩起舞，他大声唱道：

只听得金鼓连天震地，
人赛彪，马似龙驹。
旌旗闪闪黑白一似云飞，
见番兵一似群羊队，
发似枯松，脸如黑漆，鼻似鹰钩，须卷山眉。
御弟吓！叫他们下阵到关前去……

凄清，沧桑，愤怒，声音裹挟着风雪，像一条绳子，将听者的耳朵捆住了，身子捆住了，心也被牢牢地捆住了，身心都被勒得紧紧的。鲁麻子、高朗亭和沈霞官三人像三个傻子，在雪地里木然而立，连眼睛都不晓得眨了。他们的魂被魏长生的声音带走了，带到了塞外，找不到回去的路了。雪地里唱戏的魏长生也傻了，头发散开了，长发翻飞，乱丝裹着风雪扑面而来，他也不理一下，仍旧痴了癫了一般跳着唱着：

弦断了！

若说是弦断了，好一似宝镜昏难照。

若说是弦断了，好一似花落连根倒。

若说是弦断了，无声了，好一似银瓶坠井绳难吊……

魏长生越唱越沉醉，三个听者也跟着一同沉醉。鲁麻子的脸上一片水光，分不清是泪水还是雪水，水珠子顺着他的山羊须滴下来，落到雪地里。这时，只听慈悲庵那边忽然传来一记钟声，高朗亭突然清醒了。他一瞅眼前场景，心想，不好，魏师傅可能喝多了。他大叫一声："快扶师傅上车回府！"

鲁麻子和沈霞官同时一个激灵，都醒了，三人手忙脚乱地将魏长生搀了起来。魏长生仍在摇头晃脑地唱着"弦断了弦断了……"鲁麻子揩了一把脸，甩着头发上的雪水，说："今天太值了，此生怕是再也听不到这么好的戏了。"

高朗亭说："师傅唱戏就是这样，入戏特别快，他一开口就成了戏中人。别人是做戏，他是活戏，活在戏里，经常不晓得回到俗世里来。"

沈霞官说："要不鲁叔怎么说他是戏神呢？他配得上这个'神'字。"

鲁麻子长长地叹了口气："我听了大半辈子戏，见识过那么多的伶人，像魏长生这样的人，还是第一个，此后恐怕也不会有第二个了。"

马车里暖和多了，魏长生静静地睡着了，发出均匀的鼾声，他可能好久没有这么畅快地睡过一觉了。

魏长生搭班三庆，即将在京城戏园复出的消息，像一阵飓风，在戏迷们中间传播着，人人奔走相告。早年看过魏长生演出的戏迷们，个个翘首以待，巴望着再睹昔日戏神的风采。

梅灵早在苏杭时,就听过魏长生的大名,也看过他的戏。不过,那时的她,虽喜欢看戏,但还没动过学戏的念头。看一个角儿演戏,看戏的人和学戏的人角度是不一样的,看戏的人只关心戏好看不好看;学戏的人则要专业得多,什么唱腔、身段和动作,都要反复揣摩,目的是为我所用。梅灵好后悔当时没有跟在魏长生后面学几招,现在,机会来了,岂能再错过?这不,她又缠上了鲁麻子,要他介绍她到魏长生名下当徒弟。

梅灵拿出一只烟袋,这只烟袋除了下面的铜烟锅,通体都是玉的,碧绿透亮,一看就是稀罕物。鲁麻子一见,眼都绿了,问道:"丫头,哪来的宝贝?"

梅灵一撇嘴,意思是你甭管,又故意诱惑他说:"听说这是当年下面的人孝敬和珅的东西,不过,他可是一回都没有用过。"

"瞎扯,和府不是抄了吗?他家的东西都充公了。"

"我是说,假如我是在抄家前顺出来的呢?"

鲁麻子点了点头说:"有道理,快给我吧。"梅灵说:"想得美,谁说我要送给你?"

"你这鬼丫头,我还看不出来吗?你肯定是又有事求我,把烟袋拿过来,干爹答应你就是。"

"你什么时候成了我的干爹?"梅灵纳闷地问道。

"这么说,你是不愿意了?你要真是不愿意就算了,烟袋我也不要了。"鲁麻子故意不看烟袋,也不看梅灵。

"本来我想套你办件事,没想到把自己也套进去了,给自己弄出个干爹来了。想我堂堂总督家的千金,罢罢罢,今天就勉为其难,做你这糟老头子的干闺女吧,我看你打这主意也不是一天两天了吧?"

鲁麻子拿过玉烟袋吸着烟,听了梅灵的话,乐得大笑,被一口烟呛着了,咳得泪水直滚。梅灵帮他捶着后背。

鲁麻子说:"干闺女,你托我什么事?"

“我想跟魏长生学戏。”

鲁麻子一愣,说:“你一个姑娘家,跟在我后面在茶楼里打打鼓书得了,学什么戏呢?哪有女人学戏的?”

“跟在你后面有什么出息?本姑娘就一辈子待在茶楼那种地方吗?不行,我要登台唱戏!”

鲁麻子咂巴着嘴:“你要是个男人,我现在就可以给你打包票,可是……唉,我替你说说看吧,魏三要是不收女人你不能怨我。”

“不行,他必须收下我这个女徒弟,他要是不答应,我……”

“你要怎么样?”

梅灵一瞪眼:“我就死给你看!”鲁麻子吓得一缩脖子说:“这么刚烈的干闺女,我还是不要了吧。”梅灵大声地说:“干爹都叫了,退得回去吗?”

鲁麻子只好硬着头皮去找魏长生。还别说,魏长生二话没说,一口就答应下来。在来之前,鲁麻子心里还真没底,他担心魏长生不收女徒弟,没想到事情这么顺利。魏长生不但爽快地收了,还发了一番感慨:“也不知从啥时候开始,官方禁止女人登台唱戏,由男人来扮女人,时间久了,大家习惯成自然。可这终究是不正常的,我们男人扮女人,是不得已而为之,扮得再逼真,男人毕竟是男人,能有个六七分像就不错了。我相信,女人终究还是要由女人来扮的,戏台上很快就会有女人的身影。我魏三有了女徒弟,在梨园界开了先河,我还要感谢你鲁麻子呢。”鲁麻子本来是求他办事,这么一说,反倒把鲁麻子弄得不好意思。戏神就是戏神,和常人的思维就是不一样。

一天晚上,魏长生、高朗亭以及管事洪朴小聚,商议魏长生的三天炮戏该怎么个唱法。魏长生虽在京城里红过,但毕竟离开京城十多年了,而且他已五十七岁。他现在到底还能不能唱戏,唱功如何,很多戏迷,包括梨园界的不少伶人,心里都是存在这个疑问的。因为按当时的梨园惯例,旦行的伶人,到了四十岁以后,基本就淡出或退出舞台了。魏长生以高龄再返京城戏台,挑战梨园陈规,唱好三天炮戏非常重要。

高朗亭把三庆班进京以来的演出情况以及嘉庆三年(1798)禁唱花部诸腔的严峻形势向魏长生详细叙说了一遍。魏长生听后,点头赞许说:"京畿旱灾,徽班率先赈灾,得到嘉庆赐匾,你们做得很好。这几天我也留意着坊间评价,京城百姓对徽班印象普遍很好,都说徽伶是义伶。这种好口碑是多少银子也买不来的。你们倡导台上唱戏、台下做人,我完全赞成,要将它作为我们徽班长期遵守的准则。不好好做人,戏唱得再好也没用。"

高朗亭说:"可是,师傅,我们现在只能唱昆、京二腔,好多戏我们不敢唱。"

魏长生一挥手说:"不足虑也。"高朗亭愣着眼看着他,不知道他的话是什么意思。魏长生说:"花雅之争,也不是一次两次了,哪一次都是禁花部,禁来禁去结果如何?花部该唱的最终还是要唱。只要百姓爱看,朝廷能禁得了吗?昆腔雅则雅矣,可曲高和寡,贩夫走卒能听得懂吗?京腔就知道震天吼,加上锣鼓喧闹,一场戏听下来,把人的耳朵底子都震聋了。戏还要从百姓生活里,回到凡人的情感里,所以秦腔火,徽腔火,梆子火,都是有道理的。"

高朗亭说:"道理我懂,可朝廷不让唱能怎么办?"

"有办法。"魏长生说,"我们在公开的戏码上写明是昆腔,可落实到具体唱腔上,该怎么唱就怎么唱。"

高朗亭说:"我懂了,这叫明修栈道,暗度陈仓。"魏长生说:"对,就是这个意思,糊弄他们一下。"

洪朴在一边担心地说:"可是,万一官方查起来咋办?"

"洪管事,别担心。"魏长生说,"禁花部是不得人心的,花雅争秀,阴阳相偕,多好,嘉庆是明白人。他当年禁戏,凭我的判断,应该是对他父亲,也就是老乾隆过度爱戏的一种反拨。当年的宫廷戏班子南府和景山的规模也太大了。现在,乾隆爷早已宾天,宫廷演戏机构拆的拆,并的并,精简得差不多了。花部诸腔再这样长期禁下去,梨园界是一片哀鸣,死气沉沉。毕竟百姓喜欢才是王道,他们喜欢,我们就唱。真有官方来查,到时责任由我承担,我这一大把年纪了,还怕什么?大不了将我遣送回原籍。要是朝廷默许,那我们就赚大了,我们总要试一试朝廷的态度。”

洪朴望着高朗亭，等着他的决定。高朗亭思忖了一会儿，老是唱昆、京二腔，徽班早就人人憋了一肚子气，这样唱下去何时才有出头之日？现在魏长生来挑这个头，挑战朝廷禁令，岂有不支持之理？万一成功了呢？想到这里，他用力点了点头说：“就按魏师傅说的办。”

魏长生唱炮戏的戏园在广和楼，第一天的戏码是《汉贞烈》和《大闹销金帐》，都是秦腔。《汉贞烈》说的是昭君出塞的故事，《大闹销金帐》说的是鲁智深假扮太公女戏弄前来强娶她的小霸王周通。两出戏一庄一谐、一悲一喜，安排得非常合理。

梅灵既然做了魏长生的徒弟，师傅的戏她当然要看。她坐在戏厅最后一排，用一个大围巾包着头，不让人看出她是个女的。

开锣了。只见两列士卒出场，一列汉兵，一列番兵。两军一上台就厮杀起来，只见满台士卒翻滚，刀光剑影，杀声震天。汉兵很快就败下阵来。忽然，只听一声琵琶响，如银瓶乍破，全场突然安静下来。只见魏长生扮演的王昭君出场了。姜果然是老的辣，他甫一亮相，就得了个碰头彩，叫好声经久不歇。

只听又是一声琵琶响，全场再次静了下来，几面番旗也一动不动。王昭君幽怨地唱道：

> 姣容貌，瘦损腰，
> 手托香腮珠泪抛。
> 我宁做南朝黄泉客，
> 决不做夷邦掌国人。
> 教我泪洒如倾，泪洒如倾……

魏长生的《汉贞烈》开场就和别人不一样，戏一开锣就是激烈的厮杀，戏迷的情绪一下子就被调动了起来，心弦绷得紧紧的。然后，王昭君才正式登场。

这场戏的内容和本子有不少差别。难怪人说魏长生不守旧本，常演常新。就是同一出戏，他在不同时间表演，也会有差别。所以，戏迷看他的戏，哪怕是老戏，都能看出新鲜味来。这正是他的高明之处。

魏长生身材颀长，面容清瘦，他将王昭君演绝了。虽然已五十七岁的高龄，但经过精心化装，并看不出老态。他披着一件狐皮斗篷，怀抱着一面老琵琶，昂首挺立，身后番旗翻滚，给人一种胡风猎猎之感。满头蓝色的珠翠，随着他的走动，发出幽幽的冷光。人的声音也是会老的，人老了，声音会变得干涩、生硬，但魏长生的声音未显老态，像深秋的雁鸣，珠圆玉润，寒意逼人。特别是“教我泪洒如倾，泪洒如倾”一句，边唱边不时做抚泪状。他每唱一词，必拖顿数次，短促、哽咽，每一个字音如同塞外浸染了风霜的寒泪，落在听者的心上。

《大闹销金帐》就好看多了，让人笑掉大牙。三庆班名丑刘八扮周通，魏长生扮刘小姐。桃花山的二头领小霸王周通，非要强娶桃花庄刘太公的女儿，太公不愿意，但也不敢得罪小霸王，一家人正为此苦恼。恰逢鲁智深路过，他路见不平，决意教训一下强娶民女的周通。他叫父女俩躲开，自己假扮太公的女儿，静等周通前来。周通喝得醉醺醺的，进入刘府，兴冲冲地要和刘小姐入洞房。刘小姐盖着头巾，故意不让周通揭下来，莺声燕语，娇态可掬，百般诱惑和戏弄周通，让戏迷捧腹大笑，大呼过瘾。最终，鲁智深将周通痛打一顿，并让他解除了与刘小姐的婚约。

这样的戏怎能不火呢？魏长生所到之处，人头攒动，人气爆棚，一场未毕，另一场戏就已经在等着他。他日夜忙活着。

京腔班的王金官虽然闪了腰，不能再登台唱戏，连走路都要拄着拐杖，但是，梨园界的风吹草动，都逃不过他的耳朵。魏长生第三次进京，加入三庆班，并在广和楼唱秦腔的事，他早就知道了。虽说嘉庆给徽班赐了金匾，但他们也不至于得意忘形吧，明目张胆地唱起了花部乱弹，禁碑还在老郎庙里立着呢，这不是公然抗旨吗？王金官费尽周折，好不容易才将徽班的嚣张势头压了下去，现在，他们又擎出魏长生这面大旗，明显是要借他的人气重新掌控京城戏园子。

不行，无论如何都不能让他们得逞。王金官决定亲自去探探虚实。

王金官拄着拐杖，在大成班班主袁成功和集庆班班主孙葵官的陪同下，来到广和楼，他要亲眼看看魏长生和三庆班唱的到底是什么戏。

他们先是看了看贴在外面的戏码，上面写着昆腔，看起来没问题。接着，他们来到戏厅里看戏。才听了几句，王金官就坐不住了，三庆班这唱的不就是如假包换的秦腔吗？他气冲冲地来到后台门口，朝里面喊道："叫高朗亭出来！"

其实，自王金官几个人一进戏园子，高朗亭就看见了。现在，见他指名道姓叫自己，不得不硬着头皮出来了。王金官将拐杖在地砖上戳得咚咚响，指着戏台上说："你们三庆班唱的这是什么戏？这不是秦腔吗？"

高朗亭当然不能承认，说："王班主，这是昆腔，魏师傅的新式唱法。"

王金官大笑："你们这是将我王某人当三岁小孩哄呢，挂羊头卖狗肉，我也不想和你作无谓的争辩，咱们戏衙门见吧。"说完，王金官等几位京腔班班主离席而去，出门直接上了骡车，向位于精忠庙街的戏衙门而去。

管戏的堂郎中仍然是范骏。听着王金官几位京班主言辞激烈地数落着三庆班抗旨不遵，范郎中慢条斯理地说："有这样的事？"

凭良心说，范郎中现在半点也不想理这档子事。嘉庆四年（1799），他陪着宫里的太监，亲自将皇帝褒奖的御赐金匾送到三庆班。时间才过去两年，现在又去找人家的麻烦，不是自己打自己的脸吗？不看僧面看佛面，皇上的金匾就挂在三庆班的大下处呢。不过，现在京班这几个老朽找上门来，不过问一下也说不过去。

于是，范郎中随着王金官几个来到广和园。到戏园的时候，戏已经唱完了，戏迷正在散场。范郎中看了看挂在墙上的戏码说："这上面明明写的是昆腔，你们怎么说他们唱的是秦腔呢？"

王金官说："范郎中，这戏码不过是幌子，是障眼法。你看这《大闹销金帐》，是淫邪的野路子，昆腔里根本就没有这个戏。"

范郎中说："也别这么说人家，本子是可以改编的嘛。"

这时，戏迷们听见了动静，范郎中和几个京腔班班主他们大都认识，大家就当着他们的面，纷纷夸魏长生和三庆班的戏好看。这个说，戏神就是戏神，我可以三天不吃饭，不能三天不看戏神的戏；那个说，这种戏要是禁，那些当官的怕是瞎了眼睛；还有人含沙射影地讽刺京班说，自己的戏不叫座，却专找别人的麻烦，干脆散了班上街卖红薯去得了。

范郎中对王金官等人说："你们也都听见了吧？大家都夸三庆班的戏好看，本官要是现在找他们的麻烦，这些人不戳我的脊梁骨才怪呢！"说着，也不看几位京腔班班主乌青的脸，自个儿哼着小曲，上轿走了。

王金官算是看出来了，这个范郎中变了，屁股坐歪了，明显偏袒三庆班，他根本不想深究。他陪着他们跑一趟不过是糊糊公事，指望他来教训三庆班，估计是没戏，此事看来还要另外想辙。

王金官等人悻悻而去，高朗亭是看在眼里，急在心上。特别是这个王金官，真是茅坑里的石头，又臭又硬。这些京腔班班主不会就此作罢，高朗亭太了解他们了。

为了试探朝廷对花部的态度，魏长生自炮戏以来，一直坚持着唱秦腔。一天，魏长生带回一个惊人的消息，说六大京班联名央求某个御史，就徽班重唱秦腔一事，已递了个折子到宫里去了，至于嘉庆到底会是什么态度，料想不久就会见分晓。魏长生在王公大臣中有不少故旧，他的消息一向很灵通。

接下来的时光才是最难熬的。

又是好几天过去了，宫里还是没有任何消息。一天，魏长生带来一只鹦哥，对梅灵叮嘱一番，让她到内城遛鸟去。皇城根下什刹海附近，有一处园子，每天早晨，有不少王公大臣和八旗子弟到那里遛弯儿遛鸟。

一天清晨，梅灵提着一只鸟笼，早早地来到了什刹海的那片林子。梅灵一袭水红的绸衣，加上人本来就长得漂亮，因此，她在林子里很是抢眼。遛鸟的都是男人，一个姑娘家提着只鸟笼子，许多老北京都没见过。魏长生叫梅灵来此遛鸟的目的，是设法接近常来此遛鸟的内务府总管瑞德。梨园里的事归内务府管，嘉庆如何处理那个折子，不会不征求内务府的意见，魏长生意在让梅灵找瑞德套套近乎，试着递个口风给他。

按魏长生的描述，梅灵很快就找到了瑞德。瑞德大个子，亮脑门，右颊有一块青痣，他提着个画眉笼子，远远地避开人群，毕竟身份不同。他到林子里后，将画眉笼子挂在河边一棵歪脖子树上，然后打一趟拳，再在河边转一圈后回府。

一天早晨，梅灵故意在瑞德的周边转悠着。魏长生的这只鹦哥有个特点，会唱一句戏词"弦断了弦断了"。这是《汉贞烈》一出中王昭君的一句唱词。鹦哥只会这一句，但是，它能以秦腔、二黄、昆腔、京腔、青阳腔、四平腔、吹腔、拨子、罗罗腔、花腔小调等十余种腔调唱出来，这自然是魏长生长期训导的结果。这只鹦哥还有一个特点，它一高兴就唱。

当梅灵拎着鸟笼经过瑞德身边时，早晨空气新鲜，林中百鸟啁啾，笼中的鹦哥快活地唱起了"弦断了"。果然，瑞德好奇地盯着梅灵和她手中的笼子。梅灵故意停下了，逗着鹦哥玩，和它说话儿。

瑞德终于忍不住了，来到梅灵身边，问道："姑娘，这只鸟怎么会唱戏？而且还会这么多声腔？"

梅灵装作不认识他，说："这位爷，这算什么呀，平常事。实不相瞒，在下梨园世家出身，乾隆爷下江南时，家父恩召御前献艺，一气唱了十几种声腔，把乾隆爷唱得心花怒放，当场御封为民间戏神。现在的梨园，只许唱昆、弋二腔，昆腔听不懂，京腔吵死人，花部诸腔不准唱，你让百姓到哪听戏去，还让不让人活啊！可怜梨园那些唱戏的，活得还不如我这只鸟呢！"

梅灵话语的弦外之音，瑞德何尝不懂呢？只是皇上要禁戏，他这做臣子的能有什么办法？当下，他装作不动声色，说："姑娘说得有理，这花部诸腔嘛，各有长短，又都各有妙处，在民间流传甚广，喜爱者众，一竿子全扫了自然不近情理。请问姑娘，怎么往日没见过你啊？"

梅灵说："哦，本姑娘到此走亲戚，在京城小住几日，看这里风光优美，这才携鸟过来转转。"

瑞德点了点头:“那姑娘明天还来吗?”

“这京城里无趣得很,昨天本姑娘逛园时,有人指着我的鹦哥说,这只鸟会唱花腔,是抗旨不遵,威胁本姑娘说要将它送官。这位爷,您说吓人不吓人? 本姑娘再待两天就打算回乡了。”

瑞德说:“真是荒唐,哪有说一只鸟抗旨的?”

梅灵奉承地说:“要是人人都像爷您一样通情达理,这天下梨园不就太平了吗?”

瑞德沉默不语,梅灵自我感觉圆满完成了魏长生交付的差事。回来后,她将与瑞德的对话一一说给魏长生听。魏长生点头赞许说:“意思你表达到了,至于有没有效果,一切就看天意了。”

几天后,从宫里传来了消息,嘉庆并没有追究魏长生和三庆班唱秦腔的责任,花部诸腔仍然不许唱,但是,特批魏长生可以唱一出秦腔戏——《背娃入府》。

《背娃入府》的故事情节很简单。由于穷困,男子张元秀一直寄居于表哥李平儿家。李平儿夫妇为人谦和,夫耕妇织,非常勤劳。尽管张元秀寄人篱下,但在表兄一家的照顾下,过得还算舒心。一天,张元秀上山砍柴时,在树林中捡到一件稀世珍宝温凉玉盏。张元秀欲将玉盏献给朝廷,苦于没有进京盘缠。李平儿拿出所有积蓄,李妻变卖首饰支持张元秀。张元秀如愿来到京都,献宝得官。没几年,张元秀当上了侯爷,衣锦还乡。为感念表兄表嫂的大恩,他邀请表兄李平儿夫妇携娃入府做客。张元秀与李平儿一家久别重逢。此时,恰有叫耿金文者前来拜谒。此前张元秀困顿时,屡受耿金文奚落,看到耿前来,张元秀想起旧事,怒而辱之,后在李平儿夫妇的劝导下,他才放下旧怨。《背娃入府》讲述的正是李平儿夫妇背娃进入侯府发生的趣事。

当魏长生得知这个结果时,兴奋不已,在太和楼订了两桌酒宴,要好好庆贺。席间,高朗亭忧心忡忡地说:“朝廷不过没有追究我们违旨唱秦腔的责任而已,可花部诸腔仍没有解禁,好多戏仍不能唱,这值得设宴庆贺吗?”

魏长生说："朗亭，此言差矣，我担心他们会像以前一样，将我遣回原籍，那我魏三真是半点办法也没有了。现在看来，形势比预计的要乐观，他们毕竟还允许我登台，虽然我只能唱一出戏，但这又有什么关系呢？"

高朗亭说："你老是唱这一出戏，就算你不感到厌烦，戏迷也会厌烦的，到时没人买你的座。"

"这事要是放在别人身上，也许就完了，但我魏三不会，能唱戏我就已经很满足了。你岳父不是称为我戏神吗？虽然我受之有愧，但也要努力对得起这个称号。朗亭，说句夸海口的话，虽然宫里只许我唱一出戏，我偏要把一出戏唱出百种风味来。"

高朗亭一愣，明白了魏长生说的是什么意思，他真有这个本事。

魏长生高兴得像个孩子，手舞足蹈地说："朗亭，我们又赢了，我有一种预感，在不久的将来，朝廷就会解禁花部诸腔的。这一出秦腔就是个缺口。之所以现在还没有解禁，是因为皇上不想给人出尔反尔的印象。"

高朗亭说："但愿如此。"

从此，魏长生就安心在三庆班唱戏，唱来唱去，都是这一出《背娃入府》。不过，他每次都不守旧本，每场都能临时发挥，加入新的唱腔或身段，让戏迷觉得有新意。他将一出《背府入娃》唱得登峰造极。有人说，梨园里，将来怕是十年内没人敢唱这出戏了。

魏长生的爱徒陈银官听说师傅又重返北京，不久，他也二度来到了京城，加入三庆班唱戏。有了此前吃亏的教训，他老老实实地只唱昆、弋二腔，倒也没生出什么事端。魏长生还收了个徒弟刘朗玉，大兴县人，二十岁，眉清目秀，举止文雅，一笑倾城。就像男人老来得子一样，魏长生对这个徒弟宠爱有加。三庆班有了魏长生师徒加入，实力和人气倍增，成为京城梨园当之无愧的第一大班。

第二十章　绝唱

嘉庆七年(1802)初夏的一天,三庆班大下处,高朗亭带着苏小三、陈金彩还有来顺三个徒弟在练功室里练功。来顺手里拿着根棒子,舞着棍花。高朗亭远远地看着,不时皱着眉。来顺的动作今天有点僵硬,不像平时那么顺溜。这孩子,脑子虽然聪明,但学戏似乎总是不得要领,也不专心,心里像装着什么事,进班三年了,啥功夫都会一点,却又远远不到火候。

高朗亭叫道:“来顺,过来。”

见师傅叫,来顺来到高朗亭面前,他一边揩着头上的汗,一边叫了声“师傅”。他穿着件土布对襟小褂,身子瘦弱,衣服显得很空,胸前洇出了两块汗渍,不能说没有用功。

高朗亭发现来顺的身上有点不对劲,就捋起他的袖子和裤腿,发现他身上青一块紫一块的。他又拍了拍来顺的前胸后背,来顺痛得哇哇大叫。高朗亭问道:“你又打架了?”来顺低着头,说:“没有,练功练的。”高朗亭说:“你竟敢和师傅撒谎,练功能练成这样?陈金彩,拿戒尺来!”

听说拿戒尺,来顺吓得扑通一声跪倒了,求饶道:“师傅别打!我说,我今天早晨去看妹子,又被人家逮到了,结果……”

高朗亭明白了,他想起来了,来顺初到三庆班的时候,也去看过他被卖到云香院的妹子来春,结果被人家当成贼逮到了,被揍了个半死。三年过去了,他基本淡忘了此事,没想到今天来顺又被人家揍了一顿。他问道:“你老实跟我说,这三年来,你共被他们揍过几次?”

来顺低着头说:“记不清了。”高朗亭大声地说:“是真的记不清,还是多得记不清?”

来顺说:“多得记不清,每次被发现时都要被打一次。不过,每次都不重,徒弟我跑得快。”

高朗亭痛苦地闭上了眼睛,这还叫打得不重,这孩子,怕是被打得遍身是伤了,这会影响他发育的。难怪学戏总是心不在焉,他的心思全在来春身上了。

来顺见师傅的脸色阴得可怕,又跪在地上说:“师傅,俺一想到来春再过几年就要接客我就吃不下饭,睡不着觉,俺的心就像在油锅里煎。师傅,你也打我一顿吧,我一定好好练功……”

“好了,起来吧,你身上有伤,先歇着。”高朗亭又对陈金彩说,“带他到郎中那看看,开几服发伤的药,拿去叫师娘煎了。”

陈金彩带着来顺看郎中去了。高朗亭拿了件外套,悄悄出了门,往八大胡同方向走去。

高朗亭从没去过那种地方,也不知道云香院在哪里,一路走一路问,自然拣男人问。嘿,你别说,问的男人竟然都知道,他很快就找到地方了。一长溜望不到尽头的围墙,正中是一座高大的门楼,上面挂着一块彩匾,写着“云香院”三个大字,比皇上赐给三庆班的金匾还要精致。再看墙根,停着一长溜马车,也是望不到头。眼前是一处宽敞的院落,花木扶疏,竹林掩映,琴声悠扬,确是块好地方,难怪男人都爱往这地方钻。走进院门,就有一股香气往脑门子里钻,人就有些迷糊。

高朗亭昂着头梗着脖子直往里闯,才走几步,就有伙计满脸堆笑地前来招呼。高朗亭说:“我找你们管事的。”伙计见来者不善,态度也变了,说:“你是什么人?管事的是你想见就见得着的吗?”

“早晨有个男孩来这里,被你们打了,有没有这事?”

“哦,懂了,你说那臭小子啊,要不是溜得快,我打断他的腿!”

“这么说,就是你打的了?才十来岁的孩子,你一个大人,下得了手吗?难道你们青楼里的人个个都像你一般黑心肠?”

“谁在这嚷嚷呢? 还骂人。”高朗亭一看,一个优雅的中年妇人,手里拿着块丝帕,一扭一晃地走了过来。伙计见状说:“王妈妈,就是这个男人,我看他是来找碴的。”王妈妈从头到脚将高朗亭打量了一遍,问道:“那个兔崽子是你儿子?”

“不是我儿子,是小徒,我是三庆班的。”

“咦,原来是唱戏的,横什么横啊?”王妈妈晃着杏花眼,白眼珠子在杏花眼眶里至少跑了两个来回。

“我们唱戏的怎么了,碍你惹你了吗? 你们为什么对一个孩子下狠手? 而且打了还不止一回,为师我今天来就是给徒弟讨一个说法!”高朗亭说着,找了张椅子坐了下来,大有讨不到说法就不走了的架势。

“那个臭小子,活该挨揍,下次再来,我们要打得他爬不起来。他说他妹妹在我这里,我这里小姑娘这么多,哪个是他妹妹? 谁能证明? 这些小姑娘都是我真金白银买来的,这要是拐走一个,我找谁要去? 再说,他每次来,要么爬树,要么翻墙,只要他一来,小姑娘们弹琴唱曲就分了心。而且他来时也不分白天黑夜,有时半夜三更钻进来,把客人都吓跑了,我们还怎么做生意? 唱戏的,你说,这样的人该不该打?”

好个伶牙俐齿的王妈妈,不得不承认,她说得还有几分道理。高朗亭说:“不管怎么样,他毕竟还是个不懂事的孩子,你们把他赶走就是了,何必下狠手? 非要把人打得遍身是伤!”

王妈妈说:“说得轻巧,只要他下次还敢来,看老娘不叫人打断他的狗腿!”

高朗亭呼的一声站了起来,拍了一下桌子说:“你们还有没有人性? 这里还有没有王法?”

王妈妈一撇嘴:“咦,唱戏的,我可不管你是三庆班还是四庆班的,你可别在我这里发脾气。难怪有那样乖张的徒弟,跟好学好,跟叫花子学讨,什么样的师傅就带什么样的徒弟!”

高朗亭气不打一处来,指着王妈妈说:“你说谁是叫花子?!”

王妈妈叉着腰,歪着头说:“谁接茬就说谁!”高朗亭气得直哆嗦,说不出话来,嘴里不停地说:“你、你、你……”

“什么你呀我的,妈妈我今天开个恩,有本事你把人家小女伢赎出去,我只收你一千两。”

“你以为我不知道吗?这些小女伢都是大前年旱灾时,小天喜送到你这来的,一个女伢不过三五两银子,这才三个年头,你就要一千两。这是喝人血呢!”

“我这里是什么地方?吃的是山珍海味,穿的是绫罗绸缎,还要请师傅教她们琴棋书画,这一天的开销就要好几两银子。你不过是个穷戏子,我也懒得和你啰唆。来人啊,把这个蛮不讲理的戏子给我轰出去!”王妈妈话音刚落,便出来两个五大三粗的伙计,一人夹住高朗亭的一条胳膊,老鹰拎小鸡一般将他拎了起来。来到院门口,两人合着一使力,将高朗亭高高抛了起来。

高朗亭被摔得鼻青脸肿,躺在马路上,半天爬不起来。见妓院里扔出一个大男人,不少人过来看热闹。这个说,这人这是怎么了?那个说,婊子无情,还不是没钱,被妓院扔出来了。还有人说,也说不定,也可能是想吃白食被人揍了……

高朗亭恨不得找个地缝钻进去,也不知哪来的力气,哧溜一下爬了起来,一头钻进了人群,溜了。

高朗亭气得病倒了,好几天都没有到戏班去,受了气,闷在心里还不能说。玉凤请了郎中,开了几剂疏肝理气的中药,早晚煎给他喝。喝了两天,半点用没有,高朗亭一咳嗽就感觉胸口痛,可能在云香院气过了头。

第三天,魏长生来了,后头跟着一个小女伢。高朗亭说:“这女伢是谁?”

“来春啊,来顺的妹妹。”

“啊,魏师傅,你怎么把她带出来了?王妈妈怎么会同意?”

“瞧你说的,妓院是见钱眼开,她要银子,我就给她银子,这不就带出来了嘛!”

“魏师傅,你是怎么知道这事的?”

魏长生说："你还想瞒我？这好好的人怎么就病了呢？我找来顺一问就问出来了。下面还有戏呢。"说着，朝门外喊道，"都进来吧！"

梅灵和来顺领着二十个女娃子一下子拥了进来，把屋里都挤满了。这些女娃和来春差不多大，都是十来岁的样子。高朗亭愣了，这是怎么回事？

瞧着高朗亭纳闷的样子，魏长生笑着说："我去赎来春，你猜怎么着，这些女娃子一下子拥到我身边，抱胳膊的抱胳膊，抱腿的抱腿，把我死死拽住了，让我带她们一起走，大呼小叫，个个哭成了泪人。哎呀，朗亭啊，那个场面你是没看到，铁石心肠的人都会落泪的。你说我怎么受得了这个，一咬牙，罢罢罢，整整二十个，一共两万两银子。老鸨还算有点良心，她就是再多要点我也认了。"

"两万两还算少啊！您从哪弄来那么多钱？"

"回来借的，三庆班借了，四喜和春台也借了，凭我魏长生的为人，借两万两银子还是没问题的，兄弟们都很给面子。"

魏长生又对那些女伢说："来，都过来，给高班主磕头，他也是你们的救命恩人，要不是他好心到云香院跑了一趟，哪会有后来的事呢！"

高朗亭说："魏师傅，这就折煞我了，您才是他们的救命恩人。您来京时间不长，也没什么积蓄，这样吧，您依我件事，这两万两银子算我们三庆班的。"

"那怎么行呢？戏班子平时唱戏，虽说有些收入，但兄弟们还要养家糊口，不能因为我个人的事而影响大家过日子。"

高朗亭急了："这怎么是您个人的事呢？您救二十个女娃脱离火坑，是件功德无量的义举。既是义举，我三庆班怎能坐视不管？"

"朗亭，我们别争了，我明天就和梅灵、来顺送这些女娃子回家，估计要三四天时间。"听魏师傅说明天就送她们回家，女娃们一个个乐得又蹦又跳，乐了一会，又一个个抹起眼泪。

高朗亭问那些女娃说："对了，你们都知道自己的家在哪儿吧？"女娃们一个个争着说知道知道。

魏长生说："我问过了，她们大多是河间府任丘、隶宁、阜城几个县的。嘿嘿，不瞒你说，我巴不得有几个无家可归的，这样就可以拣几个当作女儿养。我魏三这辈子徒弟倒是收了不少，女儿倒还没有一个呢。”

高朗亭说：“师傅，那就这么说定了吧，明天你们放心地去吧，家里有我呢。还是那句话，那两万两银子算我们戏班的。”

魏长生说：“别说了，你休息吧，我还要给这些女娃子安排住处呢。”说着，和梅灵、来顺领着她们出去了。

心病解了，高朗亭很快就好了，药也似乎见效了，胸口也不痛了，又可以照常上台唱戏了。

十多天后，魏长生从河间府回来了，高朗亭到他位于珠市口的家中去看望。珠市口以前叫猪市口，是处生猪集市。有一年，乾隆经过珠市口大街去天坛祭天，闻得此地臭气熏天，一问才知是生猪集市。他觉得离正阳门太近，且是去天坛、先农坛等地祭祀的必经之地，就下旨将猪集挪走，并改名珠市口。珠市口一直有道儿南和道儿北的说法，穷人住道儿南，富人住道儿北。道南边都是些小胡同、小院子、小门脸，小门小户；道北边则是高门大户、酒楼、会馆和戏园子。一条街就把贫富分得清清楚楚。魏长生进京后，在道儿南买了幢小院子，和去年新收的徒弟刘朗玉住在这里。

高朗亭到的时候，魏长生正在睡觉。高朗亭说：“师傅，对不住，打扰您休息了，这几天怕是累着了吧？”

魏长生伸了个懒腰说：“这一趟跑回来，我越来越觉得这件事做得对，那些女娃回家，那场面就别提多感人了。她们的亲人们根本就没想到她们还能回来，一见面就抱头痛哭，那个哭得惨啊，我们几个都陪着流泪。哭够了，一家男女老少都朝我们磕头，然后杀鸡宰羊的，说什么也不让我们走。你看，这十多天下来，我身上恐怕长了好几斤肉。”

高朗亭说：“难怪了，出门前您说只要三四天时间，没想到待了这么久，我还以为有女娃子没找到家呢。”

“怎么会？被卖时最小的也有五六岁了，家和家人，她们日夜都念叨着呢，一个个记得比啥都清楚。”魏长生又说，“对了，你来得正好，还有件事要和你商量下，乡下正在收麦子，来顺爹说，自那年受灾后，连续几年都风调雨顺，今年年成尤其好，麦子丰收。乡亲们都商议好了，等收了麦子，就到城里来请三庆班到他们那唱几天戏，好好庆祝一下。还一再央求我跟你说说，请三庆班给个面子，乡下人看场戏难，不少人一辈子都没看过一场正儿八经的戏。”

“行啊，也不是多大的事，他孙子来顺还在我们戏班当学徒，这点面子不给的话，黄老头在乡亲们面前也不好做人，反正我们三庆班伶人多，到时派一批过去就是了。”

魏长生若有所思地说：“到下面府县去唱戏，把花部乱弹的戏多弄几场，乡下百姓听不懂昆腔的，只要好看就行。乱弹好久不唱，大家都生疏了，乱弹任何时候都不能丢啊，戏园里不许唱我们就在家里唱，到乡下去唱。我的秦腔，你们的二黄，还有梆子、吹腔、拨子、青阳腔、罗罗腔，只要百姓爱听，我们就唱，一个也不能丢。”

高朗亭说：“师傅教诲得是，徒儿牢记了。”

过了一段时间，黄有田果真带着几个乡亲到京城来了，带着大红的请柬，正式邀请三庆班到河间府去唱丰收戏。高朗亭接受了邀请，说过几天就下去。黄有田和乡亲们欢天喜地地回去了。

几天后，高朗亭带着梅灵、沈霞官、樊大等一班角儿到河间府唱丰收戏去了。京城的戏园子演出，由管事洪朴负责，角儿有魏长生、陈银官、杨八官、金双凤等人。三庆班伶人多，能唱的戏码也多，应付两个场面绰绰有余。

魏长生为了替女娃子们赎身，新欠了两万两银子的债务，对他来说，这笔钱并不是个小数目。虽然高朗亭表态说这笔钱算三庆班的，但怎么行呢？朝廷只许唱昆、弋二腔，戏班子的收入不比往日，伶人们加上家眷有好几百口人，都要吃饭呢。这笔钱当然由他来还。可是，毕竟不如十多年前二次进京时的风光了，年纪大了，最要命的是他好多拿手的秦腔戏不许唱，只让唱一出《背娃入府》。空有一身本事，却如同孙猴子被套上了紧箍咒，只能闷在心里，做一个闷葫芦。这真是要人的命呢。

本来,魏长生一天只唱一场戏,可为了还债,他每天还到四喜、春台两个徽班加唱两场。戏的内容还是那一出《背娃入府》。当然,具体到每一场,他都不拘旧本,都会有一些新的变化。一天唱三场戏,而且是在三个不同的地点。他唱戏的时候,驴车就等在外面,演出一结束就上车赶另一个场子。这样自然很累。要是高朗亭在家,怕他累着,肯定不同意他这么做。现在正好他到河间去了,魏长生趁机多唱几场,多挣几个是几个。他还从没欠过别人的钱,欠钱的滋味不好受,他心急如焚。

戏是魏长生的命。他喜欢活在戏里,活在不同的角色里,做各种不同身份的女人:《牡丹亭》里的崔莺莺、《滚楼》里的黄葵花、《烤火》里的尹碧莲、《买胭脂》里的王月英、《葡萄架》里的潘金莲,还有《背娃入府》里的表大嫂,等等。她们中有女匪头,有阁中少女、乡间民妇,甚至,还有青楼女子。她们有血有肉、敢爱敢恨,是一个个活生生的人。魏长生喜欢戏台,喜欢她们。

一天下午,魏长生又在广和楼的后台候场,一会儿他要唱《背娃入府》。这是他当天唱的第三场戏了。魏长生扮表大嫂,杨八官扮她的丈夫李平儿,金双凤扮李平儿的表弟张元秀,名丑刘八扮中军。魏长生演戏极其认真,每一个动作,每一句唱腔,都毫不含糊。杨八官递给他一杯水,魏长生接了过来,只咂了一小口,算是润润喉咙。实际上,他当时非常渴,很想将那杯水一饮而尽。然而,每次上场前他都不敢喝水,他在台上的戏份儿重,时间长,要是水喝多了有了尿意无法解决,会直接影响台上的发挥。

杨八官发现魏长生的脸色很不好看,脸膛灰暗,眼神黯淡,可能这些天每天三场戏,让他累着了。杨八官说:"魏师傅,我看你累了,这场戏要不你歇歇,换个角儿来唱?"

"那怎么行?戏码都贴出去了,临阵换将是大忌,戏迷会失望的。"

"我担心你的身体……"

魏长生说:"我没事的,就是有事也要挺住,把这场唱了再歇不迟。八官,这场中我要加点戏弄中军的戏。”

魏长生解释说：“当表大嫂知道自己的表弟是侯爷，远比中军的官儿大，就想依仗表弟的官势来压压中军的威风。”他指着刘八说，“戏弄戏弄他，把他戏弄得越尴尬，戏迷们就越觉得好看。”杨八官说：“我看很好，我们先比画比画。”于是，三个人凑在一块，将新增加的内容大致预演了一遍。

魏长生的《背娃入府》又开锣了。有的戏迷已一连跟了他多场，发现每一场都有变化，都会有新的内容。魏长生一出戏唱百样就越传越神，跟戏的人自然也就越来越多，他们看过后次日就在茶楼里品评，评议新增加的内容精彩与否。

《背娃入府》里今天戏弄中军的内容，又是他们此前没有看过的。戏是这样的：

（刘八饰）**中军**：禀侯爷！

张元秀：讲！

中军：表大奶奶到了。

张元秀：传有请！

中军：有请！

（魏长生饰）**李妻**（丑旦）背娃，手拿烟袋上，进。

中军：威！（李妻跪）

张元秀：嫂嫂不必胆怕，嫂嫂请起！（李妻起）

中军：威！（李妻又跪）

张元秀：嫂嫂不必胆怕，嫂嫂请起！（李妻起）嫂嫂请坐！（二人同坐）

中军：威！（李妻起立）

张元秀：嫂嫂不必抬座，嫂嫂请坐！（李妻坐）中军，看茶！

中军：有。（端茶）

张元秀：嫂嫂说话些！

李妻：你、你、你、你跟我说话哩，你问谁呢？

张元秀:嫂嫂,我问你呢。

李妻:你、你、你、你问谁呢?

张元秀:我问你呢。嫂嫂,说话些!

李妻:你、你、你、你跟我说话呢,你是谁呀?

张元秀:我问你呢。嫂嫂,说话些!

李妻:你、你、你、你跟我说话呢,你是谁呀?

张元秀:我是那表弟张元秀。

李妻:张元秀?张元秀,我把你个狠心的狼娃子!

中军:威!(李妻急跪)

张元秀:嫂嫂莫要胆怕,嫂嫂请起!(李妻起)嫂嫂请坐!(李妻坐)嫂嫂,你说话呀!

李妻:你、你、你、你叫我说话呢?你是谁?

张元秀:我是那表弟张元秀。

李妻:咋、咋、咋、咋的个话,你是我表弟张元秀?

张元秀:正是。

李妻:表弟,咱俩说话哩,威来威去的,他是个干啥的?

张元秀:他是个中军。

李妻:他大嘛还是你大?

张元秀:表弟我大。

李妻:他有胡子,你没胡子,难道说都没大小了?

张元秀:表弟我的官衔大,所以我能管他。

李妻:你嫂嫂我呢,管得下?

张元秀:嗷,也能管下。

李妻:我表弟做了官了,说话言文都不对了。既然能管下,那弟你请坐,叫嫂嫂会一会胡子大爷去。

张元秀:嫂嫂请便!

李妻:表弟你先得位,叫我把身上的土拍净。世事真个浅薄。人常说人有旦夕祸福,马有转缰之症,不知道人家的铁索壮嘛我的钩歪。乡里人头一天进城,一字不识得,就您管一个人!真是涝池大了,鳖也大了!今天可轮到我务人的时候了。那是胡子大爷!

中军:表大奶奶!

李妻:你大嘛我表弟大?

中军:侯爷大。

李妻:你怎么有胡子,他没胡子?

中军:侯爷的官衔大。

李妻:他管着你呢,还是你管着他呢?

中军:侯爷管我着呢。

李妻:表大奶奶我呢?

中军:你也能管下。

李妻:真个涝池大咧鳖大咧!跪下!(中军跪)起来!(中军起)跪下!起来!……

中军:表大奶奶,我实在来不及了。

李妻:你才给来不及了!我跟我表弟在那里说话哩,你立一个威,站一个威;前一个威,后一个威;左一个威,右一个威,就说你威着是啥毛病呢?

中军:那是给侯爷助威哩。

李妻:甭说咧,甭说咧。乡里人没进过城,我就不爱威,三下威不到向上,我就不受活。我跟我表弟拉家常哩,你好好立在那儿!

中军:威!

李妻:神经病了?

中军被表大嫂戏弄得一愣一愣的,这位村妇表大嫂,看着没见过世面,有点憨傻,实际上贼精着呢。戏迷们报以热烈的掌声。台上,表大嫂又开始戏弄表弟、身为侯爷的张元秀了，她是这么数落他的：

> 你是装下的不像，磨下的不亮，升子丢在地里——八棱子没相，锅刷子写字——笔画太壮，耙刺睡觉——屁股朝上；打你两个五分——你喔龇嘴胡犟，朝屁股上蹬上一脚——稀屎拉了一炕；吃的冷馍，睡的冷炕，点的琉璃灯，你还嫌不亮；你是羊皮一张搭在板凳上，生装的四腿没毛，死狗一条，爬下不跑，尾巴也不摇——你是个啥玩意儿；你真是鬼头肉，毛盖儿长在后头，见了你爹，你叫舅舅；花盆里栽娃，坟地没人看——你还当你务人哩；你是吃的石灰，唱的靛花——放你娘的月兰屁；把你爹死了——放你娘的寡妇屁；屎巴牛落在粪堆上了——生装你的夯货！

张元秀被这劈头盖脸的一阵骂骂晕了，只见他耷拉着脑袋，涨红着脸，恨不得一头钻进裤裆里。真是骂得太痛快太解气了，戏迷们还从来没见过这么数落人的，除了魏长生有这本事，当今梨园界恐怕再也找不出第二个。真可谓前无古人，后无来者。戏迷们全部站立了起来，两只手掌像有仇似的，死劲地拍打着，叫好声、聒噪声像八月十八的潮声，盖了尖了。那打赏的，掏出碎银、铜钱，也有整锭的银子，胡蜂一般飞向台上，像一阵阵雨点，落到戏台的红毯上，发出噗噗的闷响。

戏台上的魏长生也被戏迷们的热情感动了，他站在台口，不断朝台下躬身致谢。他的耳边嗡嗡地响着，突然眼前一黑，什么也看不见了。

杨八官早就看出魏长生有点不对劲，一直站在他身后，留意着他的一举一动。他发现魏长生使劲地揉着自己的眼睛，站立不稳，赶紧一个箭步上前，扶住了他，然后一把将他驮了起来。魏长生的身子好轻好软，像一件戏服，搭在杨八官的背上。

杨八官一阵心痛，进了后台，将魏长生放在椅子上，用指甲狠狠地掐着他的人中。众人大声叫着他的名字。魏长生醒了过来，吃力地睁开了眼睛，扫了眼众人,说:“我这是怎么了?”

杨八官说:“魏师傅,你这是累着了,现在好了,没事了。”管事洪朴端起一杯水,喂他慢慢喝了下去。众人舒了一口气。

在珠市口魏长生的住处,陈银官来了,他在另一家戏园里唱戏,听说师傅犯病,一下场,装都未卸,就匆匆赶来了。陈银官十几岁就跟着师傅学戏、唱戏,师徒感情深厚,情同傅子。看着师傅的内衣都湿透了,陈银官打来盆热水,和杨八官一道,替他抹澡。解开师傅的内衣,瞧着他瘦骨嶙峋的身子,陈银官豆大的泪珠噗噗地滴落到魏长生的身上。魏长生一直是昏迷的,说来也怪,泪珠滴落到他身上的时候,他醒了,说:“银儿,别哭了,师傅没事……”

“还没事?你这哪里是唱戏?是拿命在拼呢,你什么时候考虑一下自己?呜呜呜……”

魏长生摸了摸陈银官的头,又闭上了眼。这时,洪朴领着郎中来了,检查了一会儿,摇了摇头,对大家说:“脉象太弱,近于枯竭,我开几剂药,能不能恢复就看天意了。”陈银官一声痛哭:“师傅——”

这时,三庆班的伶人们闻讯都赶来了,挤满了魏长生的屋子。洪朴说:“安排一匹快马,快到河间请高班主回来!”

正在乡下唱戏的高朗亭、梅灵等人连夜赶了回来。高朗亭和梅灵扑倒在魏长生床前,大声叫着师傅的名字。魏长生再次醒了过来,示意将他搀扶起来。高朗亭知道师傅有话要交代,他试着搀了几次,可魏长生的身子软得像泥,哪里能搀得起来呢!高朗亭将他的胳膊从自己的颈上绕了过来,陈银官绕了师傅的另一条胳膊,两人如此将师傅夹在中间,勉强将他的上半身扶直了。

魏长生最后看了一眼三庆班的伶人,说:“秦腔不能丢,二黄腔不能丢,花部乱弹一个都不能丢,大家好好唱戏。”又对陈银官说,“师傅累了,送师傅回家……”

戏神魏长生走了,享年五十九岁。

众人放声大哭。陈银官在室内搜寻一番,不过才找到几两银子。想师傅一生唱戏，少说也挣下十几万两银子，可他乐善好施，救死扶伤，没想到临终时却囊空如洗。

高朗亭说："大家捐些吧，买副上等棺木，师傅前总是想着别人，这次无论如何都不能亏了他。"

收殓的当晚，高朗亭说："唱段二黄送送师傅吧。"他唱道：

别离泪涟，
怎忍舍汉宫帝辇？
恨无端歹贼弄朝权，
汉刘王忒煞懦弱无权，
那文官济济全无用，
就是那武将森森也是枉然，
却教我红粉去和番，
群僚呵，于心怎安，于心怎安……

唱的是《昭君出塞》里的戏词。在高朗亭幽怨而苍凉的声腔里，魏长生像王昭君那般远去了，他的身子像一只孤雁，消失在了大漠孤烟的深处，渐渐看不见了。

次日，陈银官素车白马，载着魏长生的灵柩，他要将师傅送回他的老家四川金堂。马车出发的时候，无数戏迷早已闻讯等在路边，他们焚纸燃香，祭奠一代宗师。

魏长生的灵柩上，他生前饲养的鹦哥用哭腔反反复复唱着一句："弦断了，弦断了……"

第二十一章　沪上百灵

魏长生的去世，让三庆班的伶人们很长时间都沉浸在一种忧伤的氛围里。虽然戏还照常演，在台上该笑时笑，该闹时闹，但是，一旦到了后台，人人都木着张脸，连话都懒得多说一句。间或也会有人忍不住，嘟哝一句，陈银官现在应该到哪了？或是说，蜀道险峻难行，他一个人带着沉重的灵柩，该怎么弄呢？走山路还是水路？听到的人眉头锁得更深了，吭都不会吭一声，该干吗干吗，因为这样的问题实在无法回答，提起来心都痛。

一天，高朗亭从内城唱完堂会回来，经过正阳楼时，透过骡车的车窗，他看见一个熟悉的身影正从酒楼里出来。他让车夫停下，仔细一看，原来是沈霞官。他喝得醉醺醺的，正被两个女人搀着，踉踉跄跄地下台阶。这两个女人高朗亭不认识。不过，从她们浓妆艳抹的打扮上看，应该不是什么良家女子。沈霞官是自己平时比较信赖的角儿，一直把他当兄弟般看待，他怎么能这样自暴自弃呢？这不是走刚进京时三庆班角儿陆长松的老路吗？陆长松的教训难道还不够深刻？

想到这里，高朗亭气不打一处来，他一掀车帘，纵身一跃，就落到了沈霞官的面前。沈霞官显然没料到被班主逮个正着，但他仗着酒兴，并不闪退，而是歪着头瞅着高朗亭。

高朗亭说："沈霞官，真没想到你是这样的人，太让我失望了！"

沈霞官哭丧着脸说："班主，兄弟我心里太苦了。"

"谁心里不苦？进京十二年了，我哪一天轻松过？魏师傅走了，我知道大家的心里都不好受,可是也不能这样啊!”

“班主,我……”

“你和梅灵是定了亲的,怎么能在外面做这样的事?你对得起她吗?你让我怎么向她交代!”

沈霞官的酒意醒了,一把推开搀着他的两个女人,说:“你不说梅灵还好,提起她我就一肚子苦水一肚子气,这订婚都三整年了,眼看着我和她都临近而立之年,早该成家了,可我和她嘴皮子都说破了,她就是不同意,而且碰都不让我碰一下!班主,你说,这定的是哪门子亲?”说着,他蹲在地上,呜呜地哭了起来。

高朗亭没想到沈霞官还有这一出,瞧他蹲在地上失声痛哭的样子,应该是真受了委屈。要不是沈霞官这么一说,高朗亭还真疏忽了这个问题,是啊,梅灵和他都订婚三整年了,为啥就是不结婚呢?这也太不正常了。难道,这和他有关?高朗亭想起了梅灵订婚前一天和他的那次长谈,这事说不定还真和他有关,得赶紧找梅灵问问。

虽然高朗亭心里是这么想的,但是嘴上并没有饶过沈霞官。他说:“梅灵不答应结婚,你就这样胡来吗?这是一个男人、一个名角的做派吗?”

“班主,我错了,我对不起你,也对不起梅灵!”

高朗亭说:“知道错了就好,我要重重地罚你,至少酗酒这一条你是跑不掉的。”

沈霞官像泄了气的皮球,说:“我认罚……”

高朗亭立即回到戏班大下处,召集全体伶人开会。沈霞官酒气熏天地跪在祖师爷像前,洪朴端来一盆冷水,兜头浇在他的身上。沈霞官彻底清醒了。高朗亭宣布沈霞官酗酒罚银一月,却对他喝的是花酒只字不提。沈霞官知道这是给他留着面子呢,心里对高朗亭感激不尽。

一天,梅灵兴冲冲地来到大下处找高朗亭。梅灵说:“班主,我有事要对你说。”高朗亭说:“噢,你来得正好,我也有事要问你。”梅灵说:“你先说。”高朗亭想了想:“还是你先说吧!”

梅灵说:“我爹有一个旧友,名叫杨琦,现在松江府上海县当县丞。杨县丞爱戏,他在松江府都听说了我们三庆班的名头,说上海那地方各种戏班子都有,才没人管你唱的是什么腔,而且戏园里都有女伶了,比京城里开化多了。他邀请我们三庆班到沪上唱戏,班主,你看,这件事我们是不是要考虑一下?”

高朗亭心里一动,多好的事啊。戏班子本来就应该是流动的,吃百家饭,老是在一个地方长期唱戏才不正常呢,这是常识。三庆班真要是能到沪上演出,就算赚不到钱也值得去尝试下,万一成功了呢?只是,他有一个担心,三庆班的成员主要来自安庆,说的都是安庆话,进京后又夹着些半生不熟的京话,这沪上的戏迷能听得懂吗?要是听不懂,唱得再好又有什么用?

梅灵说:“班主,你倒是表态啊,人家还等着我回复呢。”

高朗亭说:“事情倒是桩好事,就是,上海的戏迷能听得懂我们的方言吗?”

梅灵说:“能听得懂,上海是个大码头,会聚着天南海北的人,说啥方言的都有。再说,不试试又怎能知道呢?”

“说得倒也是。”高朗亭若有所思,“我考虑考虑吧,反正我们三庆班伶人多,可以先派一批过去探探路,就算赚不到钱,学点经验也是好的。”

梅灵说:“我第一个报名,我要成为沪上红旦!”

“你野心倒是不小呢!你以为红旦是那么好当的吗?红旦是要放在油锅里煎的,是煎红的。”

“啊,你说得好可怕。”梅灵挺直了腰说,“这些年发生了多少事啊,想我梅灵也是见过大风大浪的人了,不怕!对了,班主,我的事说完了,你找我有什么事?”

“你不提我差点又忘了。”高朗亭黑了脸,说,“你和沈霞官都定亲三年了,为什么一直不同意结婚?”

“我……”

“你这么做不仅耽搁了自己,同时也耽搁了人家,都老大不小了。我知道你心里很苦,可是,事已至此,能有什么办法呢?这就是命吧!把这趟上海唱回来，就把婚结了。”高朗亭肯定地说。

“行，从上海唱回来，我把婚退了，我不能再耽搁沈霞官了。”

高朗亭恼了：“说了半天，你还要退呀！这又不是买东西，哪能说退就退？不行，我不同意。”

梅灵的眼泪扑簌簌地往下掉，她站了起来，满面泪水，决绝地说：“我就是不想成亲，我这辈子一个人过。”说着，捂着脸跑了，将高朗亭像个傻子似的晾在那里。

高朗亭想，梅灵之所以不愿意成亲，主要原因还在于没有从心理上真正接受沈霞官。虽然沈霞官将她当作宝贝似的宠着，想方设法哄她开心，但是，他的努力并没有赢得她的好感，反而让她处处躲着他。沪演是一个好机会，让沈霞官和她一道，两人朝夕相处，感情自然而然就深了。感情深了，成亲就是顺理成章的事。高朗亭和洪朴合计了一下，沪演派梅灵、沈霞官、金双凤、樊大、刘八等角儿领衔，组成一个二十来人的戏班子，打的自然还是三庆班旗号，即日出发赴沪，不为赚钱，只为探路。

七八天后，梅灵一行来到了松江府上海县。在华亭客栈安顿下来后，梅灵就和沈霞官一道来到上海县衙，找她父亲的旧友杨县丞。见到故人的千金，杨县丞非常高兴。他说，他曾在梅灵父亲伍拉纳手下当过差，总督对他很是关照，后来总督出事，联系自然也就断了。前不久，他偶然听一位戏友说总督的千金梅灵在三庆班唱戏，大喜过望，就抱着试试看的想法写了一封信，没想到还真把三庆班请来了。

梅灵关心的是这里的戏园子是否真的像杨县丞信中所说，女伶可以登台唱戏，要是像京城里一样，她这趟就算白来了。她着急地问道：“县丞，你们这里女伶确定可以登台吗？女伶多不多？”

“完全可以，但女伶不多，唱得好的就更是寥若晨星了。”杨县丞说。

得到肯定的回答，梅灵终于松了一口气。她终于可以和戏班里的男人们一样，扬眉吐气地唱戏了。一想起京城，她就来气，说起来还是天子脚下，宁可让男人扮女人,却不许女人登台,这叫什么话?真是荒唐可笑,远不如沪上来得开明。就凭这点,梅灵就从心里喜欢上了这里,看哪哪顺眼,就是街上要饭的乞丐都觉得不讨厌。

当天,杨县丞领着三庆班的几位角儿,到城里的几家大戏园子转了转,了解情况。这沪上的戏园子,和京城里的大有区别。京城里的戏班子,和戏园是分开的,戏班子到各大戏园轮着唱戏,铁打的营盘流水的兵。沪上的戏班子却是戏园供养的,戏班戏园是一家,不分彼此,伶人在一个固定的戏园里唱戏。原来还有这样的,梅灵觉得很新鲜。再一了解几家大戏园里的常演戏码,梅灵又有了种担心,因松江府和苏州挨得近,这里的各大戏园都以唱昆腔为主,地方上的花部乱弹戏并不多。至于徽班擅长的二黄腔,问了许多人,都摇头说没听过,不知道是何物。

梅灵比较了一下几家戏园子,最后决定和位于城东衙前街上海县署附近的丰雅园合作。这家园子是由富商的旧宅改建而成的,和县署隔得近,选这家的理由很简单,就是好让杨县丞有个照应。

戏台设在客厅东首,看戏时,戏迷们就围坐在台边,一边喝茶一边看戏。平时,丰雅园的戏码写在悬挂于台前的一块白漆木牌上,但不写伶人名字。梅灵建议采取京城里的做法,每出戏后面写上角儿的名字,而且每天的戏码上午就要写到木牌上,早早地挂出去,好让外面的人看到。戏园老板姓贺,觉得京城里的做法好,对梅灵说的这些无不应允。沪上戏园子的主要业务是经营酒菜,酒宴既可设在包厢之中,也可设在楼下戏厅之内,戏迷一边看戏,一边就餐,既可以现场点戏,还可以招请伶人侍酒。京城里的戏园没有兼营酒菜的,只提供茶水,请伶人侑酒要到堂子或酒楼里去。这一点让三庆班的伶人极不习惯。不过,客随主便。酒菜是戏园子的主要业务,要是建议老板放弃这一块,恐怕没有可能。纵使如此,丰雅园的生意也并不好,茶水收入微薄,平时唱的多是昆曲,毕竟是地方上,远没有京城里的文人雅士和达官贵人多,且来这里看戏的大多是生意人,跑码头的,跑船的,有几个人听得懂高雅的昆曲呢?

生意不好就是机会。丰雅园给三庆班打出的旗号是给乾隆爷贺寿的徽班，言外之意，你来听戏，就是过了一把皇帝的瘾。还有什么比这更有吸引力呢？梅灵跟在高朗亭和魏长生后面学戏，除了入行迟，基本功欠些火候外，其他方面，可谓尽得其师真传。头三天炮戏的戏码是精心商定的，共四出戏，即《盗仙草》《装疯骂殿》《昭君出塞》和《大闹销金帐》。《盗仙草》是武戏，《昭君出塞》是文戏，《装疯骂殿》和《大闹销金帐》都带有戏谑的成分，这个炮戏组合可以满足不同戏迷的口味。大家一致认为不唱昆腔，这里的戏迷们早就听厌了，要给他们一种新鲜感。

沈霞官扮的白素贞甫一亮相，就得了个碰头彩。他是科班出身，武功扎实，盗仙草时，一双剑舞得滴溜溜地转，水泼不进，看得人眼花缭乱。打出手时，抛、掷、踢、接，那剑就像是听话一般，在戏台上飞来蹿去。沪上的观众哪见过这等武功，喝彩声差不多把屋梁上陈年的灰尘都震了下来。金双凤扮的赵艳容也有绝活，似疯非疯，先骂父亲，再骂帝王，高潮迭起。梅灵扮的王昭君款款登场时，全场的戏迷都像哑了一般，个个目瞪口呆。秋雁声声，粉泪盈盈，弦索如滞。戏迷们的心被揪得紧紧的，他们像是被抛到了大漠孤烟处，在塞北的秋风里晾着，找不到家了，哪里还知道叫好？直到梅灵下场了，戏迷们才如梦方醒，呀，原来我们在丰雅园看戏呢，这才想起叫好。刘八扮的鲁智深戏弄小霸王，又让人笑破肚肠。三庆班的炮戏在一片欢声笑语中收场，戏迷们一个个都觉得意犹未尽。这几出戏中，梅灵的戏被点唱的次数也最多，沪上戏迷还送了她一个外号"沪上百灵"。梅灵坦然受之，觉得这沪上的戏迷就是比京城里的好玩，有人叫百灵她也是一声脆应。

三庆班的戏一经推出，就得到了沪上戏迷的空前热捧，丰雅园里一时人满为患。特别是包厢业务，要提前好几天预订，还不定有空当。三庆班本来计划每天午时只唱一场戏，后来要看戏的人太多，只好加唱一场，即在午时和酉时，配合中晚餐各唱一场。戏园老板姓郝，他的丰雅园生意从来没这么火爆过，便把三庆班的伶人个个当成宝贝似的哄着，好茶好饭地侍候着，薪酬也开得不低。

几天唱下来,伶人们越唱越有劲,这比在京城里还赚钱呢。离京的时候,高朗亭还一再叮嘱说,此趟沪演只为探路,不要求大家挣钱,平安回来就好。现在看来,这沪上的市场,一点不比京城小,大有前景呢。

一天酉时,三庆班的伶人正在后台化装,有武戏戏份的拿着剑和棒,在比画着动作,活动着腰身,准备一会儿登台。梅灵化好了装,正坐在那里默戏,无意间一抬眼,看见戏园的郝老板站在门边,勾着腰身,伸头缩脑,脸色苍白。肯定有事,梅灵来到他身边,问道:"郝老板,你这是怎么了?"郝老板两手一摊说:"青帮的丁爷来了,我怕要出事。"

梅灵是第一次听说青帮,也不知道他们有多大势力,但见郝老板紧张成这样,料想是很难对付的地头蛇了。梅灵说:"姓丁的现在在哪?"

郝老板指着戏台正对面的一个包厢说:"他们正在里面喝茶,七八个人,本来是没有位置的,见他们来了,我只好临时退了一个客户。"

梅灵安慰他说:"没事,咱唱咱的戏,他吃他的饭,怕啥?"

"我的姑奶奶,照你这么说,这上海滩不就太平了?这个姓丁的是青帮的一个头目,长得如白面书生,却心狠手辣,一肚子坏水,是青帮的智多星。我初一、十五都在祖师爷面前烧香祈求他不要来,他哪次来不出点事?我惹不起这个祖宗!"

沈霞官闻声说:"可这些人来都来了,你紧张有什么用?难道还能把他轰走不成?也没这个理。也许他们今天不惹事呢,不能总是门缝里看人。"

郝老板说:"和你们直说了吧,丁爷有一阵子没有来丰雅园了,为什么现在突然来了呢?我就是担心他会找你们戏班子的麻烦!"

沈霞官和梅灵对视了一眼,郝老板的担忧不无道理。梅灵说:"咋办,哥?"沈霞官说:"不怕,咱们躲着点,再说,有杨县丞撑腰呢。"

郝老板说:"唉,是福不是祸,是祸躲不过,我现在就给祖师爷上炷香去。"

开锣了,轮到梅灵出场时,台上的梅灵看见正中的包厢门打开了,有人端出了一张椅子,从里面走出一个书生模样的人来。梅灵上台前听郝老板说起过丁爷，说他是秀才出身，闯江湖后仍自恃是个读书人，仍保持着秀才打扮。只见他在椅子上坐下了，跷着腿，手里拿着把纸扇，看到得意处，还不时地朝掌心里敲几下。台上的梅灵有点走神，眼前这人，怎么看也不像是青帮里的人，更看不出心狠手辣。可郝老板所说绝非虚言，否则，他何以会吓成那样。

戏散场了。郝老板从丁秀才那边的包厢里一溜小跑，来到后台，说丁爷要加戏，梅灵的《昭君出塞》。这是合理要求，在丰雅园，只要你肯出钱，甭说丁爷，就是普通戏迷都可以点戏。梅灵又老老实实唱了一遍《昭君出塞》。刚唱完，郝老板又一溜小跑过来，说丁爷又点戏了，还是《昭君出塞》。郝老板说完，拉着脸，成了苦瓜状，脑门上都渗出了汗。梅灵说："别紧张，只要他肯出钱，他今天就是要听八遍十遍，我都给他唱。"

唱了三遍，郝老板来传话："丁爷说可以了，戏可以收场了。不过，他说，请梅灵过去陪酒。"梅灵看了看沈霞官，意思是说，看来我们今天可能还真有点麻烦。梅灵坐到镜前，准备卸装。郝老板说："丁爷还特地叮嘱，叫你不要卸装，就带着装过去。"

梅灵噌的一声站了起来，说："他想得美，不卸装我就是王昭君，他算什么东西？把姑娘惹恼了，甭管他是黑帮白帮，臭骂一顿收场，我可不怕他！"

郝老板见梅灵真的生气了，又一溜小跑，去向丁爷汇报。很快，他又一路碎步，来到梅灵跟前说："丁爷说了，要是姑娘执意不肯带装，卸了也行，请姑娘早点过去。"

梅灵冷哼了一声，淡淡地对郝老板说："不要在我面前左一声丁爷右一声丁爷，脏了本姑娘的耳朵，叫他姓丁的。"

郝老板说："是是，姓丁的请梅姑娘早点过去。"

梅灵卸了装，进了包厢一看，这个姓丁的模样长得还真不赖，果真像郝老板说的白面书生。和他身边的那几个同伙相比，如同鹤立鸡群。见梅灵来了，丁爷站了起来，拍着手说："梅姑娘唱得太好了，在下长这么大，还没听过这般好听的戏。"

梅灵谦虚地说："我们三庆班人才济济，我不过算个小角色，且是半道出家，底子浅，唱得不好的地方，请各位多加海涵。"

"客气了，姑娘谈吐不俗，在下如果猜得不错，应该出自书香世家。"

梅灵没有否认。丁爷在自己身边加了个座，意思是让梅灵坐过去，可梅灵站在下席动也没动。包厢的门关上了，沈霞官等三庆班的二十多个伶人齐刷刷地站在包厢外面，紧张地注意着里面的一举一动。

梅灵拿过了酒壶，说："伶人侑酒有侑酒的规矩，哪有坐在主人身边的？"

丁爷摆了摆手："不，不用你倒酒，你过来陪我喝几杯就行。"

梅灵说："我不喝酒，今天侑酒已经是破例了。"丁爷顿了顿，说："既然梅姑娘说已经破例了，难道就不能再破一回？"

气氛有点尴尬。郝老板一直像个伙计般站在墙角，见状扑通一声朝梅灵跪下了，然后望着她，那眼神也是跪着的。见郝老板的可怜样，梅灵有点不忍心，一个纵身，大马金刀地在丁爷身边坐下了。

丁爷伸出白净的双手，轻轻地合了几下。

一个伙计咚的一声，在梅灵面前放了一只大碗。接着咕咚咕咚两声，酒很快就给满上了。郝老板面如死灰，来到丁爷身边，苦着脸说："丁爷，梅姑娘不能这么喝。"话音未落，丁爷的两个手下一人揪起他的一条胳膊，把他拎了起来，早有人开了门，郝老板像只布袋被扔到了门外，发出一声闷响。

梅灵皱了皱眉，看样子，今晚要是不豁出去，这一关恐怕还不好过。幸亏她还有些酒量，不然，今晚还真不知道怎么办。梅灵端起酒碗说："姑娘我一个，你们七个，我想你们七个大男人也不会忍心共同欺负一个姑娘，你们推个为首的，我只和他一个人喝。"

丁爷重重地拍了拍巴掌说："好，爽快，是我喜欢的风格。梅姑娘，要说这为首的，你看，除了我还会有谁呢？"

"好，我先干为敬！"说着，梅玲端起碗，狠狠心，几大口喝干了。桌上的人都起哄叫好。梅玲喝完了酒，就看着丁爷。丁爷也只好端起碗，老老实实地喝干了。就这样你来我往,两人连喝了三大碗。

倒是丁爷先撑不住了,梅灵来之前,毕竟他先已喝了一些,此时三大碗下去,他的身子不再像先前那般坐得笔直,开始在椅子上摇晃起来。但他哪里肯服输,仍要和梅灵比个高低。梅灵喝了酒,粉嫩的脸变得红扑扑的,醉眼迷离,娇媚动人。丁爷禁不住伸出手,就要摸她的脸蛋。

梅灵的手多快啊,一把就将丁爷的几根手指捏住了,任他怎么挣也挣不脱。丁爷说:"梅姑娘,我要娶你。"

"你娶不了,门不当户不对。"

"你不就是个戏子吗?"

梅灵一听"戏子"这俩字就火了,说:"别看我是个唱戏的,你知道我是谁吗?我可是堂堂原闽浙总督的千金,你算什么东西!"说着,她的手加重了力度,丁爷痛得嗷嗷叫,无奈地挣扎着。梅灵说:"向我道歉,我就放了!"丁爷无奈,只好乖乖地说了声对不起,梅灵这才放了手。丁爷甩了甩手,狠狠地剜了梅灵几眼,带着一帮人狼狈地走了。

梅灵瞧着惊魂未定的郝老板,说:"事情过去了,啥事也没有。"郝老板说:"我的姑奶奶,你闯大祸了,这姓丁的今晚失了面子,他怎会善罢甘休?"

梅灵说:"别怕,他还会吃了我们不成?"

梅灵从来没有喝过这么多酒,姓丁的走后,她一头倒下就睡着了。第二天醒来的时候,她发现自己和衣躺在客栈里的床上,沈霞官靠在床前睡着了。梅灵醒了,沈霞官也醒了,他紧张地说:"梅灵,没事吧,昨晚你吓死我了。"

"霞官,不好意思,连累你昨晚都没有睡好。"梅灵坐了起来,伸了个懒腰说,"你看,我好好的,一点事没有。"

"你可真厉害,把那个姓丁的都制服了。你不知道,我们在外面一个个都担心死了。"沈霞官眼里露出钦佩的神情。

梅灵扭了扭手腕说:"可不,不给他点颜色瞧瞧,他还不知道马王爷长了几只眼。"

“哎，希望这个瘟神不要再来找麻烦，还是高班主料事如神，他说我们此行不为赚钱，只要平安回去就好。要不，我们不唱戏了，收拾收拾准备回京吧？”

“这叫什么话？”梅灵哧溜下了床，“为什么不演了？我们对上海的戏迷们怎么交代？再说了，我们招谁惹谁了，明明是他姓丁的找咱们的麻烦，既然他找来了，咱就要兜着，怕了他不成？”

“梅灵，人在屋檐下，不得不低头，这里毕竟是人家的地盘。”

“好了好了，你要怕，你一个人先回京去得了，反正我今天继续唱戏。”听梅灵这么一说，沈霞官急了，说：“你这叫什么话？我什么时候怕过？人家是在担心你呢。既然决定不走，反正豁出去了，天掉下来咱们一道兜着吧。我上午就去找杨县丞，把昨晚的事和他说说，让他留点心。”

梅灵说：“对，找找杨县丞，青帮找三庆班的麻烦，不也是打他的脸吗？”

晚上，三庆班按时在丰雅园唱戏。戏快结束的时候，戏园的一个伙计发现戏园后门口停着一辆马车，车厢被遮得严严实实。一个黑衣人在向车夫比画动作时，嘴里说着什么人一旦抢到，沿着小东门出门，送到几号码头等话，被这个伙计断断续续地偷听到了。伙计知道来者不善，立即将情况悄悄报告给了郝老板。郝老板心想要出事，没想到丁爷如此迫不及待就采取行动。看这势头，他们今晚是要强抢。

郝老板将伙计刚才看到的情况悄悄告诉了沈霞官。沈霞官沉着地对郝老板说：“快安排人去通知杨县丞，不要紧张，该干吗干吗，就像啥事也没有一样。”

戏很快结束了，戏迷开始散场。后台化装室的门关上了，此时，是伶人们卸装的时间。装卸完，看戏的人也走得差不多了，伶人正好打道回府。可是，今晚有点奇怪，看戏的人早就走光了，化装室的门却还一直关着。后台只有一扇门，三庆班的伶人一个都还没有出来。

几个黑衣人隐在暗影里，眼光不时瞟一眼那扇紧闭着的门。忽然，戏园一角突然燃起了一团火光，有人大叫道：“起火了！”戏园里乱成一团。化装室的门吱呀一声开了，三庆班的伶人们全冲了出来，纷纷赶去救火，其中一人戏服还未来得及脱。那个穿着戏服的人，正是扮演王昭君的梅灵，她落在了后面。

火势并不大，加上抢救及时，很快就被扑灭了。一场慌乱结束时，大家才发现少了一人，少了的人正是沈霞官。

梅灵赫然在场，她染黑的脸像个包公，当发现沈霞官不见了时，她大叫一声说："我想起来了，刚才沈霞官说要与我出门唱堂会，他扮王昭君，让我扮他的随从，原来他早就知道今晚会有人对我下手。呜呜呜，他这是代我赴难啊。郝老板，你说是什么人干的？"

郝老板苦着脸说："还会有谁？十有八九是青帮。"一听青帮，众人的脸都蔫成了苦瓜状。梅灵说："真是无法无天了，我去找杨县丞！"

话音刚落，杨县丞带着一班衙役赶到了。郝老板把刚发生的事拣要紧处向他说了，杨县丞说："大家不要惊慌，你们放心，我一定把人给你们找回来。"说着，他安排众衙役迅速到青帮活动的几个主要码头去寻找。

华亭客栈里，三庆班的人一夜未眠。直到天亮时分，只见一辆骡车停在华亭客栈门口，车夫从车上扒拉下一个人来，然后风一般地逃走了。众人扶起此人，抹去脸上的血迹和沙土，正是奄奄一息的沈霞官。大家七手八脚地将沈霞官扶到床上，发现他全身是伤，好在嘴里还有哼哼声。梅灵抱着沈霞官放声大哭，哭得撕心裂肺。姓丁的明显是冲着她来的，昨晚上要不是沈霞官，现在躺在床上的不就是她吗？

梅灵叫道："霞官，你醒醒啊，你可千万不能死啊，不能丢下我不管啊……"梅灵哇哇地哭着，众人也跟着伤心落泪。

还真是奇怪，沈霞官竟然睁开了眼睛，他看了一眼梅灵说："看你为我哭得这么伤心，我就是死了也值了。"

梅灵摇着他说："别瞎说，我不让你死！我不许你死！"

沈霞官笑了笑，说："要是我不死，你肯答应与我成亲吗？"

梅灵大声地说："肯，等你康复了，你说哪天成亲就哪天成亲，我梅灵生是你的人，死是你的鬼！"

“真的吗?”

“真的,天地良心,你,他,三庆班的兄弟们都可以做证!”

众伶对沈霞官说:“对,我们都亲耳听见了,大家都是证人。霞官,你一定要挺住!”

郎中很快来了,在查看了伤情后说:“内脏伤得很重,能不能活过来,还要看他的造化。好在病人自幼习艺,有武功的底子,不然,恐怕早就一命呜呼了。”郎中迅速开出了药方,命去抓药。听了郎中的话,众人才稍稍松了一口气。梅灵把三庆班抵沪以来的情况修书一封,寄给远在京城的高朗亭,说要等沈霞官病情稳定之后才能回京。

杨县丞闻讯赶来了,说姓丁的已畏罪潜逃,想一时半会儿抓到他恐非易事,当前还是治好沈霞官的伤要紧。丰雅园的郝老板也赶来了,郝老板说:“他们肯将人送回来,这已经是给杨县丞面子了,不然,要是丢到黄浦江中,尸体都找不到。”众人听了都倒吸一口冷气。

发生了这样的事,谁还有心思唱戏?三庆班即日起歇演。半个月后的一天,高朗亭亲自带着从宫里请来的御医,和徒弟苏小三、陈金彩一道到了松江府。经过半个月的精心护理,沈霞官的病情已稳定,且能进食米汤之类的了。看到沈霞官恢复得不错,高朗亭倍感欣慰,万一霞官真要有个什么闪失,他会后悔一辈子,毕竟入沪演出是他做出的决定。

高朗亭一行是当日上午抵沪的,由于头天晚上在客船上一夜未眠,一直睡到晌午时分,高朗亭才在睡梦中被一阵吵嚷声惊醒。他朝楼下一看,只见华亭客栈门口围满了黑压压的人群,不下几百人,正在和客栈老板争执着。他伸头朝下观望时,下面的人争着说:“高班主醒了,高班主起来了……”

高朗亭正在纳闷,客栈王老板领着五个富绅模样的人上来了,领头的正是丰雅园的郝老板。王老板是一个精干的老头,他指着身边的五个人说:“高班主,这五位是松江府内五家大戏园的老板,他们听说三庆班的班主到了,争着要上来请高班主到他们的戏园里去唱戏。我看高班主正在小憩,就没让他们上来，这回看到班主醒了，老夫这才带着他们上来了。下面围着的，都是沪上的戏迷们，他们喜欢徽腔，都想一睹高班主的风采。”

王老板话音未落，五位戏园老板有的拽着高朗亭的胳膊，有的拉着他的衣服，恨不得将高朗亭一把抢到他们的戏园里去。高朗亭哭笑不得，只好说：“沪上戏迷们的热情我高某人心领了，各位先请回，请容我们戏班子商量一下，一定给各位一个满意的答复。”高朗亭好说歹说，才将戏园老板和戏迷们劝走了。

看到沈霞官的伤情确实稳定了，经过戏班集体商议，高朗亭决定，梅灵留在客栈里继续服侍受伤的沈霞官，他和三庆班其他伶人在沪上五家大戏园唱戏，每家献艺三天。这样一来，他在沪上就要待上半个月。半月之后，三庆班再集体返京。此消息一出，松江府全城欢动，戏迷们奔走相告，五家大戏园亦无异议。

高朗亭的沪上首演在丰雅园举行，戏码是《穆柯寨》，他扮穆桂英，金双凤扮杨宗保。穆桂英的服饰以红色调为主，花团锦簇，全身披挂，一亮相就赢得了满堂喝彩。杨宗保白衣白甲，也是全身披挂，英俊潇洒。高朗亭先耍起了翎子功，接着又耍了一套花枪，然后才轻启朱唇，唱道：“占据山头，闺中英秀，韬略多有，智广多谋，神勇世无俦……”

高朗亭拿捏有度，将穆桂英的泼辣、活泼以及她初见杨宗保时的心动和羞涩演绎得惟妙惟肖。两人对打时，张弛有度，满台人影幢幢，高潮迭起。他俊秀的扮相、优美的唱腔、精湛的武技，让沪上戏迷深深折服。

第二十二章　四大徽班

嘉庆七年(1802)底,从沪上回京后,梅灵和沈霞官就举行了婚礼。婚后,夫妇俩常常同时亮相于戏台。虽然京城的戏园仍禁止女性登台,但梅灵可以唱堂会。有了沪上历练,梅灵在台上的表现更加得心应手,她在京城梨园界的名声也越来越大。说起女伶,戏迷们人人都知道梅灵,只是很少有人知道她真实的身份。

嘉庆八年(1803)立春前二日,后来被并称为四大徽班的最后一个徽班和春班来到了京城。

在茶楼里说书的鲁麻子,信息最为灵通,大凡地方上有大戏班子进京,他都会在第一时间去看,徽班更是他关注的重点。听说又有一家徽班进京,鲁麻子乐了,正好和先期进京的三庆、四喜、春台凑成四大徽班,多好的事。徽戏在京城里的舞台是越来越大了。和春班的大下处位于李铁拐斜街,与另三家徽班住处相距并不远,不过是几条街巷的距离。鲁麻子前去打探过了,据说,这和春班是庄亲王府的珍格格亲自南下扬州,选拔当地顶尖伶人组建而成。王府班本来是王金官的京腔班。现在,珍格格却重新组建了一个和春班,显然庄亲王府更看好徽戏。和春班的班主叶凤林、角儿许茂林等主要成员,大都是安庆人。

和春班进京后的首场演出选在三庆园。这样热闹的场合自然少不了鲁麻子,他在看了演出后,为自己女婿的三庆班捏了把汗。和春班传说是庄亲王府出资,不管属实与否,反正这个班财大气粗是事实,所有戏服、行头和十八般兵器,全是簇新的,戏台上金光闪闪,眼花缭乱。武功是不用说了,文戏也同样出色。当天的武戏有两出:《借赵云》和《战宛城》。扮赵云的是班主叶凤林,二十来岁的年龄,白盔白甲,扑闪腾挪,身轻如燕。他的眼功更是一绝,什么飞眉动眼、眉眼相逢、左顾右盼、笑眼成线、怒眼气贯、横眼发恨、慌眼梭穿、乐眼明亮等等。戏迷们的注意力都集中在他的眼珠子上,一双眼珠子锁牢了千百双眼珠子,满场眼珠子飞转,仿佛骨碌碌有声。在京城梨园界,鲁麻子也算是见多识广了,可如此眼功他还是第一次见到。文戏有《玉簪记·园会》和《梁祝·楼会》。旦角许茂林,先扮芳心暗许的陈妙常,风情万千;后扮病入膏肓的祝英台,惹人爱怜。一个大小伙子,长得粉雕玉琢,举手投足,女人味十足。

一个振奋人心的消息在京城梨园界传开了,徽商会馆要请四大徽班唱堂会。

京城里的大小堂会天天有,为什么徽商会馆的这个堂会让人振奋呢?因为这是三庆、四喜、春台、和春四大徽班进京之后的首场堂会。徽班已牢牢占据了京城的各大戏园,京城百姓看戏首选徽班。徽商商会会长胡江春是个有眼光的商人,和春班进京后,京城里已经有了四家徽班,他突发奇想,何不将这四家徽班请到一块来唱个堂会?一则联络乡亲;二则集中展示徽班实力,扩大在京城的影响。能请来一家徽班唱堂会已属不易,何况一次性请来四大徽班。徽班各有绝活,这场堂会何等精彩可以料想。这将是一件载入京城梨园史的盛事。消息传开,人人振奋,纷纷拉关系找门路,只为寻得一个当日会馆的座儿。

一天清晨,天刚蒙蒙亮,正阳门茶楼里的座儿还稀稀落落的,还未到早茶时分,茶客们都还在各处园子里遛弯儿。伙计们烧水的、煮茶的、做点心的,忙得不亦乐乎。王府班班主王金官穿着件金丝马褂,戴着顶瓜皮帽,拄着拐杖,出现在正阳门茶楼门口。自受伤后,他的腰就使不上力气,再不能上台唱戏了,只靠带几个徒弟为生。目前,他还是管着京城戏班子的精忠庙会首。至于内务府打算让他在这个位置上干多久,尚不得而知,但王金官有一种预感,时间不会太长了。内务府会让一个不能上台的人担任精忠庙会首吗?对王金官来说,他的机会已经不多了。当王金官听说徽商会馆召集四大徽班唱堂会时,心里一振,他觉得，这是一个机会，利用好了，会长京班的志气，灭徽班的威风。在他看来，这天下到处都是戏台，就看你会不会演戏，会不会做文章。当然，他王金官是个聪明人，总是能把握住一切机会的。但现在之所以弄得如此窘迫，不是他不能把握机会，而是势运使然。所以，一大早，他又召集几家京班班主开会商议。

王金官今天将自己收拾得很光鲜，无名指上戴着硕大的玉戒，他仍想在昔日的兄弟们面前维持着最后的尊严。楼上雅座里，王金官点了一壶上等徽茶，泡开了，朝每个人面前的茶盅里倒了一些。

集庆班班主孙葵官端起茶盅，先是轻咂了一小口，品了品，接着一口喝干了，称道："好香，这是什么茶？太好喝了。"

王金官朝他手中的茶盅里又续了些水，说："喝慢点，哪有你这么品茶的？还不如楼下那些遛鸟逗虫的。"孙葵官尴尬地笑了笑。王金官继续说道，"这茶名叫屯绿，产于徽州一个叫作屯溪的地方，黄山脚下，新安江畔，那里的茶能不好喝吗？"

大成班班主袁成功端详着茶盅，说："徽茶好喝，徽戏好听，我怎么一听这个'徽'字就有些紧张呢？"

王金官放声大笑，像戏台上的关公取了长沙一般，使了丹田之力，笑得半天停不下来。孙葵官不解地望着他说："王班主，你笑什么？难道你一听了这个'徽'字就很开心不成？"

"唉，你们都是被徽班吓怕了。"王金官说，"想必你们都知道了，京城里又来了一家和春班，这个更厉害，是庄亲王府的珍格格亲自南下扬州组建的。徽商商会已向我发出邀请，说几天后在徽商会馆邀请四大徽班唱一场大堂会，这下好了，京城梨园里有热闹可看了。"

袁成功说："虽然你现在不上台了，但还是精忠庙会首，他们邀请你参加是应该的。"

孙葵官说："王班主今天召集我们开会，自然不是为了告诉我们这事。照目前这样的势头下去，我们京班迟早撑不住，已有不少京腔伶人加入徽班了，真到了撑不下去的那天，我也会考虑改弦易辙的。”袁成功说：“何必遮遮掩掩？你就干脆说自己打算加入徽班得了！”

王金官将拐杖在地板上重重地戳了几下，冷着脸说：“孙葵官，身为班主，你怎么能说这样泄气的话？亏你唱了十几年的京腔，竟然说要改弦易辙，你这是什么意思？”

孙葵官被王金官一顿数落，低着头，梗着脖子，显然心里不服。王金官叹了口气说：“不和你们计较了，只能怪我们学艺不精，自叹弗如。现在，四大徽班要唱大堂会，这未必不是件好事，不是冤家不聚头。”

“好事？”几人一愣，都朝王金官望去，等着他说下去。王金官说：“身为精忠庙会首，只要我在这个位置上一天，就要为咱们京班着想一天。他们要唱堂会，是好事，但也未必就是好事。都在京城梨园这口大锅里吃饭，他们四大徽班难道就是铁板一块？他们徽班之间难道就没有自己的小九九？”

孙葵官眼前一亮：“对，让他们自己争起来、斗起来，最好拼个你死我活。”

王金官说：“我有一个设想，咱们在一块议一议，你们看行不行？”说着，几个人脑袋抵着脑袋，嘀嘀咕咕了一番。然后，喝干了壶里的屯绿，个个如饮醇醪，满意而去。

接着，王金官以精忠庙会首的身份发布消息，为促进四大徽班各显绝活，诸腔竞技，特为本次堂会设置红绫花球一枚，奖银若干，奖给才艺最优者，并赠送“花魁”称号。此消息一出，又在梨园界引起一番骚动。坊间甚至有小道消息称，王金官早有意辞去会首之职，本次堂会获得“花魁”称号的伶人，将会得到他的力荐，有望接任精忠庙会首。

要说花球、奖银，乃至什么花魁称号，还不够吸引力的话，那么，精忠庙会首之职，绝对是具有诱惑力的。堂堂会首，由梨园界推荐，内务府任命，管的是梨园行业大大小小的日常事务，权力不小，称得上是行业内最高的官了。会首一职，向来由梨园界德高望重之人担任，且有个约定俗成的规定，哪种声腔走红时，就由哪种声腔的伶人担任。如昆腔流行时，会首由昆班伶人担任；京腔流行时，就由京班伶人担任。风水轮流转，现在流行徽腔，该由徽班伶人来担任会首了。所以，当坊间传出王金官有意让出会首之职时，没有人怀疑这则消息的真实性，甚至有人说，他早就该如此了。

一天，高朗亭正在大下处和管事洪朴商量着徽商会馆的堂会该选哪两出戏，鲁麻子进了院子。高朗亭知道他肯定是来找自己的，就出来了。鲁麻子问道："准备得怎么样了？这场堂会你只能赢，不能输。"

高朗亭说："戏码还没定呢，不过是一场堂会而已，况且我对那个红绫花球也没有什么兴趣。"

鲁麻子正色说："你错了，这并不是一场普通的堂会，四大徽班首次同台竞技，京城里万众瞩目。此次堂会后，戏迷们就会将四大徽班排出座次，三庆班向来被誉为京都第一，就算你能接受第二、第三或第四的位次，兄弟们会怎么想？三庆班的声誉难道不会受损？大家多年的努力岂不是白费了？"

"我倒没想这么多。你这么一说，还真有点道理。"高朗亭说。

"还有，最重要的一点，就是最优者有望接任精忠庙会首。"鲁麻子又说。

高朗亭说："那又如何？我又没那个想法。"

鲁麻子说："爱婿，你就是个戏呆子，戏外的东西是啥也不懂。这会首一职何其重要，要是徽伶当了会首，你们这些徽班就有了话语权，就算是在京城扎稳了根，将来还会有更多的徽班陆续进京。这京城梨园，不就是你们徽班的天下了吗？还有人敢欺负你们吗？"

高朗亭挠了挠头，一场堂会弄得如此复杂，而且他也被裹挟在其中，这倒是他始料未及的。他从来就认为，唱戏就是唱戏，演好角色就行了，至于戏外的东西，没必要费心尽力地去关心。现在看来，事到临头，不关心还真不行。

鲁麻子说："你们继续商量吧，我就是来提醒一声，一定要把那个红绫花球捧回来。"

鲁麻子走后，高朗亭陷入了沉思，能不能捧回花球，他心里还真没有底。虽然戏迷们对他评价很高，但他从来没有认为自己是京城梨园里最优秀的伶人。

尺有所短，寸有所长，能上台唱戏的人，大多经过多年苦练，多多少少都有一些绝活，自己凭什么就一定是最优秀的呢？又怎么就一定能捧回花球？况且徽班中本就藏龙卧虎。既然岳父说那个花球非常重要，志在必得，也只好尽力去争了。

三天后，四大徽班堂会在徽商会馆正式开始。

徽商会馆是典型的徽派风格，青砖小瓦马头墙，回廊挂落花格窗，布局合理，雕镂精美。当初建馆时，全是由徽州调过来的能工巧匠施工。当天，会馆里就像过节一般，从来没这么热闹过。会馆大门前的门楼上，包着一匹红绫，绾成一个结。整个戏厅内，除了中间一条狭窄的走道，两边全是黑压压的人头，一个挨着一个，挤得密密麻麻。戏台早已油漆一新，使点劲嗅嗅，空气中还隐隐有点好闻的油漆味儿。戏台正中，放着一个高台，上挂红色的帐子，台上摆放着印盒、令旗、文房四宝，高台左右各有两张椅子，椅上各插一面标旗。戏台前沿的栏杆上，插着五面大纛旗，分红、黄、绿、白、黑五色，黄旗居中。这种形式，称为摆台。待摆台上的东西全数撤下，换上第一出戏的砌末（唱戏时所用的道具），表示正式开始唱戏。

戏台左右挂有一副楹联：半假半真演出兴亡千古事，一颦一笑装成离合百年人。戏台及两旁的回廊上，吊着一对对红灯笼。戏台前檐额枋、斜撑、雀替、月梁上，均雕饰着戏剧人物和花鸟图案，造型生动，人物栩栩如生。正中的横梁上雕刻着戏曲故事，共三幅，分别是桃园结义、杨家将、千里走单骑。特别是正中一幅杨家将，雕刻的是杨令公率领七个儿子走在前面，后面跟着千军马万，清晰可数的人物少说也有上百个，刀枪剑戟，均历历可见。

就在杨家将木雕的上方，挂着一枚红绫花球，谁将是今天的堂会最优者，这枚花球就属于谁。戏还未开始，台下的人望着花球指指点点，窃窃私语，猜测着这枚花球今天将花落谁家。大多数人都看好三庆班的高朗亭，不过，也有人暗中为他捏了把汗，因为春台班和和春班的实力都不容小觑。

戏台东西两侧的回廊共有两层，坐在上层的都是贵客。东侧回廊正中，坐着一位俏丽的女性,此人正是南下扬州组建和春班的珍格格。她的身边,簇拥着几位婢女,个个一身短打,好像随时准备上台唱戏一般。西侧的回廊上,坐着精忠庙事务衙门堂郎中范骏、精忠庙会首王金官等人。余下散坐的,都是应邀前来看戏的各路客商。当然,能在回廊上层就座的,均为豪商巨贾。

今天的堂会共八出戏,四大徽班每班两出,然后由推选出来的二十位资深戏迷点评打分,评出当天的优胜者。

只听后台唢呐声响,戏台上的高台和彩旗等被尽数撤下,换上了几件道具。三通锣鼓之后,堂会正式开始。

春台班拔得头筹,率先出场,一出场就先声夺人。该班两出戏是《武松打店》和《四平山》,出场的角儿分别是朱大翠和郝三。《武松打店》又名《十字坡》,武旦朱大翠饰孙二娘。故事是:武松被发配孟州,途经十字坡,误住孙二娘所开的黑店。夜间,孙二娘欲杀武松,俩人黑灯瞎火地展开了一场你死我活的拼杀。好个朱大翠,外号美人蕉,身材高挑,一身绿衣,凶悍泼辣,只见他扑闪腾挪,满场翻滚,打得武松只有招架之功。一场精彩的搏杀赢得满场喝彩。郝三被称为“跳虫”,此称号梨园界只用来称呼武丑中的最优秀者。他有一身真功夫,年轻时曾投身军营,随福贝子康安远征台湾,后不知何故流落到扬州梨园,并随春台班进京。郝三饰《四平山》中的名将李元霸。只见他全身披挂,一张黑脸,吼声震耳,手持一对擂鼓瓮金锤,如孩童玩拨浪鼓一般,呼呼生风,打得众将人仰马翻,无人能敌。现场叫好声如雷。

在后台的高朗亭一直注意着戏台上的动静,俗话说,春台的孩子,春台班在京城梨园界素来以多少年才俊而闻名,没想到武戏却如此精彩。三庆班哪个角儿能有朱大翠和郝三这样的功夫呢?他是自愧弗如。春台班还有一个名角郝天秀,在扬州时就有“坑死人”的外号,今天的堂会,他却连出场资格也没有,可见春台班角儿之多。这进京后的春台班,还真让人刮目相看。

四喜班的两出戏分别是彩林的《刺梁》和杨双官的《刺汤》。梨园界向来称赞四喜的曲子,昆腔是他们的强项。昆剧中刺杀旦著名剧目有“三刺”和“三杀”。“三刺”指《刺虎》《刺梁》《刺汤》，对应的女旦分别是邬飞霞、莫雪娘和费贞娥；“三杀”指《杀嫂》《杀山》《杀惜》，对应的女旦分别是潘金莲、潘巧云和阎惜婆。刺杀旦既要有闺门旦的庄重端方，又要有刀马旦的刚烈勇敢，很不好演。《刺梁》说的是汉代梁冀专权，追杀汉室宗亲一事。一天，梁冀命校尉追捕清河王刘蒜，却误射渔夫邬老老，邬归家后身亡，他的女儿邬飞霞立誓为父报仇。适逢梁府强征歌姬，邬飞霞李代桃僵，冒充她人进入梁府，她趁梁冀酒醉时用金针刺死了他，然后在善良相士的帮助下，成功逃出梁府。

彩林的扮相好，螓首蛾眉，云姿月态，做工十分精彩，身段繁重，有很多翻滚、跪步、搓步、抢背、摔僵尸等动作。邬飞霞先是害怕被梁冀识破身份，忐忑不安；夜深时借机拔针相刺，果断了结仇家性命；接着，相士寻找凶手，梁的姬妾们挨个走圆场接受审查，相士与邬几番照面，邬惊恐难抑。情节紧张，悬念迭起，扣人心弦，彩林的表演恰到好处。

《刺汤》说的是明嘉靖年间的故事，太仆寺卿莫怀古藏有玉杯“一捧雪”，他常接济卖字画的穷书生汤勤，并将他荐于严世蕃门下。不料汤勤垂涎莫怀古爱妾莫雪娘的美色，告发于严世蕃处，陷害莫怀古，恩将仇报。莫家仆人莫成代主赴死。汤勤察得人头是假，严世蕃大怒，交锦衣卫指挥陆炳复审。陆炳不惧严府势力，暗授莫雪娘刺汤。洞房之夜，莫雪娘将汤勤灌醉后刺死，然后自刎。

洞房内，莫雪娘有大段的二黄唱腔：

谯楼上打罢了初更尽，
脱下了素衣又换新。
老爷呀，我心中只把那汤贼来恨，
害得我一家人两下里离分。
我老爷往湖北埋名隐姓，
一家大小发配充军，
蓟州堂替老爷丧了性命，

多亏了忠义仆小莫成。
今夜晚杀贼子我要报仇雪恨，
落得个青史名标在万古存。
谯楼上鼓咚咚人烟寂静，
等候了贼子到好下绝情……

杨双官演唱细腻，将莫雪娘既伤心悲痛而又刚烈决绝的复杂心情表现得淋漓尽致。

和春班的两出戏是班主叶凤林的《借赵云》和许茂林的《战宛城》。《借赵云》是叶凤林的拿手戏。与进京首场演出中他大秀眼珠子功夫不同，此次堂会，他炫的是武技。一柄长枪，舞得出神入化，戏台上枪花绽放。尤以赵云大战典韦的打斗戏最为精彩。典韦的兵器是大双戟，力大戟沉；赵云使一杆龙胆亮银枪，出神入化。龙虎相斗，殊死搏杀，难解难分。

许茂林在《战宛城》中扮邹氏。曹操征宛城，张绣出战不敌而降，曹操掳占了张绣婶母邹氏。张绣闻知后大怒，但又畏惧典韦之勇，于是设计盗走了典韦的双戟，再夜袭曹营。典韦战死，曹大败逃走，张绣杀死邹氏。美女爱英雄，在戏中，邹氏有一定主动成分，敢于追求自身权利，侧重表现了她的“春怨”。特别是邹氏被杀时，她的乌龙绞柱功夫惊艳全场，只见她脊背着地，挥臂、抡腿、拧身，身子如麻花一般连续翻滚，整个动作一气呵成，瞬息之间，“血”洒戏台，举座皆惊。

三庆班的两出戏是高朗亭的《刺虎》，梅灵和沈霞官夫妇扮的《湖船》。《刺虎》是“三刺”中的一出，讲述的是亡明宫女费贞娥为国复仇的故事。费贞娥穿了公主的衣服，假冒公主，身藏利刃，让贼兵捉去，想乘机刺死李自成。不料李将她赐给大将李固。新婚之夜，费贞娥将李固刺死，然后自杀身亡。高朗亭之所以选这出戏，并不是存心要和四喜班的彩林打擂台，而是因《刺虎》这出戏中的女旦费贞娥表演难度较大，要唱做并重，载歌载舞。既要有正旦的稳重大气，又要有闺门旦的娇柔妩媚，还要有刺杀旦的凶狠利落。短短一出戏，要在两个角色、三个行当中娴熟自如地转换，十分具有挑战性。但这些对高朗亭来说并不是难题，他驾轻就熟地完成了表演。

高朗亭的唱腔同样出色，这是四喜班彩林和和春班叶凤林所无法比拟的。高朗亭唱道："俺切着齿，点绛唇，揾着泪施脂粉，故意儿，花簇簇巧梳着云鬓，锦层层穿着这衫裙，怀儿里，冷飕飕匕首寒光喷……"他这一段唱，外热内冷，透着杀气，细腻隐忍，让人揪心，一个大义凛然、敢作敢为的宫女形象跃然于众人面前。高朗亭的戏太逼真了，最后，费贞娥自尽倒在戏台上时，全场鸦雀无声，人人如坠冰窟，有的戏迷甚至揩起了眼泪。

沈霞官和梅灵夫妇扮的白素贞和小青也同样出色，特别是梅灵，她的个性本就与小青接近，俏皮活泼，敢作敢为。此前，他们在沪上的演艺经历已被鲁麻子编成鼓书，成了他在茶楼里的保留节目。夫妻俩甫一亮相，还未开口呢，就受到了全场欢呼。

堂会结束了，近千人的会馆里鸦雀无声，人们望着空空荡荡的戏台，仿佛还置身在刚才戏的热闹情境里，没有归来。

品评组那边，参与品评的二十个资深戏迷在小声争论着，难以达成一致意见，半天出不了结果。徽商商会会长胡江春急得团团转，精忠庙会首王金官喜滋滋地捋着山羊须，这正是他希望看到的结果。

珍格格一直在倾听着品评组那边的意见，还是说高朗亭唱做俱佳的人多，她不耐烦了，站了起来，说："我不管你们怎么评，这个红绫花球必须属于我们和春班的叶凤林！"

胡江春赔着笑脸说："格格，别急别急，这结果还没出来呢，品评组正在商议，说不定就是叶凤林。"

"什么叫说不定，我的胡会长？"珍格格笑里藏刀地说，"按你的意思，难道这个红绫花球还有可能给别人不成？"

胡江春说："格格，我看好叶凤林，他扮的常山赵子龙，啧啧，堪称梨园第一。”

“好，既然你说第一，那我就不客气了。”珍格格习武旦多年，平时喜欢一身短打打扮，只见她一个飞跃，如燕子般落到了戏台上，拿起一柄道具长枪，就要去挑挂在戏台横梁正中的红绫花球。

这不是明目张胆地抢吗？胡江春想劝阻，但珍格格哪将他放在眼里。只听珍格格一声娇喝，双脚在戏台栏杆上轻轻一点，身子再次飞了起来。接着抢尖一挑，就将花球挑了起来。珍格格敏捷的身法让场中的人纷纷叫好。

说时迟，那时快，只见人群中一个小伙一声断喝：“我来也！”只见他人随声起，像个猴子般，手中一柄纸扇轻轻一挑，就将花球从珍格格的枪尖上硬生生抢了过来。有人已经认出来了，此人正是高朗亭的徒弟陈金彩。他肯定看不过去，代师傅出头了。

众人大惊，却纷纷叫好。这戏台争抢花球的一幕，简直比刚才的戏还要精彩，今天真是饱了眼福。

珍格格说：“拿过来！”

陈金彩说：“凭什么给你？它应该是我师傅的。”

珍格格的脸色变了，只见她枪杆一扫，向陈金彩横着打去。陈金彩何等身手，纵身一跃，跳得比枪还要高。下面叫好声四起。珍格格大怒，银牙紧咬，唰唰唰连刺数枪，陈金彩的身子像陀螺一般，珍格格枪枪刺空。她的胸脯激烈地起伏着，大口大口地喘着粗气，却无可奈何。

高朗亭从后台出来了，这孩子，怎么能和珍格格去争抢花球呢？真是不知天高地厚，三庆班惹不起她。他出来一是要阻止陈金彩，二是想向珍格格赔个不是。高朗亭对珍格格印象还不错，当初在庄亲王府唱堂会，由于他不肯配合小福晋教戏，小福晋一怒之下，将他关了起来，后来还是珍格格将他放了出来。鲁麻子说书惹事，也幸亏她暗中帮忙，才化险为夷。高朗亭从陈金彩手里拿过花球，将它递给了珍格格，说：“格格，对不住了，愚徒不懂事，别和他一般见识。”

珍格格说：“我以为是谁呢，原来是你的徒弟，真是名师出高徒。”高朗亭知道格格今天真的生气了,拉过陈金彩说:“快过来,向格格赔个不是。”

师傅有命,陈金彩不敢不听,他讪讪地对珍格格笑了笑,说:“对不住了,格格。”珍格格怒气未消,飞起一脚,向陈金彩踢去。陈金彩根本没料到她会有此招,啊的一声惨叫,被踢得飞了起来,向台下滚去。珍格格冷哼了一声,带着红绫花球,与和春班的伶人们扬长而去。

陈金彩试图从地上爬起来,一阵钻心的疼痛袭来,他发现左胳膊有点不听使唤。他仔细一看,手腕上方有一处慢慢鼓了起来,可能是骨折了。陈金彩脸色惨白,额上沁出了冷汗。高朗亭叫洪朴带陈金彩到郎中那看看。

这时,胡江春会长过来了,说:“唉,好好的一场堂会,没想到发生了这样的事,对不住了。”高朗亭说:“胡会长,你就别自责了,这也不是你的事,都是那个花球惹的祸。”胡江春说:“品评组的意见出来了,大家还是达成了共识,一致认为你才是四大徽班中的最优者,只不过,这花球……”

高朗亭笑了笑说:“谁最优并不重要,我压根对那个花球没什么兴趣,珍格格拿走就拿走了吧,难道还能拿回来不成?”高朗亭继续说道,“让我感到欣慰的是,本场堂会,让我看到了徽班的实力,兄弟们这些年的努力没有白费。一句话,堂会是成功的,谢谢你!”

王金官一直在冷冷地观看着场中的动静,开始见珍格格和陈金彩争抢花球,他大为高兴;又见珍格格踢伤了陈金彩,抢走了花球,他就更开心了。这说明什么?说明四大徽班间有了矛盾,说不定,隙从此起,祸自此生。这不正是他所盼望的吗?当下,他拄着拐杖,走到胡江春身边说:“那个花球是我们精忠庙奖给堂会最优者的,它应该属于高朗亭,怎么能让珍格格给拿走了呢?这事不能算完,你们一定把它给要回来!”又对高朗亭说,“珍格格将高班主的徒弟踢伤了,这事不能算完,这笔账要记到和春班的头上,珍格格这不是替他们在争吗?你们要去和春班讨个说法!”

高朗亭说:“王班主,还好徒儿伤得不重,我看此事就到此为止吧,同在梨园里混一口饭吃,大家都不容易,就不要再计较长短了。”说着,收拾东西回去了。

一场纠纷,被高朗亭三言两语就了结了,他这个冷冰冰的态度,倒是出乎王金官的意料。既然高朗亭都说此事算了,他要是再想继续搅和点什么也就难了。好在今天的事基本上达到了他的预期,也算是出了一口恶气。

当天的堂会内,坐着一个头戴瓜皮帽、身穿金钱纹黑马褂的中年男人。他的右颊上,有一块醒目的青痣。此人正是便装的内务府总管瑞德。近些日子,瑞德正在物色精忠庙会首的人选,现在徽腔受欢迎,会首人选理应从徽班中产生。他听说四大徽班唱堂会,就不动身色地着便装来了,今天发生的事情,他自然都看在眼里。

没多久,内务府就颁发了任命,任命三庆班班主高朗亭为精忠庙会首,而并非此前坊间传说的徽商会馆堂会彩绫花球获得者。传闻毕竟是传闻,内务府根本就不理这个茬。珍格格耍横使泼,为她的和春班角儿叶凤林抢到了花球,却半点用没有。

珍格格听说内务府任命高朗亭为会首,大怒。她拿着花球兴冲冲地进宫,来到位于武英殿后的内务府衙门,找瑞德讨个说法。瑞德听说珍格格求见,知道她来所为何事,就坐在后衙里静静地等着。

珍格格进来了,将花球扔到瑞德面前,说:“瑞大人,你干的好事!”瑞德装作不懂,惊道:“格格,发生什么事了?”

珍格格冷笑一声说:“不是说花球得主将担任会首吗?怎么任命了高朗亭?”

瑞德正色说:“珍格格,你听谁说的花球得主将担任会首?”

珍格格说:“你到坊间打听打听,全京城的人都这么说!”

瑞德故意装糊涂说:“全京城的人都知道,我怎么不知道呢?这谣言传得还挺广的,说得像真的似的,本官正要追查这谣言的来源,珍格格能给我提供点线索吗?”

珍格格一时语塞,花球也不要了,愤愤地走了。

再说王金官,他因伤本就不能上台,被免了会首后,他的王府班在一夜之间就散了，班里的伶人们也各谋生路。集庆班班主孙葵官和大成班班主袁成功投靠了珍格格，他们加入了和春班唱戏。其他京班虽仍在勉力支撑着，但已无法与徽班抗衡，只有彻底转到小戏园，京城大戏园成了徽戏的天下。

珠市口南边有座露水集，五更赶集，天不明成市，天明不久即散。这里是地摊一条街，日用百货，古玩文物，卖啥的都有，十分热闹。这一天，高朗亭带着管事洪朴，在集市上从东头走到西头，又从西头走到东头，最后在西头角落里一个摊位前站住了。摊主是一个邋遢老头，他戴着顶高檐帽，正低着头。他面前的摊子上，摆着几件鼻烟壶、几只蛐蛐罐，还有几只大大小小的鸟笼子。

高朗亭说："王班主，你上次不是在集市的东头吗？今天怎么跑到西头来了？"

原来此人正是昔日王府班班主、精忠庙会首王金官。王金官见被认了出来，就坐直了身子，咳了一声，说："我早就不是班主了，高班主就叫我老王吧，不过是摆个摊子混一口饭吃，哪里在乎什么东头还是西头？"

高朗亭说："王班主，我还是那句话，请你加入我们三庆班，你认真考虑下。"此前，高朗亭已找王金官谈过一次，王金官却误会了高朗亭的意思，以为在取笑他，就一口回绝了。还有，他毕竟做过不少对不起三庆班的事，压根就没有想过有朝一日他们还能成为一家。

王金官将拐杖在地上点了点，说："你看，我这个样子到你们三庆班还能做什么？"

高朗亭说："我都说过好几遍了，别看我们徽腔现在在京城挺红火，可要想真正扎下根来，在唱词上，徽腔还需要京化。我们安庆话，京城里的人听着就是夹生。而你唱了大半辈子的戏，京腔京调再熟悉不过了，我们邀你搭班，就是想请你帮我们一把。"

王金官暗暗佩服高朗亭有远见。高朗亭说得一点不假，京城里的戏迷，对徽班的安庆腔还是不大习惯，听不懂，徽腔要想像京腔一样变成"京戏"，路还长着呢。

可王金官毕竟是昔日的王府班班主，堂堂的精忠庙会首，要他像一个普通伶人那样去三庆班混口饭吃，他无论如何都低不下这个头来。虽然孙葵官和袁成功加入了和春班，可那毕竟是图着王府班的名声去的，三庆班有什么呢？可是，人家班主和管事的都跑两趟了，诚意是有的，自己眼下也确实没有容身之所，要是错过了这个庙门，可能就连躲雨的地方都没有了。

王金官狠了狠心，说："要我到你们那搭班也行，我有个条件，每年要包银百两。"

王金官说出这个高价，其实是想吓唬吓唬高朗亭，让他知难而退。当时的伶人收入并不高，大多数伶人只能够勉强养家糊口，一个月唱戏收入不过几两银子。当时正七品的县令年俸是白银四十五两，一品大员也不过一百八十两。王金官开口就是百两，明显是狮子大张口。

听了王金官的报价，高朗亭果然不吱声了。他拿起一个鼻烟壶，假装翻来覆去地看着，其实脑子里是在思考。过了一会儿，他放下鼻烟壶，拍了拍手说："行，王班主，就这么说定了。"

洪朴还想阻止，说："班主……"

高朗亭摆了摆手，示意他不要说了。他说："我已经确定了，王班主值这个价。这样吧，王班主，如果方便的话，这两天就来班里报到。还有，报到的当天，我们给你摆桌接风宴，地方就选在正阳楼，你看如何？"

王金官结结巴巴地说："行，当然行。"

"那好，我们就告辞了，你把手头上这些东西抓紧处理掉吧！"高朗亭指着王金官前面的摊子说。

"行，行，高班主，那再会！"

看着高朗亭和洪朴的身影走远了，王金官的眼里渐渐模糊了，两行浊泪从他苍老的脸颊上慢慢流了下来。

高朗亭见洪朴一路绷着脸，心事重重的样子，就问道："管事的，你是不是有什么话要说？"

洪朴说："班主，这个王金官，台都不能上了，还狮子大张口，他值得我们出那样的高价吗？"

高朗亭没有直接回答他的话，而是说："我们徽班里，有陕西人、苏州人、扬州人、杭州人，就拿安庆府来说，就有怀宁人、潜山人、太湖人、桐城人，大家语音各异，少说也有十几种方言，不说京城里的戏迷，就是我们自己听着都头晕。徽腔的行腔吐字，必须像弋阳腔一样京化，让北京戏迷完完全全听得懂，让徽戏变成他们自己的戏。如果总是像现在这样讲方言，徽戏就永远是地方戏。我看王金官能帮我们这个忙。"

洪朴恍然大悟："班主，我明白了，你考虑得太长远了。"

高朗亭担任精忠庙会首后，为京城梨园界做了不少实事。嘉庆二十年(1815)，他牵头组织捐资，重修了精忠庙喜神殿。道光七年(1827)，他与春台班班主陈孔蒸共同主持建设了安庆义园，也就是戏子坟。旧时伶人地位低下，许多家族就规定，凡子孙唱戏的，不得入家谱，死后也不得归葬祖坟。安庆义园就让在京终老的徽班伶人有了葬身之所。大约道光中期，高朗亭的徒弟陈金彩接任三庆班掌班。高朗亭年过四十以后，就很少登台唱戏了，偶尔应邀登场，一颦一笑，一起一坐，或凝思不语，或哗然惊怒，无不惟妙惟肖，让人忘了他是一位男性，风采半点不减当年，让人叹服。

嘉庆的禁戏令一直持续到嘉庆二十五年(1820)他去世时止。随着道光帝登基，花部乱弹才彻底解禁，徽班进一步释放了活力。一时间，二黄、秦腔、梆子、青阳腔、吹腔、拨子等花部声腔重新亮相于京城戏台，异彩纷呈，美不胜收。

道光二年(1822)，后来被称为京剧鼻祖的程长庚随父北上。当年，他尚是个十二岁的少年。程长庚进京搭三庆班唱戏，不久因火候未到，得不到观众认可而退出。后拜在春台班掌门人米应先门下，米应先根据程长庚昆曲基础弱的不足，安排他到保定和盛成科班学习昆曲。程长庚在吐字和发音上狠下功夫，再次出山时，演唱《文昭关》，一炮打响，声名大噪，后成为京剧鼻祖。

道光十年(1830)，汉戏伶人余三胜、王洪贵、李六等进京，他们入京后进入徽班，使西皮、二黄合流，徽班开始发生历史性嬗变，由入京前后的“诸腔俱备”、旦角为主演变为皮黄合流、生角为主，语音上也从地方语音向北京语音靠拢。“联络五方之音，合为一致。”道光二十年（1840）至咸丰十年（1860）间，京剧正式形成。而高朗亭和三庆班的开创之功，将永载戏曲史册。高朗亭大约于道光中期去世。清代小铁笛道人有诗赞道：

诙谐怒骂总天生，
解唱雎风无限情。
管领群芳春不老，
居然占得部头名。

从石牌到韩家潭

本书讲述的是清代一群“北漂”的故事。

清乾隆五十五年(1790),为庆贺高宗弘历八十寿辰,闽浙总督伍拉纳推荐以高朗亭为台柱的三庆班进京贺寿献艺。三庆班原本只是为贺寿而来,可到了京城之后,他们发现徽戏大受欢迎,就不想走了。万寿节结束后,三庆班正式进入京城各大戏园演出。率先进京的三庆班住地位于韩家潭胡同,这里是徽班进京后的第一站。老北京有一句俗话,叫唱戏的不离百顺韩家潭,即指这一带胡同是伶人的集中居住地。韩家潭所在的位置,明朝时曾有一处大水潭,是一户韩姓人家的园子,因而得名。冥冥中自有天意,徽班到京师本就是蹚水来的。

三庆班的成功起到了良好的示范带动作用。此后,又有四喜、启秀、霓翠、春台、和春等多家徽班相继进京。在演出过程中,这些徽班逐渐整合为三庆、四喜、春台和和春四大徽班,三庆被称为“京都第一”。他们不仅顺利地在京城扎下了根,而且成就了京剧艺术。“徽班进京”因而被视为京剧诞生的前奏,在京剧发展史上有着重要意义。

历史只记录了他们的成功和荣耀。可徽班进京之后到底发生了什么,无论是戏曲史,还是当时文人留下来的资料,关于这方面的记录可谓少之又少。四大徽班规模庞大,每班不下百人,伶人共有四五百人。这么多人,不要说做一番事业,能在京城生存下去已属不易。京城是各种人才扎堆的地方,徽班没有任何背景,岂是想留就能留得下的?他们如何在京城立足,又有过哪些不平常的经历和遭遇？这是一个埋藏在历史深处的谜。

史实空缺的地方，恰恰为文学的成长提供了巨大的空间。本书试图将笔触伸进这群“北漂”的内心，解读以高朗亭为代表的一代徽伶，在京城这个大戏台上挣扎、奋斗和追求。

“扎根”是空前艰难的。至少有两件事，可以说明徽班进京之后所面临的艰苦环境和残酷竞争。

第一件事是川中名伶魏长生和他的秦腔班败退京城梨园。北京在中国戏曲发展史上有着特殊地位，是戏曲的争胜之地和戏曲发展的竞技场。明清时期，京师梨园界多次爆发“花雅之争”。雅，指昆曲；花，指花部乱弹，即昆曲之外的各种地方戏。戏曲史上，花雅二部在京师主要进行了三次大的交锋。第一次交锋先是昆曲与京腔之争。明万历时期，江西弋阳腔进入北京，与北京语言结合，形成一种新的剧种——京腔，且获得官方认可，取得了与昆曲同为正统的地位。京腔到乾隆初期达到鼎盛，形成“六大名班，九门轮换”的景象，大有取昆曲而代之之势。第二次交锋发生于乾隆四十四年（1779）。川中名伶魏长生率秦腔班入京，演唱《滚楼》《烤火》《卖饽饽》《买胭脂》《送枕头》之类以儿女私情为主的风月戏，在京师刮起一股旋风，达官贵人和普通百姓争相观看，导致京腔六大班关门歇业。结果，乾隆五十年（1785），清廷以有伤风化为由，在京师禁唱秦腔。魏长生的秦腔班解散，爱徒陈银官受枷责驱逐回籍，他本人也改唱昆腔。由于官方干涉，以秦腔为代表的地方戏挑战京腔完败。第三次交锋始于徽班进京，徽戏颉颃京腔，直接催生了京剧艺术的诞生。徽班进京时，与清廷禁秦腔只相隔短短五年时间，秦腔败北的血腥气仍弥漫在京师梨园，且京腔风头正劲，牢牢占据着京城各大戏园。可以说，要不是贺寿，徽班去的完全不是时候。这场博弈将会是何等激烈和残酷，大致可以料想。

第二件事即嘉庆三年的禁戏风波。嘉庆三年，清廷颁旨，除奉为正统的昆、弋两种声腔外，全面禁唱各种地方声腔，并将圣旨内容刻碑，立于京师和地方的梨园行会老郎庙，永行遵奉。地方戏遭遇寒冬，刚刚被京城百姓接受的徽戏二黄腔遭到致命打击，禁戏令一直持续到嘉庆二十五年。先期进京的徽班何去何从，他们该如何度过这段长达二十余年的黑暗时光。

上述两件事，分别从正、侧两个方面说明了徽班进京前和进京后的严峻形势。窥一斑而见全豹，徽班进京后，他们到底经历了什么？本书就是运用文学的方式，试图去填补史实的这段空白。

三庆园位于北京正阳门外大栅栏街18号，是老北京极早的戏园之一，前些年于原址上重建。1796年，三庆班与京师著名菜庄宴乐居合营，将宴乐居改造成戏园并改名三庆园。三庆园历经二百二十余年历史，见证了京剧艺术从萌芽到形成、从成熟走向巅峰的全过程，这里一直被视为京剧的发祥地。当年，这里就是徽班伶人们打拼的舞台。漫步园中，隐隐中，锣鼓丝弦声又响了起来，“二黄之耆宿”高朗亭、“坑死人”郝天秀、大老板程长庚、“杨猴子”杨月楼、景和堂主人梅巧玲、“小叫天”谭鑫培、“花腔”余三胜……无数身影在眼前晃动，唱念做打，翻腾跌扑，让人目不暇接。戏明明早就散场了，徽伶们也早已消失在历史的烟云深处，可他们就像是刚刚离开，戏台上身影犹在，风情未消，余韵犹存。

石牌位于长江西北岸、皖河之滨，是座千年古镇。在水运年代，它是进出大别山的门户。皖水、潜水和长河三条河流在距石牌两公里处交汇，形成皖河。水带来了戏，石牌有“戏窝子”之称，这里走出了无数伶人，有“无石不成班”之说。那些穷人家的孩子，为了“吃戏饭”，很小就在这里加入各种科班，勤学苦练，备尝艰辛。出科一般要七年，资质好的也可酌减三至五年。学成文武艺，货于帝王家。一批又一批伶人从石牌出发，沿着皖河进入长江，走向外面广阔的天地。

2016年9月的一天，秋高气爽，我来到石牌，寻访徽班遗迹。石牌分上石牌和下石牌，上石牌最为繁华，街巷交错，商贾遍地，戏园和戏台分布其间，仅江西、福建、徽州、扬州等地客商设立的会馆就有六家。由于上石牌紧挨着皖河河道，20世纪60年代修筑同马大堤时，将上石牌整个圈进了河床内。20世纪末，上石牌老街和所有建筑被冠以“皖河干流障碍物”之名而全部拆除，只剩下一片废墟。如今,遗址上尚有为数不多的几户居民,仅剩的几栋房屋也非当年旧物。一家简易的塑料加工厂,哐当哐当地粉碎着矿泉水瓶子。许是当年过于繁华,石牌旧时曾有老夫子预言,说上石牌“五百年前楼上楼,五百年后一荒洲”。不幸还真被他言中了。流水落花春去也,现在,这里只有杂木、乱石和沙滩。你找不到半点昔日的影子,沧海桑田,曾经的繁华像一场大梦,皖河的流水带走了一切。

下石牌尚有几条破败不堪的老街,大多数老房子大门紧锁,街上也难得看见一个人影。我随朋友七转八绕地走进一栋昏暗的老房子里,一位年迈的老人正在专心致志地做着盔头。做好的盔头摆放在案上,有帝王将相的,有公主小姐的,精致而炫目,美得像一个梦。老街上像这样做盔头的老人还有几个,他们都是盔头世家,传承了几代人。买者很少。这些老人像是被光阴遗忘的人,他们不过是固执地守候着一个梦。他们静静地待在老房子里,像是等候着某个远方的归人。

我也是个寻梦的人,所以才有了这本书。

由于京剧文化博大精深,徽班早期资料尤其匮乏,加上本人才疏学浅,错讹在所难免,恳请方家不吝教正。

谢思球

2020 年 2 月 6 日

徽班进京大事记

乾隆二十七年(1762)

徽州潜口人汪必昌撰文《徽郡文化将颓宜禁说》,首次提出“徽班”概念。他在文中描述了“安庆班”于乾隆二十六七年就到了徽州,败坏了那里的风气,“尤可恶者,昔年逐出徽境之班,到处不称安庆、石牌,而曰徽班”。

乾隆二十九年(1764)

郝天秀出生于怀宁雷埠。

乾隆三十九年(1774)

高朗亭出生于安徽安庆,祖籍江苏宝兴,后率三庆班进京,被称为“二黄之耆宿”“徽班进京第一人”。

乾隆四十四年(1779)

蜀人魏长生率秦腔戏班入京,演出《滚楼》《烤火》《卖饽饽》等剧,以儿女私情为主要内容,轰动京师,观者日至千余人,“士大夫亦为心醉”(吴太初《燕兰小谱》)。曾盛极一时的集庆、萃庆、宜庆等六大京腔名班受到严重冲击,纷纷关门歇业。此举标志着被官方奉为正统的昆、弋腔开始衰落,花部地方戏兴起。

乾隆五十年(1785)

清廷以有伤风化为由,在京师禁唱秦腔。《钦定大清会典事例》载:“乾隆五十年议准,嗣后城外戏班,除昆、弋两腔仍听其演唱外,其秦腔戏班,交步军统领五城出示禁止。”秦腔班解散，魏长生改唱昆腔，《燕兰小谱》称他于“壬寅秋，奉禁入班，其风始息”。其爱徒陈银官受枷责驱逐回籍。花部地方戏在京严重受挫。

乾隆五十一年(1786)

诗人赵翼来到扬州，在看过郝天秀的演出后，赞叹不已，作诗《坑死人歌为郝郎作》，郝天秀遂得外号“坑死人”。

乾隆五十二年(1787)

魏长生离京南下，来到扬州，被两淮盐务总商江春聘为春台班主角。演剧一出，赠以千金。郝天秀投入其门下，得其亲授衣钵。

朝廷提前三年就开始筹备乾隆八十寿辰庆典事宜，计划将从西直门外高梁桥一直到紫禁城西华门的十余里长街分为三段，由两淮、长芦、浙江三地盐务出资，每隔数十步搭设戏台，颁旨恩诏全国各地戏班于万寿节进京贺寿献艺。

乾隆五十四年(1789)

为庆贺第二年的乾隆皇帝八十寿辰，闽浙总督伍拉纳奉旨组班进京贺寿。伍拉纳子伍子舒于《随园诗话》批语中云：“迨至(乾隆)五十五年，举行万寿，浙江盐务承办皇会。先大人(即伍拉纳)命带三庆班入京。自此继来者，又有四喜、启秀、霓翠、和春、春台等班。各班小旦不下百人，大半见诸士夫歌咏。”

三庆班于杭州成立，一说成立于扬州。《扬州画舫录》载：“高朗亭以安庆花部合京、秦二腔，名其班曰三庆。”首任班主余老四。

是年底，两淮盐务总商江春病逝。

乾隆五十五年(1790)

七月，三庆班从杭州出发赴京，一说从扬州出发。乾隆生日为八月十三日，自七月开始，三庆班连演四十余日，演出地点位于西直门沿途搭建的彩台，换人不换台，直到八月二十四。演出大获成功。

万寿节结束，三庆班留京，进入各大戏园演出，受到空前欢迎。

客居扬州的秦腔名伶魏长生来到苏州。

乾隆五十六年(1791)

继三庆班之后,徽班四庆班、五庆班进京。

乾隆五十七年(1792)

魏长生离开苏州,辗转回蜀。

乾隆五十八年(1793)

夏,徽班集秀扬部进京,特色之一是伶人皆为正适“隽龄”的少年,多小旦,称艳一时,受到欢迎。

乾隆五十九年(1794)

入京后的三庆班发展良好,被称为“京师第一班”。铁桥仙人等著《消寒新咏》评三庆班名旦陈喜官云:“且今之人,又称若部为京都第一。”徽班成功走出了最初的徽商蓄养模式。

乾隆六十年(1795)

曾组织三庆班进京的闽浙总督伍拉纳贪污案发被斩。

嘉庆元年(1796)

四喜班从扬州进京,一说嘉庆六年进京。进京后,戏班住处位于陕西巷。该班昆乱俱善,尤以昆曲闻名京师,有“四喜的曲子”之誉。四喜班进京后非常活跃,私寓、堂子大兴,主推“春华八芷”“景和诸云”“岫出五云”“绮春八仙”等花旦组合。梅兰芳的祖父梅巧玲、京剧“前三鼎甲”之一的张二奎后来都成为该班主角。

继四喜班进京之后,又有启秀、霓翠、春台等徽班相继进京。郝天秀随春台班进京。春台班住处位于樱桃斜街。

三庆班与京师著名饭庄宴乐居合营,改造宴乐居为“三庆园”,开始了以演戏为主业的戏园经营。

嘉庆二年(1797)

三庆班首任班主余老四卸任,高朗亭接任班主。

嘉庆三年(1798)

花雅之争再起。三月初四,清廷禁花部诸腔,以维护昆、弋两腔正统地位,同时禁胡琴伴奏。徽班改用笛子伴奏。

嘉庆四年(1799)

正月,乾隆驾崩,国丧期六十天内禁动响器,所有戏园关门停演。

嘉庆五年(1800)

魏长生再入京师,同其徒刘朗玉一起加入三庆班。

嘉庆七年(1802)

夏,魏长生演出《背娃入府》一剧时,猝然倒在台上,下场不久后即气绝,享年五十九岁。魏长生一生三进北京,豪侠慷慨,并无积蓄,由其徒和同人营葬。

后来成为京剧"前三鼎甲"之一的湖北艺人余三胜(1802—1866)是年出生。

嘉庆八年(1803)

立春前夕,和春班亮相京城。小铁笛道人《日下看花记》跋语中曰:"《看花记》剞劂将竣,和春新班初亮台,偕友往观。初见《夜探》一出……嗣演《收妲姬》一回,其伶之艺拍案叫绝。"亦说该班是由庄亲王府出资邀集徽伶组成,故又称王府班。

在京徽班经合并重组,最终成三庆、四喜、春台、和春四大徽班。

嘉庆十四年(1809)

清代学者、书家包世臣是年在《都剧赋》中说"徽班映丽,始自石牌"。

嘉庆十六年(1811)

十月七日,程长庚出生于潜山县程家井,为程氏51代裔孙。

嘉庆十七年(1812)

汉戏伶人米应先搭春台班唱戏,他善演关公戏,轰动北京,有"无米不开台"之誉。

嘉庆十九年(1814)

名伶郝天秀去世,道光年间归葬故里怀宁。

后来成为京剧“前三鼎甲”之一的张二奎(1814—1864 或 1865)出生。

嘉庆二十年(1815)

精忠庙会首、三庆班班主高朗亭牵头组织重修精忠庙喜神殿。

道光二年(1822)

程长庚随父北上,经开封、太原辗转到京。程长庚搭班三庆谋求发展,不久因不熟悉北京戏路,得不到观众认可而退出。后来拜在春台班掌门人米应先门下深造,米应先安排他到保定和盛成科班学习昆曲。程长庚在吐字和发音上狠下功夫,再次出山时,演唱《文昭关》,一炮打响,声名大噪。

道光七年(1827)

陈孔蒸任春台班班主。

高朗亭与春台班班主陈孔蒸共同主持捐资修安庆义园,即崇文门四眼井的戏子坟。是年高朗亭五十三岁,卒于何年不详。

道光八年(1828)

福建建宁人张际亮于《金台残泪记》一书中云:“京师梨园乐伎,盖十数部矣。共推四喜、三庆、春台、和春所谓‘四大徽班’者焉。余以丙戌(1826)始至京师,春台、三庆二部为盛。”

道光十年(1830)

汉戏伶人余三胜、王洪贵、李六等进京,搭入徽班,西皮、二黄合流,徽班开始发生历史性嬗变,由入京前后的“诸腔俱备”、旦角为主向皮黄合流、生角为主演变,语音上也从地方语音向北京语音靠拢。余三胜善唱“花腔”,“二黄反调”多由其创制。

道光十二年(1832)

米应先做春台班台柱二十年,积劳成疾,呕血去世。

道光十三年(1833)

和春班报散,不久又复班。

道光十四年(1834)

高朗亭四十岁后基本息影戏台,偶尔应邀登场,仍宝刀不老,风采依旧。

高朗亭疑是年病逝,班主由陈金彩接任。高朗亭弟子有陈喜官、邱玉官、苏小三、双凤官、沈霞官、沈翠林等。

道光十七年(1837)

梁绍壬《两般秋雨庵随笔》中云:"京师梨园四大名班,曰四喜、三庆、春台、和春。"至此,四大徽班之名越来越多地被使用。

道光十八年(1838)

程长庚因父亲病故回安徽老家,离开三庆班。

道光二十年(1840)

余三胜担任春台班班主,持续十余年。

鸦片战争爆发,清政府签订《南京条约》,程长庚义愤填膺,谢却歌台,终日闭户不出。

道光二十二年(1842)

程长庚创办四箴堂科班。家族班名。

广东嘉应人杨懋建撰、刊于本年的《梦华琐簿》也提到"四大徽班":戏庄演剧,必徽班。戏园之大者,如广德楼、广和楼、三庆园、庆乐园,亦必以徽班为主。下此则徽班、小班、西班相杂适均矣……春台、三庆、四喜、和春,为四大徽班。

道光二十三年(1843)

三庆班经营不好,班主陈金彩派管事赵德禄邀请程长庚进京。

道光二十五年(1845)

张二奎先在和春班,道光二十五年前后改搭四喜班,成为主角和班主,直到咸丰初年离开。他与余三胜、程长庚齐名,并称为京剧"前三鼎甲""老生前三杰"。

咸丰初年(1851)

杨月楼父亲杨二喜手推独轮车进京，成为一名武旦艺人，擅耍大刀。

张二奎擅长袍带戏，有“剧界状元”之号，首创老生“喷口”唱法，创立了“奎派”。张二奎的声誉一度超过程长庚和余三胜，打油诗云：“四喜来个张二奎，三庆长庚皱皱眉。和春段二不上座，急得三胜唱两回。”相传，张二奎从京城天桥把式场将幼年杨月楼招为徒弟。

张二奎先后执掌和春、四喜班，离开四喜后，与大奎官刘万义共组成立双奎戏班，与久负盛名的三庆、四喜、春台分庭抗礼，成为京剧形成初期的重要班社之一。

桐城人王九龄改搭四喜班，张二奎病故后，为该班头牌老生，一度是程长庚的劲敌，凡程不唱的戏，王全是拿手戏。世人将王九龄与“老生前三杰”并列，称为“老四派”。

石牌郝家山人郝兰田北上投奔三庆班，在京师首演《天水关》，饰诸葛亮，受到赞赏。后改工老旦，创老旦新腔，成为京剧老旦奠基者。

是年和春班报散。

咸丰七年（1857）

程长庚担任三庆班班主，三庆班进入鼎盛时期。

三庆班约卢盛奎编写三十六本大戏《三国志》。京剧形成初期，剧本多从各地方剧种移植，编写剧本从三庆班开始。咸丰年间，三庆班每年年底前连台演出《三国志》，每天一本，一直演到当年封箱。

咸丰十年（1860）

张二奎母亲病故，张二奎因“以优伶潜用官宦排场举动”获罪，被判发配边庭，经通州时被逼唱戏，遂一病不起。

六月初六，三庆班进宫献艺，唱《群英会》。咸丰帝恩赏程长庚五品顶戴，擢为内廷供奉，并接替张二奎任精忠庙首之职，总领三庆、四喜、春台三大徽班。从此，皮黄戏正式进入宫廷。

京剧艺术形成，余三胜、张二奎和程长庚“老生前三杰”的崛起是其重要标志。

同治三年(1864)

张二奎在通州愤然离世,年仅四十岁。

同治四年(1865)

梅兰芳祖父梅巧玲接任四喜班班主。

同治八年(1869)

是年秋,程长庚回怀宁故里探亲,与家乡伶人于石牌上街筲箕山同台唱戏,演出《华容道》。戏演完后,观众不散,只得于次日增演三国戏《借箭》。

同治九年(1870)

谭鑫培搭班三庆,师事程长庚,长雄皮黄戏舞台三十年之久,成一代"伶王",唱法世称"谭派"。其六合刀法博得慈禧太后称奇,赐名"单刀叫天儿"。谭鑫培、汪桂芬和孙菊仙并称为"后三鼎甲"。

同治十二年(1873)

春,杨月楼应上海金桂园老板邀请,前往上海唱戏。他身材魁伟,扮相英俊,武功精湛,盛极一时,尤其受到沪上女性喜爱。沪上文人袁翔甫诗云:"金桂何如丹桂优,佳人个个懒勾留。一般京调非偏爱,只为贪看杨月楼。"

同治十三年(1874)

杨月楼含冤入狱,判充军黑龙江,其案成为清末"四大奇案"之一。

光绪初年(1875)

光绪登基,杨月楼获赦,次年在沪与沈月春举行婚礼。婚后回京加入三庆班唱戏。

时小福任春台班班主。

民间画师沈蓉圃挑选了同治、光绪年间京剧舞台上享有盛名的13位昆曲、京剧艺人,绘成《同光十三绝》图,悬于北京正阳门廊房头条东口听诚一斋店铺里,引起轰动。这十三绝是郝兰田、张胜奎、梅巧玲、刘赶三、余紫云、程长庚、徐小香、时小福、杨鸣玉、卢胜奎、朱莲芬、谭鑫培、杨月楼。

光绪四年(1878)

十一月初十,杨月楼子杨小楼出生。

光绪五年(1879)

十二月十三日,程长庚去世。葬于彰仪门(今广安门)外石道路旁北侧。弟子谭鑫培离开三庆搭班四喜,而后创同春班。

杨月楼接任三庆班班主,掌班大约十年,兼精忠庙会首。

光绪八年(1882)

梅巧玲去世,其子梅雨田接任四喜班班主,梅雨田为梅兰芳伯父。

杨月楼回故里探亲,路过安庆时受到同庆堂伶友邀请演出,戏码是《辕门斩子》,杨饰杨延昭,次日又主演猴戏《闹天宫》。

光绪十四年(1888)

杨月楼以民籍教习名义被选进宫内升平署当差,俗称内廷供奉,时间约三年,深得慈禧太后赏识。

光绪十六年(1890)

杨月楼去世,终年四十七岁。三庆班报散。

光绪二十六年(1900)

春台班报散。

光绪三十二年(1906)

杨小楼被选入宫廷升平署,任外学教习,后成为清末民初京剧武生一代宗师,被誉为“武生泰斗”、“杨派”创始人。

宣统二年(1910)

四喜班报散。

三庆、四喜、春台、和春四大徽班,从乾隆五十五年三庆班进京,至宣统二年止,在京持续活动一百二十余年。其中有“京都第一”之誉的是三庆班,解散最早的是和春班,延续最长的是四喜班。